松橋薫 Matsuhashi Kaoru

ななかまどの実が赤くゆれるユーラシアの碧い空

文芸社

移り香の身にしむばかりちぎるとて扇の風の行方尋ねむ　（藤原定家）

目次

序章

東京に季節はずれの雪が降ったのは、ロシア歌謡を原曲とする、メリー・ホプキンの「悲しき天使」が大ヒットしていた、昭和四十四年三月十二日だと記憶している。古稀に近づいてもその日が忘れられないのは、ひといろに塗りかえられた東京の雪景色を映し出すテレビ映像がいまなお脳裏に刻まれているばかりか、その春の大雪が、ある一枚の絵との出会いやさる凶悪事件の終決と深く結びついていたからである。

当時のわたしは、オホーツク海に面した港町で馬齢を重ね、夜郎自大の時勢に身を委ねて偸安を貪るだけであったが、大雪のニュースに接したとき、喧噪と汚濁のなかでうごめく東京がその純白の雪で浄化されるのを願わずにはいられなかった。連日、茶の間のテレビで、ベトナム戦争を仕掛けた米国の傀儡になり下がったと政府を糾弾する過激派学生の反戦デモ隊とそれを制圧する機動隊との間でくりかえされる乱闘騒ぎを見ているうちに、めざましい経済発展を遂げ、アジアで最初のオリンピック開催国となった敗戦国日本に、ふたたび暗雲が垂れこめ、きな臭い風が吹きはじめていることに、いばくかの不安を抱くようになっていたのである。

東京に晩い春の雪が降り積もったその夜、寝床のなかで雪の蒲団をかぶった東京の銀世界を思い描いていると、日本画家東山魁夷の『年暮る』が瞼裏に映った。というのも、年の瀬に帰省した倅が、その絵の絵葉書を見せながら、川端康成のノーベル文学賞受賞の祝賀ムードに沸く銀座の百貨店で開催されていた、東山の京洛四季展に立ち寄ったときのことを話してくれたからだ。さっそくわたしは寝床から出て、乱雑に積まれた本の間から、『年暮る』の絵葉書と『京洛四季』の小冊子を取り出した。あらためてその解説を読んで、絵巻物のような連作画が、古雅な景趣が失われずに残る京都のいまのすがたを後世に伝えなければならないという使命感で貫かれているのを知ることができた。

『年暮る』は、数時間もすると除夜の鐘が遠近に聞こえる京都の夕景色から、藍色の夕闇に包まれた家並みに花弁雪が舞い散る一景を切り取っている。うっすらと雪の積もった、寄木細工のような瓦葺きの屋根が画面の中央に配されていて、その単調な配列に変化を加えるがごとく、上辺に入母屋造りの伽藍がいくつか散在し、下辺の黒い冬木の間には、川端通を急ぐ自動車のシルエットがあるかなきかに見え、道沿いに軒を連ねる町屋の連子窓からレモン色の灯影が漏れているのである。

耳を澄ませば静かな夕べの語らいが聞こえてきそうな『年暮る』に見入りながら、わたしは、重い雪に閉ざされすべての交通機関が止まってしまった東京が、雪花の舞う大晦の京都のように、深い静寂に包みこまれて安らかな眠りにつくようにと祈った。

春の雪も消え、桜前線が列島を北上してみちのくの野山が桜色に染まるころ、前年の十月から十一月にかけて東京、京都、函館、名古屋と相次いで四人を射殺し、日本中を恐怖のどん底に陥れた連続ピストル射殺事件の容疑者が東京で逮捕されたことを、テレビとラジオが速報で伝えた。その容疑者が北海道出身の十九歳の少年であり、出身地が、戦時中、わたしがりんごや男爵芋などの買い出しに出かけた隣村であるのを知って、わたしはあまりの偶然に耳を疑った。敗戦まもない荒廃と食糧難の時代に幼くして母親に見捨てられ、身寄りもなく金に困って各地をさまよった少年の行き着いた先が、このなみはずれて嗜虐(しぎゃく)的な犯行であった。

社会を敵に回し、無辜(むこ)な人の命を平然と奪ったその少年の心の奥襞には、理不尽な人の世に仇をなそうとする怨念が蜘蛛の巣のようにはりついていたのではないか。春の大雪の日、射殺魔に身を堕(おと)した少年は、拳銃を懐中にしのばせ、盗みに入る雑居ビルを物色しながら裏街をさまよっているとき、ビルの谷間の鈍(にぶ)色の空から舞い落ちる綿雪に思わず手を差し出し、掌(たなごころ)のなかで解けてゆく雪片のなかにふるさとの雪景色を見ることはなかったのか。無心に雪と戯れる幼い頃の自分をそこに見出し、童心にかえるようなことはなかったのだろうか、とわたしなりにあれこれ想像をめぐらしたものである。

かくのごとく、昭和四十四年晩春に東京の狂気を覆い隠した春の大雪は、花弁雪の舞う古都を描いた『年暮る』と繋がり、さらに日本中を震撼(しんかん)させた連続ピストル射殺事件とも結びついて、いつまでもわたしの頭から消え去ることはなかった。そればかりか、この昭和四十四年という年も、わたしの記憶のなかに深く刻みこまれることになるのである。

＊

四月初旬の容疑者逮捕から一週間が過ぎたころ、またしても東京は天候不順に見舞われた。二十五度を超す初夏の暑さになるかと思えば、翌々日には、寒気が入りこんできて雪が降った。五月に入っても寒暖差の大きい異常気象はおさまらず、梅雨明け後の七月半ば過ぎに娘の妙香とわたしが上京したときも、空は鉛色の厚い雲に閉ざされ、半袖で過ごせぬほど肌寒かった。

そんなもどり梅雨の空から夏の太陽がひさしぶりに顔をのぞかせた日曜日に、わたしらは、鎌倉の五山めぐりをすることになった。倅の定晴が、お上りさんの父と妹を喜ばせようと、日帰り旅行のお膳立てをしてくれていて、東京近郊の数ある行楽地のなかから、本人自身が四年前の修学旅行で訪れたことのある鎌倉を選んでいたのである。

ひとまず北鎌倉へ向かった。東京駅で横須賀線の電車に乗りこみ、上り電車とすれちがうたびに鼓膜を揺るがすくらいの窓ガラスの振動音にのけぞって驚いていると、一時間もしないうちに北鎌倉に着いた。

日陰のホームに降り立ったとき、湘南の明るい日射しが照りつける小高い山の緑が目にしみた。狭い改札口を出て、線路伝いに細い道を行くと、堂塔らしきものが木の間隠れに見えてきた。とりあえずこの円覚寺を詣でることにして、石段の上に聳え立つ総門をくぐった。梢越しにこちらの様子をうかがう栗鼠に出迎えられながら、鬱蒼とした木立が濃い影を落とす坂道を登った。登りつめたところに庭池があり、閉じかけた薄紅の蓮の花茎が、茂り合う葉の間からまっすぐ上に伸びていた。背中に空色をひとはけ刷いたかわせみが池畔に現れ、しばしの間、蒸し暑さを忘れさせてくれた。侵されることのない深い静謐のなかに身を置くと、この国がつい四半世紀前まで戦争をくりかえしていたことが信じられなかった。

次に五山第一位の建長寺を目もくらみそうな暑さのなかで参詣した後は、鎌倉街道を引き返し、遅い昼食をとって第四位の浄智寺をめざした。浄智寺の急勾配の参道をあえぎながら登り、ようやく扁額のかかった小体な惣門にたどり着いた途端、わたしの足が思うように動かなくなってしまった。そうなっては、鎌倉駅からバスで行く予定の浄妙寺まで足を延ばせるはずもなく、五山すべてをめぐることは、あえなく画餅に帰したのである。

木立の深い浄智寺の境内をゆっくりと歩をめぐらし、もと来た路をたどって惣門のそばまで来たとき、笛太鼓の祭り囃子の音と子どもたちの威勢のいいかけ声が、木叢で覆われた参道を突き抜けて、わたしの耳に迫ってきた。崖下の鎌倉街道に目を走らせると、夏祭りを告げる子ども神輿の行列が、道幅いっぱいにひろがって練り歩いているところだった。そのため、行楽客や見物人は押すな押すなの人だかりのなかで右往左往。往来に出たわたしらも、揃いの祭り半纏を着て神輿を担ぐ子どもたちや法被姿の練り衆たちの人の波にのみこまれてしまった。人波にもまれてあてどなく漂流していると、左手に東慶寺の寺門が近づいてきた。はからずも遭遇してしまった人波から逃れるには、駆けこみ寺で名高いこの寺に駆けこむしかなかった。

咲き残りの紫陽花を右に左に見ながら、わたしは中門前の急な石段をおぼつかない足運びで登った。わたしが中門をくぐったときには、そこに定晴と妙香の姿はなく、ふたりは鐘楼わきの木陰で拝観の受付口でもらったパンフレットに目を通しながら、わたしが来るのを待っていた。中門からつづく参道には、梅や木槿や夏椿などが植えられていた。

「この参道を行ったところに、墓苑があって、有名人の墓があるってさ。行ってみるかい」

そう言って、定晴はわたしにもパンフレットを一部手渡してくれた。

「わたしは、その前に寒雲亭という茶室を見たいわ」

「どれどれ、わたしにもパンフレットを見せてくれよ」

「じゃ、その茶室を見てから、墓めぐりということでいいね。父さん、見たいところある?」

「おいおい、そんなにせかすなよ。そうだな、この書院の庭を見ておきたいな。ちょうど桔梗(ききょう)が見頃になってるみたいだから」

とわたしは、パンフレットの案内図に載っている建物のひとつを指さした。

「桔梗なんかいつでも見られるよ」

「いや、桔梗は、知床の羅臼(らうす)岳で一度見たことがあるくらいで、あまり目にすることがないから、ぜひ写真に撮っておきたいんだ。悪いけど、先に行ってくれないか」

わたしは、急ぎ足で書院の門を入り、青紫の花をほころばせている桔梗にカメラを向けてシャッターを押したが、門の外から定晴が早くこっちに来いとしきりに手招きするので、やむなくその場を離れた。

定晴は花の観賞などはまるで眼中になく、ここで墓めぐりができるのはもっけの幸いとばかりに意気軒昂(けんこう)である。定晴は墓めぐりを趣味としており、自分のアパートからそう遠くない青山や谷中といった霊園墓地などにちょくちょく出かけているらしい。ついせんだっても、榎本武揚の墓がある吉祥寺という寺や力道山の眠る池上本門寺に行ってきたという。

「ねえ、兄ちゃんってば。お墓を見て回るのが、何でそんなにおもしろいの」

妙香が前を行く定晴に声をかけた。

「お盆やお彼岸でもないのに、お寺を訪ねて、人さまのお墓をわざわざ見て回る人の気が知れないわ。だって、そうでしょ？　用もないのに墓地をふらふら歩き回るのって、見てはいけない、家族や個人の秘密をのぞき見するみたいで。それに、暗くなると、火の玉やお化けが出てきそうだし」

「何を言うと思ったら、そんなことか。まあ、そう言わずに、黙ってついてこい。ちょっとした発見があるかもしれんぞ」

　何食わぬ顔で足を速める定晴に追いつこうと、妙香とわたしは小走りになった。亭々と聳える杉木立と岩崖との間にある石畳の坂道は、かまびすしい蝉たちの混声合唱も深い静寂のなかに吸いこまれ、耳鳴りがするほど静かだった。大きな墓が薄暗い木立のなかに整然と並んでいる。

「北海道のお墓とちがって、歴史を感じさせる古いお墓が多いのね。五輪塔がたくさんあるけど、石に彫られている字は、どういう意味なのかしら」

「あれは梵字という文字で、えーと、上から順に、古代インド思想の宇宙観を形成するとされる、空、風、火、水、地を表していて、それに応じて石の形も異なってるのが、五輪塔の特徴なんだ。たとえば、一番上の、宝珠形と呼ばれる牡丹餅のような形の石は、宇宙を表してるんだって」

「若いのに、やけにくわしいね、定晴は」

「そうでもないけどね。それなりの知識があると、墓めぐりは楽しいから」

話に水を差された定晴は照れくさそうに笑った。

「今日の五山めぐりは、墓めぐりに途中変更ということでいいよね」

「まあ、それもしかたないか」

「そもそも、死んだ人を埋葬するお墓って、いつの時代からあるの」

「意外かもしれんけど、釈迦の時代の仏教には、霊魂という概念はなく、墓をつくるという発想もなかったらしい。日本でも、平安時代までは、庶民は野山や河原に運ばれて火葬されるだけで、いまのような墓はなかったみたいだね」

「そうなの？　ほんと意外だわ。それにしても、ここにある五輪塔はみんなどっしりしてて、すごく立派ね」

「浄智寺には、小さな五輪塔もけっこうあっただろう？」

「そうだったわね。何かかわいらしい感じがしたけど。うちの墓も、小さな五輪塔だったらよかったな。どこにでもある墓の形なのはしょうがないとしても、ちょっとしょぼいもんね」

「そうかもしれんけど、墓があるだけまだましだよ。墓を建ててくれたじいちゃんに感謝しないと」

「そりゃあそうね。でも、死後の家とされるお墓までにも、人を色分けする家柄のちがいや貧富の差のようなものがつきまとうなら、従来のお墓には縛られない、もっと自由な埋葬スタイルがあってもいいような気がするわ」

「わたしも同感だな。すくなくとも、栄華権勢を誇る、勲章みたいな墓はいらないね。やはり墓は、いつの世も無常感をそそるものでないと」

「金持ちや有名な人のお墓って、みんなこんなふうに立派なんでしょ？」

「そうとも限らないさ。仰々しくて俗っぽい墓もあれば、つつましくて品のある墓もある。人によってまちまちだよ」

歩調をゆるめていた定晴はまた足を速めて歩きだした。

「それじゃ、どんなお墓に品があるというの。兄ちゃんのお気に入りの墓は、だれのお墓？」

「そうだな、あらたまって訊かれると、だれの墓かな……。日本人じゃないけど、やっぱり、トルストイの墓かな」

「トルストイって、あのソ連の作家の？」

「そう。三年前おまえといっしょに、『戦争と平和』の映画を見に行ったよな？」

「あの映画、ほんと退屈で、わたし、途中で寝てしまったわよ」

と妙香は渋面をつくったが、また畳みかけるように訊いた。

「それでそのお墓はどこにあるの」

「貴族の伯爵家に生まれたトルストイの墓は、モスクワから南にざっと二百キロばかり離れた旧領地内にあるんだけど、おととしの冬に出かけたソビエト旅行では、あいにくの雪のため観光バスも走らず、訪れるのをあきらめたんだよね。おれの持っている作品集の口絵で見ると、白樺林のなかに眠るトルストイの墓は、青草で覆われた盛土が目印になっているだけで、何の飾りもなく質素そのもの。虚飾の衣装を脱ぎ捨て、ロシアの自然に抱かれながら生きることを信条としてきた人間として、生家のある故郷の汚れなき土に還り、そこで永眠したいというトルストイのこだわりが感じられるような墓だよ」

「なるほどね。そう言われると、兄ちゃんの言いたいことがわかる気もするわ。じゃあ、日本人のお墓でお気に入りなのは？」

「やっぱり、『徒然草』の吉田兼好と森鷗外の墓かな。京都の寺にある兼好の墓は、庭土の上に、将棋の駒を上から押し潰したような小さめの自然石が置かれてあるだけで、それこそもののあわれが漂っているような墓だったし、鷗外の墓は、生前に院号を辞退した鷗外の死生観が森林太郎と俗名の刻まれた墓石に凝縮されているところがいい。なんてったって、人の生と死について、いろいろと思索を深めた文豪だからね」

「そうなの？　わたし、鷗外は読んだことないから、そんなふうに言われても、ピンとこないわ」

「読んだことがない？　『高瀬舟』が国語の教科書にあっただろう、安楽死をテーマにしたやつ」

思いもよらない返答に驚いたのか、定晴は急に足を止めて、ちらと妙香のほうを振り向いた。

「『高瀬舟』というのは記憶に残ってるけど、どんな作品だったかは、まったくと言っていいほど覚えてないわ。だって、国語の授業は、いつも催眠術にかかったようにすぐ寝てしまい、夢見心地で聞いてたもの。そのかわり、漱石の『こころ』は、読書感想文を書いたからよく覚えてるわよ」

「そうそう、おれも、感想文書かされたよ。漱石の墓なら、都内の雑司ヶ谷墓地にあるけどね」

「どんなお墓なの、立派だった？」

「どう言ったらいいかな。威風あたりをはらうといった感じの墓だね。いかにも、文豪ここにて永遠の眠りにつくといった感じだよ」

「雑司ヶ谷墓地って、どこにあるの」

「都電荒川線の鬼子母神前から、歩いて十分くらいかな。『こころ』のなかにも、その名前が出てきただろう？　墓参りに来ていた主人公の『先生』を、若い弟子の『私』が訪ねる場面で」

「そうなの？　覚えてないわ」

「あれだよ、雑司ヶ谷墓地は有名人の墓が多く、小泉八雲、泉鏡花、永井荷風といった作家のほかに、ジョン万次郎やA級戦犯の東条英機などの墓もあり、挙げればきりがないね」

「雑司ヶ谷墓地といえば、死刑囚の合葬墓があって、ゾルゲが埋葬されたところだよね」

とわたしはふたりの話に割って入った。

「あれ、そうだったっけ？　それって、多摩霊園にあるんじゃなかった？」

「多摩霊園のは、たしか改葬後の墓のはずだけどな」

「さすがにそれは知らなかったな」

「そのスパイ容疑で処刑されたゾルゲのことは、昔、父さんが話してくれたことがあったのでよく覚えてるわ。ゾルゲはもういいから、そのジョンとかいう人のことを話してくれない」

どうやら妙香は、ジョン万次郎という奇妙な名に好奇心をそそられたらしい。

「高校一年の時の英語の教科書の受け売りになるけど、そんなんでいいなら……」

「かまわないわよ、そんなの。ぜひ聞きたいわ」

このとき切り立った岩崖のほうから人の声がした。案内図によれば、そのあたりに岩壁に方形の穴をくりぬいてつくった古い墓室があるらしく、おそらくそこを見学している人たちなのだろう。

「右の道を行けば、この寺の開山の覚山尼(かくさんに)の墓室があるみたいだけど、どうする、行ってみる？」

「あの道を登るんだろう？　どうみても急だから、わたしにはむりだな。墓室は、いったんこの坂道の上のほうに行って、それから下ってくるときに迂回して見るでどうだ？　とりあえずここで、ひと休み入れよう」

　わたしらは傾斜のゆるやかな草叢に腰をおろすことにした。さっそく妙香は、ジョン万次郎の話題に話を戻した。

「ねえ、ねえ、ジョンとかいう人、日本人なの、それともアメリカ人？」

「もちろん日本人だよ。名前は変わってるけど」

「じゃ、そのへんてこな名前のついた日本人は、いつの時代の人なの？」

「江戸の終わりの人で、土佐の漁師の家に生まれ、本名は中浜万次郎というんだ。十四歳のときに飯炊き係として乗った鰹漁の船が土佐沖で遭難したことで、運命の歯車を大きく狂わせられる羽目になったけど、漂着した無人島の近くをたまたま航行していたアメリカの捕鯨船に助け出されたわけだから、強運の持主と言えるだろうな。アメリカ本国に連れていかれた後も、船長とその家族の温かい愛情に支えられながらアメリカの学校に通わせてもらったおかげで、英語の知識や造船技術などを身につけ、二十四歳で無事帰国したことになっている。のちに、海外事情に精通しているという理由で幕臣に取り立てられ、累進の道が開かれたということだ。たいへんな出世だよ」

「それで、そんなへんてこな名前がついたのね。それにしても、兄ちゃんて、記憶力がすごい」

「そんなことないよ。雑司ヶ谷で墓を偶然見つけたもんだから、昔の教科書を読み直してみただけだよ。幕臣に登用された万次郎は、幕末期の英語教育や軍艦操練などの指導に大きく貢献したということなので、人間というのはいつどこでどうなるか、まったくわからないもんだ」

「さらに言えば、その後、日米修好通商条約批准のための遣米使節団の随行員として咸臨丸でアメリカへ行き、通詞としても活躍したことになっている」

「通詞って？」

「いまでいう通訳者のようなもんだろうな」

「さすが、父さんは物知りだわ」

「おい、冷やかしはなしだぞ」

「でも驚いたわ。鎖国をしていた江戸時代の終わりに、そんな世にも稀な人生をたどった日本人がいたなんて」

「ほかにも江戸中期に、伊勢の船頭で、嵐に遭いながらも九死に一生を得て、アリューシャン列島の小島に漂着後、帰国を直訴するために、極寒のシベリアを馬橇で横断し、ペテルブルグの宮殿でエカテリーナ女帝に拝謁したつわものもいるよ」

それを聞いてわたしは、前年に出版された井上靖の『おろしあ国酔夢譚』を読んでいたので、定晴が暗に大黒屋光太夫のことを言っているのがすぐに理解できた。

「嘘みたい、にわかには信じられないわ。それで、その船頭さん、帰国は果たせたの」

「ジョン万次郎同様、十年越しの願いがかなって、根室でふたたび日本の地を踏んだとされている。そのあたりのことは、『北槎聞略』という本にくわしく書かれてるらしい」

「十年も？　で、その人のお墓は？」

「後楽園の近くの寺にあるけど、おれはまだ行ったことない」

「兄ちゃんはほんと、お墓のことにはくわしいね」

「くわしいたって、趣味が趣味だから、何の自慢にもならないよ。せっかくの機会だから、明日にでも、雑司ヶ谷墓地に行ってみるかい」

「どうしようかな……。お墓めぐりもいいけど、京都にも行かないといけないし、そんなに時間的に余裕があるわけじゃないのよね」

「それもそうか。でも、ちょうどいいじゃないか。京都に行ったら、祇園見物をするんだろうから、ついでに『高瀬舟』の舞台となった高瀬川を見てきなよ」

「そうね、そうするわ」

「そうと決まれば、雑司ヶ谷墓地はなしで、鷗外の墓のある三鷹の寺に行くしかないよ。鷗外の墓のななめ向かいに、太宰治の墓もあるし」

「愛人と入水自殺した人ね。高校の友だちに太宰崇拝者がいたけど、わたしはあまり好きにはなれなかったな。鷗外の墓もいいけど、せっかく東京に来たんだから、東京タワーに登ってみたいわ。晴れた日には、富士山も見られるんでしょ？」

「わたしも富士山が見たいね。この北鎌倉からは、富士山は見られないのかい」

「鎌倉七口のひとつ、亀ケ谷坂切通しを通って鎌倉に抜ければ、見られるかもしらんけど、時間がかかって、いまからじゃむりだろうな。どうせ新幹線に乗って京都へ行くんだから、そのとき見ることにしなよ」

「それもそうか。距離が近くなる分、それだけ雄大な富士山が見られるか。妙香、座席の予約は右の窓側にしてもらうのを忘れないようにしないと」

「さすが青函連絡船で津軽の海を渡ってきたお上りさんは、見物したいところがちがうね。東京タワーもいいけど、すぐそばの増上寺にも行ってみない？　徳川家の墓所があるから」

「またお墓？　東京タワーだけでいいわよ」

「まあそう言わず、ものはためしだ、行ってみよう。将軍の墓めぐりなんか、そうできるもんじゃないぞ。それに、古色蒼然とした墓の前に立つと、過去と現在といった時間の垣根がなくなり、時間が止まったように感じられるので、すごく心が落ち着くよ。こう言うのもなんだけど、おれにとっての至福のひとときとは、墓に眠る故人と親しく対話するときなんだ」

　定晴はそう言い残して、なだらかな坂道を足早に上がっていった。しばらくすると、杉木立の向こうから、森厳な山内にはふさわしからぬ、定晴の驚喜した声が聞こえてきた。

「鈴木大拙の墓を見つけたぞ。早くこっちにおいで。西田幾多郎の墓もある」

　わたしは定晴の独断専行にいくぶん食傷気味であったが、気をとり直し、重い足どりで定晴の声のするほうへ向かった。

　後世に名を残した人たちの墓は、隣どうしだったり背中合わせになったりしていて、互いに寄り添うように鎮座していた。墓には子どもの背丈ほどの生垣がめぐらされ、苔むした墓石が幽寂な趣を醸し出している。

「なるほど、ここに禅の文化を海外に紹介した鈴木大拙が眠ってるのか」

「何というか、こういう人たちの墓と対面すると、つくづく死とは残酷なものだと思うね。どんな天才でもどんなに偉大な学者でも、死ねば、その豊かな才能も膨大な学識もすべてゼロになるんだから」

「でも、死は、賢い者と愚かな者とか、富める者と貧しき者とかに関係なく、すべての人に等しく与えられるものだとも言える。だから、この地球は丸ごと、すべての人の壮大な墓だととらえられなくもないわけだ。そう考えると、個々の墓の大きさや形、またどこにあるかなどは、意味をなさないように思えてくるね」

「そんなふうに言ってしまえば、それこそ身も蓋もなくなるわよ」

「妙香の言うとおり。もし巨大な墳墓やピラミッドがなかったとしたら、人類の歴史が、何か殺風景で味気ないように思えてこない？」

「だけど、それってあくまでも、人間中心の考え方に囚われているからだろう。自然界の動植物には墓なんかないわけだから、地球そのものがすべての生きものの墓だと考えたほうがいいんじゃないかな。死を前にして、あの沢庵和尚も葬式も墓もいらないと言ってるしね」

「父さんの考えは、飛躍してるというか極端というか。悪いけど、おれはついていけないね」

「そうかな、飛躍しすぎかな。それはそうと、そこの花立てに桔梗が挿してあるね」

「ほんとだ。蕾が提灯のようにふっくらしてる。星形の桔梗って、お墓によく似合うのね」

「また、桔梗かよ。父さんはブルー系の花が好きだもな」

「青が好きだった母親の血を引いてるのかもしれんね。受付のところにあった木槿は薄桃色だったけど、ほんとは青紫の木槿が見たかったな。まあ、しょうがない。これからの夏から秋にかけては、すがすがしい朝顔の藍色もいいけど、桔梗とともに、花シリーズ切手のひとつに選ばれた竜胆（りんどう）の紫も捨てがたいよ」

　せっかく花の寺として知られている寺にいるので、わたしは花を話題にしたかったのだが、定晴はすこしも話に乗ってこようとせず、隣の墓のほうへ行ってしまった。

「ほらここが、学習院院長だった安倍能成（よししげ）の墓で、あの角っこの広いところが、大手出版社の創業者の墓だよ」

　パンフレットを片手に、名のある人たちの墓をつづけざまに見つける定晴の声を聞くうちに、彼らへの羨望とも侮蔑ともつかない、何とも形容しがたい思いが、わたしの胸につきあげてきた。

　彼らが互いに塋域（えいいき）を接して東慶寺に眠るようになった経緯は、どのようなものだったのか。駆けこみ寺の東慶寺がもともと累代の菩提所であったからなのか。いや、そうではあるまい。明治の後半期から、功なり名を遂げた人たちは、こぞって鎌倉に居を移した。その結果、天寿をまっとうした彼らの終（つい）の棲（すみか）となる墓は、燦（さん）然と輝くおのれの家格と釣り合うような墓が堵列（とれつ）する、鎌倉の名刹古刹に建てるということになり、みずからの意志で臨済禅の東慶寺を選んだのだろう。なかでも芸術や文学などで名をはせた人たちのなかには、禅刹の東慶寺に葬られることを合言葉に冥途へ旅立ち、そこでも同好の士の集まる文化サロンを築こうとした人がきっといたはずだ。そのサロンとは、一握りの誇り高き者たちの寄り集う社交の場であるため、当然ながら、わたしのような、悲運な星の下に生まれた名もなき者たちの入会が認められるわけがない。いま東慶寺の墓域でぜいたくな時空を享受している彼らは、敗戦の日には、異郷の地で散華（さんげ）し、墓に葬られることもなく野ざらしにされたままの無名の日本兵たちに、一片の憐憫をもよおすこともあっただろうし、敗戦直後の混乱期には、焼け野原のなかを毎日食い物を探し歩く戦争孤児たちに、一椀の粥をめぐむこともあっただろう。そんなとき、富家に生まれたというだけで暖衣飽食をほしいままにしていたことや、年齢的に不適格であるために運よく従軍を免れたことに、忸怩たる思いは芽生えなかったのだろうか、などといったわたしのひとりよがりな思いはとどまるところを知らない。

「父さん、どうかした、急に黙りこんだりして？　もっと上の奥のほうへ行こうか」

定晴の声が、わたしのこのたわいもない思いを断ち切った。

「まだ行くのかよ。もうこのぐらいでいいだろうに」

爪先上がりの坂を登りつめた後、わずらわしい定晴から遠ざかりながら、険阻な山腹を切り崩してつくられた、最奥部の墓域を気の向くままに歩き回っていると、さほど大きくはない五輪塔に刻字された「寺西」という家名がわたしの目に飛びこんできた。その刹那、反射的に頭によぎったのは、ロシア文学の翻訳家の名だった。

（まさか、あの寺西聖の墓ではないだろうな）

このとっさの閃きは、わたしの第六感に触発されたものだが、これにはそれなりの理由があった。というのも、ロシア作家チターエフの短編小説に慣れ親しんできたわたしが、その翻訳者である寺西聖の名を忘れるはずがなかったからである。それに寺西聖なら、ここの栄誉あるサロンに賓客として招かれていても、何ら不思議ではないと思えたからだ。心臓の鼓動がはやまった。柘植の生垣のなかに踏み入って、もどかしい思いに駆られながら、数本の塔婆に書かれた戒名を目で追った。かすれた墨字の羅列のなかに聖の文字があった。戒名に文と章の文字が用いられ、その二文字の間に聖の文字が入っているので、物書きを生業としてきた寺西聖の墓にまちがいなかった。

(何という偶然だろう。案内図に載っていないところが、いかにも寺西聖らしい)

運命的なめぐりあわせに、軽い眩暈を感じるほどだった。わたしは年甲斐もなくうわずった声で、近くにいる倅と娘の名を呼んだ。

「おーい、定晴、妙香、こ、こっちにおいで。て、寺西聖の墓があるぞ」

定晴はびっくりしたような顔をして振り向き、駆け足でやってきたが、妙香は肩で息をしながら汗を拭き拭き坂を登ってきた。

さきほどまで名のある人たちの墓と対峙するたびに顔を出した、わたしのつむじ曲がりの虫は、いつのまにか姿をくらましていた。

「だれの墓だって?」

「ロシア文学の翻訳者の寺西聖の墓だよ」

「寺西聖の?」

「寺西聖のことは、定晴なら、知ってるよな。妙香は?」

「わたし、知らない。だれなの、この人?」

妙香がくたびれた表情でなげやりに訊いたので、わたしはさらに念を押した。

「だれって、妙香は、寺西聖のことは何も知らないのか」

「……?」

妙香は不愉快そうに首を振った。

「これは驚いた。でも、いくらなんでも、去年死んだじいさんが、チターエフ短編集をいつも手もとに置いていたことぐらいは知ってるだろう？」

「よく本を読んでいたことは知ってたけど、それがチターエフ短編集かどうかは知らなかったわ」

「その短編集を翻訳したのが、ここに眠っている寺西聖なんだけどな。そうか、妙香は何も知らなかったわけか」

「知るも知らないも、チターエフの翻訳者がだれであろうと、そんなのわたしにはどうでもいいことだったもの」

「父さん、妙香が知らないのもむりもないかもね。こう言うおれも、ロシア文学が好きだったじいちゃんに影響されてロシア文学の門を叩くことになったけど、寺西さんの名を意識したのは、大学生になってからだから」

「そうなんだ、兄ちゃんは、この人のことを知ってたんだ」

「そりゃあそうだよ。ロシア文学をかじった人で、寺西さんの名を知らない人はまずいないからな」

と大学のロシア語科に在籍していた定晴は、すぐれた訳業でロシア文学の紹介に大きな足跡を残した寺西聖に敬意を表した。

「おれも、ロシア文学講読の授業では、チターエフの作品をくりかえし読んでいたじいちゃんに負けないくらい、寺西さんの翻訳にはお世話になりっぱなしだよ」

「たしかにじいさんは、しょうがないといえばしょうがないけど、チターエフばっかりだったもな」

「寺西さんの翻訳は、じいちゃんを見習って、卒論でもおおいに利用させてもらうつもりでいるよ」

ロシア語のテキストでチターエフを読む機会の多くなった定晴は、卒業論文でもチターエフの作品を扱うような口ぶりだ。

「卒論では、チターエフを研究するのか。なるほど、まあ、そうだろうな」

「いまはその予定でいるけど、はたしてどうなるか、まだわからないね。それはさておき、ここで寺西さんの墓に出くわすとはびっくり、まさに青天の霹靂(へきれき)だよ。どうだ、妙香、墓めぐりには新しい発見があると言ったけど、嘘じゃなかったろう？」

「たしかにそうだけど、いま父さんの言った、まあ、そうだろうなって、どういう意味で言ったの」

「いや別に、どうということもないさ。定晴なら、卒論の研究テーマにチターエフの作品を選ぶだろうな、とただたんにそう思っただけだよ」

「それと、なぜ急にここでじいちゃんのことが持ち出されたの。じいちゃんが、ロシア文学の愛読者なら、寺西さんの訳したチターエフの作品をくりかえし読んでたとしても、不思議でも何でもないのに、さっきからのふたりの言い方だと、それがさもわけありに聞こえたわ。じいちゃんとチターエフの間に何か繋がりでもあるの。あるんだったら、そのあたりのことをもうちょっとくわしく説明してくれない」

と釈然としない妙香がしびれを切らすと、定晴ははがゆそうに答えた。

「何かどころか、チターエフはじいちゃんの父親だろうが」

「えっ、何、それ？　嘘でしょ？」

「嘘じゃないよ」

「そんなことってあるわけ……？　いやだ、もう冗談はやめて。兄ちゃんって、嘘をつくのがへたね」

「ほんとの話だよ。おまえが知らずにいたことに、こっちのほうが驚いてるんだから。そうだよね、父さん？」

思ってもいない妙香の過剰な反撃にあって、定晴はわたしに助け舟を求めた。

「ほら、そうやってすぐ父さんに話を振るところが怪しいわけ。それに嘘をつくと、兄ちゃん、小鼻がひくひく動くから、いとも簡単に嘘だとわかるわ。わたしだって、樺太(からふと)生まれの横綱の大鵬がそうであるように、じいちゃんの父親もロシア人であるくらいのことは、もちろん聞いて知ってるわよ。でも、いくらなんでも、そのロシア人が、よりによってチターエフだなんて、そんなのありえないもの」

「そのことなら、前に何度か、みんなに話したことがあると思うんだけどな」

「じいちゃんの父親のロシア人が作家のチターエフであるという話、わたし、いままで一度も聞いたことないわ。初耳。じいちゃんがよく本を読んでいたのは記憶してるけど、それがロシア文学だったか、チターエフの作品だったかは覚えてないもの。わたし、中学、高校と部活動で忙しかったでしょ。だから、じいちゃんとゆっくり話をする時間はとれなかったのよね。いーい、わたしが何も知らないからといって、からかうのはやめて」

「からかうもなにも、おれは、そのことは、この耳ではっきり聞いてるぞ。おそらく妙香は、聞いたのに忘れたか、それとも、夢見心地で聞いてたかのどっちかだよ」

「聞いてないことは、聞いてないの」

「おい、おい、定晴、順を追って説明せずに、そんなふうに決めつけた言い方をすると、嘘をついてると思われてもしかたないぞ」

「あら、いやだ、父さんまでも嘘の仲間入り？　順序立てて話しても、嘘は嘘。まったくふたりそろって嘘つきなんだから」

「そんな大事なことで、嘘など言うわけないだろうが」

「もう、いいかげんにして。ふたりでわたしをかつごうとしてもむだよ」

「かつぐだと？　このわたしが妙香をかついでどうするんだよ。しょうがない、ひとまず、話をもとに戻そう。あれ、どこまで話したっけ？　最近は、忘れっぽくなったなあ。やっぱり年はとりたくないもんだ」

「年のせいじゃないわよ、そんなの。思いつきの作り話だからでしょ」

「何だよ、父さん、しっかりしてよ。じいちゃんが、ロシア文学の愛読者で、寺西さんの訳したチターエフの短編小説をよく読んでたというところまでだよ」

「そう、そうだったな。ええと、記憶にまちがいがなければ、じいさんは、それまではまったくと言っていいほどロシア文学とかかわりがなかったけど、ひいばあさんからの勧めで、寺西の翻訳でチターエフを読んでいくうちに、はじめは父親として認めてなかった作家のチターエフが、どんな人でどんな考えをもって生きていたのかがわかるようになり、ついには、チターエフを父親として慕うまでに……」

そう言いながら、わたしは色とりどりの記憶の糸がもつれ合う糸玉から、十五年前の糸をたぐり寄せようとしていた。

「ちょっと待ってくれない。父親として認めてなかったって、何、それ？　わたし、父さんの、何か、こう、おおざっぱで、持って回ったような言い方がひっかかるんだけど」

「持って回ったように言ってるつもりはないけどな。おまえの思い過ごしだよ」

「なんなら、おれが代わりに説明してあげるよ」

と定晴が引きとり、小鼻をうごめかして自論を述べ立てた。

「あのね、寺西さんは翻訳家だったけど、作家としても知られていてね。だから、一語一句もゆるがせにしない、平明でかつ格調ある日本語による翻訳は、ロシア文学者の間では高く評価され、特にプーシキンの『ベールキン物語』は歴代の翻訳のなかでも十指に入ると評されるほどなんだ」

いわずもがなの前置きに、妙香がいらだっているのがわかった。

「せっかくだけど、寺西さんやプーシキンとかいう人のことはいいわ。わたしの訊きたいのは、じいちゃんとチターエフとのほんとうの関係なの」

「まあまあ、落ち着いて、おれの説明を聞けよ」

「回りくどい言い方はしないで、繋がりがあるかないか、まず結論を先に言ってくれない？」

「さっき言っただろう、じいちゃんの実の父親がチターエフだって」

「……？」

「おそらくじいちゃんは、定評のある寺西さんの翻訳などでロシア文学の世界に引きこまれていくうちに、チターエフという作家が、日本と切っても切れない縁のある作家であることを知り、それがきっかけで、父親であるチターエフの作品を読むようになったということだよ」

「それでどうしてチターエフがじいちゃんの父親だと言えるの。ひいばあちゃんがじいちゃんにそれを話していたということ？」

「もちろんそうだよ。まあいいから最後まで聞けよ。ところが、じいちゃんは、いくつかの作品を読んでいるうちに、ある疑念がふくらんでくるのをどうすることもできなかった。その疑念というのが、作家のチターエフがサハリンにやってきたのは、一説には、かつての自分の文学を根源的に問い直して新しい文学の可能性を探るためとされているが、そんな文学的な理由ではなく、函館に渡って日本人の妻、つまり自分を産んでくれた母親と会うためだったのではないか、というものだった。結局、チターエフは函館に来ることもなくサハリンを去ったわけだけど、それも、函館などでコレラが流行(はや)っていたからという物理的な理由ではなく、母親に対して何らかのためらいがあったからではないか、と疑っていたと思う」

「ためらいって？」

「海を隔てていては、ロシア人と日本人は結婚できるはずはないと考え、あえて茨の道を突き進むのを避けたということだよ」

「そうかな、いや、むしろその逆だろう。じいさんは、ロシア文学よりもチターエフその人に関心があったんじゃないか。当時、父親のチターエフのことを知ろうとしたら、寺西の翻訳ぐらいしかほかに手はなかったわけだから、じいさんは、寺西の翻訳によって、桜が好きだとか、海が好きだとかいったチターエフの人となりを窺い知ることができ、いろんなタイプの人間を、ときには哀切にときにはユーモアをまじえながら描くチターエフに魅せられていったと思う。そして作品集の解説などから、函館訪問の計画が頓挫したことによって本国へ船で帰らざるをえなくなったチターエフが、憧れの日本の地を踏む夢が断たれたことを残念がっていたことも知った。そこでじいさんは、そこに最愛の妻との再会を函館で果たしたいという思いが隠されているのではないかと考えるようになった。そしてその考えが確信に変わり、函館訪問が幻に終わったチターエフの無念さに心を動かされると、チターエフがいとしい存在に感じられ、最後にはチターエフを父として慕うようになった、というのがわたしの見立てなんだけどね」

と自分のチターエフ観をすこしばかり織りまぜて、わたしは定晴に反論した。

「いとしい存在に感じたってことは、それだけじいちゃんは、チターエフの作品に共感するところが多く、いろんな面で影響されたってこと？」

「親子なんだから、そうだろうけど、そのあたりのことはよくはわからないんだ。チターエフを父親と認めるまでにはそうとうの葛藤があったと思うけど、じいさんは、チターエフを話題にすることはまずなかったからな」

「父さんの話を聞いていたら、なんだかチターエフがじいちゃんの父親のような気がしてきたわ。でも、じいちゃんが、何かかわいそう。じいちゃんは、口数が少なく、ひとりでいることが多かったんでしょ？」

「それでも、孫のおまえたちとはよく遊んでくれたよ」

「そういえば、三、四歳の頃かな。端午の節句のとき、菖蒲の入ったドラム缶のお風呂のなかで、わたし、じいちゃんから聞いたことがあるわ。海の好きだった親父にちなんで、自分の名前に海という字がつけられ、遼海になったって。父さんの寛海の海もそうなの」

妙香はこれまでの話にいくらか納得した様子だったが、今度はわたしの名前の由来を訊いたのだった。

「なんだ、じいさんは、妙香にそんなことを話してたのか。わたしは、単純に、親の名前から海という一字をもらって、寛海になったと考えてたからな。名の謂われをじいさんに訊くなど、思いもつかなかったよ」

「名前はそうかもしれないけど、チターエフに寄せる思いを、父さんのほうから訊くようなことはなかったの」

「じいさん、いつもむすっとしてたから、訊きづらかったな。訊くと怒られるような気がして」

「でも、親子なんだから、気軽に訊けばよかったのに」

「そうなんだけど、いまになって後悔してるよ」

「じゃあ、父さんは、じいちゃんとチターエフのことをどうやって知ったの、ひいばあちゃんから?」

「ほかに話してくれる人はいなかったからな」

「変なの。何かすっきりしないわ。なぜじいちゃんはみんなに話したがらなかったのかしら。人には言えないような秘密があったのかな」

「さすがに秘密のようなものはなかったと思うけど、そのあたりの事情は、ひいばあさんが一番よく知ってたと思う」

「おれも、ひいばあちゃんが生きているときに、チターエフとどのようにして出会ったのか、なぜ離ればなれになったのか、そのあたりを直接訊いておくんだったな」

「そうだよね、それがわが本間家のルーツになるわけだから。でも、じいちゃんが、自分の読んでる本のことをいちいち人に話さないのは、ごく普通のことだと思うわ。わたしだってそんなの話さないも」

「わたしもそう思うけどね。まあ、じいさんの話はそのくらいにして。そろそろいいかな。われわれとは浅からぬ縁のあった寺西に感謝して、寺西の冥福を祈ることにしようか」

わたしにうながされて、定晴と妙香は墓前に掌（て）を合わせた。目の前の五輪塔で眠る寺西の翻訳がなければ、祖父がチターエフのひととなりを理解することはなく、チターエフを父として認めることもなかったという事実を明かされ、妙香は奇しき運命の糸の存在を意識したことだろう。

寺西の墓畔にどれほどの時間いただろうか。泉下の寺西は、やかましい三人の闖入（ちんにゅう）者によって安らかな眠りを破られたにちがいない。とはいえ、自分の名が頻繁に飛びかうやりとりに耳をそばだてていたのではあるまいか。

わたしの祖母と父にとって、寺西はかけがえのない恩人だった。その恩に報いるためにも、亡きふたりに代わって、羅紗（らしゃ）のような苔に覆われた墓の台石の上に香華を手向けて合掌すべきであった。どれほど疲れていても、また帰りの電車の時間がどんなに迫っていても、目と鼻のところにある駅前の花屋で切花を買いもとめてくるべきだったのに、それをすっかり忘れていたことがいまも悔やまれる。

ここで祖母のふさと父の遼海について触れてみたい。

ふさが東シベリアで出逢ったロシア人と結ばれて遼海を産み落としたのは、明治二十四（一八九一）年の春であり、その頃の、時代を画する歴史的事件と結びつけるとすれば、日本各地を歴巡していたロシア皇太子が大津で凶徒に襲撃されるひと月前だった。

ふさは、遼海が少年期を迎えるときになっても、その多感な心のなかにゆきずりの外国人に体を許した淪落（りんらく）の母親像が形づくられるのを恐れて、出生にまつわる秘密を自分の胸ひとつに畳んでおくことにした。父親がロシア人であることにうすうす気づきはじめていた遼海にその重い秘密を打ち明けなかったことが、ふたりの間の確執の火種となり、真実を隠し通したふさへの不信感が、遼海の心の奥でいつまでもくすぶりつづけたのである。

そんな遼海が、火傷（やけど）のかさぶたをおそるおそる剝（は）がすように、嘘の鎧（よろい）をまとったふさの話から鎧の防御板を一枚一枚剝ぎ取り、何ほどかの真実を摘み取って父親のありのままの姿を思い描けるようになったのは、許婚（いいなずけ）と祝言の盃をかわす日が間近に迫っていたときであった。それからおよそ二十五年もの間、遼海は感情を押し殺し、ふさに冷たく接したのだが、その冷たさも、家族みんなが難を逃れて樺太から引き揚げるころになってようやく、オホーツクの流氷が春の訪れとともに解けるように氷解していったのである。

爾来（じらい）十余年の歳月が流れ、老境に入ったふさから父の実像を知らされたとき、頭部に銃弾が撃ちこまれたかと錯覚するほどの衝撃が遼海の脳味噌を貫いた。

（親父が、ロシアの作家だったとは！）

ふさが真実を包み隠さず語るのを聞いているうちに、蛇蝎のごとく忌避していた父親への積年の憎しみが霧散し、逆に思慕の念が深まっていった。寺西訳の短編集の存在を知るや、それをすぐに買いもとめ夢中で読んだ。ささやかでつつましい人生のなかにも、さまざまな哀歓があるのをひかえめに素描する筆づかいに魅了され、意のままにならぬ人生の不可解さを抉り出すときの、運命に翻弄されながらもけなげに生きる人間を温かく見つめるまなざしに心を揺さぶられたのである。それはとりもなおさず、父チターエフが、日本の息子にはるか海を越えて伝えようとした、何にもかえがたい無言のメッセージに思えたのだった。

寺西聖の翻訳が世に出なければ、遼海は父親のぬくもりを生涯感じ取ることはなかっただろうし、ふさも夫の後半生を知るよしもなかったろう。ふたりは、そのことが痛いほどわかっていたからこそ、寺西を心のなかで掌を合わさずにはいられない恩人ととらえていたのである。

鎌倉小旅行から数日置いて、『京洛四季』に描かれた祇園や八坂神社などを見て回りながら京都を旅した妙香とわたしは、七月の晦日に、東京湾の芝浦埠頭から釧路直航便の貨客船に乗った。湾の閑かな闇のなかを、貨物船のともす赤と緑の舷灯がひっきりなしに近づいてきたり追い越したりして遠ざかってゆく。湾口を出てしばらくすると、ほの暗い東の空に、房総半島の先端部とおぼしき黒い影が見えてきた。

貨客船は浦賀水道を抜けた後、北に航路を変え、鹿島灘を過ぎてからは陸地沿いに航行をつづけた。

ひさびさに触れる潮風は心地よく、中天に懸かるにつれ白銀の色を増す弓張り月を見ていると、輪廻転生する宇宙の摂理に魅せられ、忘我の境に陥った。そのうちに眠気に襲われたため、足の踏み場もない八畳ほどの二等船室へ行って、白河夜船のほかの客にまじって身を横たえた。音色と節回しの似て非なる鼾声（かんせい）のなかでも、妙香は頭から毛布をかぶり、気持ちよさそうな寝息を立てている。わたしは何とかして寝ようとつとめたが、ついには雷のごとき鼾声の手にかかって船室から追い出されてしまった。しかたがないので、未練がましく甲板に戻り、デッキチェアに身をうずめて夜が更けるまでビールを呑んだ。

翌日はひねもす惰眠をむさぼって過ごした。一番星が現れるころには、船は三陸沖を北上していて、船の現在位置を知らせる表示板を見に行くと、東京湾から下北半島沖の手前までの豆電球が釣針状に繫がって点灯していた。

快適な船旅も二日目の夜を迎えた。闇のなかをまっすぐに突き進んできた船は、東に舵を切るあたりまで来て、海がおだやかであるにもかかわらずにわかに揺れだした。わたしの心が疼いた。二年前のソビエト旅行からの帰りには、函館で途中下車して、祖母の実家の展墓をしたのだが、今回は陸路ではなく、まるで函館を忘却の淵に沈めるかのように避けて通る海路になったことに気がとがめたからである。

祖母の揺籃（ようらん）の地である函館に思いをはせたそのはずみで、なつかしい祖母の顔が浮かび、追憶のアルバムの扉が開いた。扉が開かれる音とともに、わたしの生まれ育った樺太の頁、引き揚げ船で渡った宗谷海峡の頁、家族と暮らした網走の頁、そして、雪をまとった修道院の金銀の玉葱（ねぎ）形のクーポルが神々しく輝いていたモスクワの頁が順送りにめくられていったのだった。

左舷のかなたに、夜の海に白く咲く一群の梔子の花のように、イカ釣り船の集魚灯がゆらめいていた。魚倉にあふれんばかりにイカを詰めこんだ漁り船たちは、明日の東雲の頃には、船首を高くもたげ大漁旗をはためかせて家族の待つ港に帰るのだろう。そう思った拍子に、腹の虫が鳴りだし、函館名物のイカ飯がむしょうに食べたくなった。

次の日の朝、四十時間にも及ぶ船旅も終わりを迎え、わたしらは釧路港に降り立った。釧路駅前の市場で買物をすませてからバスに乗り、港の北の空に並び連なる雌阿寒岳と雄阿寒岳を遠望できる米町公園まで出かけた。公園の隅に立つ歌碑に刻まれた石川啄木の、「しらしらと氷かがやき　千鳥なく釧路の海の冬の月かな」を低吟して、一輪の寒月が冴える釧路の氷の海に千鳥が渡ってくるのを見て春の訪れを喜ぶ歌人を偲んだ。妙香にうながされ、立ち去りがたい思いで公園を後にした。タクシーを降りて、釧網線のディーゼル車に飛び乗ったときには、午をすこし回っていた。ちょっと贅沢な昼食になったが、駅弁の花咲蟹めしを買って食べた。

水天一碧の海の眺望に多少飽きてもいたので、めまぐるしく移り変わる車窓の風景は旅の疲れを癒してくれた。釧路湿原のなかをぬき足さし足で餌を探す丹頂鶴が優雅な舞を見せてくれ、湿原を過ぎて原生林を縫うように走り抜けると、川面から立ちのぼる川湯温泉の湯煙が湯の香を窓辺まで送り届けてくれたし、波静かなオホーツク海の潮の香りになつかしさを覚えていると、海と濤沸湖にはさまれた原生花園の可憐な花たちがつつましげに花冠を揺らしてくれたのである。

＊

昭和が平成と改元された今年で、昭和四十四年の鎌倉・京都の旅行からかれこれ二十年。月が累（かさな）り年が累る間に、刑務所を定年退官したわたしは、あるきっかけで蝶の生態に興味をもつようになり、二人三脚で春秋を重ねてきた糟糠（そうこう）の老妻の協力を仰ぎつつ、趣味として蝶の採集をはじめた。そのうちにすっかり蝶の魅力にとりつかれてしまい、お目当ての蝶を追い求めながら、捕虫網を片手に虫籠を頸（くび）から掛けて野山を駆けめぐった。網走湖と能取（のとり）湖の湖畔で、薄羽白（うすばしろ）蝶や姫岐阜（ひめぎふ）蝶の群舞に目を奪われ、この二つの海跡湖を一望の下に収められる景勝地の天都山（てんとざん）では、孔雀（くじゃく）蝶にお目にかかることもできた。

この五月に網走を離れたわたしども夫婦は、山梨の高校で教鞭をとる定晴のもとに身を寄せ、蝶の宝庫であり、雲間褄黄（くもまつまき）蝶の棲息地である南アルプスの北岳、間（あい）ノ岳、農鳥岳の白根三山を望める中央本線沿線の閑静な住宅地で余生を送っている。なだらかな丘陵の麓からときおり聞こえてくる、貨物列車の轟音が、冬のオホーツクの潮騒を思い起こさせ、望郷の念をつのらせることがある。そのようなとき、わたしは蝶の標本箱に歩み寄り、一羽一羽いつどこでどうやって採集したのかを思い返しながら、虫ピンで展翅（てんし）した蝶をガラス越しにのぞきこむのである。

そういうわたしが、桑楡（そうゆ）に近づいている身でありながら、そのうえ文筆の才がないのも顧みず、祖母に材をとった小説を書こうと思い立ったのは、運命のいたずらで時勢の風波の間を笹舟のようにさまようことになったひとりの女の一縷の流紋が、歴史の渦に巻きこまれ、世に知られることなく深い闇のなかに消えてゆくのにしのびなかったからである。

この無謀な思いを後押しし、拙い筆をとるようにうながしてくれたのが、ほかでもない、昭和四十四年にたまさかめぐりあった寺西聖の墓だった。

この小品は、言うならば、ありし日の祖母から聞いた身の上話やわたしなりに調べてわかったくさぐさを、自家製用の味噌樽に詰めこんでかき混ぜた後、米糀と粗塩で発酵させて小説仕立てにしたものである。このため、古人の糟粕を嘗めるような黴臭い構想で醸したうらみが残るばかりか、ややもすれば味つけが手前味噌になったきらいもなきにしもあらずだが、わが小品を心の趣くままに読み進まれる読者諸氏にはご海容を平にお願いするしだいである。

第一章　北海道・函館

一

箱館港の船着場を指呼の間に望む内澗町（うちまちょう）に、ふさの父の本間巳之吉（みのきち）が間口九間奥行き六間の二階造りの大きな店を構えたのは、慶応四（一八六八）年戊辰（ぼしん）の夏のことである。

庄内米の回漕（かいそう）で身代を築いた羽前（うぜん）屋の暖簾（のれん）を亡父寅之助から引き継いだとはいえ、弁天町にある店が手狭なうえに船着場から遠いことに頭を悩ましていた巳之吉は、地の利を得るために、荷の船積みにも陸揚げにも何かと便利な内澗町に目をつけ、零落した旧会津藩士の娘を娶（めと）るのを機に店の引っ越しを決めたのである。

明治の世になり、探検家松浦武四郎が名付け親となって蝦夷（えぞ）から北海道に改称された北の大地に見果てぬ夢を求めて、内地からの開拓移住者たちがぞくぞくとその玄関口である函館の地を踏んだ。それにともなって、函館港の取り扱う船荷の量はうなぎのぼりに増えた。出船と入船が目まぐるしく行きかい、沖繋（がか）りの船と岸壁の間を艀舟（はしけ）がせわしげに往来する港はおおいに賑わったのである。

かねてからの念願がかなった羽前屋も、御一新という時勢の急旋回に棹（さお）さすことで名をあげ産をなすことができた。艀の差配をほぼ手中に収めた巳之吉は、新たに山形の酒、舟材用の秋田杉、北海道の海産物の回漕も手がけ、さらには舟大工を雇っての和船の修繕請負にまで商いの手をひろげた。こうしたなりふりかまわぬ錬金術は、昔気質な旦那衆からは眉をひそめられることもあったが、豪放磊落で進取の気性に富む巳之吉は、気鋭の旦那衆の間で、時代を先取りして回漕業の新生面を開く風雲児だとまつりあげられ、若い同業仲間には、束ね役を任せられる元締的存在として慕われた。

巳之吉のたくましい商魂はこれで満たされることはなかった。巳之吉は、のちに帝都東京で文明開化の幕開けの象徴だともてはやされる人力俥を函館の町で走らせるのに、まさにその牽引役となった。好景気に沸く函館でひと稼ぎしようとその機会をうかがいながらも、俥業には及び腰である一旗組の新参者たちを尻目に、巳之吉がいの一番に人力俥をお披露目できたのは、入港する商船や客船などから函館の町にくり出す外国人が、異国の風俗に好奇の目を向け、日本人に先んじてこの乗り物を贔屓にしてくれれば、人力俥が打出の小槌になると算盤をはじいたからである。

現に、船着場と函館山の麓にある領事館の間を往き来する外国の船乗りや領事館員たちは、饅頭笠をかぶり紺の法被と股引を身につけた俥夫の挽く人力俥を気軽に利用したし、夏が来るたびに避暑を目的に次々とやってくるイギリス東洋艦隊の乗組員たちも、梶棒の先に弓張り提灯を吊したその珍妙な乗り物に乗って町見物をしようと長蛇の列をつくったのだった。そしてはたせるかな、町の重鎮の大店の年寄り衆もが文明の利器の恩沢に浴したい一心で、美麗な蒔絵のほどこされた人力俥を乗り回したのである。重い荷駄を載せた馬車や荷物をどっさり積んだ大八車の間を駆け抜ける人力俥ののぞき窓から、変わりゆく函館の町景色を見るのが彼らの道楽のひとつとなった。おかげで羽前屋は、本業の回漕業とは比ぶべくもないが、俥業だけでお蔵が建つほどの儲(もう)けを出したのである。

　このように巳之吉は、商才と算勘の才にたけているだけでなく、近代化の波が押し寄せる新時代の趨勢を沈着に読み解く、先見の明ももち合わせていたのだ。

　それでいて、遊蕩に明け暮れる世の成り上がり者の多くがそうであるように、あと先を考えずに金を湯水のごとくつかう浪費癖があり、肝腎の貨殖の才には乏しかった。料亭で芸妓をあげての、連夜の呑めや唄えの大盤振る舞いといい、新妻が病弱なのにかこつけて、足が遠のく気配を毛ほども見せずにせっせと山之上遊郭に通っての郭(くるわ)遊びといい、金に糸目をつけぬその豪遊ぶりは、函館中の花街の話題をさらい、世間の耳目を驚かせずにはいなかったのである。

　閨(ねや)のさびしさが身に染みる新妻の於祥(おさち)は、不安と口惜しさに胸を締めつけられた。亡くなられた本間のお父さまが、惻隠(そくいん)の情から、戦火の残る会津のご城下を逃れ、津軽の海を越えて箱館にやってきたわたしの父上に目をかけてくれたことが、旦那さまとの二世(にせ)の契りの縁となったけど、はたしてそれでよかったのかしら、と新妻は胸のそよぎを覚えるのだった。心の恃(たの)みとしていたお父さまもお母さまも、それに父上母上もすでに鬼籍に入ってしまったいま、何かいいお知恵を借りたいと願ってもそれはせんないこと。家のしきたりも育った境遇もちがうのに、酒田の商家の出で一代で財を築いた商人の一人息子と没落武士の蒲柳(ほりゅう)質の惣領(そうりょう)娘とが、ひとつ屋根の下で暮らすのだから、反りが合わないのもしょうがないというもの。病弱のわたしにいたらぬところがたくさんあるため、旦那さまがこんな火の消えたような家に帰る気にならないのも、当然といえば当然だわ。そう思いながら、於祥はひとり寝の蒲団のなかでどれほど声を殺して泣いたことか。

そんな夫婦が女児を授かったのは、明治三年庚午三月、庭先の紅梅の莟がふくらみはじめるころだった。巳之吉が数え年で二十六歳、於祥が二十一歳のときである。色黒で、くりくりした黒い瞳の赤子は、左目の下と頸の左前に、見る人の心に忘れがたい印象を残す黒子があった。

巳之吉は娘の誕生をたいそう喜んだ。お七夜の祝いの宴では、金釘流であっても臆することなく、招待客や親戚縁者の見ている前で奉書紙の命名書に墨色濃く筆を走らせ、三月生まれの女児の初節句は翌春に祝うのがならわしなのに、旧暦の桃の節句の日がやってくると、内裏雛を飾り、ちらし寿司と蛤のお吸い物をつくるのだった。命名書にみずから筆をとったのは、代筆を頼むなどは親として末代までの恥であるという思いこみがそうさせたのであり、節句の祝いを一年早めたのも、球状の胴体に塗られた黒と朱の漆がかすかに剝げ落ちてはいるものの、於祥が嫁入り道具のひとつとして大切にしてきた会津塗の内裏雛をすこしでも早く愛娘に見せてあげたいという気持ちを抑えられなかったからである。

変われば変わるもので、自分とそっくりのふさが生まれたのを境に、巳之吉は、遊郭通いからぷっつりと足を洗って放蕩三昧な暮らしにけりをつけ、家族思いの善良な父親に豹変した。

朝は鶏鳴に起きてふさのおしめを換え、つづいて床に臥せがちの於祥の身の回りの世話をすると、箒と雑巾を持って家のなかを飛び回り、通い奉公の飯炊き女中が来るころには、竈に火を焚いて朝餉の支度に取りかかった。番頭と手代と小僧を漆喰土間に集めて仕事の打ち合わせがすめば、仕事の合間に子守をしながら洗い物をやりこなし、店内が夕色に包まれはじめると、風呂釜に薪をくべて、煮炊きのためにふたたび台所に立った。店の暖簾が下ろされ、奉公人たちに夕飯を食べさせた後は、ほっとするのも束の間、汚れたおしめを換えてもらいたいと目にいっぱい涙をためて訴えるふさを抱き上げて風呂場に向かい、風呂から上がると、気持ちよさそうに紅葉のような手と蛙の足のような足を動かすふさを布袋腹に抱き上げ、蝶よ花よとかわいがった。遅い晩酌中でもふさが夜泣きをすれば、すぐさまおしめを持ってすっ飛んでいったのである。

ふさがはいはいやよちよち歩きをするころになると、子煩悩ぶりにますますみがきがかかった。親猫みたいに四つんばいになってふさの尻を追いかけ、ふさが転んでおでこをぶつけて泣きわめけば、そのたびにおでこを嘗めてあやすのである。ふさは、幼いながらにもうっとうしく感じていただろうが、巳之吉は、そんなことにはおかまいなく、うたた寝をしているふさをだっこして寝間に連れていくときにはきまって、弾力性のあるふさの頬っぺたにいかめしい髯を押し当ててぞりぞりと頬ずりし、そのお返しに自分の頬にかわいい口づけをしてもらうのだった。

ふさの誕生から二年が過ぎ、蒙古の大雪原からせり出してきた寒気団が北海道上空に居座っていた明治五年十一月に、弟の酉蔵が生まれた。巳之吉は、産婆の手で産湯に入れられている赤子を目を細めて見つめながら、「これで位牌持ちが出来た」と手放しで喜んだ。ところが、赤子の臀部の蒙古斑が鶏冠の形をしていたのが凶兆だったのか、於祥は産後の肥立ちがおもわしくなく、食も細くなって痩せはじめ、乳の出も悪くなったのである。

二児の親となった巳之吉は、いやがうえにも育児や家事に追われる時間が増えるため、於祥に乳母を雇うように勧められたが、ふさが赤ん坊のときにやったことをくりかえすだけだから、女中がひとりいればこと足りる、と言って断った。やせがまんというより、家族のことはできるだけ人の手を借りずに自分でやりくりしたいという気持ちが強かったのだろう。酉蔵が満足に乳を与えられず、腹をすかして泣きだすと、ふさがでんでん太鼓で酉蔵をあやしている間に、母乳代わりの米のとぎ汁を暖めに台所へ矢のごとく飛んでいき、酉蔵が満腹になって機嫌がよくなると、息つく間もなく酉蔵を背中におぶって掃除や洗い物に取りかかるといった、体がいくつあっても足りないほどの、きりきり舞いのあわただしさが来る日も来る日もつづいた。

酉蔵が三歳になっても、於祥は床上げできずにいた。添い寝をしてもらえないふさと酉蔵は巳之吉と蒲団を並べて寝るしかなかった。毎晩、ふさが、眠い目をこする弟の手を取って巳之吉の寝間へ向かった。普段は巳之吉が床に入るまでに寝ていないといけなかったが、蚊帳(かや)が吊される夏になればそのきまりも緩み、巳之吉による絵本の読み聞かせがあった。ふたりは、母親といっしょに寝られなくても、蚊帳のなかで父親の読み聞かせを子守唄にして寝ることで、そのさびしさをまぎらわすことができたのである。

日によっては、絵本の読み聞かせに代わって耳かきがあった。父親の大きな膝枕に頭をのせて耳かきをしてもらうのは、何とも気持ちがよい。だが困ったことに、巳之吉には耳垢(あか)を飲みこむという奇癖があった。目に入れても痛くないわが子の耳垢だから、酉蔵のべとべとした耳垢なら、掌にのせて一口で吸いこんでしまうのである。そればかりか、自分の耳垢も口に入れてしまうのだ。ふさは、耳垢をするときの音が耳に残り、酉蔵がそれをまねるのではないかと気が気でなかった。

じっとしていても汗ばんでくるほど蒸し暑く感じられる夜のことである。まるまると太った三毛猫を抱きかかえて床につくと、ふさは眉をしかめ、小声で言うのだった。

「いいかい、酉蔵。父さんのまねをして、耳糞なんか食べたらだめだからね。父さんは、耳糞は栄養たっぷりと言ってるけど、あれは嘘で、いまは夏だから、黴菌がいっぱいついてるの。口に入れたら、お腹をこわして病気になるからね。これ、父さんに言わないで。いい？　酉蔵はおしゃべりで、すぐしゃべっちゃうから。口にちゃんと錠っぴんかっといて。わかった？」

「うん、わかった。じゃあ、母さんは、耳糞食べたから病気になったの」

「ばかね、酉蔵ったら。うちの母さんがそんなことするわけないでしょ。今夜あたり、耳そうじがあるかもしれないよ。ずっと絵本の日がつづいてたから」

「ぼくの耳より、猫の耳をきれいにしてあげればいいのにね」

「それは絶対だめ。父さんが猫の耳糞食べたらどうするの」

「黴菌で死んじゃう？」

「でも、だいじょうぶ、父さんは強いから。そろそろ来る時間だわ。静かにして待っていよう」

暗い蚊帳のなかでふさと酉蔵が両親のことを心配しながら小さな心を痛めていることなど夢にも思わず、廊下をずしずしと踏み鳴らしてくる巳之吉の足音が聞こえてきた。ふさは、垢で汚れた耳を後ろ足で掻いている猫を蚊帳からそっと出してあげた。

「おい、起きてるか。今夜は、新しい絵本を持ってきてやったぞ」

寝間着に着替えた巳之吉は洋灯(ランプ)に灯をともすと、蚊帳の裾をたくし上げて入ってきた。

「あれー、今日は耳かきの日じゃなかったの」

「よかった、耳かきでなくて」

「今日は耳かきはなしで、『猿蟹合戦』を読んでやることにした」

「『猿蟹合戦』？　どんなお話なの」

「まあ、聞いてからのお楽しみだ。最後まで寝ないで聞くんだぞ。酉蔵、もうちょっとわしのほうへ近づけ。よし、よし、それでいい。では、はじまりはじまり」

体をすり寄せるようにして巳之吉のわきに寝そべったふさと酉蔵は、目をらんらんと輝かせて手を叩いた。

「むかしむかし、柿の種を拾った猿が、おいしそうなおにぎりを持った蟹に出会いました。猿は蟹のおにぎりがほしくなり……」

巳之吉が茶目っ気たっぷりに、声音を変えるとか抑揚をつけるとかして、猿や蟹や蜂などの台詞(せりふ)を面白おかしく読み聞かせたものだから、笑いにむせたふさと酉蔵は、そのあと、興奮のあまりなかなか寝つけなかった。

仕事がたてこんできて台所仕事や洗濯にまで手が回らなくなったときには、女中を新たにひとり置いたこともあったが、こんなぐあいに、病弱な妻をいたわりながら夜遅くまで子育てに心血を注ぐという、巳之吉にとっては男冥利に尽きる日が五年ほどつづいた。

　そのいとおしい月日の流れのなかには、風呂から上がった子どもたちを寝かしつけているうちに、当の本人もくたびれて寝入ってしまい、ふさに揺り起こされたこともある。また酉蔵の初誕生日には、朝夕の薬餌もむなしく束ねる髪も痩せてきた於祥が、紅白の一升餅を背負わされた酉蔵があっけなくも尻餅をつくと、間髪をいれず抱き上げて涙をぽろぽろこぼすのを目の当たりにしたとき、目頭が熱くなり、瞬きもせずに見つめているふさの前で不覚にも涙を流すという醜態を危うく演じそうになったこともある。


　酉蔵のおむつが取れ、ふさと酉蔵のままごと遊びも堂に入るころには、於祥は、具合がいいと、起き上がって自分で身の回りを整えるまでになり、子どもたちと添い寝もできるようになった。

　寝たり起きたりの、まだ目の下にうっすらと隈を刷いている於祥は、巳之吉のこんつめて働く姿をまるで知らないかのように、

「かわいそうに、あの子たちには、まだしばらく何もしてあげられないので、父さま、申し訳ありませんが、仕事に目鼻がついたときでよろしいですから、どこか遊びに連れていってやってくださいな」

　と煎薬の匂いが漂う病間から訴えるのである。

「おい、おい、どこかに遊びに行くといったって、子どもの喜びそうなところは、このあたりにあるのか」

「ありますとも。揚羽蝶や殿様飛蝗がたくさんいる、近くの原っぱでもいいですし、縁日に屋台の出

るお寺や神社でもいいですよ。鼈甲飴をしゃぶりながら金魚すくいをするのも楽しそうね。なんなら大森浜に行くのはどうかしら。貝殻を探すもよし、砂遊びをするのもよし、子どもにとって最高の遊び場所になりますよ。わたしも連れていってもらいたいくらいだわ」

ちぇ、こっちの都合も考えずに、まったく思いつきで次から次へと言いやがって。かえってどこに行ったらいいか迷うというもんだ、大森浜は官軍の奴らが幕軍の敗残兵の首を刎ねたところだぞ、そんなことも忘れたというのか、とぼやきながらも、巳之吉は商売そっちのけで、かわいいさかりの子どもたちを於祥のお勧めのところへ連れていった。だが、必ずと言っていいほど、巳之吉は日暮れ近くにならないと帰宅しないのである。それというのも、近くの寺社に行けば、子どもといっしょになって独楽回しや竹馬や凧揚げをしてはしゃいでいるうちに家に帰ろうとする気持ちが遠のき、海へ行けば行くで、犬掻きの特訓後に浜焼きの貝や雲丹を食べさせるのに熱中して帰る時間を忘れるため、帰り支度が遅くなってしまうからである。

巳之吉は、ふさと酉蔵が大喜びで遊びに興じるのに言いようのない満足を覚えると、函館が長崎、横浜と並んで日本初の国際交易港になったのをいいことに、ふたりを異国情緒あふれる函館の風物になじませようとした。さっそく元町のイギリスとロシアの領事館や入舟町の外国人墓地まで二人乗りの人力俥を走らせ、そのあとは船渠へ行って外航船の造船作業を見学させたが、それだけでは気がすまず、命の危険があるのに、艀を巧みに漕いで碇泊中の外国船のまわりを遊覧するという無茶ぶりを発揮したのである。店の軒先に掛けてある水引暖簾が夕まぐれの風になびくころ、巳之吉は、甘えざかりの酉蔵とふさを両腕にだっこしながら人力俥から降りて店の暖簾を頭で分けると、ご帰館を待ちわびていた於祥にその日の出来事を誇らしげに語った。

「うちのふさはそんじょそこらの子とはわけがちがうぞ。御用聞きがてらにロシア領事館に立ち寄ったら、敷地内にあるハリストス正教会の聖堂の葱坊主を目をまん丸にして見上げてるまではよかったけど、何を思ってか、石で出来たおっきい教会がいっぱいある異国に行きたいとか、司祭たちのまねをして、だぶだぶの黒い袈裟(けさ)に黒い帽子をかぶり胸には十字架をぶら下げて異人墓地でお祈りをしたいとか、とにかくとんでもないことを言いだすんだからびっくりよ。一を聞いて十を知るぐらい頭はいいのに、いかんせん変わり者のお転婆娘なもんだから、これから先が思いやられるわ」

「あの子ったら、そんなこと言ってるの。いったい何を考えてるのやら。酉蔵はどうでしたか、お利口さんにしていましたか」

「あのひよっ子は、舟酔いかどうかは知らんけど、食ったものをわしの膝に吐き出しやがってな。やれふりちんで犬掻きするのは恥ずかしいだの、やれ舟は揺れるから二度と乗りたくないだのとほざきやがって。しまいには、めそめそ泣きべそをかいて、だっこしてくれと泣き叫ぶ始末よ。まったくぶざまな野郎だ。かわりにふさがきんたまをつけていてくれたら、どれほどよかったか」

　目尻を下げて大声で話す巳之吉の顔を見ながら、あどけないわが子と夫が函館の町をあちこち歩き回るさまを想像すると、於祥は笑いを噛(か)み殺すのにひと苦労。なぜならば、色黒で毛むくじゃらの、二十五貫もある大兵(だいひょう)肥満の巳之吉が、大きな頭を怒り肩と猪(い)首で支えられ、背を丸めてやや前屈みで歩く風貌に、町に出没する函館山（臥牛山(がぎゅうざん)）の羆(ひぐま)を連想させるものがあったからである。

　留守番ばかりの於祥は、天真爛漫な巳之吉の話の聞き役になるしかなく、そのたびに母として一抹のさびしさを味わった。だが、そんなことを忘れさせてくれるくらい愉しい時間があった。それは、星の降るような夜や月明らかな夜に、子どもたちの手を引いて二階の物干台に上がり、潮の香りをいっぱい吸って夜空を眺めるときである。満天の星屑のなかに天の川や鼓星を探しながら星座の話をしてあげたり、十日余りの月が雲居に懸かる頃合いを見はからってかぐや姫の話を聞かせたり、お月見の日にはすすきを瓶にさし三方にのせた団子を供えて月見飾りをしたりするのが何よりの気慰みになった。ふさはふさで、香の匂ってくる母の襟もとにぴったり身を寄せ、めぼしい星を言い当てて褒められたときのことを、だれにも知られたくない秘密の時間としていつまでも大切に心に蔵いこんでいたのである。

二

ふさと酉蔵が物心がついて好奇心も旺盛になるころに、巳之吉は高田屋嘉兵衛の墓がある称名寺へふたりを連れていったことがあった。

丹塗りが剝げた本堂の階に腰掛けて折り紙やあやとりをしてからは、竹とんぼを飛ばして遊び、遊びに飽きたところで墓を訪れた。巳之吉は、歴史に名を刻んだこの人物の略伝が書かれてある和綴じの本を取り出してぱらぱらと頁を繰ると、咳ばらいをひとつして、覚えたての知識を披露するのだった。

「いいか、この御仁（ごじん）は江戸の終わり頃の人で、廻船業で身を起こし、内地との交易で巨万の富を得るまでは順風満帆だったが、人の運命とは一寸先は闇だ、何と、南千島の択捉（えとろふ）沖を航行中に、魯西亜（ロシア）船に拿捕（だほ）されるという、自分でも何がなんだかわからない不幸に見舞われた人でな。凡人なら、ここで坂を転げ落ちるように真っ逆さまに奈落の底に落ちていくところだが、嘉兵衛さんはそうじゃなかった。嘉兵衛さんは、自分は松前藩に捕縛された魯西亜艦船の船長の人質としてカムチャッカに連れてこられたことを知ると、魯西亜側の交渉責任者に、日本側に人質の交換をできるだけ早く働きかけて両国の和解の道を探るべし、とこんこんと説いたということだ。それがきっかけで、幽閉中の魯西亜の船長が解放され、そして自分も解放されたんだから、まさに歴史に名を残した偉人中の偉人だ」

「父さんの話、むずかしすぎて、ぼく、わかんない」

「わたしもよ。嘉兵衛さんがたいへんな思いをしたのはなんとなくわかるけどね」

本を読み聞かすように話す巳之吉の言葉はむずかしく、ふさと酉蔵は、お経を聞いているような気分だった。それでも、理解の及ぶ範囲内で疑問に思ったことを訊いた。

「異人て、嘉兵衛さんは異人さんだったの」

「ばか、酉蔵は、いままで何を聞いてたんだ。嘉兵衛さんが異人の魯西亜人であるわけないだろうが。偉人とは偉い人のことをいうんだ」

「でも、その時代は、異国に行っちゃいけなかったのよね」

とふさもためらいがちに訊いた。

「そりゃあ、みずから好きこのんで異国の魯西亜に行くわけないさ。わしはさっき言ったぞ、魯西亜

にむりやり連れ去られたって

「連れ去られたってことは、魯西亜のカムチャッカに、人さらいがいたということね」

「まあ、そういうことになるな」

「人さらい？」

　人さらいという言葉を耳にすると、それまで上の空で話を聞いていた酉蔵は、大事そうに抱えていた広口(ひろくち)の小壜(びん)からしあわせいっぱいの目を巳之吉に移した。灰色の泥がついた小壜には通りすがりの沼池で見つけた蝦夷山椒(さんしょう)魚の卵が入っている。

「その魯西亜のカムチャッカって、何なの？」

「あれ？　おめは魯西亜も知らんのか」

「知ってるよ、そんなの。ぼくが知りたいのは、カムチャッカ」

「わかった、わかった、まあ、そんなにむくれるな。カムチャッカというのは、日本のはるか北にあるおっきい半島の名前だ。といってもおめにはむずかしいか。半島という字は、島を半分と書くんだけど、どう言えばいいかな……、とりあえず、陸から海に突き出てる細長い足みたいなもんだと思えばいい」

「魯西亜のそんなところにも、天狗がいるんだね」

「天狗だと？」

「嘉兵衛さんをさらったのは天狗だよ、きっと。天狗って、赤い顔をしてて、人参みたいな鼻を付けてるんだ。背中に翼があって、木から木へと飛べるから、嘉兵衛さんをだっこしたまま、海から海へ飛んでいったんだよ」

　がんぜない酉蔵は、自分だけが天狗を知っているように思えるのがうれしく、ふさの顔を得意げに見上げた。その拍子に小壜の水がこぼれたために、山椒魚の卵が気になるらしく、また小壜のなかをのぞきこんだ。螺旋状になってふわふわ浮いている白い卵嚢のなかで、胡麻のようなものがぴくぴく動いている。

「そうかもしれんな。酉蔵は、天狗のことをよく知ってるけど、だれに教えてもらったんだ」

　気をよくした酉蔵は小壜から目を離すと、声を張りあげて答えた。

「母さんだよ、母さんが絵本で教えてくれたんだ」

「そうか、母さんだったのか。絵本にも出てくると思うけど、天狗は、始末の悪いことに、隠れ蓑で姿を消すから、捕まえたくてもなかなか捕まらないんだよな。いずれにせよ、人さらいをする天狗はどこにでもいるもんだ。この函館にも、その壜の山椒魚のようにうじょうじょいるかもしれんぞ。だから夜は口笛は吹くなと言われてるだろう？　迷信でもなんでもなく、ほんとに天狗は口笛を聞きつけてやってくるからな。といっても、おめらはまだ口笛は吹けないか。あははは」

「だけどわたし、口笛なんか吹かないのに、天狗は、いつのまにかお祭りの行列のなかにまぎれこんでるのよ。白い髪を垂らし、高い下駄を履いてさ、鉄の杖をじゃらじゃら鳴らして歩くの。気味が悪いったらないから、天狗が近づいてきたら、すぐ家に逃げこむことにしてるんだ」

「祭りの天狗は何も悪いことはしないはずだけどな。よし、わかった。もう心配しなくていい。この夏の八幡宮の祭りでその天狗が現れようものなら、このおれさまが引っ捕まえて、髪は引き抜き鼻はへし折り、翼はずたずたにしてやるからよ」

「天狗さえいなければ、人さらいはいなくなるから、安心してお祭りの行列が見られるわ。よかったね、酉蔵」

「うん。でも、ぼくは天狗より、獅子舞のお獅子のほうがこわいな。だって頭を噛もうと追っかけてくるから、ついでにお獅子もやっつけてほしいな」

「わたしはお獅子は平気。だって頭を噛んでもらうと病気をしないんだもの」

「そうなの？　そうだったら、父さんも母さんも、お獅子に頭を噛んでもらえばいいのにね」

「わしは、お獅子に噛まれなくても病気にはならんけど、母さんは、噛んでもらうといいかもな」

「ところで、函館の天狗のように、カムチャッカの天狗は成敗されることはないから、人さらいにあった嘉兵衛さんは、いつまで捕まっていたの。うまく逃げられた？」

「そういえばそうだったな。わしとしたことが、酉蔵のせいで話がいつのまにか横道にそれてしまったわ」

「ぼくのせいじゃないよ、姉ちゃんが人さらいの話をしたからだよ」

「酉蔵ったら、また人のせいにしてる」

「まあ、どっちでもいいだろう。さて、囚われの身から解放されることになった嘉兵衛さんだけど、次の年には帰国が許され、その後の活躍もこれまたみごとなもんで、日本と魯西亜との和平交渉の間に立ち、千島海域に両国の国境を定める陰の立役者になったということだ。このほかにも、箱館が大火事で焼け野原になったときには、焼け出された人に炊き出しで粥を振る舞うとか、着る物などの施し物をするとか、避難所をこしらえるとかで、私財をなげうってまでして箱館を救ってくれたわけだから、実に偉いもんだ。なかなかまねできるもんじゃない」

巳之吉は、頸に止まっていた血ぶくれの蚊をぴしゃりと叩くと、何もなかったようにさらにつづけた。

「それに、箱館港の繁栄を願って、造船所も建ててもくれたしな。偉人というのは、こういう人のことを言うんだ。おめらも、自分の生まれ育った函館や函館の父とされる高田屋嘉兵衛なる御仁に恩返しができるように、立派な人間になるんだぞ、わかったな？」

巳之吉が墓前で深々と頭を下げて合掌すると、話の半分ものみこめぬふさと酉蔵も見よう見まねで掌を合わせた。遠くで近くで入相の鐘が鳴った。巳之吉が薄目を開けて見ると、合掌するふさの、切れ長の一重瞼の目を半眼に閉じた横顔に、白壁の塀を金色に染める斜陽の照り返しが映っていた。菩薩を彷彿させるその端正な顔立ちに巳之吉は見とれてしまい、わが子ながらそのうつくしさに吸いこまれそうになったのである。

高田屋嘉兵衛の逸話がきっかけで、函館が江戸期から交易港として栄えたことや函館港に入ってきた最初の異国船がロシア船であることを知ったふさは、これを機に、函館の歴史に興味をもちはじめたのだった。そのときがようやくやってきたとほくそ笑む巳之吉は、ふたりを乗せた二人押しの人力俥を駆って、夏山路に咲く鈴蘭をめでながら五稜郭まで遠出したこともあった。

卯の花の白い花が咲き匂う濠端を通り、城郭に懸かる一の橋の手前で俥を停めた。橋を渡って城門のあったところまで来ると、巳之吉は猫背の背中を屈めて低頭し、かつて箱館奉行所の本陣が置かれていた城郭の中央に向かって掌を合わせた。それから姿勢をもとに戻して一呼吸おくと、うれしそうに城郭と花菱形の城塁の由来について語りだした。

「この城はだな、伊予大洲(おおず)藩の出である武田斐三郎(あやさぶろう)の手になったもので、西洋の城をまねて造ったとされている。松前城のとはちがって、濠が星の形をしてるだろう？」

「お濠が星の形をしてるなんて、いかにも北海道のお城らしいわ。次に来るときは、星が大好きな母さんも連れてきて、夜になったら、このお城から北極星や北斗七星を眺めてみたいなあ」

「箱館戦争の戦場になったこの星形の城は、敵の官軍の動きを監視するのに恰好な造りになっているはずだったが、なにせ官軍の大砲の威力がすごく、遠くからも砲弾が飛んできてひとたまりもなかったらしい。新選組の副長であらせられた土方歳三先生や幕府伝習隊を指揮した大鳥圭介先生が何とか踏みとどまって奮戦したものの、総崩れとなった幕軍を立て直す術(すべ)はすでになく、軍の総裁である榎本武揚先生もついには官軍の軍門に降るしかなかったわけだ」

「ぼく、新選組の土方さんのことなら、前にも何回か聞いたよ」

「そうかあ、土方さんたちはこんなところで官軍と戦っていたんだ。ねえ、父さん、お腹空かない？わたし、さっきからお腹がぐーぐー鳴ってるの。もうお昼にしよう」

「よし、飯にするか。腹が空いたら戦はできないというからな」

「ほら、また向こうにお濠が見えてきたわよ。なかなかいい眺めだわ」

三人は、城郭の唯一の遺構である兵粮(ひょうろう)倉の近くに来ていた。しろつめくさの密生している土塁に腰をおろして、濠で遊ぶ水鳥を眺めながら、於祥の心づくしの、経木に包んだおにぎりと草餅をうまそうに頬張った。どこからともなく野良の子猫たちが現れ、かわいい声で餌をねだるので、ふさと酉蔵はおにぎりのなかの鰹節を分けてあげた。腹ごしらえをした後は、ふたりはしろつめくさを摘みはじめた。巳之吉は、手籠いっぱいになったしろつめくさを慣れた手つきで編んで頸飾りを作り、それをふたりの頸に懸けてやった。

「どうだ、気に入ったか、いい匂いだろう？　ふたりとも頸飾りがよく似合うな」

「何か、童話に出てくるお姫さまになったみたい」

「ねえ、ぼくのはきつくてちくちくするから、姉ちゃん、取っ換えっこしようよー」

酉蔵が鼻の穴をふくらませて泣きべそをかきそうになり、そっぽを向いて背を向けるふさの袖を後ろから引っ張っている。

「おい、こら、頸飾りのことくらいで、こっちのほうがおっきいだのあっちのほうがちっちぇだのと、けつの穴が小さいことを言うもんでない」

「だって、ぼくの、きついだもん」

「わかったわよ、わたしのをあげればいいんでしょ？　取っ換えっこしてあげるから待って」

「やったあ」

「そっちのよりちょっと小さいだけで、何もきつくないじゃないの。ほんとわがままなんだから。……酉蔵、いい、今度は、四つ葉のしろつめくさを探そう。見つけるといいことがあるんだって。どっちが早くたくさん見つけるか、競争しよう」

「よーし、姉ちゃんなんかに負けないぞ」

「おい、おい、その前にさっきの話のつづきがあるぞ」

「またあの話？　それより、ぼく、姉ちゃんと競争したいな」

「しかたないわ。競争は後にして、父さんの話を聞こう」

「さてと、話をする前に、臥牛山を見ておきたいの……だ……が……、どうやら今日はその姿を拝められそうもないな」

　箱館戦争の際に、もしも、官軍の動きを監視する物見台として箱館奉行所の本陣の屋上に組み立てられた太鼓櫓（やぐら）が直撃弾でこわされていなかったなら、雲ひとつなく晴れた日にはそれに登って函館山も望まれたであろうが、あいにくこの日は霞がかかっていて遠目がほとんどきかないため、函館山の眺望はあきらめるしかなかった。鳶（とび）にでもなって碧空（あお）から函館の町を鳥瞰（ちょうかん）できれば、見なれた町の姿形が、浮世絵の美人画に出てくる艶めかしい女人たちの、うなじからなよやかな肩にかけての末広がりの柔肌（やわ）を想起させるような趣を呈して蒼海に浮かんでいるのが見られただろうし、濃緑の函館山がちょうどその頭部に位置するのが確かめられたはずである。

　巳之吉は、これに類する妄想をたくましくしながら、その艶めかしい女人の容姿を薄霞のなかに探していると、家族の帰りを頸を長くして待つ於祥の米沢紬（つむぎ）の着物姿が頭のなかに浮かんできたのだった。

「やっぱり、母さんも連れてくればよかったかな」

　と巳之吉は舌を鳴らすと、ふさと酉蔵のほうに向き直り、箱館戦争にまつわる毎度おなじみの話をはじめた。

「わしはこれでも、怖いもの知らずの町衆のはしくれとして柳川の熊吉親分のもとに馳せ参じ、官軍を相手にめざましいお働きをなさった土方先生をはじめとする、箱館戦争でご最期をお遂げになられた方々のお亡骸を、実行寺という寺までお運び申し上げたことが何よりの自慢でな。いまでもはっきり覚えてるけど、何とそのとき、白い虹が函館の五月空に懸かっていて、そりゃ驚いたのなんのって、危うく腰を抜かすところだったわ」

得意満面な巳之吉は敬語を散りばめ、鼻息荒く語った。頸飾りをつけ、しろつめくさの上に行儀よく座って拝聴するふさと酉蔵は、またぞろれいの退屈な自慢話がはじまったと観念し、お定まりの質問をするのだった。

「虹は七色なのに、どうして白なの」

とふさが気乗り薄な声で訊ねると、巳之吉は天を仰いで目をつぶった。

「天は、赤誠を尽くした人に、褒美として白い虹を授けるというからな」

「白い虹は、どっちの方角に見えたの」

「言うまでもない、土方先生がいま眠りについておられる臥牛山の真上だ」

次に酉蔵が生あくびをしながら訊いた。

「臥牛山の真上？　じゃ、土方先生の墓は臥牛山のどこにあるの」

「酉蔵は、眠たくなったか」

「眠たくないけど、自然にあくびが出るんだ」

「あのな、人の話を聞いてるときにあくびが出たら、話してる人に気づかれないように、口にそっと手を当てるもんだ。おいおい、いま当ててどうする、もう遅いわ。それで、土方先生の御霊なんだけど、それは麓にある碧血碑に鎮まっておられるからな」

「へっけつひって？」

酉蔵はさも驚いたように黄色い声を出した。

「ついこないだも教えてやったばっかりだぞ。酉蔵は、三歩歩くとすぐ忘れるから、しょうがないなあ。もう一回教えてやるから、耳の穴をかっぽじってよく聞け」

「だいじょうぶ、よく聞こえてるから。きのうの夜、耳そうじをしたの、父さん、忘れちゃった？」

酉蔵はしろつめくさをむしりながら口をとがらした。

「そうか、そうだったな。よし、いいか、聞いたことは、しっかり頭のなかに入れておくんだぞ。碧血碑とは、箱館戦争が終わってちょうど六年目に、歴戦の土方先生をはじめとする、戦でお斃れになられた方々の、八百を数える御霊をお鎮め申し上げるために、町衆も金を出し合って、臥牛山の山麓に建立した慰霊碑のことだ。碧血という名は、忠義に殉じた義士の血は、死後三年経つと碧色の玉に変わる、という中国の故事によるそうだ」

巳之吉の話を聞いているふさの頭のなかでは、土方歳三がハリストス正教会と繋がり、ハリストスの白とみどりは虹の白と血のみどりと結びついた。

（土方先生は、建てられたばかりのハリストスに行ったことがきっとあるんだわ。きれいだっただろうな、白とみどりが映えて）

「で、その土方先生の血もみどりに変わったの」

「あたりき車力の車引きよ。銃弾が貫通したお腹には、血糊がべったりついていて、身に着けておられた陣羽織と兵児帯が赤黒い血で染まっていてな。いまはもちろん、その血も碧色になられているはずだ」

巳之吉は、散髪脱刀令が発令されて七年も経つというのにいまなお黒々と結っている髷を唾をつけた指の腹で撫でつけると、函館山の方角に向かって一揖し、声の調子を変えて重々しく語りかけた。

「輝かしい武功を謳われている土方先生、どうかやすらかにお眠りください。箱館を官軍の砲撃で火の海になるところからお救いいただいた御恩は、けっして忘れることはありませんから」

巳之吉が直立の姿勢に戻るのを待って、酉蔵が訊いた。

「その土方先生をどうやって運んだの」

「先生のお亡骸は、筵にくるまれたまま、一本木関門のかたわらに置き去りにされてたけど、熊吉親分とその子分たちが、兵火の迫るなかを声を押し殺して泣きながら大八車で運んだんだ。それにわしら町衆も加わってな。母さんも、悪阻があるにもかかわらず、大八車を押すのを手伝ってくれたわ」

「嘘？　母さんも？」

「そうだ。あれでけっこう腕っ節が強かったからな。なんでも、娘時分には、城のなかにあった稽古場に通って、鉢巻きを締め義経袴をはいて、薙刀を振り回してたんだと」

「母さんが、薙刀を？　信じられない」

「だから、怒ると怖いだろう？　頭に角が二本生えてくるだろうが」

「怖くなんかないよーだ。すっごくやさしいも」

ふさはむきになって言い返した。

「それで、運んであげるとき、父さんも泣いた？」

「わしが泣くわけないだろうが。母さんは、目を真っ赤に腫らしてたけどな」

「ぼく、碧血碑が見たいな。姉ちゃんも見たいよね？」

「そんなに見たいか。よし、わかった。仕事がたてこんでいないときを見つけて、母さんも連れていってやろう。碧血碑の鉄扉の向こうで碧色の血に染まったまま眠っていらっしゃる土方先生に線香をあげるのは、函館で生を享けた者の務めだからな」

「でも、血は腐るんじゃない？」

「そりゃあ、赤いままの血なら腐るけど、碧色に変わった血は腐らないことになっている。こう言っちゃあ何だけど、わしの血も、わしがお陀仏になって三時間も経てば碧になるから、まず腐ることはないわな。わははははは」

「あれ、変なの。さっき、父さん、三年と言ったよ。言ったよね、姉ちゃん？」

「いや、わしの場合、三時間あれば、それで十分だ」

「そうかもしれないけど、父さんは強いから、死ぬわけないわ」

「なんてったって、わしの体は、鉄で出来ていて不死身だからな。とはいうものの、一騎当千のつわものであられた土方先生でも、あのようにあっけなくお亡くなりになられるのだから、人間の命なんて実にはかないもんだ。こんなにぴんぴんしているわしだって、鷹に襲われる兎や陸に釣り上げられた魚のように、いつこの世からおさらばするかわからないからな。縁起でもないことを言うけど、わしの墓は、いまあるうちの墓の横に土饅頭を作ってくれれば、それでいいからな。でっかい石の墓は重たいので、それだけはかんべんしてくれよ」

「土饅頭？　わたし、泥団子作るの上手だから、いいわよ、まかしておいて」

巳之吉の虚実ないまぜの話は、いつにもまして言葉がむずかしく、ちんぷんかんぷんなところがたくさんあったが、ふさと酉蔵は話がおしまいになるまで相槌を打つのを忘れなかった。

五稜郭を訪れたこの日の夜、ちろちろと火影のおどる囲炉裏端で、巳之吉は、ロシアと北海道との歴史的な結びつきの一例として、ロシア船が座礁したときの、北海道道民による救命活動とそれを支えた自分の獅子奮迅の活躍を唾を飛ばし飛ばし語ったのだった。

尾鰭のついたその手柄話をかいつまんで記せば、いささか長くなるが、次のようになるだろうか。

北海道南部を襲った猛吹雪のため、日本海を航行中のロシア軍艦アレウト号が、函館から北西へおよそ二十数里離れた、春は鰊漁で賑わう瀬棚海岸の浅瀬で座礁したのが前年の明治十年十一月。船底が岩礁に乗り上げた軍艦は船体が大きく傾いたものの、乗組員は六十名全員無事救出され、そのうちの士官二名と水兵十三名が、異国の寒村で、一日も早い母国からの来援を待ちつつひと冬を越すこととなった。彼らの任務は、銀灰色の荒海にぽつねんと浮かぶアレウト号の監視と、船体を軽くするための、艦内に残された物資の陸揚げであった。翌春、ウラジオストクを解纜した軍艦エルマーク号が、函館回航後、乗組員の送還のために瀬棚沖にその雄姿を見せたときは、これでどうにか帰国できる、あとは決死隊を編成し、潮位の高くなる日に端艇（たんてい）を下ろして離礁作業を行うだけ、とロシア兵のだれもが思ったことだろう。ところが、曳航（えいこう）用の太綱を座礁船の船尾にくくりつける作業をすませてから、退船しようと水兵たちの乗りこんだ端艇が、波を蹴（け）ってエルマーク号に引き返す途中で高波に呑まれ転覆してしまったのである。

端艇転覆の知らせは、またたくまに函館のロシア領事館に届いた。瀬棚村では、行方不明者の捜索隊を近村から募ったが、人手が足りず捜索活動は難航していた。さっそく函館の回漕業者が、近場の漁港から捜索に出す舟を調達するために現場に駆り出されることになった。一行は、荷揚げ人足を引き連れて札幌本道を一路北へ夜を日に次いで馬車を走らせ、渡島（おしま）半島の付け根あたりにひらけた馬宿で馬を継ぐと、今度は羊腸たる山道を西に駆け抜けることでようやく瀬棚村に着いたのだった。この回漕業者の援軍に巳之吉も加わっていたのである。

海岸のところどころに雪の残る四月末の日本海の水は手がかじかむほど冷たかった。ロシア兵と力を合わせての、死力を尽くした捜索もむなしく、アレウト号海難事故は、十二名の犠牲者を出す惨事となった。

捜索作業の際、巳之吉は、ロシア人には、言葉が通じずとも、大きな身振り手振りで意思を伝えるなど、まわりの人たちにてきぱきと具体的な指示を与えながら豪胆沈着に立ち振る舞った。命知らずにも大波に呑まれそうな小舟にみずから乗りこむと、引き上げた遺体を六字の名号（みょうごう）を唱えつつねんごろに毛布にくるんだ。舟縁（ふなべり）にへばりついている捜索者たちの目には、髷をきりりと結い上げ、酒樽のように肥えた巳之吉は、水軍の帆船に座乗して陣頭指揮をとる総大将であるかのように映った。寒空の下で損傷のはげしい遺体を引き上げる小舟の上では、壇の浦の岸に流れ着いた源平の将兵たちの死骸を引き上げるときに見た漁師の一場（いちじょう）の悪夢もかくあらんかと思わせる、死屍累々の地獄絵のごとき光景がくりひろげられたのだった。

しんみりと芝居っ気たっぷりに語り終わると、巳之吉は囲炉裏のかぼそくなった火に薪をつぎ足した。美談はここでは終わらず、掉尾（ちょうび）を飾るべき後日談として、捜索活動を敢行した回漕業者たちが救助を願い出たロシア領事館に礼を厚くして迎えられ、犠牲者の遺族からカフカスの人形を頂戴したことを付け加えた。

心やさしく感受性の豊かなふさの無垢な目に涙が滲んだ。

「そのロシアの水兵さんたちのお墓はどこにあるの。函館の外国人墓地にあるなら、わたし、お参りしたい」

疑うことを知らないふさは声を湿らせた。

「ぼくもそのお墓に行ってみたい」

酉蔵も目を輝かして訴えた。

「なんせ瀬棚村だから、まだおめらの足ではむりだわな」

「うちの人力俥で行こうよ」

「そんな遠いところまで、あんたたちを乗せて人力俥が行けるもんですか。行けたとしても、山に入ると、道は急だし、羆も出てくるわよ」

と於祥が口をはさみ、巳之吉と目が合うとくすくす笑った。

「羆？　じゃあ、羆が眠ってるときに行こう」

「羆が冬眠中でも、雪が降って積もるでしょ。やっぱりあきらめるしかないのかな」

ふさはうなだれてしまった。

「まあそんなにがっかりするな。もうちょっと大人になってから行けばいいさ」

「ふさ、そうしなさいよ。わたしもいっしょに行ってあげるから」

「わかったわ、そうするわ。お参りのときには、父さんのもらったその人形を持っていくね」

「そうか、そうしてもらうと、人形も喜ぶだろうな」

「それで、その人形、いまどこにあるの」

「それがね、押入れに片づけたままなの。飾り棚に置いていたら、酉蔵が、人形が怖くて、夜、部屋に入れないと言うもんだから。大切にすると言っておきながら、わたし、忙しさにかまけて、そのまま茶箱に入れっぱなしにしていたのよね。ごめんね」

於祥が申し訳なさそうに答えた。

「かわいそうだから、いますぐ茶箱から出してあげて、みんなのいる部屋に飾ってあげよう」

「わかったわよ。いま出してあげるね。ほんとうに人形にはかわいそうなことをしたわ。目がぱっちりしていて、めんこい人形なのに。そうねえ、瞳が黒いところなんか、ふさにそっくりよ」

「そんなのいいから、早く出してあげて」

「茶箱は座敷の押入れのなかにあるけど、父さま、面倒かけますが、人形を出してくれませんか」

「ほんとは夜より明るいときのほうがよく見えるからいんだけどな。しょうがない、どれ、人形とひさしぶりにご対面でもするか」

大儀そうにのっそりと腰を上げた巳之吉を追いかけるようにして、三人そろって、仏壇のある奥座敷へ移動した。

巳之吉は、はめこみの仏壇の横にある押入れを開けて膝をつくと、鼻先に点々と落ちている鼠(ねずみ)の糞(ふん)にも目もくれず頭を突っこんだ。しばらくなかの物をがさごそひっかき回してから、大きな茶箱を引きずり出した。埃をかぶった茶箱の蓋がはずされ、小物のいっぱい詰まった茶箱からほじくり出された鶴亀の風呂敷包みが解かれると、うら若い女性の人形がお目見えした。背丈は七寸近くあり、青のカフカスの民族衣装を着せられていた。日本人形では見たこともない、黒く大きい瞳が印象的だった。長いおさげ髪がひとつに束ねられ、角(つの)隠しの形をした赤い布帛(ふはく)に縫いつけられた白布が顔に掛かっていた。胸もとからは赤い帯紐のようなものが垂れ下がっている。

その夜からふさは、猫の代わりにこの人形と寝ることにした。腕枕をしてやると、茶箱の暗闇のなかでずっと鼠にひかれそうにしていた人形の黒い瞳が、洋灯の光を受けて喜んでいるように見えた。不慮の事故で若くして世を去ったロシア人のことを聞かされてから、ふさは翌朝から仏壇に炊き立てのご飯とお茶を供えるようになった。

そうこうするうちに、耳にたこが出来るほど聞かされた偉人たちの逸話とか巳之吉の手柄話とかに触発されたのか、歴史的にかかわりの深い極東ロシアと函館との位置関係を見定めようと、地図帳とにらめっこしているふさの姿がよく見かけられた。

三

虫払いのために陰干ししていた衣服を取りこみ、土用干しの終わった梅と赤紫蘇（しそ）を梅酢のなかに漬けこんだ於祥が、赤紫に染まった指を藍染めの前掛けで拭きながら茶の間に入ってきた。

「ふさ、地図帳ばっかり見てないで、たまには外に行って、隣のあやちゃんやまー坊と遊んでおいで。酉蔵も、絵本だけ相手では、退屈でしょうに」

「だって、姉ちゃんが絵本で字を覚えなさいって言うんだも――」

「あら、そうなの？　酉蔵もお利口さんに、お姉ちゃんの言うことを聞いているんだ。どうりで、字がすこしずつ読めるようになってきたもね」

「そう言う母さんこそ、そんなに精出してだいじょうぶ、具合は悪くならないの」

「どうしてかわからないけど、梅干作りに夢中になっていると、ほら、このとおり、体がよく動くようになるんだから、不思議なのよね」

於祥は二、三歩前へ行ったり戻ったりして、普通に歩けるところを見せた。

「あんまり張り切らずに、休み休みやってね」

「はいはい、わかりましたよ」

「いま、いいかしら、母さん。ちょっと教えてちょうだい。ロシアのウラジオストクって、函館からどのくらい離れてるの。それに、日本人はどのくらい住んでるのかな」

ふさは真剣な眼差しを地図帳から於祥に移した。

「どのくらいって訊かれてもねえ、そうすぐには……」

「だいたいでいいの」

「どのくらいかしらね……。ごめんね。わたし、ロシアのことは、からっきしだめなの。カタカナ語は苦手だし、それに行ったこともないしね」

どう言い逃れしたらいいのかと、於祥はしどろもどろだ。

「父さまなら、物知りだから、ロシアのことはよく知っているんじゃない。あとで訊いたらいいわ」

「そうね、父さんに訊けばいいね……。父さんは、ウラジオストクに行ったことあるの」

「行ったことはないわよ。でも、領事館のロシア人からいろいろ聞いて知っているはずよ」

「わかったわ。父さんはいまどこ?」

「どこと言われてもあれだけど、さっき寄合から戻ってきたから、いまの時間なら、船着き場で荷の揚げ降ろしをしているんじゃないかしら。二階の窓からのぞいて見てごらん」

「どうしようかな……。まあいいや、帰ってきてから、訊くことにするわ」

ふさはふと思案顔になったが、また地図帳に顔をうずめた。それを見て、於祥は座卓を挟んでふさと向かい合うように座り、地図帳をのぞきこんだ。

「あら、何やってんの、ふさ？　あんた、地図がさかさまだよ。あっ、それでいいか。いや、やっぱり、さかさまだ」

「ううん、これでいいの。だって、さかさまのほうがおもしろいんだもの。ほら、見て、見て。こうやってロシアを下にして北海道が上にくるように地図を回すと、小樽が釧路の位置にきて、釧路が小樽のところにくるでしょ」

「どれどれ」

於祥は、さかさまにした地図帳を受け取り、それを自分の前に置いた。

「なるほど、北海道は星の形をしているから、こうやって上と下をさかさまにしても、同じに見えるわけね。樺太の岬にでも立って遠眼鏡（とおめがね）でのぞいてみれば、北海道はこんなふうに見えるのかしら」

ふさは地図帳を回しながら手前に引くと、

「たぶんね。それに、ウラジオストク側から日本を見るのもおもしろいわよ。ほら、ここの日本海を見てちょうだい。右から下にかけて、小さな口を開けて日本に襲いかかろうとする蜥蜴（とかげ）のような形をした樺太と、その蜥蜴を呑みこもうと弓なりになって歯向かう大きな蛇の日本があって、左から上は、恐竜の頭の朝鮮とその背中のロシアで囲まれているから、日本海がまるで湖のように見えない？」

と言って、人差し指で日本海をぐるりと時計回りになぞってから、北海道の全体図が載っている頁をめくってサロマ湖を指し示した。

「ちょうどここのサロマ湖を大きくしたみたいでしょ」

「そう言われと、たしかにそう見えてくるわ。あんたは、ほんと、人の思いつかない、突拍子のないことが閃くのね。それじゃ、わたしらの函館はどのあたりになるのかしら」

「ちょっと待って、地図帳をもう一度回してみるね。函館はここだったから、ちょっとずれるけど、この尖がった半島のあたりかな。母さん、知ってる、この海星の腕みたいな形をした半島の名前？」

「この半島かい？　ええと、これは、何っといったっけ……。たしか、し、しれ、なんだ、ここに、知床と書いてあるじゃないの」

「いやよ、母さん、濡れた手で触らないで。せっかく父さんに買ってもらった地図帳がしわくちゃになっちゃうわ。それにしても残念だなあ。この知床半島から離れたこの二つの島が、もうちょっと大きくてお互いに近かったらなあ。さかさまになった北海道に本州が繋がってるように見えるんだけど」

「ええと、この島とこの島ね。これが国後島で、こっちが択捉島ね」

於祥はふさの想像のたくましさにしきりと感心していた。


両親に慈しまれて育ったふさは、大人の話にもよく耳を傾け、わからないことがあればすぐに質問をする、向学心の旺盛な子であったため、幼時よりかなりの耳知識を仕入れていた。星座などは大人顔負けのくわしさだったし、読み書きのほうも、犬棒かるたをするとか、絵本や童話を手当たり次第に読むとか、さらには手習いの家塾に通うとかで、それなりにその能力を身につけていた。

ところが、そういうふさも、学校に通って初等教育を正式に授かるような機会には恵まれなかったのである。というのも、ふさが学齢に達した時期は、開校まもない函館女学校が函館大火の折りに類火を蒙って閉校の憂き目に遭うなどして、学校教育の門戸が女子に閉ざされた時期と重なっていたからである。

折しもあれ、ふさが破瓜期を迎える明治十七年に、ハリストス正教会が、裁縫を専科とする女学校を開校したのだった。娘には手に職をつけてあげたいと願う親の勧めもあって、ふさは、幼少期から馴染みのあるハリストス正教会が創立したこの女学校に晴れて入学することになった。

女学校では、裁縫をみっちり叩きこまれたのは言うまでもなく、国語の読本担当の教師からは、本を読む楽しさを教えてもらい、漢文の訓読の手ほどきも受けた。おまけに、教場が教会内にあるのがさいわいして、ロシア人司祭などから初中級程度のロシア語を教わった。おかげで、簡単な日常会話をこなせるようになったうえに、ロシア詩も習い覚えることができた。なかでもプーシキンの詩を暗誦する課業は待ち遠しくてしかたなく、籐椅子の背にもたれながら編物の手を休めずに教え子の暗誦に耳を貸すロシア人の老婆に、苦虫を噛みつぶした顔で言いまちがいを直されても、詩一篇を丸々そらんじるのはちっとも苦にはならなかった。

こんなふうに、ロシア語に触れながら、頂きを雲に隠して偉容を誇るロシア文学の峻峰にたどり着ける登山道にほんのすこしだけ踏み入ることもあれば、日露交渉の歴史を繙くこともあるハリストス正教会の女学校ならではの薫育が、隆起の目立ちはじめたふさの胸のなかにロシアへの好奇心を芽吹かせる腐葉土となった。

加えて、明治十一年に産声をあげた「函館新聞」が、ちょうどこの時期、函館とウラジオストクとの交流を扱った記事を連載したのである。これがふさの知識欲を満たし、いやがうえにもロシアを身近な国にした。

ハリストス正教会の女学校で学ぶにしろ、「函館新聞」を読むにしろ、ロシアとの因縁の深さを感じるたびに、ふさは、運命の歯車がロシアと自分との間に虹の懸橋をかけるかのように回っている気がした。「函館新聞」の通信員になって、わたしも、函館とロシアとの親善に役立ちたい。ロシアをたくさん旅してたくさんの情報を集め、たくさんの函館の人たちにロシアという国がどのような国なのかをもっとたくさん知ってもらうためにも、函館の人たちのお眼鏡にかなうような記事をたくさん書いてみたい、という気持ちがふつふつと沸いてきたのである。自鳴琴（オルゴール）が奏でるような運命の歯車の調べに感応して、ロシアへの憧れでふくらんだ蕾がほころびはじめたのだった。

さらに数年が閲（けみ）した。花も恥じらう十八歳になったふさは、ロシア語の勉強と「函館新聞」の記事の切り抜きに余念がなく、寝ても覚めても頭のなかはロシアのことでいっぱいだった。一方、高等小学校の卒業をひかえて、顔ににきびをこしらえ、日増しに大人びいてきた酉蔵は、羽前屋の暖簾を継ぎたいと言いだして家業を手伝うようになり、ことあるたびに商人（あきんど）としての心構えやたしなみを巳之吉からきびしく教えこまれていた。

夏が過ぎ、秋が深まり、あざやかに色づいた函館山が麓近くまで錦の扇をひろげるころ、体調のすぐれない於祥が夕方から床に臥せっていたときのことだ。巳之吉の険のある大きな声が客のひけた店に轟いた。

「ばかたれ、何べん言ったらわかるんだ、この石頭が。注文の取りちがえをしやがって、情けないとは思わないのか。そこらの洟垂れ小僧でもしないようなへまは、あやまってすむことではないぞ。お客さんと取り決めたことは、帳面にちゃんと書き留めておけと、口が酸っぱくなるまでいつも言ってただろうが。なのにこのざまだもな。いいか、頭で覚えた気になっていても、忘れてしまえば、元の木阿弥、一巻の終わりなんだ」

「でも、増田米屋さんからは、不足分は、明日、搬入してくれれば、それでいいと言ってもらえたから」

「いいか、つべこべ言わず、人の話はよく聞け。増田の大将は生き仏のような人で、ことを荒立てず柳に風と受け流してくれるからいいようなもんで、仏の顔も三度までと言うだろうが。これから一度でもそんなへまをしてみろ、店の信用に傷がついて、お得意さんとの取引きもご破算になってしまうぞ。何にせよ、ひと手間惜しんだらだめだ。蔵から運び出す荷と蔵へ運び入れる荷のそれぞれの数をそのたびに書き留めて、大福帳と照合しておくんだ。いいな、これだけは忘れるな」

「それなら、番頭の惣八さんが、毎日ちゃんとやってくれてるよ」

「ちぇ、また人まかせか。だからだめなんだ。うちの番頭がいくらしっかり者であっても、おめがその目で確かめないでどうする。それにな、お客さんを呼びこむために、こっちから積極的に出向いて御用聞きをするような、景気のいい商売に乗り出さないと、時代から取り残されてしまうぞ。帳場格子の奥に座って、お客さんが来店するのを人待ち顔で待ってるだけの殿様商売は、もう通用しない世の中になってるんだからよ」

「それはそうだろうけど……、おれはまだ見習いの身だから」

「またこりずに逃げ口上かよ。おい、甘えるのもたいがいにしろ。見習いの身だからこそ、何でもやってやるという気概がないとだめだろうが。この年になっておめの尻ぬぐいなんか、まっぴらごめんだからな」

「何も店に座ってばかりいるわけじゃないよ。父さんだって、おれが蔵のなかに閉じこもって仕事してるのは、見て知ってるだろうに」

自分の言い分が聞き入れられずすっかり臍(へそ)を曲げてしまった酉蔵は、巳之吉の言うことがいくら理に適っていても、素直にそれを聞けないでいる。

しばらくつづく帳場の剣呑(けんのん)な言い争いを聞きつけ、ふさがおそるおそる店の間(ま)の引戸を開けて入ってきた。

「そろそろご飯だけど。今晩のおかずは、父さんの好きな茶碗蒸し。わたしが腕によりをかけて作ったんだから。ぎんなんをいっぱい入れたわよ」

「そうか、いま行くから、ちょっと待っててくれ。ところで、母さんの様子はどうだ?」

「足もとが冷えるのかな。寝苦しそうにしてたけど、足をさすってあげたら、しばらくすると寝たわ」

ふさは、青菜に塩といった態(てい)で巳之吉の小言を聞いていた酉蔵に近づき、声をひそめて訊いた。

「ねえ、ねえ、話はもうすんだ?」

酉蔵は力なく首を横に振った。

「浮かない顔をしてどうしたのよ、父さんにまた何か言われたの」

「どうしたもこうもないよ。おれは、尻が青いくせに、ああだこうだと屁理屈が多すぎる、といいだけ油をしぼられてたところだよ」

思わせぶりに言ったこの言葉が巳之吉の耳に障った。

「おい、わしは、何もけつが青いとは言ってないぞ、嘴が黄色いと言ったんだ」

「どっちでも同じ、それこそ五十歩百歩だよ」

「おめはほんとに血のめぐりが悪い奴だ。青と黄色では、鴉と鷺ぐらいのちがいがあるのもわからんのか。わしは、おめが酉年だから、嘴が黄色いと言ったまでだ。それともあれか、その年になっても、けつについている青い蒙古斑が、まだ消えないとでもいうのか」

「姉ちゃん、いまの父さんの言葉、聞いた？　ひどすぎると思わない？　人をばかにするにもほどがある。いくら父さんでも、言っていいことと悪いことがあるからな」

ふさは黙ってうなずくしかなかった。怒りがこみあげてきて頭に血がのぼった酉蔵は、巳之吉をにらみつけ、さらに当てつけがましく言った。

「父さんに言わせれば、おれは、言うことは立派だけど、行動がともなわないらしいよ。ぼんぼんで苦労が足りないから、一度はじめたことを最後までやり通す粘り強さがないってさ。粘り強さを身につけるには、鶏に見習って働くのが一番だと。それに、工夫のくの字も感じられないって。要するに、足と頭を使わないと、父さんのように客からの信用が得られないんだって。何にしても、おれが半人前ということに変わりないみたいだよ」

「そ、そのとおりだ、おめは半人前だ。ひよっこのおめになんか、この羽前屋の暖簾を譲ってたまるか」

かっとなった巳之吉は見境なく咆え立てた。

「それに、この際だから言っておくけどな、お客さんのことは、客ではなく、お客と言え。半人前のくせに、一丁前の口をききやがって。おめは、いったい何さまのつもりなんだ」

「おれは、そのひよっこなんだから、口のきき方など知るわけないだろう」

「何だと、おい、もういっぺん言ってみろ。さっきから、おめは、へらず口が多いと言ってるのがわからんのか」

西蔵が耳を覆いたくなって座を離れようとすると、巳之吉が後ろから追いかけて、西蔵の胸倉をつかもうとした。ふさは、危うく取っ組み合いになりそうなふたりの間に割って入り、巳之吉の両腕をつかんだ。

「父さん、もういいかげんにして。頭ごなしに怒鳴り散らすのはやめて、落ち着いてちょうだい。寝こんでる母さんに聞こえたらどうするの。母さんの体のことを心配してあげるんじゃなかったの。西蔵も西蔵よ。父さんに対して、そんな思わせぶりな口のきき方ってあるもんですか。父さんはあんたのことを思って……」

「何とも情けないほど不出来な野郎だ。こんな木偶（でく）の坊を産ませたのが、わしの一生の不覚だわ」

「親として、よくもそんなこと言えるよ」

「いくらなんでも、そんな言い方しなくてもいいでしょ。西蔵がかわいそうよ」

「西蔵がかわいそうだと？　ばか言え、かわいそうなのはこっちだ」

酉蔵は歯噛みしながら、拳を震わせて怒りを抑えている。

「酉蔵、口答えせずに、黙って聞いてるのよ」

「ちくしょう、まったく話にならない。……わかったよ。もういい、おれが悪かった」

売り言葉に買い言葉の応酬で喧嘩腰になっていた酉蔵は、天井を仰ぎ見て押し黙ると、どかりと円座のうえにあぐらをかき、気落ちした顔で弱々しくふさに訊いた。

「ところで姉ちゃん、母さんのご飯の世話をしなくていいのか」

「したくても、これじゃあ、できっこないでしょ。わたしがいなくなれば、すぐ取っ組み合いになりそうなんだもの。もうこの辺で、ふたりとも、機嫌を直して、早くご飯を食べてちょうだい」

「おい、ふさ、もう何もしないから、この手を離せ」

「殴ったりしないよね。約束だよ」

「うるさい。約束もへったくれもあるか。女の出る幕ではないわ、引っこんでろ」

「酉蔵も悪かったと言ってることだし、もうこのくらいでいいでしょ？　許してあげて」

巳之吉は手を振りほどくと、じろりとふさに一瞥(いちべつ)をくれた。

「おい、ふさ、わしがいつおめにとりなしを頼んだ。じゃま立てはするなと言ってるのがわからんのか。おめは、夕飯を知らせに来ただけなんだろう？　何かほかに用事でもあるのか。あるなら早く言え」

「別に用事はないけど……」

「用事がないなら、目障りだから、さっさと引っこめ」

「……引っこめというなら、わたし、海の向こうのウラジオストクまで引っこむことにするかな」

「何だと？　ふさ、おめ、い、いま何と言った」

「いや、別に、何でもないわ。思いつきで言っただけだから」

「いま、ウラジオストクまでと言ったよな。思いつきで言っただと？　おめ、何が言いたいんだ」

「思いつきというより、どさくさまぎれに出た言葉だから、あまり気にしないで」

ふさは、巳之吉の哀れなほどの取り乱しように驚き、時宜を得ない発言を衝動的にしてしまったことを悔やみはじめた。

「とぼけやがって、何だ、その言い草は？　おめ、何か言いたいことがあるんだろう。それとも何か、このわしに何か娘としてふくむところでもあるのか」

「あるわけないわ。そんなふうに聞こえたなら、わたしの言い方が悪かったわ」

「話をはぐらかすな。おめ、何か隠してるな。ウラジオストクまでどうするって？」

「はぐらかしてなんかないわ。ただわたしは、前から……」

とふさは言いかけた言葉を途中で切った。

「何をもったいつけてるんだ。前から、何だって？　早く言え。今夜は早じまいにして、ひとっ風呂浴びて一杯やりたいんだからよ」

「そりゃそうよね。やっぱり言うのは、やめにするわ」

「やめにするって、おめ、いまさらそれはないだろうが。早く言えっていうの。何を言っても、怒らないから」

「怒らない？　ほんとに怒らない？　怒ったらいやよ。約束できる、父さん？」

「しつこいな。同じこと、何度も言わせるな」

「そんなふうにじっと見られると、何か言いづらいなあ……」

　ふさは大きく深呼吸し、心を鎮めてから言った。

「わたし、ロシアに行ってもいい？」

　口早に言われた言葉に、巳之吉は思わず耳を疑った。

「何、何だって？　この頃、耳が遠くなってきたせいで、よく聞こえないときがあるからな。もう一回ゆっくり、おっきい声で言ってみろ」

「……もしもよ、もし、わたしが、ロシアに行きたいと言ったら、父さん、許してくれる？」

「な、な、何、ロシアだと？」

　顔から血の気のひいた巳之吉は舌を吊った。それればかりか、毛の生えた心の臓が喉から飛び出そうになった。

「これは、これは、ぶったまげた。おめがロシアに行きたいとは、お釈迦さまでもご存じあるめえ。おい、ふさ、だいじょうぶか。おめ、ロシアに取り憑かれてしまって、おつむがどうかしたんじゃねえか。いますぐ氷嚢でおつむを冷やしてこい」

「怒らないって、さっき約束してくれたのに」

「やかましいわい、このじゃじゃ馬娘が。いいか、考えてもみろ。手塩にかけて育てた娘を、そんな遠いところに行かせておいて、大鼾で寝られる極楽蜻蛉の親がどこにいるってんだ。ふざけやがって。

おとなしく親の言うことを聞いてさえいれば、何でも許してもらえるとでも思ってたのか、このあんぽんたんが。どっこい、そうは問屋が卸さないぞ。わしの目の黒いうちはな、外国かぶれの極道娘のおめなんかに、好き勝手なまねはさせないからな。いいな？　おい、西蔵、おめは、このことは知ってたのか」

「知るわけないよ。ロシアが何だって」

　ふさが、巳之吉との互いにさぐりを入れるような言い合いのさなか、天地が引っくり返るようなことを口にしたのに、西蔵はむしゃくしゃしていてそれを聞いていなかったのである。西蔵は、怒りの矛先をふさに転じた巳之吉の横顔に憎々しげな視線を注ぎながら、いちいち挙げたらきりがない巳之吉の短所欠点を並べ立て、ふん、何が手塩にかけてだ。水虫の足が痒くなると、仕事を放り出して台所にすっ飛んでいって、短い足の指に塩をたっぷりすりこむくせに。それに、大鼾かいて寝られないだって？　よく言うよ。地震が起きようが雷が落ちようが、豪快な鼾を家中に響かせ、競りにかけられた鮪のように大きな口を開けて寝てるくせに。その自覚がないとは、まさに知らぬが仏だ、などとぶつぶつ言っていたからである。

「おめも空とぼけてやがって。もういい、ほんとおめは糞の役にも立たない奴だ。いいか、ふさ、これからは二度とわしらの前で、やれロシアだのやれイギリスだのと異国の名を口にするな。わかったか？　ああ、汚らわしい。毛唐の言葉は、口にするだけでも鳥肌が立つわ。おい、何でそこにぼけっと突っ立ってるんだ、さっさとめしの支度でもしろ」

「支度はできてるわ」

「……何、もう支度はできてるだと？　そうか、そういえばそうだったな……。風呂はどうだ、風呂は沸いてるか」

「いつでも入れるわ」

「いつでも入れる？　よし、わかった。それなら、水甕に水を張っておけ。それがすんだら、仏間に行って仏さんの花でも取りかえてやれ。そう、そう、大事なことを忘れてたわ。菊枕に使う菊を庭に行って剪ってこい。いや、待てよ。もう夜も遅いから、それはいい。なんなら、煎じ薬の土瓶をきれいに洗って、母さんに薬を服ませてやるんだな。薬が切れてたら、いまからでも遅くない、ひとっ走り、あの藪医者のところに行ってもらってこい」

「……ご飯はどうするの」

「こんなときに、角突き合わせて飯を食っても、うまいわけないだろうが。おい、そんなところで幽霊みたいに突っ立ってないで、早く行けって言ってるのがわからんのか、このうすのろが。おめのような奴を、ばかにつける薬がないというんだ」

と怒鳴りつけると、巳之吉は、はじめは小銭の入った銭箱に手が伸びたが、さすがにまずいと思ったのか、樫の帳場机の上にあった算盤をつかみ取って、それを力まかせに板敷の床に叩きつけた。ついに巳之吉の雷が落ちた。算盤は粉々にこわれ、珠は豆でも撒かれたようにぱらぱらと床板の上に飛び散った。万事そつのない姉が叱られたことで、酉蔵はおろおろするばかり。

　ふさは太い息をひとつついて、無言のまま算盤の珠を拾い集めた。はじめて父に叱られたさびしさを噛みしめていたが、ぶ然として腕組みをする巳之吉の表情のなかに狼狽の色がかすかに翳るのを見て、こんなに気まずそうな顔をした父さんははじめて、と少なからず動揺した。まったく、すぐかっとなって頭から湯気を立てるんだから。でも、そうなるのもしょうがないか。函館で生まれ育った娘が、函館の町に消えずに残る、ロシアの歴史と文化の花や果実を摘み取りながら成長してゆくのを、目尻を下げて楽しみにしてたんだから。その娘が、恩を仇で返すかのようにロシアへ行きたいと言いだすとは、夢にも思ってなかったんだろうな。やっぱり、ロシアへ行くのは、あきらめるしかないのかな、と自分に言い聞かせるのだった。

巳之吉がうろたえたのは、ロシア渡航宣言が何の予告もなくいきなりなされたからだが、それを有無を言わさず突っぱねて叱りとばしたことで、ふさとの関係がぎくしゃくし、双方に後味の悪いしこりが残るのを恐れたからでもあり、さらには店の商売道具である大切な算盤を粗末に扱ったことで商運が翳ることを案じたからである。

四

ほころびかけたロシア憧憬の蕾が、時ならぬ風霜にさらされ、ふたたび固く閉じてしまったこの日を境に、ふさはロシアという言葉をいっさい口にしなくなった。ふさのあまりの変わりように気づまりを感じていた巳之吉は、ふさのご機嫌を取ろうと、近頃、日本に来航するロシア船は、函館よりも長崎に入港するのが多くなっただの、ウラジオストクで日本式の風呂屋が誕生するらしいだのといった話を聞こえよがしにするのである。それでもふさは、話の輪には加わらず、能面のように冷たい表情で、巳之吉と目が合わないようにして受け流していた。それでいて、気が鬱いでいる素振りはみじんも見せず、於祥の看病を切り上げるとすぐに、通い奉公の女中の手を借りて男たちの朝ご飯の支度に取りかかり、そのあとも、洗濯、庭掃除、薪運び、洋灯の火屋の手入れ、風呂焚き、夕ご飯の支度といった仕事をてきぱきとこなした。それだけでなく、店に急ぎの用事が舞いこんだときには、仕事の合間を縫って店を手伝うという奮闘ぶりで、次から次へと働き蜂のごとく動いたのだった。

酉蔵も、羽前屋の行く末がその舵取りをする三代目の両腕にかかってくるのを自覚してからは青臭さがとれ、一人前の商人になるための助言や苦言を素直に受け容れるようになっていた。さっそく取引きの日時などを書き入れる大きな紙を小さな吊掛黒板の横の壁に麗々しく貼ったかと思うと、荷の出し入れの采配を振るために昔風に筆紙墨を携行したり、入荷したばかりの商品の見本を入れた風呂敷包みを小僧に背負わせて得意先の御用聞きに出かけたりした。そればかりか、大戸に心張り棒をかって潜り戸のさるを下ろしてからの、俥の整備点検も怠りないのである。細かなところまで目の届く仕事ぶりが板についてきて、客あしらいもそつなくこなした。その甲斐あって、商談で訪れてくる新規の客も増え、店は一段と繁盛してきた。当然ながら、笑いの絶えない店のなかはのどやかな空気に包まれた。酉蔵がこの調子で商いを伸ばしてくれれば、羽前屋丸の前途は洋々たるもの、と巳之吉が大舟に乗った気になったのもむりからぬことであった。

それでも好事魔多しが口癖の巳之吉は、放漫な商いを案じ、帳簿箱の鍵を開けて出入控帳に間がな隙がな目を光らせた。さりとて野心家の巳之吉のことである。身代をもっと太らせようと、持ち船を一艘（そう）買い足し傭の輛（りょう）数も増やしたいという欲張りの虫が頭をもたげるのだった。それらの数を増やすか否かをめぐって、家族三人が額を寄せ合い、夜遅くまで話し合うことも一度ならずあった。

　そんななかで、於祥は病状もいくぶん好転し、台所仕事もすこしずつこなせるようになった。ことあるごとにふさの心を曇らせていた霧雲もこれでようやく霽（は）れ、その隙間からときおり薄日がのぞくようになった。囲炉裏の火影がゆらめくなかで、四人そろってその日の出来事を語りあう団欒（だんらん）は、ふさにとってやすらぎの場であり、何にも代えがたい大切なものだった。だが、家運が開かれてきているそのようなときでも、ふさの脳裏からロシアの三文字が消えることはなく、たちがたいロシアへの熱い思いは、熾火（おきび）となって心の奥で静かに燃えていたのである。

　明治二十二年三月初め、大日本帝国憲法の発布を祝う、打ち上げ花火と朱墨で奉祝と書かれた提灯行列がうそ寒い函館の春宵（しゅんしょう）を彩る時季に、ふさは芳紀（ほうき）まさに二十歳の誕生日を迎えた。適齢期をすこしばかり過ぎたものの、縁談話が持ちこまれるたびに、巳之吉が頭ごなしに茶道だ立花だとお稽古事を押しつけるので、その事始めとして茶の湯を習いはじめた。お点前の腕を上げるにつれ、あでやかな起居動作に幽艶さが加わってきた。陰翳（いんえい）のある黒い瞳は、見つめる人を恋路の闇へといざなわずにはいないほどの神秘的なうつくしさをたたえている。ところが、その黒く濡れたつぶらな瞳の奥には、ロシアへのやみがたい憧れが秘められているのだった。

　またこの年は、国外に目を向けてみると、日本にとって記念すべき年でもあった。浮世絵版画収集に情熱を傾ける海外の日本美術愛好家たちが火付け役となった日本趣味（ジャポニスム）は、すでにヨーロッパの多くの国でもてはやされていた。五月に開催されたパリ万国博で日本の美術工芸品や書画骨董が一躍脚光を浴びると、ジャポニスムの篝火はここぞとばかりに赫奕と焚かれることとなった。その火焔は、浮世絵の配色や構図に影響を受けたとされるフランス印象派の絵画を数多く収集していたロシアにも飛び火した。パリ万国博から七年後、露都サンクト・ペテルブルグの美術館で開かれた展覧会では、浮世絵、団扇・扇子、漆器、武具・甲冑などのすばらしさに目を奪われたロシア人が賛嘆の声をあげたのである。もっとも、父親の目を盗んでわずかばかりのロシアの情報を仕入れているだけのふさが、海を隔てた雲煙はるかなロシアに、日本の芸術文化の展覧会が拍手喝采をもって迎えられる時代が来ているなど知るはずもなかったが。

　短い夏が足早に通り過ぎた函館に、赤蜻蛉が函館山のほうからちらちらほら舞い降りてくる季節がめぐってきた。

「こうも船荷の取扱量が増えたんじゃ、いまのうちの蔵では荷をさばききれないから、この際、近場に倉庫を建てたらどうだろう、でっかい赤煉瓦の倉庫を。茂木洋物店も、倉庫業に手をひろげてかなりの儲けを出してるという噂だし、倉庫を借りるのに、頭を下げるのも、何だか癪だしね」

　羽前屋をより盤石なものにする方向へ舵を切ろうと考えている酉蔵の、太くてよく通る声が店に響いた。酉蔵の身体つきは、父親の骨相を受け継いでいるため、頭でっかちで肩幅が広く、胴長で脚が短いときているが、目鼻立ちの整った色白な顔と柔和で聡明な目は、母親ゆずりである。いま大きく見張られたその目に挑むような光があった。このところの酉蔵は、暖簾を引き継ぐべき跡取りとしての自覚が出てきて、きびきびした働きぶりから、ふさの目にもまぶしいほどに頼もしく映っている。

「見どころがあると思ってた矢先に、そのてのうさん臭い噂に振り回されるとは、いったいおめには、商人としての分別というものがあるのか。そんな大風呂敷の、雲をつかむような話は眉唾もので、鵜呑みにできるわけがないだろうが。いいか、うまい話には裏があるから、うわっつらだけでものはとらえるな」

「噂でもなんでもなく、実際、茂木洋物店の倉庫がある船場町まで行って、この目で確かめたんだ。あんなに倉庫が大きいと、間口が広い分、馬車でも大八車でも次々に横付けできるから、むだなく仕事をしている感じだったね」

「まあ頭を冷やしてよく考えてみろ。うちの店は、船や俥に金をかけたばかりで、いまは倉庫を建てるための資金を融通する余裕などなければ、この近辺で手ごろな土地を探そうにも、ちょっとやそっとで見つからないくらいは、石頭のおめでもわかるよな」

と巳之吉は店の実情を踏まえつつ、理詰めで酉蔵を言いくるめようとした。

「店の置かれた状況がわかってるからこそ言ってるんだけどな。この機会を逃すと、どこからか鳶が現れて、せっかくの油揚げをさらっていくかもしれないよ」

「ちぇ、きいたふうな口をききやがって。酉、おめはやっぱり酉年生まれだわ。だからわしに嘴が黄色いと言われるんだ。いいか、ここはちょこまかせず、一本足でなく二本足で立てるように、まずは足もとをしっかり固めるのが肝腎だ。商いを生業とする者はだな、だいじょうぶと思っても、石橋を叩いて渡るだけの用心深さがないとだめなんだ」

巳之吉は大いばりで酉蔵を諭した。

「それはわかっているさ。だけど、何ごとにも前向きで、きっぷのよい父さんにしては、ちょっと弱腰だと思うんだ。その用心深さがかえってあだになり、千載一遇の好機をみすみす逃してしまって、人に後れをとることだって考えられるだろう？　地所だってすぐに見つかるよ。倉庫がすこしくらい離れてても、工夫次第でなんとかなるだろうし。資金の足りない分は、さしあたってどこからか融通してもらうことにしてさ。おれ、父さんがつけてくれた名誉ある名に恥じないように、これからは早起きの鶏を見習って、毎日三文稼ぐから。ねえ、いいだろう？」

と気のきいた洒落を飛ばして、酉蔵は執拗にくいさがった。

「こいつ、歯の浮くようなことを言いやがって。だとしてもだ。金はだれから借りるんだ。おめには借りるあてがあるのか。店を抵当に入れたうえで、身を粉にして働いて返済しますといった誓紙でも書かないかぎり、びた一文だれも貸してくれないぞ」

「いまのところ借りられるあてはないけど、そのうち見つかると思うんだ」

「そんな見通しの甘さがあるから、おめは世間知らずのぼんぼんと言われるんだ。さっきも言ったとおり、あいにくうちは、船や俥を買い足すのに大金を投じたばっかしだぞ。だから、奉公人や荷揚人足には給金を上げるのをがまんしてもらってるんだ。金のやりくりがたいへんな時期にまとまった金を捻出するのは、魔法使いでもできっこないぞ」

「だからこそ、ぜいたくはやめてむだな支出を抑え、一銭でも多くお金を貯めて自己資金の割合を高くしないと」

「何だと、ぜいたくはやめてむだな支出を抑えるだと？　わしがいつむだづかいをした。おい、言ってみろ」

「いや、そうじゃなくて、たとえばの話だよ。いまここで昔のことを持ち出して、ああだこうだと言ってもはじまらない。父さんには釈迦に説法かもしれんけど、支出を抑える第一歩として、客足の遠のいてきた人力俥と、手間暇がかかるわりに利鞘の少ない船の修繕請負に見切りをつけて、回漕だけに的を絞ったらどうだろう。そうすれば、新倉庫は米や酒に、いまある蔵は魚滓や昆布などの海産物にというぐあいに仕分けられるし」

「いかにも脳味噌の足りないおめが考えそうなことだ。おめの言うことは、理屈に合ってるように聞こえるけど、致命的なごまかしがある。どうしてかわかるか。それはな、倉庫を建てることが最初にありきだからだ。まずは、いまのままでもそれ相応の儲けを出す仕組みがないか、それを考え出すことだな。それと、ごまかしはあるけど、おめにはやさしさというものがない。俥と船の仕事をなくしたら、それにたずさわって働いてきた奉公人はどうするんだ。寒空の下で野ざらしに遭ってもいいというのか。店の都合で、いままで店のために一生懸命働いてきた者の首をそうも簡単に切っていいわけないだろう？　もう一度よく考えてみることだな。おお、危ない危ない、もうすこしでおめの口車に乗せられるところだったわ。もっとも、ぜいたくをやめることには、わしももろ手をあげて賛成だ。まあ、そうあわてることもないだろう。あわてる乞食はもらいがすくないからな」

「あわてるもなにも、あれこれと首を突っこまずに、回漕一本で手堅く商売をやる方向へ、時間がかかってもいいから舵を切ったほうが、この羽前屋にいい風が吹くと思うんだ。それには大量の荷を詰めこめる倉庫が欠かせない、という単純明快な話なんだけどな」

「もうこれ以上話しても堂々めぐりになるだけだ。おめの気持ちもわからぬでもないから、あとのことは、ひとまず、商売繁盛のお守りとして蛇の抜け殻を後生大事にがま口に入れてる、巳年（みどし）生まれのこの巳之吉さまに任せておけ」

決着をつける妙案が浮かんだのか、巳之吉はこう話を切り上げると、やおら立ち上がり、仏頂面を下げて算盤を玩（もてあそ）んでいる酉蔵に後ろから近づいて両肩をもみほぐした。その後、「もう晩いから、おめも早く寝ろよ」とやさしい言葉をかけて、奥の部屋に退いてしまった。ふん、何がちょこまかだ、何がごまかしだ。おれは好きこのんで酉年に生まれたわけじゃないからな、北風の唸り声が響きわたる深夜の店のなかにひとり残された酉蔵のつぶやきが聞こえた。

親の沽券（こけん）にかかわることだったため、巳之吉は、とりあえず酉蔵の提案は一蹴（いっしゅう）したが、新しもの好きな性分に抗いがたく、数日後にはいともあっさり持説を引っこめてしまった。すったもんだの末、話も収まるところに収まり、二代目の父とその跡取り息子は、連日連夜、町きっての金満家の家屋敷と銀行を駆けずり回り、やっとのことで資金の一部を銀行から融資してもらうことができた。地所買い入れの話もとんとん拍子にまとまりつつあった。これで倉庫建設まで漕ぎつけるめどがついたのである。

五

羽前屋の倉庫の地鎮祭が、内澗町の隣町船場町のはずれにある普請場で行われた。翌日から棟梁と大工と土方たちが日をあけずに集まり、図面をひろげて測量に取りかかったかと思っていると、蛸胴突きによる地均しがはじまった。中二日ほど置いて、杭打ちをする木槌の音が高く響きわたり、ほどなくしてそれは鋸や鉋や鑿を使う音に変わった。柱があがり梁がかけられ最後に屋根がのると、浅葱幕が張りめぐらされ、待ちに待った棟上げ式の日がやってきた。棟上げ式が終わると、左官たちも加わり、赤煉瓦の壁はあれよあれよというちに出来上がったのだった。洋風の倉庫は釣瓶落としに昏れる冬隣の日射しによく映え、近隣の物見高い人たちがひと目見ようと集まってきた。倉庫が完成したのは、寒風に晒した大根をたくあん漬けの大樽に漬けこんだばかりの女房たちが、ほっとする間もなく、雪降り虫にせかされながら冬支度に追われるころであった。

羽前屋の内輪だけの祝宴は、いつになく底冷えのする初冬の夜に開かれた。於祥がうきうきした表情で饗膳に腕を振るい、黒塗りの胡桃足膳の上には、蛤の酒蒸し、干鰈の焼いたもの、煮染め、茶碗蒸し、雪膾、松前漬け、茗荷の梅酢漬け、茸の吸物、それに酒田の酒や菊酒の入った銚子などが窮屈そうに並べられていた。

「お待たせしました。ただいまから、新倉庫完成の祝賀会をはじめさせてもらいます」

番頭の惣八が開宴を宣言すると、巳之吉が背筋をぴんと伸ばして立ち上がり、仕切りがなくなった二つの座敷の左右に並座している二十人ほどの奉公人を前にしてお礼の挨拶を述べた。

「いよいよ、わが羽前屋の倉庫が竣工式を迎えることになり、これにまさる喜びはなく、まことにうれしいかぎりだ。それもこれも、おまえさんたちみんなのおかげであり、この場を借りて、厚くお礼を申し上げる。やむなく借金することにはなったけど、いまのところ、番頭さんと酉蔵の筋書き通りにことが運んでいる。羽前屋のために骨身を惜しまず働いてくれるみんながいてくれるのが、何ともありがたく、わしは函館一の果報者だと思う。あとは、うちの女将さんがもっと元気になってくれれば、万々歳だ。粗酒・粗飯で申し訳ないが、今夜は時間の許すかぎり、さしつさされつおおいに呑んで、おおいに語ってほしい」

正座して巳之吉の挨拶に聞き入っていた奉公人たちから大きな拍手が起こった。

「おいおい、おめもふさも、なにもたもたしてる、みんなに早く菊酒をついでやってくれ」

「そう急かさないでくださいな。父さまったら、うれしくてしょうがないもんだから」

「酉、乾杯の音頭は、おめが取れ。番頭さん、乾杯の音頭は酉蔵にしてもらうから」

「おれが？　まだ十年早いよ」

「つべこべ言うな。これも、おめが一丁前になるために身につけておくべきたしなみのひとつだから。竣工式でも羽織袴で挨拶することになるだろうしな。その予行練習だと思え。よし、みんなに酒は回ったな？」

「よう、さすが酉ちゃん、待ってました。大きな声で、男らしく、堂々とね」

「うるさいなあ。姉ちゃんは、黙ってろ」

「それでは、乾杯に移らさせてもらいます」

「よー、三代目」

「わたしが口出すのもなんですが、みなさま、ご静粛に願います。それでは、わが倅の晴れ舞台でございますので、膝を正してください」

「いやだなあ、母さんまでからかったりして」

酉蔵は立ち上がると軽く咳ばらいをした。酉蔵の羽織袴姿は、ちゃんと着付けをしてもらったのに、もう着くずれしていて、どう見てもさまになっていない。

「それでは、僭越ですが、ご指名でもありますので、乾杯の音頭を取らせていただきます。みなさま、ご用意よろしいでしょうか、ご唱和をお願いいたします。羽前屋のますますの繁栄とみなさまの健康を祈念して、乾杯！」

「乾杯！」

唱和の声は冬ざれの庭の闇に響いた。すぐに座は騒ぎ、祝盃の献酬となった。

「酉蔵もなかなかやるもんだわね。それに舌も噛まずによく言えたこと。乾杯の発声、いつ覚えたのかしら」

としきりに感心しながら、於祥は菊酒の入った盃を口をつけることもなく膳に戻した。

「男というのは、年を重ねるうちに、自然とそういうものを身につけるもんなんだ。見てみろ、馬子にも衣装というか、羽織袴姿もりりしくて立派なもんじゃないか。なんてったって羽前屋の跡取りだぞ、これくらいのことができないでどうする」

「そんなふうに言わると、褒められたのか冷やかされたのかわからなくなるよ」

「まあ、いいから、いいから、酉、さあ、呑め」

酒を覚えてまだ日の浅い酉蔵は、菊酒がなみなみ注がれた盃を呑み干そうとしたが、むせてしまった。

「ところで、何だな、ふさには、早いとこいい婿さんを見つけてそこの嫁さんにおさまってもらい、酉蔵は酉蔵で、別嬪（べっぴん）で気立てのいい嫁御寮をもらわないとな。ほんとにこれからは楽しみなことが目白押しだ。まあ、なにはともあれ、孫の顔を早く見たいもんだが。うちの三代目の猫も、脂（あぶら）ののった鱈（たら）をたらふく食べて、元気な子猫を産んでもらわないと。そうだよな、母さん。うわははは」

上機嫌な巳之吉は豪快に笑って一盞（いっさん）を傾けると、山芋のみじん切りがまぶしてある松前漬けを口のなかにほうりこんだ。

「母さんも、乾杯の酒は、ちょっとでもいいから呑んだほうがいいぞ」

「わかっているけど、体のことを考えると、ちょっとね」

「むりには勧めないけど、延命酒の菊酒は、呑むと、達者に暮らせて長生きできるというぞ」

「そうね、すこしいただこうかしら」

「母さん、だいじょうぶ？　むりしないで。父さん、お酒はあまり勧めないほうがいいわよ」

「すこしぐらいならだいじょうぶ。あんたのこしらえてくれた菊枕のおかげで、このところ体の具合がよくなってきているしね」

「へえ、菊枕って、そんなに体にいいものなの。姉ちゃんは親孝行だな」

「そんなことないわ。庭に菊がいっぱい咲いてたもんだから、それで……」

「こんなに親孝行な娘と息子がいるのだから、わたし、もっともっと元気にならないとね。ふさの花嫁姿と酉蔵の花婿姿をこの目で見たいし、めんこい孫にもご対面したいもの。それまでは、何としても生きていないと」

と言いながら、於祥は菊酒を口に含むと、花恥ずかしい年頃のふさに潤んだ視線を送り、くすりと笑った。

「まあ、花嫁と花婿の件は、もうそのくらいにして。ところで、父さんたち、明日、どこかに出かける用事があったんじゃなかった？」

ふさは照れ隠しにわざと話題を変えた。

「なあに、用事というほどでもなく、お世話になった人のところに挨拶回りをはじめようかと思ってな。明日は、大工町の棟梁のところにお礼に伺うことにしてるんだけど。朝早く出かければ、昼前には帰ってこられるだろう」

「あっ、そうだ、まずい。おれ、大事なことを忘れてた。明日、おれ、よんどころない用事ができちゃって……。父さん、悪いけど、いっしょには行ってあげられないわ」

「何で、また？　……そうか、そいつは残念だな。酉もいっしょのほうが、ほんとはいいんだけどな……。まあ、しょうがない、わしひとりで行くわ」

「お礼に伺うなら、あんたも行かないとだめよ。あんなに立派な倉庫が出来たのも、棟梁のおかげなんだから。用事を先延ばすなどして、何とかなんないの？」

　ふさは酉蔵に酌をしながら、出鼻をくじかれた巳之吉の浮かぬ顔の上にさぐりを入れるような視線を漂わせた。

「弱ったなあ……、どうしよう？　土地の登記変更の件で、役所から呼び出しがかかったから、指定された時間に行かないわけにはいかないし……」

　酉蔵は申し訳なさそうに頭を掻いた。

「ちょっとあやしいな。役所がそんなに朝早くやってるわけないもの。あんた、正直に言わないとだめよ。だれかと会うことになってるんじゃない？」

「変なこと言うなよ、姉ちゃん」

　とあわててふさを制し、酉蔵は菊酒をひと息にあおった。

「ほら、顔が赤くなってる。隠さなくていいから、いい人とどこかへ行くんでしょ？」

「まあ、いいから、その辺にしておいてやれ。役所のほうが大事なので、そっちを優先しろ。背に腹はかえられないとはこのことよ。提出書類には手ちがいがないようにな。判子(はんこ)は忘れるな。判子を押すときは、朱肉をしっかりつけ、下には柔らかい紙などを敷いていねいなうえにもていねいにな。酉蔵、頼りにしてるから、よろしく頼むぞ。よし、とにかく今夜は呑もう」

　さっそくそこに古参の俥夫である福兵衛が銚子を持ってやってきた。

「旦那さま、このたびはまことにおめでとうございます。まずは一献いかがですか」

「おう、これはこれは。店がここまで来られたのも、車力だったおまえさんがうちの店に来てくれ、荷の積み降ろしや俥挽きのために、それこそねじり鉢巻きで働いてくれたおかげだと思っている」

「いえ、旦那さま、そんなことはありません。店で客に応対する者、船に乗り組む者、荷を扱う者、俥を挽く者など、みんながみんな、義理人情に厚い旦那さまから受けた御恩に報いようと、それぞれの割り当てられた仕事を責任をもってやってるからですよ」

「そう言われると、何か尻がこそばゆいけど、男冥利に尽きるとは、こういうことを言うんだな。おまえさんには、いつも世話をかけっぱなしだけど、これからも店のために元気で働いてくれよ」

「はい、いつまで働けるかわかりませんが、体がつづくかぎりは……」

巳之吉は、ひと息で呑み干した盃を福兵衛に返してから銚子を手に取った。銚子が空なのに気づくと、「おい、みんなの酒は足りてるのか」と言って、空になった銚子をふさに渡した。

「それで、こんなめでたい場で何だけど、明日の朝、棟梁のところまで俥を出してくれないか」

「明朝ですか……、かしこまりました」

「そのことなんですけど、父さま、明日、出かけるのは、やめにしたらどうかしら。余計なお世話かもしれませんけど、夜になって、急に足もとが冷えてきましたので、わたしの勘だと、まずまちがいなく、夜半から雪になります。そうなると坂は雪で滑りますから」

「女将さんもこうおっしゃってますので、何でしたら、裕市（ゆういち）にも声をかけて、俥は二人挽きにしますかね」

「いや、雪は降ってもすこしだろう。おまえさんだけで十分だ」

「そうですか。それでは、明朝早く、俥の用意をさせてもらいます」

「そうはいっても、滑って危ないから、やっぱり明日出かけるのは、よしてくださいな。ゆうべ、星を見ていたら、赤い流れ星が立てつづけに見えたことだし」

於祥は言い終わると、おどけてぺろりと舌を出し、相好を崩した。

「嘘つけ。そんなのは、老眼になったおまえさんの目の錯覚というもんだ。よしんばそうであっても、このわしが、そんな迷信を信じて、約束した日をたがえるわけにはいかんだろうが。お礼に伺うのは早いことに越したことはない。雪が降ったので来られませんでしたでは、棟梁に腰抜け野郎だと思われてもしかたがないだろうに。なあ、ふさ？」

と巳之吉は、銚子を手にしたまま障子際に立っているふさに同意を求めた。

「そりゃそうかもしれんけど。でも、日をずらして酉蔵といっしょのほうが、棟梁も喜んでくれるんじゃない？　どうしても明日でないとだめと言うなら、わたしがお供をしてあげてもいいわよ」

「何を言ってやがる。おめの出る幕ではないわ」

「お嬢さん、この福兵衛がついておりますので、ご安心を」

「そうともよ。女のおめに金魚の糞みたいにくっついてこられりゃ、函館中のいい物笑いになるわ。これからどの面さげて、函館の町を歩けというんだ？」

「まったくだ。いくら父さんだって、姉ちゃんにつきまとわれたら、天秤棒を担ぐ金魚売りになるしかないもな。うふふふ」

「何もそんなに茶化さなくてもいいのに。父さんも酉蔵も失礼しちゃうんだから。そうよね、母さん？」

「そんなことないわよ。親娘そろっての金魚売り、何とも粋ね。触れ声をだすのはどっちかしら」

こういった家族ならではの丁々発止のやりとりに気をよくして、父と息子は店の者たちをねぎらいながら盃を重ねるのだった。そうこうしているうちに、隣の茶の間の柱時計がけだるそうに十時を打った。

「あら、いやだこと、もうこんな時間？　今夜は湯たんぽを入れるので、暖かくして寝てください。ちょっとお湯を沸かしてくるわね」

長い酒に付き合わされていた於祥は声をはずませて腰を上げた。

「おいおい、ふさがいるんだし、あまりむりするんじゃないぞ。湯たんぽなんか、まだ早いだろうに」

「母さんは、ご馳走の準備で疲れてるはずだから、ここにいて。わたしがあとでやってあげるわよ」

「ありがとうね。まあ、いいから、わたしの好きなようにさせてちょうだい」

「そんなのあとでやればいいだろう。ゆっくり呑んでられないだろうが。無礼講の酒を楽しんでるみんなに悪いぞ。とにかくふたりとも静かに座ってろ」

「あら、わたしとしたことが。おほほ。ふさもこっちに来て座りなさい」

「おれも酔いが回ってきたみたいだし、あまり遅いと母さんの体にさわるから、今夜はこれぐらいにしておこうか」

「くそ、しょうがないな。時間も時間だし、最後に万歳三唱をして、お開きにするか」

と酒の腰を折られた巳之吉が不満げに番頭をうながした。

万歳三唱の高らかな唱和の後に、宴の終わりが告げられると、顔に赤味がさした惣八、裕市らにつづいて、ほろ酔いかげんの福兵衛も早々に座を立った。

それと前後するように、於祥とふさがそそくさと座敷を出て、炊事場へ向かった。廊下から勢いよく入ってきた冷気に奪われた暖かさを座敷の空気がふたたび取り戻すころ、水甕から柄杓で水を汲む音と於祥の乾いた咳きが障子越しに聞こえた。しばらくして炭のぱちぱちと爆ぜる音もした。四半時ほどして、於祥は、布袋に入れた陶器の湯たんぽをふたつずつ抱えて炊事場から戻ってくると、ふさが前掛けをつけて膳の後片づけをはじめたのもなんのその、湯たんぽをひとつずつさも大事そうに抱えて寝床まで運んだのである。

　雪深い磐梯山の北麓で育った於祥は、幼少の頃、毎晩、母親が冷たい蒲団のなかに入れてくれた湯たんぽのぬくもりが忘れられないのだろう。体の加減がよくなったいま、温かい湯たんぽを入れてあげることで、これまで家族にしてあげられなかった分をすこしでも贖おうとしていたのかもしれない。

　夜が更け、みんなが寝静まった後でも、茶の間から灯心の焼ける音がした。於祥が夜なべして、巳之吉の袴に火熨斗をかけていたのである。

　明くる朝、火の気のない茶の間の空気は、凍てつく外気と変わらないくらい冷たかった。時を撞く寺の明け六つの鐘が聞こえた。真冬でも薄着のまま素足で家のなかをのし歩く巳之吉だが、さすがにこの日の朝は早々と身支度をすませ、もう出かける用意をしていた。酉蔵は、役場へ行く前に寄るところがあるということで、まだ暗いうちに起きだし、すでに家を出ていた。

　朝餉の膳を片づけた於祥とふさが、戸障子を開けて窓越しに外をのぞいてみると、庭は雪景色に装いを変え、雪帽子をかぶった灯籠に牡丹雪が吸い寄せられるように舞い落ちていた。枯れ色の目立ちつつあった白と黄の小菊が雪の重みで押し潰されている。

「こっちは雪がさほど積もってなくても、臥牛山のほうは雪が深いから、父さま、俥で行くの、やっぱりよしたほうがいいんじゃないかしら……。どうあってもと言うなら、俥の綱曳きでも後押しでもいいから、鶴松をつけてくださいな」

白い息を吐きながら、於祥は騒ぐ胸を押さえて言った。

「なに言ってやがる。あんなのろまな鶴松がいては、かえって足手まといだ。だいじょうぶだって、心配なんかすんな。韋駄天にして怪力無双の福兵衛が俥を挽いてくれるんだからよ。それに、こんな雛鳥の毛のような雪に怖じけづいて尾っぽ巻いて逃げたりでもしてみろ、それこそ雪国で俥屋を家業とする男の一分が立たなくなって、ご先祖さまに顔向けできなくなるだろうが」

「福兵衛は、お侍の頃、木剣で鍛えた体とはいえ、年はあざむけぬものです。何かのときには、人の多いほうが心強いにきまってます」

と於祥はめずらしくきっぱりと言うと、小走りで奥の階段のところへ行き、声を大にして小僧を呼んだ。

「鶴松、鶴松は起きていないのかい？」

「おい、いらんことをするなと言ってるのがわからんのか。鶴松は、寝るのがいつも遅くてかわいそうだから、たまにはゆっくり寝かせてやれ。よし、もう行くぞ。福兵衛を外で待たせてるから、早くしろよ」

「鶴松、起きなさいと言ってるのが聞こえないの。店のみんなが、父さまの見送りに出ているというのに、あの子ったら、まだぐーすかなんだから」

階段の途中まで昇っていた於祥であったが、鶴松が二日酔いで起きられそうもないのがわかると、すぐに階段を降りて、足音荒く廊下を急ぐ紋つき羽織姿の巳之吉を追いかけた。

「それでは、気をつけて行ってください。棟梁に差し上げるお銘酒は、俥のなかに置かせてもらいましたからね」

「母さんのお国自慢には必ずと言っていいほど出てくる、酒どころ磐梯山の銘酒か。棟梁も、うまい酒が呑めると喜んでくれるわ。こうやっていつも細かな気づかいをしてくれる母さんに、感謝状のひとつでも贈ってやらないとな。いい女房をもらったわしはしあわせ者だ」

「おほほ、はいはい、わかりましたよ。いただけるものなら、どんな感謝状になるか楽しみに待っていますからね」

　こやみなく降る雪のなかで一列に並んで見送る奉公人たちの前に、巳之吉愛用の紅無地の俥が停められていた。黒い饅頭笠をかぶり、店の印が染め抜かれた紺木綿の法被の上に蓑をまとった福兵衛が、母衣に積もった雪を払い落としながら巳之吉を待っていた。駱駝の袖なし外套に身を包み、頸には羅紗の襟巻きを巻いて店から出てきた巳之吉は、函館山から吹きおろす冷たい風に飛ばされないように山高帽を片手で押さえながら、奉公人たちに向かって軽く一礼すると、於祥から抱え鞄を受け取って俥に乗りこんだ。ふさは福兵衛から渡された膝掛けを蹴込に上がって巳之吉の膝に掛けてやった。母衣を上げるときにできる隙間から、牡丹雪の幾片かが俥のなかに迷いこんできて、巳之吉の眉と鼻の上にとまったが、巳之吉は動じることもなくすまし顔で、肘掛椅子に身をうずめるように座っていた。

「途中で立往生するようなことになったら、むりしないでそのまま帰ってくるのよ。福兵衛、そのあたりよろしくね」

「心得ておりますとも、ご懸念にはおよびません」

「みんな、見送り、ありがとうな。今朝の津軽の風は冷たいから、もう店に入っていいぞ。昼前には帰れると思うけど、番頭さん、留守中、よろしく頼むな」

福兵衛は、雪が吹きこまないように母衣をできるだけ手前に引き寄せてから梶棒を上げると、雪を蹴立てて走りだした。

「旦那さま、寒くはございませんか」

「寒くはないけど、雪で窓の外がまるっきり見えないな」

「いますこしお待ちください」

と言って、福兵衛は俥を停め、のぞき窓に張りついた雪を手で払い落としながら訊いた。

「それで、八幡（はちまん）坂と大三（だいさん）坂では、どちらの坂を登りましょうか」

「棟梁の家は、ロシア領事館のほうにあるから、急なところがあっても、大三坂がいいだろう。途中休みながら行こう」

「へえ、承知しました」

横なぐりの雪のなか、俥は海岸通りから右に折れて、視界のほとんどきかない長い坂をのろのろと登って行った。

さすがの熟練の福兵衛も、凍って滑る坂道に足を取られ、息もあがってきたので、坂の真ん中を過ぎたところでひと息入れようと梶棒を下げた。

「旦那さま、いかがいたしましょう。このあたりでひと休みするのがよろしいかと存じますが」

巳之吉からの返事はなく、代わりに豪快な高鼾が聞こえた。福兵衛は、滝のごとく滴り落ちる汗を頸に掛けた手拭でぬぐうと、莨（たばこ）入れから取り出した煙管（きせる）に火をつけようとしたが、風と雪のため、思うように火がつかなかった。そのときである。道幅が狭まり勾配も急になっている坂の登りきったあたりから、風に乗って鈴の音が聞こえてくると思いきや、馭者（ぎょしゃ）の殺気立った怒声が耳に刺さった。次の瞬間、荷を山積みにした馬橇が、飛雪のとばりを突き破り、転げ落ちるようにして巳之吉の俥に突進してきたのである。長い睫毛（まつげ）に雪をつけた馬は、前脚で空（くう）を掻いて嘶（いなな）き、竿（さお）立ちになって踏みとどまろうとしたが、吹き溜まった雪に鉄輪を取られて逃げ場を失った俥は、ひとたまりもなくはね飛ばされてしまった。そのはずみで、巳之吉の巨体は逆蜻蛉返りとなって俥から弧を描いて放り出され、てっぺんに糸のような髷をのせている頭が、街路樹のなかなかまどの木に鈍い音を立ててぶつかった。馬橇は、すぐ下にあったもう一本のなかなかまどの木を根もとから薙ぎ倒してようやく停まった。もんどり打って倒れた葦毛の馬は、立ち上がろうとして脚をばたつかせている。雪駄（せった）が脱げ外套も剝ぎ取られてしまった巳之吉は、両脚を荷台から雪崩をうって崩れ落ちた墓石に挟まれたまま大の字に倒れており、流れ出る血が仙台平の袴と白足袋（たび）を赤く染めていた。すぐそばに山高帽と抱え鞄がころがっていて、割れた一升瓶からこぼれ出た酒が甘く匂った。

さかさまになって落下した俥は、母衣は破れ、鉄輪は押し潰され、梶棒は折れ曲がっていた。幸いにも軽い怪我ですんだものの、饅頭笠が飛ばされ、蓑と法被、股引が引き裂かれた福兵衛は、俥のかたわらで茫然と座りこんでいたが、崩れ落ちた墓石の間にあるじが呻（うめ）き声をあげて倒れているのに気づくと、雪のなかにずぼずぼと膝まで没しながらも、雪の上をはうようにして駆け上がった。腹掛けどんぶりがじゃまになったので途中でそれをはずし、やっとの思いで巳之吉の倒れているところまで進むことができた。福兵衛は血だらけの巳之吉を抱きかかえると、半狂乱になって馭者に助けを求めた。横転直前に馬橇から飛び降りて難を逃れた馭者は、近くの宿屋からあるじを乗せる荷橇を借りてきてくれた。ふたりの操る荷橇は矢のごとく雪の坂道を下り、途中で左折すると、八幡坂を横切り、基坂（もとい）のイギリス領事館のはす向かいにある函館病院をめざした。荷橇の二本の轍（わだち）の間に赤い線が点々とつづいた。

　悲報はただちに家族のもとにもたらされた。その知らせがまちがいであるようにと、天にもすがる思いで病院に駆けつけたとき、巳之吉は金魚のように口をぱくぱくさせ、死魔と闘いながら生死の境をさまよっているところだった。於祥もふさも悪夢を見ているようで、牙をむいた現実の冷酷な仕打ちをすぐには受け容れられなかった。目の焦点が定まらず、顔色が紙のように白くなった於祥は、包布（シーツ）に血のついている寝台（ベッド）に泣き崩れ、

「そうよ、わたしが、うむを言わさず、父さまを家に引き留めておけばよかったんだわ」

と絞り出すような声で言うのがやっとだった。このときふさは、取り乱した母親の哀れな姿を膝頭を震わせながら黙って見るしかなく、安穏な羽前屋の暮らしにひたひたと近づいてくる死神の跫音（あし）が聞こえるような気がした。

「父さん、死んじゃだめ。しっかりして」

ふさのこの痛切な言葉を受け、こわばった顔の酉蔵が巳之吉の耳もとに近づき、

「父さん、しっかりして。酉蔵だよ。母さんも姉ちゃんも、みんな来てるから安心して」

と声をかけると、昏睡していた巳之吉が目を半眼に開け、三人を弱々しく手招きした。

「母さん、長い間、世話になった。ほんとに、母さんは、わしには過ぎた女房だった。ありがとう。苦労ばかりかけ、感謝状も贈らずに、先に逝く、こんなわしを、許してくれ」

と巳之吉は息も絶え絶えに言葉を継いだ。

「そんなことないわ。逆にわたしから父さまに感謝状を贈るわ」

於袢が巳之吉の手を取り、その掌に人差し指で四角い枠を描いて、そのなかに、あ・り・が・と・う、と一字ずつゆっくり書き入れると、天井を見つめたままの巳之吉は、目尻に涙を滲ませてかすかにうなずいた。

「おれがいっしょに行ってあげれば、こんなことにならなかったんだ。父さん、死んじゃだめだぞ。おれの肩をやさしくもんで教えてくれたように、おれ、もっと角が取れて、父さんのような、度量が広くて器の大きい人間になるからさ。父さんは、おれの嫁取りを何よりも楽しみにしてたんだよな。ねえ、お願いだから、それまで生きていてくれよ」

酉蔵は酒樽のような巳之吉の体にすがりつき、痛哭の声をあげて泣きじゃくった。

「酉蔵も、手を強く握ってくれ……。酉蔵、泣くな。いいか、おめは、わしの自慢の位牌持ちなんだから。母さんと本間の家は、おめに任したからな。ふさ、ふさはどこだ？」

「ここにいるよ。父さん、わかる？　しっかりして」

ふさは、宙を掻きながら自分を探す父親の手を握った。

「ふさ、おめも、わしの自慢の娘だった。おめは、愚痴ひとつこぼさず、いままで、よく、がまんしてくれた。もう、がまんすることは、ないぞ。いいか、おめの好きなロシアに、行ってこい。その目で、じっくり、ロシアを見てくるんだ」

巳之吉が、幼い頃のふさに口づけを催促するときによく見せた、指で自分の頬に触れる仕草をしたので、ふさは巳之吉のなま暖かい頬にやさしく口づけをしてあげた。

それから小一時間ほどで、容態の急変した巳之吉は四十五歳で冥路（よみじ）へ旅立った。顔に死微笑が浮かんでいた。ひょうきん者の父さんらしく、死んでも微笑んでくれている。ありがとう、父さん。わたし、父さんの娘でよかった、とふさは巳之吉に心の底から感謝の気持ちを伝えた。突然の悲しみにうちのめされたふさであったが、最後に遺（のこ）してくれた言葉は、父巳之吉がいつも子どものことを気に留めていた人であったことをあらためておしえてくれたし、それはまた、ロシア渡航の夢が小さな花を咲かすのを可能にしてくれたのである。

ふさと酉蔵は、葬儀屋にかけ合って、仮通夜の手はずを整えてくれるように頼んだ。病院から引き取られた巳之吉の遺骸は、店の者みんなに出迎えられ、すぐに奥座敷に安置された。老葬儀屋に言われるままに湯灌（ゆかん）の儀が行われ、死装束に着替えられた遺骸は、当時ではまだめずらしい寝棺（ねかん）に納められた。菩提寺の僧侶が枕経をすませて帰るのを見送った後、事故現場を見ておきたかったふさと酉蔵は、枕飾りされた棺のそばに於祥を残したまま、呪わしい大三坂までの道を急いだ。

藺草で編んだ深靴をときどき滑らせながら、ハリストス正教会の五つの葱坊主と八角錐の鐘楼を仰ぎ見るようにして大三坂を登った。やや西に傾いた日が鉛色の雪雲の切れ目から射しこむところでは、降りつもった雪が解けだしていて、どこかの家の屋根から雪の滑り落ちる音がした。事故現場は、俥や馬橇の残骸もきれいさっぱり片づけられており、人が集まって、坂道を塞ぐように根もとからへし折られたななかまどの木を取り除こうとしていた。巨大な竹箒のように倒木が横たわっている場所よりさらに上ったところに、落剝した雪の跡をとどめる枝を黒々と広げているななかまどの木が見えた。木の近くまで行くと、赤く染まったざらめ雪のなかに、赤熟したななかまどの実がこぼれていた。

「ここが父さんの倒れていたところか。この木に……、ちくしょう」

木の幹にこすられたような痕跡がついていた。酉蔵はその薄く押し固められた雪を手袋で拭い落とし、湿った木皮をいとおしげに素手でさすった。亀裂のある木皮はぽろぽろと剝がれ落ちた。

「この大きなななかまどの木さえなかったら、父さんは、助かっていたかもしれないのに」

ふさはななかまどの木をうらめしそうに見上げた。鴉が一羽威嚇するように甲高い啼き声をあげながら、枝に残っている赤い実をついばんでいた。涙がとめどなく流れた。父さん、馬橇にはね飛ばされた瞬間、ハリストスの葱坊主は見えたかい？　死んでから三時間が経つというのに、まだ父さんの血はみどり色の玉に変わってなんかいないよ。白い虹も出てない、どうして？　父さんは、土方歳三にも負けないくらいの、赤誠を尽くす義士じゃなかったの。父さんの言ったことは嘘だったの。父さんの弱虫、何で死んじゃったの、と答えてもらえるはずのない問いかけをしながら、ふさは雪の上に膝をつき、血のついた雪を口に含んだ。よそよそしくてそっけない、無機質な金気の味がかすかにした。と同時に、巳之吉の頬に口づけしたときに唇に淡く残っていたぬくもりが、すうっと消えるように感じた。

酉蔵は、このありうべくもない振る舞いに目を疑った。ふさが悲しみのあまり気が触れたのではないかと思うと、顔から血の気が引いた。

「姉ちゃん、何するんだ？」

「何するって、この雪は、父さんの血がついてる雪よ。父さんの体を温めてくれ、命が尽きるまで笑いを忘れないようにしてくれた最後の血なのよ。雪が解けると、すぐに消えてなくなるんだから」

とふさは、両手のなかにある血のついた雪に語りかけるようにつぶやくと、酉蔵を背中越しに振り仰いでその雪を見せた。

「ねえ、この雪、みどり色に見える？」

「何？　雪がみどり？　姉ちゃん、頭がどうかしたんじゃないか」

「だって、父さんの血は、みどりに変わるはずだったでしょ」

「いくら父さんでも、そんなの、ありっこないだろうに」

ふさはまた血のついた雪を口に運ぼうとした。

「いいかげんにしろ」

酉蔵はふさの手から雪を払い落とし、ふさを抱き寄せた。姉は小さく震えていた。

「気をたしかに持たないと、父さんに叱られるぞ。もうこのぐらいにして帰ろう、母さんがひとりで待ってるから、急がないと」

「父さんにいくら叱られてもいいわ。父さんの声をもう一度聞いてみたい。もっともっと父さんのそばにいて、いろんなことを教えてもらいたかった。だから、わたし、父さんのこの血がみどりに変わるまでここにいる」

「そうやって甘えられた父さんは、もうこの世にいないんだ。そんな聞きわけのない、わがままな姉ちゃんを、父さんが草葉の陰から悲しそうに見てるかもしれないぞ」

ふさは嗚咽(おえつ)をこらえられず、雪の上に突っぷして少女のように泣きじゃくった。

ふさが父親の血をもとめたのは、この世から葬り去られる父親の肉体の証しがほしかったからであろう。いや、もしかしたら、それをいとしい父親の血脈を受け継ぐ聖なる儀式ととらえていたかもしれない。いずれにせよ、この奇行は、巳之吉のことが大好きだったからこそできたことであった。

事故現場を見届けてからゆるやかな勾配を下るとき、目の錯覚で、まっすぐに伸びる雪の大三坂が、雪雲の残る空の下でうごめく銀鼠の海にそのまま引きこまれるかのように見えたが、急な勾配を帯びるところまでさらに下ると、角だった波が岸壁に当たって立てる潮煙が、海岸通り沿いに身を寄せ合う人家に吹きかかるのが見てとれた。列(つら)なる灯火がちらちらとまたたくその家並みのなかの二階家で、死化粧をほどこされた父がいまままさに冷たい棺のなかに納められているかと思うと、息の詰まるような悲しみが襲ってきた。姉弟は矢も楯もたまらず雪の坂道を駆けおりた。気が急くあまり、姉は途中で足を滑らせて転んだが、その目の先には、海から吹きつける風に抗うかのように翼をさかんに動かしている二羽の海猫の姿があった。強風にあおられて前には進めず静止した観のあるその情景は、冬の夕空を塒(ねぐら)へと急ぐ水墨画の寒雁(かんがん)を連想させるとともに、帰心矢のごとく家路を急ぐふたりの心模様を映し出しているようでもあった。

　仮通夜は家族と店の者だけでしめやかに営まれた。灯明と香を絶やさぬように、家族三人そろって枕頭に座し、なつかしい思い出話のなかで浮かび上がる、巳之吉の面影を慕いながら夜伽をした。身も世もあらぬほど泣いて精も根も使い果たした於祥は、仮眠をとるように言われても一睡もしなかったので、みるみるうちに衰弱してゆくのがわかった。


　翌日の葬儀は宵口から盛大に営まれた。棺が安置された奥座敷の縁側の前に置かれた焼香台の前で深く頭を垂れて合掌する会葬者のひとりひとりに、呆けたように座礼をする於祥の喪服姿がいたいたしく、焼香は重苦しい悲しみのなかで行われた。僧侶の読経が終わり、遺族の手で棺の蓋に釘が打ちつけられると、棺は近親者たちによって奥座敷から担ぎ出された。

　幔幕の張りめぐらされた店の裏口で焚かれる鬼火の炎と雪明かりに彩られた野辺送りの葬列は、焼香をすませた会葬者や門送りの人たちの黒い影に見送られ、夜の雪道をゆっくりと進んだ。

　先松明を先頭に、二張の白張高張提灯、四旒の幟旗、紙華を入れた花籠が列なり、そのあとに、紫法衣の導師と役僧が鈴と鉦を鳴らしながら、白木綿の布を結わえた棺を担ぐ陸尺を引き連れて進み、つづいて、野位牌を持つ白裃の酉蔵、枕飯と枕団子をのせた膳を捧げ持つふさ、白い綿帽子をかぶり白房の数珠を手にした於祥がうつむきがちに歩を運び、故人とゆかりの深かった人たちや得意先の客たちの長い列の後には、しんがりをつとめる親族縁者と番頭や奉公人たちの顔があった。

　本間家の墓は、立待岬へ通じる函館山の崖道から右にわずかに入ったところにあった。その墓は、庄内の酒田から裸一貫で人煙まれな蝦夷に渡ってきた先代が、津軽海峡を一望できるということで、ふた言めには函館の水は合わないと言いつつも、店の暖簾を守るために寝食を忘れて働いたことが祟って、ついには不治の病に倒れたつれあいのみきのために建てたものである。

風ではためく松明と提灯の灯を頼りに進む葬列は、松の疎林の暗闇のなかで夜目にも白く見える雪をまとって聳立(しょうりつ)する碧血碑の前を通り過ぎると、足場の悪い崖道に出た。熊笹がざわざわとそよぐ崖道は、銀鱗(りん)で覆われた海の真上に昇った寝待(ねまち)月の光がくまなく照らす雪野のなかにうっすらと一本の細い線となってつづいていた。雪駄や爪子(つまご)や草履(ぞうり)に踏まれて鳴る雪の音と於祥のかそけき咳きが暗い松林に響いた。

本間家の墓の一画の、地肌が露わになった地面の真ん中に大きな穴が掘られてあった。香煙がほの白くくすぶる夜の闇のなかで、僧侶たちの嫋々(じょうじょう)たる読経がはじまった。棺は掛けられていた袈裟が取りはずされ、ゆっくりと墓穴に下ろされた。高く盛ってあった雪まじりの土が遺族の鍬で一塊ずつ棺の蓋の上にぱらぱらと撒かれ、残りの盛土がいっせいに墓穴のなかに戻されると、大きな土饅頭が出来上がった。墓前に香炉や白寒菊の挿された花筒などが供えられ、巳之吉に永(なが)の別れが告げられた。

六

巳之吉の急死後、上得意客は、亡き店主から受けた恩に報いようと三代目による店の切り回しを温かく見守りながら取引きをつづけていたが、品薄の多さとか節季払いの日延べとかでその皺寄せがじわじわと自分の店の荷入れ荷さばきに及ぶ段になると、櫛の歯が抜けるように酉蔵の前から姿を消した。それにより、倉庫の借入金の返済が、羽前屋の商いに重くのしかかってきたのだった。

　葬式費用のための死に金は用意されてあったが、手広く商売をしてきても、もともと巳之吉は金遣いが荒く蓄財の才にはたけていなかったために、店の貯えは思ったよりも乏しく、倉庫のほかにも小口の借金がいくつか残っていた。大黒柱の巳之吉がいないいま、羽前屋は、爪に火をともす暮らしを心がけてこの難局をしのごうとしても、家産が傾き台所が火の車になるのは必定で、店を畳むかどうかの崖っぷちに立たされる恐れがあった。

　酉蔵が借金を返すべく金策に奔走してはいるものの、金の工面がおぼつかない店の窮状をかんがみれば、女ながらも、ふさが働き口を見つけ、いくばくかの金を稼いでそれを借金の足しにしたい、という思いを深くするのも自然のなりゆきであろう。さりとて深窓に育ったふさに見合う働き口などすぐに見つかるはずもなく、かといってそんなふさが塩引き鮭や烏賊の塩辛を作る加工場で働くでもしたら、まわりから白い眼で見られ、後ろ指をさされるのは火を見るより明らかだ。そんなことでもしたら、二代にわたって守ってきた羽前屋の暖簾に傷がつきかねない。

　ふさは、巳之吉の忌明けの四十九日に、於祥と酉蔵に胸奥に秘めていた思いを漏らした。

「いろいろ悩んだけど、やっぱり、わたし、ウラジオストクに出稼ぎに行くことにしたわ」

「あらいやだ。あんた、いまになって、何でそんなことを言うの。女のあんたが、見ず知らずのロシアに行ってどうするの。うまくやっていけるとでも思っているの。うまくいくわけないでしょうに」

於祥はふさの突然の心変わりにあっけにとられ、腹立たしげに異を挟んだ。

「父さんがあのとき、いいと言ってくれたの、母さんも酉蔵も聞いてたでしょ？」

「いくら父さまがロシア行きを許したからといったって……。あのときの父さまは、危篤だったんだよ、意識が朦朧としていて、まともな判断はできず、うわ言を言ってただけなんだから。それをまともに受け取るなんて、あんた、どうかしてるわよ」

驚きと腹立たしさで於祥の語尾が震えた。

「いや、そんなことないわ。臨終前のあの言葉は、うわ言でも何でもなく、父さんの嘘いつわりのない本心から出たものよ。わたしは、それをわたしへの遺言と受けとめたの。わたし、ロシアには何がなんでも行ってみたいの。見聞をひろめて、ロシアと函館との橋渡しになりたいの。高田屋嘉兵衛のような人になって函館の人のために役立ちたいのよ」

ふたりの気色ばんだやりとりを聞いているうちに、酉蔵は怒気が動いて、自分でも顔が蒼ざめてゆくのがわかった。

「ちょ、ちょっと待って、姉ちゃん。頭を冷やせ」

「わたしは最初から冷静よ」

「いや、いまの姉ちゃんはいつもの姉ちゃんじゃない。ロシアの悪霊が姉ちゃんに乗り移ったように見える。もういいかげん、ばかのひとつ覚えのように、ロシアだウラジオストクだと言うのはやめてくれ。母さんをこれ以上悲しませないでくれよ。橋渡しと言ったって、函館はもともとロシアとの交易港なんだから、姉ちゃんがわざわざしゃしゃり出なくても、ロシアの船はちゃんとやってくるって」

「そんなふうに言ったら、もともこもなくなるわ。あくまでもそれは、交易に限ったことでしょ。わたしがめざすのは、人の心と心の交流なの」

「見聞をひろめるったって、聞こえはいいけど、具体的に何をどうするの。そもそも、姉ちゃんは、ロシア語、わかるのかい」

西蔵の口端に皮肉な笑みが浮かんだ。

「西蔵ったら、失礼だわね。すこしぐらいならわかるわよ。ハリストスでロシア語を勉強してたんだから。初級程度の会話ならだいじょうぶ、まかしといて。それに、ちょっとかじったくらいだけど、日露の交渉の歴史もすこしばかりは頭に入ってるしね」

西蔵は、自信ありげに胸をはるふさにあきれ顔になり、力なく笑った。

「あえて言わせてもらうけど、父さんの菩提を弔い、位牌を守りつづけながら、客足の落ちたこの店を歯をくいしばって立て直すのが、父さんの遺志を継ぐことでないのか。そうだろう？　姉ちゃんのウラジオストク行きは、母さんへの裏切りだだし、ご先祖さまに後ろ足で砂をかけるようなもんだぞ。こっちこそ、何がなんでも反対だからな」

と仏壇に祀（まつ）ってある位牌をちらと見てから、西蔵はふさを射すくめるようににらみつけた。

「いいかい、西蔵。あんた、『函館新聞』に連載されていた、日本人のウラジオストク滞在記を読んだことある？」

「おれは、そんなのに何の興味もないから、読むわけないだろう」

「わたし、あれを毎回忘れずに読んでいたわ」

「それがどうしたというんだ?」

「滞在記を読めばわかるけど、ウラジオストクには、日本人経営の店が数軒あってね、大工さんとか左官屋さんのほかに、仕立屋さんや下駄屋さんのお店もあるらしいの。わたし、お針の手をいかせるから、そこの仕立屋さんに住みこみの下働きで雇ってもらい、給金をもらったら、わずかでもこの家に送金したいの。ねえ、酉蔵、そんないやな顔しないで、わたしの話を最後まで聞いてちょうだい」

「わかってるよ、うるさいなあ。ちゃんと聞いてるって」

「それでね、日本の船でウラジオストクに行くとなると、船と鉄道を乗り継いで神戸まで行き、神戸でまた別の船に乗り換えなければならないわけ。でも、ロシア船だと、函館からウラジオストク直航便が出ているのよ。うちの顧客で父さんと懇意だったロシア領事館の人に頼んだら、その直航便に乗れるように手配してくれたの。船賃もそんなにかからないようだし。どう、わかってくれた? なので心配はご無用」

話の途中で横槍を入れられるのを恐れるかのように、ふさはいっきにまくし立てた。酉蔵は話を最後まで聞くのにいらだった。

「ふん、聞いてあきれるよ。姉ちゃんは、自分の言ってることがわかってるのか。さっきは、高田屋嘉兵衛のような人になりたいと言っておきながら、今度は、送金するのがロシアに行く目的だと言う。何のためにロシアに行くのか、その目的がはっきりしてないから、言うことがころころ変わるんだよ。目的のないところに成功はないぞ」

「誤解してほしくないわ。どっちもわたしの目的なの」

「どっちも目的だと？　そんなの、何もロシアに行かなくても、その気になれば、函館にいてもやれることだろうが」

「わたしは、何よりもロシアのことが知りたいの。修道院や博物館を訪れたり、大きな歌劇場で上演されるオペラやバレエを観たりして、ロシアの歴史や文化、それにロシア人のものの考え方や暮らしぶりを知りたいの。多少の危険はともなうかもしれないけど、そうでもしないと、函館の人にロシア人のほんとの姿を紹介できないでしょ」

「ふん、あいかわらず姉ちゃんは頑固で、ひとりよがりで、朴念仁だな。せめてあと一年ぐらい待てないのかよ」

困り果てた酉蔵は、なんとしてもふさの悲壮な決意を変えさせようとして、その場しのぎの思いつきを言うしかなかった。

「言うか言わないか迷ってたけど、何を隠そう、飛ぶ鳥を落とす勢いの茂木洋物店が、うちの店の後楯になって、舶来品の取扱いの一部を折半してくれることになったんだ。この噂がひろがれば、いっとき閑古鳥の啼いていた店にも、お客さんがすこしずつ戻ってくれるはずだ。倉庫の借入金の返済のほうは、店の経営が軌道に乗るまで銀行に待ってもらえるように話がついたし、おかげで店の新規蒔き直しの見通しが立った。これで、暇を出した奉公人にも戻ってきてもらえるだろうし、おれらに凄もひっかけなかった奴らの鼻をあかしてやれる」

思いがけない酉蔵の打ち明け話に、ふさと於祥は顔を見合わせた。

「どうだい、びっくりした？　いいかい、よく聞いてよ。左前になった羽前屋の再建をたしかなものにするには、みんなで力を合わせて帳場を切り回さないとだめなんだ。それには、姉ちゃんがどうしても必要なんだよ。もしそうなれば、函館の空からおれたちを見守っている父さんも、三人寄って文殊の知恵と言って喜んでくれるよ」

「ねえ、ふさ、酉蔵もこう言ってることだし、お願いだから、ロシアに行くのだけは、やめてちょうだい。どこにも行かないで、わたしのそばにいておくれ」

於祥の哀調を帯びた弱々しい声は、せつなさでふさの腸を断つことはあっても、ふさの鬱勃たる大望を翻させるまでには至らなかった。

函館山の山容に春意が動くころになって、ふさは巳之吉の墓参りをすることにした。酉蔵が同行すると言ってくれたが、ひとりで行くと言って断った。

夜半に降った名残の雪は、雪持ちの熊笹の藪が途切れることなくつづく崖道ではすでに消えかかっていたが、道沿いの共同墓地を覆っている尺余の残雪の上には砂糖を振り撒いたように積もっていた。

雪掻きへらで雪を掻き分けながら墓の前に進んだ。土饅頭の墓の雪を取り除いてから、ひと回り小さくなった丸い盛土に酒をかけ、花筒に水仙を挿して香を添えた。

ふさは掌を合わし、巳之吉に語りかけた。

「父さん、はじめての寒い冬を迎えて、風邪はひかなかったかい。こっちは、母さんが一度風邪にかかったくらいで、みんな元気。今日はね、ロシアに行く前にお別れの挨拶にやってきたの。実はね、わたし、今月の中頃にウラジオストクへ渡って、仕立屋をしてる金子さんのお店で働くことになったの。これも、父さんがわたしの望みをかなえてくれたおかげよ。ほんとにありがとう。二、三年もしたら、抱えきれないほどのお土産話を大きな袋に詰めこんで帰ってくるから、それまで、むやみに暴れたりせず、ここでおとなしくしているのよ。れいのカフカスの人形、あれを父さんの形見として持っていくことにしたからね。それから、まだ内緒だけど、やっぱり酉蔵にいい人がいるみたい。幼馴染みの娘さんだと思うわ。店を立て直した後に、結納を取りかわすんじゃないかな。羽前屋が甦ってふたたび繁盛するように、酉蔵をしっかり見守っていてあげて。それからロシアにいるわたしも忘れずに見守っていてちょうだいね。ロシアから帰ってきたら、取るものも取りあえずここに駆けつけるからね。じゃあ、帰るわよ、さようなら」

土饅頭の表面にいとおしげに両手を添えてから踵を返して崖道に引き返すとき、福寿草のほぐれかけた莟が雪の上に転がっているのが目に入った。墓に早く近づこうと心急いて雪掻きをしたことで、雪の下でひっそりと春を待つ福寿草を傷つけてしまったのである。これから花時を迎える福寿草に対する心ない仕打ちに、われながらあきれ返った。それとともに悔悟の棘が心に刺さった。わたしは、自分のやりたい道を突き進んできたけれど、福寿草に致命傷を与えたように、そのことで店の再興という母と酉蔵の希望の花を無残にも踏み潰してしまったかもしれない。酉蔵に言われるまでもなく、わたしは恩を仇で返す人でなし、人の道に外れることをぬけぬけとやってしまう人間なんだわ。だけどいまさらどうすることもできないわ。賽は投げられ、わたしの運命の糸車が勢いよく回っているのだもの。かくなるうえは、後ろに引き返すことなどできっこないし、立ち止まってもいられない。もう前に踏み出すしかないわ。父さん、わがままであつかましいこんなわたしでも、見捨てずに、何かあったときには力を貸してね。

そう思いながら帰り際に見た風光る春の海峡では、さざなみの波紋がかなたこなたにまだらな模様を織りなし、その模様は刻々と形を変えたり消えたりしていた。


明治二十三年、函館山の雪解け水のせせらぎの音が高くなるころ、海猫の啼きかわす声がうら悲しく聞こえる昼下がりの港に、ふさの乗るウラジオストク行きのロシア船が接岸していた。うららかな春の函館湾にそよ風が立ち、やわらかな光が風波に反射してきらきら輝いている。函館山の山襞に残るむら消えの雪は鈍く光り、青碧の玉葱形尖塔を頂くハリストス正教会の白亜の聖堂は、山裾にかかる薄霞にくるまれてかすかに見えるだけである。

浮き桟橋まで、於祥と酉蔵、それに渡航のために一肌脱いでくれたロシア人の領事館員が見送ってくれた。黒紋つきの羽織を着た於祥は、酉蔵に体を支えられながら目に哀別の涙をいっぱい浮かべていた。いよいよ船が桟橋を離れる時がくると、手提げから赤朽葉の袱紗包みを取り出し、桃色の珊瑚玉が嵌めこまれた鼈甲の簪を手に取った。

「この簪は、みきおばあちゃんから譲り受けたもので、若い頃に使っていたけど、これ、あんたにあげるから、大切に使ってちょうだい」

於祥は、その簪を紅花紬の袷に赤丹色の絞りの羽織を着重ねしているふさの結綿の髪に挿そうとした。

「それ、あの小箪笥の抽斗に大事にしまっていたものじゃないの。おばあちゃんからもらった、そんな大事なものを、わたし、もらうわけにいかないわ」

「いいから、ちょっと屈んでちょうだい。この簪は、お守り袋には入らないかもしれないけど、あんたの旅の無事をちゃんと見守ってくれるからね。おばあちゃんも喜んでくれるわ。気をつけて行くんだよ。向こうに行ったら、体には気をつけるのよ。父さまも、旅の空からきっと、あんたのことを見守ってくれているはずだからね。何かあったら、遠慮せずにすぐに知らせるんだよ」

「母さん、何から何までお世話になり、ほんとうにありがとう。この簪、母さんからのお守りとして大切に使わせてもらうからね」

ふさは別れにあたって、心のこもった感謝の言葉を伝えるつもりでいたが、いざその刻限が迫ってくると、とおりいっぺんのことしか言えなかった。

「母さんがさびしがるので、向こうに着いたらすぐ手紙をくれよ。おれも返事出すからさ。母さんのことは心配するな。おれに任せておけ」

「あんたもがんばりすぎないようにね。体をいたわるんだよ。店を再興してくれるの、信じてるからね。それからひとつお願いがあるの。秋になったら、母さんに菊枕を作ってやって」

「わかった。わかったけど、姉ちゃんも、その頃には帰ってきてるだろうに」

「うん、そうかもね。そうそう、あんたも早くいいお嫁さんを見つけて身を固めないと」

「いらぬお世話だよ、そんなの。あのねえ、ロシアの雪を体に塗りつけると、黒い肌も雪白肌になるんだって。いい、これが正真正銘の雪化粧。姉ちゃんこそ、雪姫になって里帰りを果たし、そのうえで、白馬に乗った若殿さまを見つけることだな。うふっ」

酉蔵は別れの涙を悟られまいと破顔一笑して、ふさに餞(はなむけ)の言葉を贈った。

カフカス人形などの入った行李(こうり)を酉蔵から受け取ると、ふさはこの世での見納めになるかもしれぬ母の姿を目に灼(や)きつけてから深々と頭を下げて一礼し、船上の人となった。

船が桟橋を離れるときに発せられた於祥の叫びは、ふさに向けられたというより、於祥自身の不安な心を鎮めるためだったのかもしれない。

「ふさ、生水は、お腹をこわすから、沸かして飲むんだよ。体をこわしたときは、母さんの梅干を食べてね。足が冷えて寝れなかったら、湯たんぽ入れるんだよ」

遠ざかってゆく老いたる母の小さな姿に手を振りながら、ふさは心の奥で叫んだ。母さん、当座のお金を用立ててくれてありがとう。家への送金をつづけながら、ロシアをこの目でしっかり見てくるからね。ごめんね、……わたしの親不孝を許して。こんなわがままなわたしを、おおらかな愛に包んでここまで育ててくれてありがとう。函館に戻ってきたら、母さん、力いっぱい抱きしめてあげるから、それまで元気で待っていてね。父さんの分まで長生きしてね、と叫び終わると、ふさの胸は張り裂けそうになった。

第二章　東シベリア・ブラゴヴェシチェンスク

一

ふさの乗ったエルマーク号が、満潮を迎える金角湾を船脚をゆるめながら進み、ウラジオストクの港に投錨したのは、翌々日の日没近く。雪晴れの夕焼け空が、おだやかな傾斜を見せて連なる丘陵を橙色に染め、簪の桃色の珊瑚玉にも薄紅の色味がひろがっている。

さきほどすれちがった客船はどこへ行く定期船なのだろうか。色とりどりの紙平紐のからみ合った残骸が風にあおられ、波止場から海に向かってがさがさとなびいていた。まばらになった見送りの人たちの影法師が、うっすらと雪の残る波止場に長く伸びている。北風が吹きつけるたびに地面から舞い上がる細かい雪が降りかかってきて、耳たぶが痛くなるほど冷たい。

これでやっとロシア探訪の入口に立つことができた。函館に帰るときのお土産袋には、日本とロシアの親善に役立つ知識や体験をぎゅうぎゅうに詰めこんでいたい、と希望に胸を高鳴らせ、ふさが日本人僧侶の一団にまじって波止場に降り立った当時のウラジオストクは、人口は五万人を越えていた函館の約四分の一の一万四千人ほどで、ロシア人はもとより、日本人、清国人、朝鮮人などが暮らす町だった。日本人は男より女が多く、その大半は、貧なるがゆえに長崎や天草から渡海してきたからゆきさんと呼ばれる遊女たちなのである。

さっそくふさは渡航前に手紙で訪意を伝えてある仕立屋へ向かった。「函館新聞」の紹介記事にあったように、日本人の経営する店は、丘の頂まで伸びるだらだら坂に沿って何軒か並んでいた。どこからともなくきれぎれに聞こえてくる爪弾きの三味線の音と小唄が、不安で胸が波立つふさをそぞろに人恋しくさせた。

（遊郭に通う芸子さんたちが、夜の宴にそなえて稽古にいそしんでいるのかな。日本のどこからやってきて、いつからこの地にいるんだろう）

あれほどロシアに憧れ、函館の町並みを遠霞（とおがすみ）のかなたに追いやって日本を発（た）ったにもかかわらず、ロシア人であふれる船内で二日あまりだれとも口をきかなかったことが、日本人をなつかしい存在に変えていたのだ。

仕立屋の所書きが書かれた紙片を握りしめ、重たい行李を持ちながら人通りの途絶えた山の手の坂道を行ったり来たりしたけれど、仕立屋の看板は見あたらなかった。裏通りへ行こうとして、灯明かりの流れてくる路地に入ると、日本語を話す女の子ふたりが狭い空き地で石蹴りをしていた。そのそばで、二つ結いの子が地べたに座りこみ、両手を目に当ててしゃくり泣きしている。

ふさはその二つ結いの子に近づき、片膝をついた。

「お嬢ちゃん、どうしたの、姉妹喧嘩（きょうだいげんか）でもしたの。もう暗いから、泣くのはそのくらいにして、家に帰ったほうがいいわよ。そこのお嬢ちゃんたちも、早く帰らないとね。家の人が心配するわよ」

「心配なんかしないよ。お店が忙しいから、ここで遊んでいなさいと言われたんだもん」

「そうなの？　でも、石蹴りの石も見えづらくなってきたし、夜は、人さらいのような悪い人がいるかもしれないわよ」

　といらぬお世話を焼いてから、ふさは泣きやんだ二つ結いの子に訊ねた。

「あのね、おしえてちょうだい。わたし、人の家を探してるんだけど、見つけられずに困ってるの。着物を仕立てるお店がこの近くにあるはずなんだけど、どこにあるか知ってる」

　その子はこくりとうなずき、上目づかいにふさの顔を見ると、店があると思われる方角を無言で指さした。

「あー、いーけないんだ、いけないんだ。母ちゃんに、知らない人と話をしたらだめと言われているのに。あとで叱られても知らないから。はぎの、帰るよ、早くして。蛙が鳴くからかーえろ、かやのが泣くからかーえろ」

「話なんかしてないよーだ。おしえてあげただけだもん。あっかんべーだ」

「かやのちゃんというのね。かわいい名前ね。二つ結びは、お母さんにしてもらってるの」

「ううん、かやのがひとりで結んでるよ」

「あら、そうなの。かやのちゃんは、手が器用なのね」

　突き当たった丁字路を左に入ったとき、店から漏れてくる灯の色のなかに、お目当ての「仕立屋金子」が筆太で書かれている軒垂（のきだ）れ看板を認めた。深い安堵感がふさの胸にあふれた。

　仕立屋は、まわりに石造平屋の家が目立つなかで、中二階のある、わりと広い木造の家だった。ひとまず緊張を和らげるために、廂間（ひあわい）のほうへ行って、軽く背中をそらせて深呼吸をしようとすると、赤銅（しゃくどう）色の大きな満月が菫（すみれ）色の宵の空に懸かっているのが見えた。入口の障子戸を引き開け、のぞきこむようにして訪（おとな）いを入れると、上がり框（がまち）に座っている、三十をひとつふたつ越えたと思われる女が、風呂敷包みを抱えて土間に立っている大柄な女を相手に、尊大な口ぶりでしゃべっているところだった。どうやら、膝の上にひろげた着物の裏地をためつすがめつ見る狐目の年増女が店の女将のようだ。

「あのー、お取りこみのところ、申し訳ございません」

入口近くで大きな声を張りあげた羽織姿のふさに、取りこみ中の女将はようやく気づいたが、流し目にちらっと見るだけで、ふたたびその客と仕立て直しのことで押し問答をはじめた。

「間に合うようにと言われても、こっちにも仕事の都合というものがあるからね。どうしてもと言うなら、その分だけ手間賃が高くつくわよ」

「しかたないわ、できるだけ早くということでお願いするわ」

「悪いわね。じゃ、それで伝票を切らせてもらうわよ」

「あのー、お取りこみのところ、申し訳ございませんが、実はわたし、本間ふさと申します。北海道の函館から参りました。前に一度お手紙を差しあげたのですが……。このたび、こちらで仕立てのお手伝いをさせてもらうことになった者です」

「ん？　あら、そうだったの？　新顔のお客さんかと思ったのに。おいねさん、話の途中で悪いけど、ちょっと待ってて」

痩せぎすな女将はつと立ち上がり、引き戸を細目に開けて頸を突っこむと、いらだたしげに叫んだ。

「ねえ、あんた、何してんのよ。早くこっちに来てよ。この若い娘の話を聞いてやって。あたし、いま手が離せないんだから。ねえ、あんた、聞こえてるの」

　すかさず店の奥から、鯰髭をはやした、年格好四十くらいの、風采のあがらない男が現れた。狡そうな目をしており、赤く薄い唇はどこか好色な感じがした。店主と思われるその男は、挨拶もそこそこに、ふさを上がり框まで来るように手招きをした後、怪訝そうに用件を訊ねた。ふさが函館からあらかじめ手紙を寄越した娘であるのを知って、合点のいったような表情になると、さっと身を翻して奥のほうへ消えてしまった。するとすぐにまた戻ってきて、手にしていた封筒にふっと息を吹き入れてから履歴書を出し、人体を確かめるように、黄色い目でふさの顔と履歴書を交互に見た。

「ところで、承諾書を親に書いてもらうように伝えてあったけど、いまそれを持ってるか」

「はい、いまここにあります」

　ふさは行李の蓋を開けて状袋を取り出し、なかにある承諾書を手渡した。

　店主が承諾書に目を通しているとき、遊郭で働いていると見られる大柄な女の、「では、よろしくお願いします。しあさってにまた伺いますね」という声が聞こえた。

　気をもみながら女客を相手にしていた女将は、女客が店を出ると、それを待ってたとばかりにふたりのところにやってきて、うむを言わせず店主の手から承諾書を奪い取った。

「見てもらえばわかると思うけど、どうやら、本人にまちがいなさそうだ」

「何、これ？　何でわたしに相談もなく、勝手にこんなことをするの？　しょうがないね、まったく。そっちの手にある履歴書も見せなさいよ」

女将はうんざりしたような顔で、大げさに溜息をついた。

「いや、ただ、体がいくらあっても足りないおまえをすこしでも楽にしてあげようと思ってさ」

「また口からでまかせ言って」

「仕事のかたわら、娘三人の世話をするのは、いくらなんでも女手が足りないだろうから」

「あのねえ、わたし、心にもないことを言われると鳥肌が立つから、やめてちょうだい。あんたがもっと亭主らしく仕事に身を入れてくれればいいだけの話なんだからさ」

「おい、おい、人の顔に泥を塗るようなことは言わないでくれよ。どのみち、子どもたちにもっと手がかかるにきまってるから、おまえだって助かるだろう？」

「ただで働いてくれるなら、文句はないけど、そういうわけにはいかんでしょ。よりによって、何で小娘でなければならないのよ。あんた、助平根性を出して、この子の尻でも触っていちゃいちゃしたら、承知しないよ」

といまいましそうに舌打ちをした女将は、子どもたちの名をとげとげしい声で呼ぶと、奥に引っこんでしまった。

女将さんは何てことを言うんだろう。失礼にもほどがある。それにしても、とんでもないところに来てしまったわ。いままで見たこともなければ聞いたこともないくらい、かんしゃく持ちで感情の起伏の激しい女(ひと)だわ。あの女を怒らせないように用心することに越したことない。くわばら、くわばら、とやる気をそがれるかたちで出鼻をくじかれたふさは言いようのない失望感を味わった。

中二階に部屋をあてがわれたふさは、翌日から住みこみで、針仕事と炊事と洗濯の手伝いをすることになり、その一方で子どもたちの面倒もみることになった。子どもたちは、路地で見かけたあの三人姉妹であった。上のふたりは、わがままに育てられたのか、底意地が悪く、末の妹を泣かせてばかりいた。ふさがやむにやまれず叱って注意すると、悪態をついた挙句に、わざと大泣きして、ふさにやれ裁縫用のへらや絎(くけ)台で頭や尻をぶたれただの、やれ手をつねられただのと女将に言いつけをするのである。

ころりと騙された女将は、それまではふさの仕事ぶりを鈴のような声で褒めそやしていたくせに、子どものことで一悶着が起きると、掌を返すようにふさの言動をぼろくそにけなした。ふさの弁明には耳も貸さず、こましゃくれた子どもの言い分を鵜呑みにするだけで、しまいにはふさを子どもの前でなじり散らし、「どこの馬の骨ともわからないあんたを雇ってやったのに、どうしてうちの子に手をあげるのよ。とんだ性悪な女だこと。こうなりゃ、当分の間、給金を減らすしかないね。いやなら、荷物をまとめて、とっととこの店から出て行ってもらってもかまわないんだよ。厄(やく)払いできて、こっちはせいせいするんだから」と般若(はんにゃ)の顔をして脅した。

恐妻家の店主は、悶着が起きる前、女将の目の届かないところでは妙に愛想がよくなれなれしかったが、今度は一転、ばつが悪そうに女将の顔色をうかがいながら、「家ががたがたするのはすべて疫病神のおまえのせいだ」と言いだす始末。このような軋轢(あつれき)がたび重なれば、女将との関係はますます険悪になるだけで、いくら歯を食いしばってがんばっても気が萎えるばかりである。ふさにとって、仕立屋の仕事は間尺に合わぬものとなっていたのだ。

そんな折り、繕い物や仕立て直しのためによく店を訪れてきていた、あの大柄な、三十がらみの女と店の外でも挨拶をかわす仲になった。女は、長崎は五島列島の出身で、名をいねといった。顔馴染みになったふさといねが坂道での楽しい立ち話に時の過ぎるのを忘れるのに、たいして時間はかからなかった。芸娼妓なのかそれとも仲居なのか判断がつきかねたが、いねは淫(みだ)りがましいところがなく、物知りでなにくれとなく面倒をみてくれるので、世間知のないふさには、頼り甲斐のある姉のような存在に感じられた。

某日、四六時中がみがみと文句を言い立てられるのにがまんができず、ふさは仕事場を抜け出し、いねのいる妓楼に押しかけたことがあった。いねに愚痴を聞いてもらったうえに、仕事の相談相手にもなってもらいたかったからである。

いつもは隠忍自重なふさだが、巳之吉の血を引いており、こうと意を決すると、果断に行動に移す資質をもち合わせている。

待つほどに、いねがつっかけた塗り下駄の歯音を響かせながら裏口から出てきた。突然のふさの来訪に驚きを隠さなかったいねは、人目からかばうようにあわててふさの袖を引っ張り、人影のない暗がりにふさを連れていった。仕立屋の針子が朝に夕に遊郭に出没しているなどとあらぬ噂が立って、後々面倒なことにふさが巻きこまれるのを恐れたのだ。

「どうしたの、おふさちゃん、こんな日の高い時間に？　店のほうは、抜け出してだいじょうぶなの」

いねは柳眉(りゅうび)を逆立て、あたりを憚るように小さな声で訊いた。

「だいじょうぶよ、仕事に一区切りついたから。ごめんね、急に呼び出したりして。今日は、何としても、おいねさんにわたしの愚痴を聞いてもらいたくて……」

「愚痴？　店で何かあったの」

「わたし、金子さんのところでは、普段の針仕事や炊事洗濯のほかに、三人の女の子の身の回りの世話を仰せつかってたけど、とくに上のふたりの子どもと折り合いが悪く、ごたごたが絶えないの。そんなもんだから、旦那さんと女将さんに愛想尽かされて、何かにつけ嫌がらせを受けてるの」

「おふさちゃんが？」

「それにね、給金は雀の涙しかもらえてないのに、もっと安くすると言われるし。ほんの片手間で縫い上げた着物にとんでもない値段を吹っかける、あんなあこぎな商売に、自分も手を貸してると思うと……。わたし、がまんの糸が切れてしまったわ。ごうつくばりの店で働くのはもうこりごりだから、残念だけどいまの店を辞めて、ほかの仕事につこうと思ってるの」

ふさは堰を切ったように仕立屋のことをあしざまに言って、不満をぶちまけた。

「おふさちゃんがそんなことになってたとは……。あそこのお女将さんは、煮ても焼いても食えぬ、いけすかない女（ひと）だもね。あたしも、どちらかというと苦手だわ」

「おいねさんもそう思う？」

「うふふ。そう思わない人は、まずいないわよ」

といねは小ばかにしたような笑いを口辺に浮かべたが、すぐにその笑いを消して真顔になった。

「実を言うとね、あたしもちょうど、このお店をそろそろ辞めようかと思ってたところなの。かれこれ五年近く勤めたしね。ここが潮時かもしれないわ」

「五年も？　えらいな、おいねさんは」

「なにもえらくはないわ。お金のためとはいえ、世間の片隅で肩身の狭い思いをしながら生きてきたわけだから、この年になると、もっとまともな人生を送れなかったかなと、後悔ばかりが先に立つものなの」

「そんな……、だっておいねさんは……」

「このお店は、給金もちゃんともらえるし、ご飯も三度三度食べさせてくれるから、ほかの店と比べたら、いいところがいっぱいあるんだけど。ただ、病気になっても、医者にはあまり診てもらえないのが玉に瑕（きず）でね。そうはいっても、お世話になった恩があるから、辞める決心がなかなかつかなくて。でも、おふさちゃんが辞めると聞いて、わたしも辞める踏ん切りがついたわ」

「おいねさん、むりにわたしに合わせなくてもいいからね。後になって、お店の人に、わたしがおいねさんにけしかけたと言われるのも何だし……」

「うふふふふ。そんなこと言われるわけないわよ。いいの、あたしの好きなようにさせてもらうわ。今夜にでも、お店の人に話してみるね。たぶん身を引かせてもらえるはず。それであれだけど、辞めた後、どうするか、何か具体的に決めた？」

「まだ何も考えてないの」

「えっ、そうなの、何も決めてないで辞めちゃうの。おふさちゃん、いい度胸してるわね。それなら、いっそのこと、あたしといっしょにこの町を出て、内陸の町に行ってみない。昔から、思い立ったが吉日っていうじゃないのさ」

「内陸の町に行くって、どこ？　満州？」

函館からさらにまた一歩遠ざかることに、ふさは不安がふくらんだ。

「満州でなく、東シベリアのブラゴヴェシチェンスクっていう町なんだけどね。前々から、あたし、一度そこに行ってみたいと思ってたのよ。ここのウラジオストクより人が多いわりに、日本人はそんなに多く住んでないみたいだけど、いい町らしいわよ。どう、いっしょに行ってみる？」

「おいねさんがいい町だと言うなら、ぜひ行ってみたいわ。こんな世間知らずのわたしだけど、迷惑でなければ、いっしょに連れていってくれる？」

「もちろんよ」

「うれしい、よかったわ。それで、東シベリアにあるその町は、どのあたりにあるの。バイカル湖の近く？」

「いや、そこまでは遠くないから安心して」

「じゃ、どのあたりかしら」

「あたしもあやふやだから、お店に戻ったら地図で確認してちょうだい。いずれにせよ、アムール川（黒竜江）の河港のひとつであるのは、まずまちがいないわ」

「で、このウラジオストクから離れるのはいつ頃になりそう。わたし、できるだけ早いほうがいいな」

ふさの気持ちが逸るのも、苦い思い出しかないウラジオストクを早く抜け出したいという気持ちを抑えられないからである。

「そりゃあ、おふさちゃんにとっては、早ければ早いほどいいんだろうけど……」

「明日でも明後日でも、いつでもいいわよ」

「えっ？　それはいくらなんでもむり。遊里の世界はしきたりがうるさくて、なかなか一筋縄ではいかないところなの」

「そうね。わかったわ。出発する日は、おいねさんに任せるわ。アムール川にあるその町は、どんな町なのかな。ほんと楽しみだわ。ちょっとでも予備知識を入れておきたいので、おいねさんの知ってること、全部話してちょうだい」

「知ってるといっても、人から聞いたことよ」

「いいの、いいの、そんなの気にしないから」

水を得た魚のように生気を吹き返したふさにうながされて、いねはかいなでの知識を披露した。

「ええと、そうね、ブラゴヴェシチェンスクという町は、水運の便がいいため、東シベリアの各地から原木が集まるところとして知られていて、近々シベリア鉄道の停車駅も出来るらしいの。だから、シベリア鉄道の敷設工事に関係する仕事口を求めて、ロシア人はもちろん、いろんな国の人が集まってきてるんだって。それと、近くで金脈が見つかったらしく、日本人も一攫（かく）千金を夢見てやってくるみたいよ。こう言っちゃ何だけど、まるで砂糖に群がる蟻だわね」

「そんな海の物とも山の物ともつかないことではるばる海を渡ってくるなんて、信じられない」

「そういうあたしらも、はるばる海を渡ってきた大きな蟻に変わりはないけどね」

と軽口をたたいて、いねはからからと笑った。

「蟻は海を渡れないから、渡り鳥かもね、それもかわいらしい駒鳥」

「おふさちゃんなら、かわいい駒鳥かもしれんけど、あたしは何だろう、禿鷲（はげわし）あたりかな」

「そんなことないわ。もちろん、かわいくて頼りがいのある駒鳥にきまってるわ。それで、そこまでどうやって行けばいいの」

「まずは、二十五里ほど北にあるニコリスクまで馬車を走らせ、そこからウスリー川（烏蘇里江）を船で遡（さかのぼ）ってハバロフスクまで行くの。ハバロフスクで別の船に乗り換えれば、あとはロシアと清国との国境になっているアムール川を、それこそ浄土にみちびかれるように西へ西へ行けばいいだけの話。馬車あり船ありで、愉しいことが盛りだくさんの旅になるわよ」

ひさしぶりにふさの黒く澄んだ瞳が輝いた。はじめて耳にするロシアの町の名は長ったらしくて、いかにもとっつきにくいが、そのロシア語の響きには、昆虫たちをおびき寄せる甘味な花蜜の香りが内包されているように感じられた。東シベリアに位置する、その見知らぬ町で暮らすことで、きびしい大自然のなかでもたくましく生きるロシア人の心のうちに今度こそ分け入ることができる、とふさは思うのだった。

日暮れが迫っているのを忘れるほど話ははずんだ。ふたりはすぐに旅支度をする約束をして別れた。ふさは店を辞めるめどがついたことはうれしかったが、店に帰ると、仕事をそっちのけで外出したのをこっぴどく叱られるうえに、店を辞める許しをもらわなければならないと思うと気が重くなった。怒髪天を衝（つ）く女将が、般若の形相となって行く手に立ちはだかるのが目に浮かんだ。

店では店主と女将がふさの帰りをいまや遅しと待っていた。ふたりの怒りは頂点に達しており、案の定、女将のかんしゃく玉が破裂した。ふさは自分の不始末を詫びるとすぐに、やりかけのままにしておいた針仕事に取りかかった。夕食をすませて、仕事を切り上げるとき、ふさはおもむろに店を辞める意志を伝えた。仕事を失えば路頭に迷うはずのふさが店を去ると言いだしたことに驚いた女将は、こめかみの血管を怒張させ目を三角にして癇性な声をあげた。それを聞きつけ、寝間着姿の三姉妹が戸の隙間からのぞき見している。決意の臍を固めたふさはこれらにじっと耐えた。女将の罵詈雑言を聞きながした後は、落ち着きはらって黙礼し、罵声がむなしく響く仕事部屋から中二階の部屋に退いた。両手で耳を覆い、しばらく畳の上でごろりと仰向けになった。一発張り飛ばされそうになったけど、女将さんのかんしゃくもこれで見納めだわ。こう言っちゃなんだけど、最後にひと泡ふかせられたので、胸のつかえがおりてすっきりした。それにしても、わたしもずいぶん性格が歪んでしまったわ。ふさがそう思っているときにも、いきり立つ女将が腹いせに階上めがけて塩を撒き、わめき散らしているのが聞こえた。

　函館にいる家族にむしょうに会いたくなった。ふさは、小机代わりのりんごの木箱の前に座り、洋灯を引き寄せて手紙を書いた。時候の挨拶につづいて、母は達者でいるか、彼岸には父の墓参りに行ってくれたか、客足が戻ってくるように店をうまく切り回しているかと書き連ね、金が貯まれば、それを店の経費の足しになるように送金するつもりであること、ウラジオストクにいては金が貯まらないので、ブラゴヴェシチェンスクという町へ移り住むこと、旅のお守りとして珊瑚玉の簪を挿して行くことなどを書き添えた。手紙は遅くても、桜の季節がめぐるころには届いてもらいたい、と思いながら便箋を封筒のなかに入れるとき、立待岬へ通じる崖道で春を待つ福寿草が思い出された。福寿草たちはもう咲き終わったかな。海峡からの春風は、福寿草のむせるばかりの黄色い匂いを父さんの土饅頭のお墓へ運んでくれたかしら、と郷愁がつのって、胸がふさがる思いだった。手紙を書き終え、荷物の整理に取りかかると、憎らしい店から離れられるのがうれしく、荷拵(にごしら)えは日付が変わる前にはすませることができた。

いねのほうと言えば、店を辞めないように楼主から慰留されて話がこじれ、出立日は予定よりも数日先延ばしになるところだったが、話し合いを重ねた結果、双方の言い分を波風を立てずに丸くおさめることができた。ふさは、いねが店を希望通りに辞められるようになったことを知って、ほっと救われたような安堵感がこみあげてきた。

明くる朝、夜明け前に駅馬車に乗ったふたりは、解き放れた野兎のように、菜の花と蒲公英(たんぽぽ)がようやく海辺の丘陵地を黄色く染めだした、ウラジオストクの町を駆け抜けるのだった。

二

いつもの年であれば雪解けの終わる時節なのに、ニコリスクまでの二頭立ての駅馬車の旅はとてつもなく寒かった。閉めきった幌のなかで、重ね着した着物の上に角巻きを重ね、さらに分厚い毛布と熊皮の膝掛をかけてもらっても、冷たい風が馬車の床の隙間から入るため、ふさといねは歯の根も合わぬほど震えた。

街道の両側にひろがる蕭条(しょうじょう)とした雪の曠野(こうや)は、行けども行けども果てることがない。それでもさすがに五月の声を聞くころなので、ぬかるんだ道に刻まれた轍から黒い地肌が顔を出し、道端に薄墨色の雪溜りが切れ目なくつづいていた。

　乗り合わせた客はふたりで、いかにもあざとい商売で荒稼ぎをしていそうな、のっぺりとした顔の辮髪(べんぱつ)の清国人と大山椒魚の目のように目の小さい蒙古人だった。彼らは、ほかの客の存在などなんのその、馬車に乗ってからずっと密輸まがいのことをぺちゃくちゃしゃべっている。言葉が機関銃の弾(たま)さながらに飛び出してくるのである。よくもこの寒いなか、口の端に泡を溜めて話しこんでいるものだ。そんなときでも清国人のほうは、ふさの後ろ挿(ざ)しの簪が気になるのか、ちらちら盗み見していた。

　眠気が兆してきても、ふさは寒さと鼻をつく男たちの臭気に悩まされ、眠れなかった。のぞき窓をよぎる墨絵のような風景など楽しめるはずもなく、車輪がざらめ雪をしゃりしゃりと踏みしだく音の強弱から馬車の速度の移り変わりを感じ取りながら、どれほどの里程(みちのり)を疾駆してきたのかとか、次の駅宿まであとどのくらいのところにいるのかとかに想像をめぐらした。

　長途の旅では頻繁に駅馬車を乗り継がなければならず、乗り継ぎにはつねに災難がともなった。馬車が乗り入れる渡し舟に待ちぼうけをくわされ、寒風の吹き荒ぶ渡し場で長時間立ち通しだったこともあれば、泥濘(ぬかるみ)のなかに車輪を取られて立往生の馬車を乗り捨て、雪解け水につかった草原を次の乗り場までとぼとぼ歩きつづけたこともあった。おかげで着物の裾と履物がぐしょ濡れになり、冷え性のいねの足が霜やけになって赤く腫れてしまった。

　夕方晩くニコリスクの宿駅に着いて近くの安宿に転がりこんだときには、ふたりは身も心も疲れ果てていた。馬車の縦横の揺れによって胃液が攪拌(かくはん)されたため、食欲はすっかりなくなっていた。が、まずはともあれ、冷えきった体を温かいロシア茶で温めようと、旅塵（りょじん）を払うのもそこそこに食堂に直行した。薄汚い廊下でロシア人などの客とすれちがうたびに、日本人の女客であるということで、嘗めるような目で見られた。

小さな洋灯がいくつかともる食堂では、しゅうしゅうと湯気を立てる自沸器（サモワール）が、この長道中の珍客を歓迎してくれた。暖炉（ペチカ）のまわりには暖をとる人たちの輪が出来ていた。ふたりは暖炉の近くに席の空いている食卓を見つけ、そこの椅子にどかりとばかりに腰を落とした。さっそくいねが霜やけで赤くなった踵に軟膏を塗っていると、隅っこのほうでちびちびやっていた老人が、人なつっこくすり寄ってきて、どこから来たのだの、どこへ行くだのとろれつの回らない口で矢継ぎ早に質問をしてきた。鷲鼻は酒毒で赤黒く、肥大した耳殻（じかく）は、世上に流れるいかなるささいな噂も、ひとたび巧みな話術で引き出したなら、ひとつ残らず吸いこめるように横に張り出している。老人は、ブラゴヴェシチェンスクの名を聞くと、目やにの溜まった目に戸惑いの色を見せたが、「イルクーツクなら目隠しで歩けるぐらい土地勘があるけどな。そったら田舎町なんか、へー、はじめて耳にするわ。どうせカムチャッカあたりにでもあるんだべ」と熟柿（じゅくし）臭い息を吐きながらのたまわったのである。ブラゴヴェシチェンスクという町はこの地上に存在しないのではないか、存在しても行く手を阻む深い霧で覆われているのではないかと、ふさはにわかに不安になり、膝の上に地図をひろげてもう一度ブラゴヴェシチェンスクの位置を確かめるほどだった。

お茶を飲んでいるうちに体も温まり、ようやく腹の虫が鳴きだした。黒麺麭（パン）と肉汁（スープ）と胡瓜（きゅうり）の漬物を注文した。空腹は何よりのご馳走とはよく言ったもので、甘藍（キャベツ）と馬鈴薯（ばれいしょ）の入った伽哩（カレー）風味の肉汁はすこし冷めていてもおいしかった。いねは火酒(ウォッカ)も注文した。勧められるままに、ふさも慣れない酒を口にした。地図を前にして、翌日以降の道程をめぐって鼻を突き合わせて話をしているうちに、体がぽかぽかしてきて、激しい眠気が襲ってきた。瞼が重くなっていたふさは舟を漕ぎだし、椅子からずり落ちそうになった。

ふたりは、鰻(うなぎ)の寝床さながらの、むさくるしい部屋の寝台に身を横たえたまではよかったが、明かりを消すと南京虫の襲撃に見舞われ、体のそこらじゅうが痒くて一睡もできなかった。しかたがないので椅子に腰掛け、蓑虫のように毛布に身を包んであたりが白みかけるのを待った。朝の訪れとともに、腫れぼったい目をして宿駅へ向かった。ひとりでカルタ遊びをしながら客待ちをしている馭者に声をかけ、ウスリー川まで幌馬車を走らせてもらうことにした。早立ちの客はほかにひとりしかいなく、おかげでぐっすり仮眠がとれた。

ウスリー川の河畔では、小雪の舞うなか、船に乗りこんだ。上空を灰色の雲が一片(ひとひら)二片と疾風に乗って過ぎ去り、その雲を追いかけるように、鶴や雁の群れがさびしげな啼き声をあげて渡ってゆく。それに誘われて、羽搏(はばた)きの音を残して川面を滑走して飛び立つ白鳥たち。大空を自由に飛ぶ雲と鳥を目で追いかけているうちに、ふさは、流離の愁いと望雲之情に胸を締めつけられ、わたしも、あの雲や鳥たちのように心の赴くままに人生の曠野を旅したあかつきには、両親と暮らした函館の町に居を定め、ともしびのともる炉辺で自在鉤にかけた鍋を家族といっしょに囲んでみたい、と感傷的になるのだった。

ハバロフスクまでの行程二百里ほどの旅もつつがなく終え、アムール川の河岸に横付けされた汽船に乗り換えた。船尾の旗竿にロシア国旗がはためいている。ハバロフスク市街をかすめるように流れるアムール川は、湖かと見紛うばかりの汪洋たる大河であった。幾筋もの支流から流れこむ雪解け水で川は氾濫し、流域の湿原が濁流に呑みこまれている。見渡すかぎりの黄褐色の水が淡萌黄色に変わるあたりが、灌木が芽吹いている対岸なのだろう。いつしか木の芽時になっているのを知って、ふさといねの心は浮き立った。

船はゆるやかな流れの上をゆっくりと進んだ。さながら褪色した細長い葉の上を移動する蝸牛のように。やわらかい日射しがくまなく照りわたる甲板では、手風琴の伴奏に合わせてロシア民謡を歌うにぎやかな歌声がここかしこから聞こえてくる。民族舞踊を披露する若者、酒盛りをしているうちに酔いが回り、青年将校たちを相手にあたりをはばからず口角泡を飛ばして何やらむずかしそうな議論をはじめた退役軍人らしき人、肘掛け椅子に座り鼻眼鏡をかけて本を読む老紳士など、さまざまなロシア人たちがおもいおもいの春の船旅を満喫していた。

ふさは、彼らが話すロシア語のざわめきに心をときめかした。話し言葉を介してロシア人の息づかいに触れることで、いまはじめて彼らの普段着の暮らしぶりが間近で観察できるのである。

ほどなくして、いうならば五月晴れのような空がにわかにかき曇り、ひと雨来そうな空模様に変わった。黒雲が群れ集まるや強い風が吹き、冷たい雨が横なぐりに降ってきた。ひとつところに集まって漁をしていた舟たちが、投網を引き上げ、風をいっぱい孕んだ帆を畳んで、蜘蛛の子を散らすように近くの岸に引き返している。ふたりは雨を払い、風になぶられた髪を撫でつけながら亀のように頸をすくめて船室に戻った。しばらくして船は、机台に置いてあった懐中鏡や挿し櫛などの小物が滑り落ちるほど揺れはじめた。

夜になって、寒暖の差が大きかったうえに旅の疲れも加わり、いねが熱を出して寝こんでしまった。唇は白く乾き、いつもは透き通るほど白い耳たぶが紅に染まっている。悪寒がしてきたのか、ぶるぶる震えだした。ふさは、洋灯の火の穂がたよりなげにゆらめく薄暗い船室でいねの看病をすることになった。函館出立の朝に、於祥が行李に詰めこんでくれた小瓶から梅干を取り出し、果肉を白湯のなかでつぶしてそれをいねに飲ませた。

ふさは看病といっても手持ち無沙汰で、暇をもてあまし気味だったが、いねは一日もすると、潤んだ切れ長の目に生気が戻り、話ができるまで回復した。食欲も出てきた。安らかな寝息を立てるいねを船室に残して甲板に出ると、操舵(そうだ)室のある船楼(せんろう)が薔薇(ばら)色に包まれており、入り日が水平線に沈むところだった。沈みゆく太陽は、船室の暗さに慣れていたふさの目にいつになくまぶしかった。一組の老夫婦が丸洋卓(テーブル)に差し向かいに座り、琥珀(こはく)色の葡萄(ぶどう)酒で喉を潤していた。そばで若者がひとり落日に向かって詩を朗々と読んでいる。ふさは、その詩が『海に』と題された抒情詩であるのを聞き取ることができた。かつてハリストス正教会の老婆から、黒海に臨むオデッサという町に一年ほど滞在していたプーシキンが、その港町にさようならを告げるときに書いた詩である、と教わったことがあるからである。

さようなら　とらわれなき自然の営みよ！　わかれにのぞんで　わたしのまえで　おまえは青い波をうちあげて　誇りたかい美しさに照りはえる。友の嘆きのつぶやきのように　わかれのきわの呼びかけのように　わたしはおまえの悲しいとよみを　おまえのわかれの呼びごえを聞く。
わが心のあこがれのはてよ！　いくたびわたしはおまえの岸を　ひそかなたくらみに疲れはて
て　しずかに暗くさまよったことだろう！　おまえの叫びごえ　にぶいひびきを　水そこのこえ
ゆうべのしずけさ　気まぐれな怒りのどよめきを　いかばかり愛したことだろう！　すなどり船
の　おだやかな帆の影が　気ままなおまえに守られながら　おそれ気もなく　波のあいだを進ん
でゆくが　ひとたびおまえがくじけぬ力で波立てば　船のむれは水そこふかくすがたを消す。

（『プーシキン詩集』　金子幸彦訳）

朗読が終わったので、ふさは近づき、「エタ　スティホトヴォレーニエ　プーシキナ？」と、プーシキンの詩なのかと訊ねると、若者は一瞬ひるんでふさの顔をまじまじと見たが、にんまりと笑ってうなずき、厚表紙の本をぺらぺらとめくった。その詩選集のなかから、彼のお気に入りの、『白帆』という題の一篇の詩を紹介してくれ、その詩も音吐（おんと）朗々と読み上げた。レールモントフという詩人の抒情詩であった。

白い帆（ほ）かげが、うかんでゐる
青海原（あをうなばら）の　さ霧（ぎり）がくれに……
遠い国で　何を捜す　つもりだらう、
ふる里（さと）に　何を見すてて　来たのだらう。

波は　さかまき　はやては　はためく、
帆柱は　たわみ、くるしげに　きしむ……
ああ、あの白帆は、幸福を求めない、
さりとて　幸福を避けるのでもない。

下を見れば　空よりも明るい瑠璃色の潮、
上を見れば　金色の太陽の光。
しかも白帆は、世にそむき、嵐をねがふ、
嵐のなかに、安らぎが　あるかのやうに。

（『名訳詩集』神西清訳）

冒頭の詩連がふさの胸を打った。家郷を離れ、新天地を夢見て人生の荒波に飛びこんだふさのいまの心情をうまく言い当てている。だが、最終連の白帆の願いはふさの理解を超えていた。油絵の写生画を眺めているような気持ちにさせられるけど、何か屈折した感じの詩。普通、人は、幸福を追い求め、安らぎのある静けさのほうが好きなのに、なぜ、世にそむき、荒れ狂う嵐を求めるのかしら。嵐に安らぎがあるなんて、レールモントフという詩人はきっと偏屈で天邪鬼なんだわ、とふさは理解するしかなかった。

イルクーツクの郷土博物館に勤めているというその若者は、民俗学の学術調査のためにハバロフスクを訪れ、いまその帰りだという。イルクーツクはどんな町かと訊ねると、バイカル湖西部に位置し、ロシア人に帰化した日本人漂流民たちが教師を務める日本語学校のあった町として、さらには、絞首刑を免れた政治犯デカブリスト（十二月党員）たちの流刑地となった町としても広く知られていると教えてくれた。感動的な逸話として、流刑されたデカブリストの夫の後を追って、サンクト・ペテルブルグから、六頭立ての箱橇を仕立てて地吹雪の吹き荒れるシベリアの曠野を駆けてきた某公爵夫人にまつわる話もしてくれた。

おおよそ六十五年前の、一八二五年十二月十四日、ペテルブルグの元老院広場で新帝ニコライ一世への忠誠を誓う宣誓式が執り行われるまさにその日に、忠誠を拒否した一部の青年貴族将校と兵士たちが専政と農奴制廃止を訴えて武装蜂起するも、たちどころに鎮圧された、通称デカブリストの乱に関しては、ふさも知らぬわけでもなかったが、そのデカブリストの残党が、シベリアの辺境の地で愛すべき妻たちと世を忍んで光陰を送っていたことなど想像すらしなかった。

イルクーツクはブラゴヴェシチェンスクよりも遠いけど、流刑されたデカブリストとその妻たちの眠る地に、わたしらが近づいているのはたしか。たとえペテルブルグやモスクワに行けなくとも、国を思い、家族を愛し、友を信じながらも破局の道を突き進んだ青年貴族とその妻たちの精霊が、うるわしきロシアの首都の歴史と文化の香気を運んできてくれるように思える。詩人レールモントフも、祖国に身を捧げたデカブリストだったのだろうか。詩のなかに出てくる嵐というのが武装蜂起だとすると、専制君主に叛逆するデカブリストを白帆になぞらえたのかも。それにしても白帆と嵐に政治的な寓意がこめられてるとは……、とふさは、『白帆』とデカブリストの乱を結びつけることで、レールモントフの詩魂の一端を窺えたような気がしてきて、ブラゴヴェシチェンスクに住み慣れたところで、図書館にでも通って彼の詩集を手に取ってみようと思うのだった。

ハバロフスクを発って三日ほど遡航してようやく、約百五十里あったブラゴヴェシチェンスクまでの航路も残すところわずかとなった。

細雨が銀色に降り注ぐなか、ついにブラゴヴェシチェンスクの町が視界に入ってきた。春雷の稲妻の閃光が丸い舷窓にひろがると、雨脚が強まった。右岸には大きな煉瓦造りの洋館や倉庫がたたずまいよく立ち並び、白樺とポプラの木立の向こうにロシア正教会の尖塔が白く煙っていた。広やかな川面を覆わんばかりの、原木を帯状に列ねた筏が、航行する船の跡白波にもまれて上下に揺れている。水運の便に恵まれたこの流域は、晴れた日には、対岸の清国から渡河してくる行商人たちの舟で賑わうらしいが、雷雨が去った後も糠雨がそぼ降るこの日は、その舟影を認めることはできなかった。

万華鏡のごとく移り変わる町の風景に心を奪われ、おとぎの国にいるかのような甘美な幻惑に囚われているうちに、河港が近づいてきた。ひたひたと打ち寄せる風波が、水嵩の増した石積みの河岸を洗っている。船は汽笛を低く鳴り響かせると、巨大な煙突から真っ黒な煙を吐き出しながら碇泊している下りの貨客船と向かい合うかたちで着岸した。

旅寝の夢のなかでいつしか理想郷に変容していたブラゴヴェシチェンスク。少女時代から温めてきた夢をかなえてくれそうなこの町に降り立つと思うと、何か大きなことを成し遂げたときのような歓喜がふさの胸につきあげてきた。船梯を降りるとき、湿気を帯びた川風がかぐわしい木の香りを運んできた。

陸路と水路の要衝であるブラゴヴェシチェンスクは、東シベリアの広大な森から切り出される原木の集散地であるばかりか、東シベリア最大の軍事拠点でもあり、町の治安維持と水路で運ばれてくるシベリア鉄道敷設工事資材の監視などを任務とするコサック騎兵連隊が駐屯していた。

雨もようやくあがり、雲脚の早い空から薄日が射してきた。道は泥濘となっているにもかかわらず、車馬の往来はひきもきらさぬありさまで、ふさといねは、銃を背にして騎行する兵士たちと行く先々ですれちがった。そのたびに、えもいえぬはりつめた緊張感から、背筋がうすら寒くなり顔がこわばった。開花したばかりの花が遅霜に遭ってあえなく凋んでしまうような、何ともやるせない、沈んだ気分にさせられた。

だが、そんな索漠とした町にほんのりした色香を添えるものがあった。街路樹の柳が吐き出す柳絮だった。それはふわふわと風に舞い、ときに白い胡蝶のようでもあり、ときには春の祭典の幕開けを祝う紙吹雪のようでもあった。富士額に玉の汗をかいているいねは、荷物を手にしたまま立ち止まると、目尻に薄い紅をさした目を宙空に据え、豊かな胸を突き出すような恰好で舞い落ちる柳絮を口に入れようとした。ところが、それた柳絮は雀斑のある色白な顔をいっそう白くし、細くて薄い眉を白い眉に変えてしまった。町のいかめしい雰囲気にのまれて、何か知れぬ不安が増幅されてゆくなかで、思わず腹を抱えて笑うことのできたひとときであった。

笑うことで気持ちがほぐれたふたりは、出稼ぎの日本人が居住する地区の市場に足を運び、肉屋、魚屋、八百屋などをかたっぱしから訪ね歩いたが、どこもかしこも下働きの人手が足りていて、仕事口は見つからなかった。商いの店を出している日本人は数えるしかいないこの町で、日本人女にできる仕事のつてを探し当てるのは、故郷に錦を飾ろうと海を渡ってきた日本人がこの地で金脈を掘り当てるのと同じくらいむずかしいように思われた。

そんなとき、鉄道工事の飯場の責任者から、あるロシア人家庭が家政婦を探しているから、よかったら紹介の労をとってやってもいいと声をかけられたが、言葉と生活習慣の問題があり、泣く泣く断るしかなかった。

重い荷物を抱えて足が棒になるまで探し歩くあいだに、日はずんずん暮れていった。こうなったら、まっとうな仕事をあきらめ、客商売などの賎業に甘んじるのもいたしかたない、とふたりは感じはじめていた。

夕闇が濃くなるころ、人通りの絶えた裏通りを行くと、遠くに吊り行灯がともっているのが目にとまった。近づくにつれ、二階建ての瀟洒な建物から人声が漏れてきた。白文字で「雪月花楼」と染め抜かれた照柿色の長暖簾が下がっていたので、すぐに妓楼だとわかった。このような異国の裏通りに日本の妓楼があることに、ふさは小さな驚きを覚えた。門前払いは覚悟のうえで、そこの楼主にかけ合ってみることにして、ふたりは長暖簾をくぐった。

丸い小さな眼鏡をかけた楼主は、「登楼する客は、ロシア人の軍人や船乗りが多く、清国人の商人もたまにいる」などと店の内情をひとくさり話した後、シベリア鉄道の開通と金の採掘を話材にしてとうとうとしゃべり、最後になって、「あとすこし暖かくなって川の水がぬるむようになれば、かき入れ時になって、店はすごく忙しくなるので、日本人の仲居は大歓迎だ」とらっきょう顔に笑い皺をつくった。ふたりいっしょに仲居として働かせてもらうことをお願いすると、楼主は二つ返事で承知してくれた。捨てる神あれば拾う神ありだ。ふさといねは顔を見合わせて喜び、安堵の胸をなでおろした。

それでもうぶなふさは、頭を冷やして考えると、妓楼の仕事に手を染めるのに気後れを感じた。ほんとにこれでよかったのかしら。知らぬまに道を踏みまちがえて脇道に入ってしまったみたいだわ。早く振り出しに戻らないと取り返しのつかないことになる。でも、振り出しといったって、どこまで戻るというの。ウラジオストクまで、それとも函館？　そんなことできっこないわ、などと自問自答していると、ひとたび道をあやまれば、大きな口を開けて獲物を狙う蟻地獄に転がり落ちる哀れな蟻になりかねないという危うさを感じて、そのままどこかへ逃げ出したくなった。かといって、頼り甲斐のあるいねと離ればなれに暮らせるはずもなく、そのうえふところ具合も心細くなってきていたので、結局のところ、いっしょに住みこみで奉公するのをよしとしなければならないと腹をくくるしかなかった。

そうこうするうちに、いねが春をひさぐ女として初店の日を迎えたことを知り、ふさは裏切られたような気がして愕然とした。淫りがましいところがないとはいえ、いねがそのようなたぐいの女であることに見当がついていないことはなかったが、いまそれを厳然たる事実として受け容れなければならないことに苦痛を感じた。いねが芸娼妓として働くことは、楼主たちは先刻承知なのに、自分だけが、蚊帳の外に置かれて知らされていなかったために、やるせないわびしさを味わった。

遠回しに問いただすと、いねは言いづらそうだったが、素直にそれを認めた。ということは、ふさはうかつにもいねの口三味線に踊らされ、客を取るようなことに力を貸すためにはるばるブラゴヴェシチェンスクまで来たことになる。だが、ウラジオストクを離れるきっかけをつくったのはもとはといえばふさのほうであり、心の底ではいねの身持ちの悪さをさげすむこともあるにはあった。それなのにさも心を許す友であるかのように振る舞ってきたことを顧みれば、自分のほうがずっとあさましく、卑劣な仮面をかぶった罪深い人間に思えてくるのだった。

　こんなふうにして、心の奥底まで自省の錘鉛（すいえん）を垂らすことで、いねがまごころをもって接してくれるたびに疼痛（とうつう）となっていたうしろめたさが溶解していった。ふさはここに至ってはじめて、いねに対し包み隠しのない、あるがままの自分をさらけ出せるようになったのである。

三

　初夏のさわやかな日射しが河畔の柳の青葉にはじけ、やわらかな川風が気持ちよく感じられる季節となった。

　軒先に菖蒲を飾って端午の節句を祝ったにちがいない函館でも季節が移って、五稜郭では星形の濠に映える白い卯の花が訪れる人の目をなごませているころであろう。

　ふさも、妓楼で働く者が身につけるべき作法や心構えを学ぶ見習いの期間が明け、仲居のひとりとして嫖客（ひょうきゃく）をもてなせるようになっていた。

吊り行灯に灯がともると、店はどこからともなく座敷遊びにくる客でにぎわった。ふさがはじめて店に出た日は、贔屓にしてくれる清国人の客が多く、ロシア人客はちらほらといるだけだった。ロシア人の相手をしたかったが、清国人の客を迎える仲居が手薄のため、清国人の客を受け持つことになった。大声で話す清国人の抑揚に富む言葉は、ふさの耳には何かの暗号にしか聞こえず、そのため言葉が壁となって、どうしてもぎこちないもてなしになった。アムール川の水運の便を利用して異国の産品を売りさばく大切な客だとわかってはいても、好色道楽の彼らに、戯れにも肩や背中などを触られるとうなじに虫酸が走った。初志を貫くにはここはがまんのしどころと思いつつ、ふさはロシア人を接客できる日が一日も早く来るのを待っていたのだった。

　ついにその機会がめぐってきた。夕燕が風に乗って急降下した後、川面すれすれのところで翻る曲芸を披露してくれる、六月末の黄昏れ時だった。

　白い飛沫を上げて地面を叩いていた驟り雨が過ぎ、虹の懸かった西の空にも暮色が漂いはじめたとき、軒下のここかしこで蚊柱の立つ雪月花楼の店先にひとりの男が現れた。毛皮の半外套を着こみ、手に小さめの鞄を提げている。扇子を気ぜわしく煽ぎ、あたりを気にしているのか、店に入るのをためらっていた。半外套はさほど濡れてはいないので、どこかの軒先で雨宿りしていたのだろう。茶褐色の鬚髭を蓄え、広い額が白蠟のように透けて白く、眉間には縦皺が浮き出ていた。水を切った番傘を逆さに持った呼びこみが腰を屈めて招じ入れると、ロシア人の男はぎこちない笑いを浮かべ、うながされるままに長暖簾を払った。濡れた半外套を脱ぎ、黒光りする框に腰をおろして、三和土に置かれた金盥の湯で足をすすいでもらっていると、血行がよくなって体が温まってきたのか、表情もなごみ、緊張からくる堅苦しさもほぐれてきた。

ただちに二階座敷で接客していたふさの名が呼ばれた。「はい、ただいま」と明るく応える声が返ってくると、梯子段の踏み板のきしむ音を小気味よく響かせてふさが降りてきた。さっそく仲居頭から、框の上に立っている長身のロシア人を座敷に案内するように言われた。

ふさは半外套と手提鞄を受け取り、鈎の手に曲がった渡り廊をしずしずと歩を進めたが、なかほどで立ち止まって、振り向きざまにロシア語で挨拶をしてみた。前を行く着物姿のふさを興味深げに観察していた客は、口端にかすかな笑みを浮かべ、小さな声で挨拶を返してくれた。さびしげな光の宿る鳶色の双眸がふさの黒い瞳を見つめている。ふさは羞かしくなり、頬がほんのりと桜色に染まった。

渡り廊を曲がったとっつきの座敷の障子を開けると、なかは暗くひんやりしていて、すえた臭いがこもっていた。次の間の襖が半開きになっており、衝立の向こうに緋色の褥がひとつのべてあるのがのぞき見られた。ふさは、持ち重りのする手提鞄を床框の前に置くと、色硝子の窓を開けて、行灯に灯をともした。急に気温が下がり、肌寒くなってきていたので、唐金の火鉢に火をおこし、衣桁を火鉢に近づけてから、濡れた半外套をそこに掛けた。

客は敷居際に立ったまま、そこはかとない気品の漂うふさの挙措動作を見つめていた。思慮深そうな目が眉の下でやさしく微笑んでいる。

(ゲイシャの国の女たちは、物言いも振る舞いもかわいらしく、そのうえつつしみ深いが、この娘は、さわやかで愛想がよく、黒い瞳と浅黒い顔が実に神秘的で魅惑的だ)

客が上衣を脱ごうとすると、ふさはさっと後ろに回って手を貸した。

「スパスィーバ」

客はふさのきめ細かい心づかいに礼を述べた。

「どういたしまして、いや、そうじゃなくて、ええと、パジャールスタ」

ふさはきまり悪そうに照れ笑いを浮かべた。

(緊張のあまり、日本語がつい飛び出し、あとでロシア語で言い直してしまったけど、いまのところはまあまあうまくいってる。この調子、この調子。ええと、次は何だっけ……。そうだ、お茶を出さないと)

ふさは茶の支度をするために調理場へ駆けこんだ。ふさが番茶を注いだ湯呑みを茶盆にのせて座敷に戻ったとき、立ったままの客は好奇の目を輝かせながら、なつめ型の行灯や衣桁に手を触れていた。灯火に照らし出される、細く通った鼻筋が目を引いた。ふさは乱れた呼吸を整えてから、床の間を背にして座蒲団の上に座るようにうながし、湯呑みを茶托(たく)とともに客の膝前に置いて、

「エタ　イポンスキイ　チャイ。ペイチェ　チャイ　パジャールスタ」

とロシア語で茶を勧めた。お点前(てまえ)で身につけた茶の湯の所作がここで活(い)きた。座蒲団の上に片膝を立てて座っている客は、心もとなさそうに右手で湯呑みを口に運んだ。

ふさはいったん座敷から収納部屋にさがった。鏡台の前で後れ髪を小指でかきあげていると、膳拵えをしている最古参の仲居から、「おふさちゃん、おめかししてどうしたのよ」とからかわれたが、「今日は、寝乱れ髪を整えられなくて、ほんと困ってるの」と愛想笑いをしてうまく煙に巻くと、すぐに

丹前と帯の入った乱れ箱を捧げ持ち、冷たい渡り廊を急いだ。座敷から、客のせきこむような咳が聞こえた。

（風邪をひいてるのかしら。それにしても、よく咳をする人。それも発作を起こしたように。いけない、忘れてた。窓を開けっぱなしだわ）

案の定、窓は開いたままだったが、座敷はそこそこの暖かさになっていた。火鉢の炭は、切り炭をつぎ足すと、爆ぜる音を発して赤く燃え、鉄瓶が湯気を立てはじめた。

「カーク　ヴァース　ザヴートゥ？」

とゆっくりとした口調で客はふさの名を訊ねた。

「……ふさ……」

突然、名を訊ねられて気が動転したふさは、自分の名を言うのがやっとで、後につづくロシア語が口をついて出てこない。

「オフササン？」

客は念を押すようにふさの名を訊いた。

（名前に「サン」という敬称をつけて言う呼び方を知ってるからには、このひと、ここに来る前、イルクーツクなどの町で日本の女の人と接したことがあるんだわ。遊び人なのかな。そんなふうには見えないけど。でも、どうしてわたしみたいな仲居に名前など訊くんだろう）

渡り廊を引き返すとき、ほかの座敷から漏れてくる人の話し声や笑い声のざわめきをかき消すくらいの心臓の轟く音をふさは聞いた。

スレテンスク発の下りの貨客船が夕方晩くに着いたことで、妓楼はにわかにあわただしくなり、ロシア人の客の応対に追われた。客を案内する仲居たちのにぎやかな声や廊下のきしむ音が途絶えることはなかった。

ふさが応対したロシア人は、はからずもいねの座敷の客となった。

太鼓を持ったいねが三味線を抱えた妓女を従え、廊下からロシア人客に声をかけた。型通りの挨拶を済ますと、酒肴(しゅこう)が運ばれ、座がにぎやかになった。三味線に合わせて、小唄がうたわれ舞が舞われた。ところが客は、ふさが姿を見せてくれるのをお待ちかねの様子で、せっかくの小唄も舞もゆっくり鑑賞できずにいる。

狐拳や投げ扇などの座敷遊びが佳境を過ぎ、座がくだけるころになって、客のそぞろ心を察したいねは、仲居のひとりに、ほかの客のもてなしに奔走しているふさを自分の座敷に顔を出すように言づてを頼んだ。

言づてを受け取ったふさは、どうかしたのかと訝しみながらいねの座敷へと急いだ。笑いさざめく座敷の前まで来ると膝をつき、行灯の火影がゆらめく障子をひかえめに開けた。

「遅くなりました。何か用事でも？」

「ごめんね、おふさちゃん。ミーチャっていうこのお客さんが、おふさちゃんを呼べと言うもんだから」

つぶし島田に結いあげ美麗な髪飾りをつけたいねが、丹前にくるまり、床の間を背にして胡座(あぐら)をかいているロシア人客の膝横に座り、酌をしていたところだった。いねの着ている鴇色の引き摺りの詰袖には濃萌黄の葉から赤紫と白の花が伸びる花菖蒲があしらわれており、うぐいす色の帯には花篭文様がほどこされていた。微醺を帯びた客は、ふさがじきに姿を見せるといねに言い含められていたので、表情もすっかりなごみ、莨をうまそうに吸っている。衣桁のそばに置かれた乱れ箱のなかに、ていねいに畳まれた白い襯衣が見えた。

「わたし、ほかの座敷があるので……」

「だいじょうぶ、心配しなくて。あたしのほうから、こっちの座敷のお世話をおふさちゃんにしてもらえるようにお願いしておいたから。さあさあ遠慮しないで入ってちょうだい」

急な変更の生じた理由を理解したふさは、身の置き所もない様子で障子の近くに座った。

「このお客さん、日本に興味あるらしくてね、肌の浅黒い娘がお好みみたいなのよ」

いねは、ウラジオストクにいたときから、ロシア人の客たちと酒興の艶話を重ねることで、たどたどしいロシア語でもちょっとした会話なら用が足せるようになっていた。

「いいなあ、おふさちゃん、見初められたなんて。あたし、ほんとうらやましいわ」

熊本生まれの妓女はいたずらっぽくふさの顔を探るように見た。

「わたし、そう言われても……」

「ちょうどいま、お客さんに日本語を教えてたところなのよ。日本語といっても、長崎弁や熊本弁なんだけどね。おふさちゃん、よかったら、ほら、北海道弁の使い方を教えてあげて」

ほろ酔い気分のいねは、爪紅をさした足を見せたまま、座を白けさせまいと愛嬌をふりまいた。

ふさが来てくれてご満悦な客も、覚えたての長崎弁をまねたり、日本語の語尾の「ます」をやたらに使った妙ちきりんな日本語を編み出したりして座をなごませた。そのたびに座敷はどっと笑いの渦に包まれた。このお客さん、もの憂げなさびしい目をしていたのに、意外とひょうきんなところがあるんだ、とふさは客の意外な一面を知って、客の印象が変わった。

「おふさちゃん、ほら、こっちに来て、お客さんのこの扇子を見てごらん。桜の花と葉っぱがちりばめられている、日本の扇子を持っていたから、あたし、びっくりしてさ」

といねはほがらかな声でふさを手招きした。ふさは、言われるままに上座のほうに座を移していねから扇子を受け取り、黒い瞳を輝かしながら扇子に目を落とした。いねの言うように、扇紙には山桜の薄紅の花弁とえんじ色の葉が描かれていた。

「扇子の匂いを嗅いでごらん。香水の匂いがするよ」

「あっ、ほんとだ」

このやりとりの際のふさの楚々とした所作がういういしく、左目の下と頸の左前にある蠱惑的な黒子もふさをひとしお愛らしく見せた。少年期から「すてきな国」の日本に憧れていたこのロシア人の客は、立ちのぼる乙女のかぐわしい匂いに心をかき乱され、たちまち陰翳を帯びた、異国風の美の虜になり、ゲイシャの国への憧憬がいよいよせつないものとなったのである。

「グヂェー　ヴィ　ラヂリース？」

渡り廊では名を訊かれたので、ふさは今度は年齢を訊かれるものと思っていたが、客はふさの生地を訊いた。

「ヴ　ゴーラヂェ　ハコダテ。ズナーエチェ　リ　ヴィ　シトー　タム　イェースチ　ルースカヤ　ツェールコフ？」

とふさは生まれが函館だと答えてから、函館にロシアの教会があるのを知っているかと訊きかえした。

「ダー、ヤー　スルィーシャル　アビェータム。ムニェ　ハチェーラス　ブィ　パセティーチ　イヨー」

客はどうやらハリストス正教会のことを知っているようで、いつか訪れてみたいとまで言った。

（よかった、共通の話題を見つけることができて。ハリストス正教会さまさまだわ。次は何を話題にしようかな……。そうそう、旅の行先を訊かなくちゃ）

「スカジーチェ、パジャールスタ、クダー　ヴィ　プルィヴョーチェ？」

自分の話すロシア語が、下手なりにもロシア人にも通じることがうれしく、ふさは客の鳶色の目を見据え、臆することなく旅の行先を訊いた。

「サハリーン」

と短く応じた客は、にこやかに微笑みながらふさの黒い瞳をうっとりとした目で見つめた。思ってもいない地名が客の口から飛び出したので、すぐさまいねが出立の日時を訊ねた。

「カグダー？」

「ザーフトラ　ヴィエチェラム」

「ザーフトラ　ヴィエチェラム？」

いねが鸚鵡（おうむ）返しに問い返した。

（明日の夕方？　そんなに早くサハリンに出立するんだ。急ぎの旅でないなら、この町でゆっくりしていけばいいのに。また町のどこかで会えるかもしれないし。次は……、よーし、サハリンへ行く理由を訊いてみよう）

「ザチエーム　ヴィ　プルィヴョーチェ　ナ　サハリーン？」

「ヤー　リュブリュー　モーレ。ヤー……ヴィークパユス　イ……ポイェーム　ウーストリツ」

と言葉を選びながら答えた客は、茶目っ気たっぷりに肉刀（ナイフ）と肉叉（フォーク）で食べるまねをしてみせた。海水浴をするだの、牡蠣を食べるだのと、このひと、本気で言ってるのかしら。牡蠣が好物というのも、ちょっと驚き。わたしならやっぱり、牡蠣よりも、函館の大森浜で食べた焼き雲丹の味が忘れられないな。でも、ほんとに、海が好きという理由で、わざわざ最果ての地と言われるサハリンまで行くのかしら、とふさは旅の目的の説明に腑に落ちぬところもあったが、満面の笑みを浮かべる客に微笑みを返した。

ほほえましい会話のやりとりに大満足のいねは、ふさから扇子を受け取り、「おふさちゃんも来たことだし、あたし、『さくらさくら』を踊るわね」と言って、小唄に合わせて舞をひとさし舞った。鴇色の詰袖を背面にして緩急自在に動く扇子は、扇紙に描かれた山桜を茜空（あかね）の下で散りまどう桜花のように見せるのだった。

拍手が起こると、客も手を叩き、満足げに盃を干した。

このあとは食べ物の話に花が咲いた。客に自分の好きな日本の食べ物を紹介しようとしても、さすがにロシア語でどう言ったらいいのかわからず、めいめいが身振り手振りで説明した。お茶目な妓女がおどけて、熱いうどんをすするまねをしたり、雑煮の餅を喉に詰まらせて目を白黒させたりすると、ふさもいねも客も腹の皮がよじれるほど笑った。笑い上戸のいねなどは、白く塗った襟首をあらわに見せて笑い転げ、そばにある空になった徳利を蹴飛ばしてしまった。

その夜は、ふさにとって大陸に渡ってはじめて心のはなやぐひとときとなった。遊宴がはねてから、寝起きするにも頭が梁につかえそうな屋根裏部屋の冷たいせんべい蒲団にもぐったとき、さんざめく夜宴の談笑の残響が、晩酌がはじまると家じゅうに響きわたった亡父の哄笑(こうしょう)と耳底でうらさびしく重なった。

ちなみに、この独身のロシア人客が、友人に宛てた翌日(一八九〇年六月二十七日)付けの書信のなかで、日本人女との性のいとなみを赤裸に語っていることをここに書き加えなければならないだろう。彼を研究する後世の文学者の間ではその存在と内容がよく知られている書信であるが、惜しむらくは、該当個所の核心部分が最新のロシア語版の全集でも割愛されているという。

翌朝早く、梯子段をあららかに駆け上がる足音がふさの耳朶(じだ)に響いた。いねがいきなり屋根裏部屋に駆けこんできて、殺気だった声でふさを揺り起こしたのである。

「たいへん、たいへんなの。おふさちゃん、起きて、お願い、起きて」

「あら、いま、何時？　わたし、寝坊しちゃった？」

「だいじょうぶ、だいじょうぶ、寝坊なんかしてないから。とにかく起きて」

「おいねさん、そんなに……あわてて、どうしたというの」

ふさはあくびを噛みころして訊いた。

「どうしたもこうしたもないの。あのお客さんが、この扇子を置き忘れたまま、帰ったみたいなの」

いねは扇子を半開きにして見せた。

「ほんとだ。あれほど大切にしてたのに」

「そう、そうなのよ。お座敷がひけて、お客さんが帰った後は、あたしらも疲れていて、あと片付けもそこそこに部屋に戻って寝たもんだから、乱れ箱にあった忘れ物に気づくのが遅くなったの。今日の夕方にはこの町を出ることになってるから、困ったわ、どうしよう？　おふさちゃん、悪いけど、この扇子、お客さんのところに届けてあげてくれない？」

普段はおっとりしているいねがめずらしくあわてている。

「うん、いいけど、お客さんの宿泊先はわかるの？」

「ここからそんなに遠くないところに、ロシア人旅行者がよく利用する宿があるんだけど、そこに宿を取っていると話してたから、たぶんそこにいるはずだわ。宿の在り場所がわかる絵地図を描いてもらうので、それを持っていって」

「いいわよ。すぐに着替えるね」

目をこするふさの寝ぼけ頭でも、今夕、ブラゴヴェシチェンスクを旅立つあの客に、何としても扇子を届けてあげなければ、という義務感が芽生えつつあった。

忙しい身のいねの頼みを聞き入れたふさは、道順を示す絵地図を手に取ると、客の泊まっているはずの旅宿をめざして足を急がせた。旅宿は妓楼から一里ほど川上にあり、東シベリア総督在任時に、アムール川を清との国境に定める条約の締結に尽力したニコライ・ムラヴィヨーフの記念塔の近くにあった。

あの客にふたたび会えると思うと、知らない道を行く心細さもどこかに吹っ飛び、遠い道も、路辺に咲く赤と白の野芍薬が目を楽しませてくれるので、さほど苦にはならなかった。それに、お守りとして髪に挿している珊瑚の簪が心強かった。記念塔のある小高い丘はすぐにわかった。琥珀色の朝雲の裂け目から射しこむ幾条かの曙光の束が、そのなだらかな斜面に天女の羽衣でも並べたような縞模様をつくっていた。桜の木がそこここに自生する丘の裾伝いに野道を行くと、放牧されている馬たちが、黄色い花の咲きこぼれる一幹のアカシアの大木を囲むようにのんびり寝そべっていた。子馬が尻尾を振り振り親馬にお乳をねだっている。そこで足を止めて眺めていると、ふさの頭に途方もない考えが兆した。なんてのどかなんだろう。そうだわ、あの客に十二支のことを教えてあげようかな。わたしは午どしだと言ったら、どんな顔をするだろう。あの客の干支も午ならいいな。いや、さすがにそれはないか。年が十二も離れてるわけがないもの。それはいいとして、馬が好きか訊いてみよう。それだけじゃつまんないから、いっしょに白馬に跨がり、風のごとく野原を駆けてみたいとか言ってみようかな。あの生真面目な客なら、からかわれているのも知らずに、顔を真っ赤にして頭を抱えこむだろうな。からかってやろうと思うと抑えきれないおかしさがこみあげてきて、ふさは自然と早足になった。

野末の雑木林に囲まれたすり鉢状の窪地にある総二階の旅宿は、日陰のなかでひっそりと静まりかえっていた。ふさは、半開きになった表玄関の扉を押し開けて小声で訪いを入れた。ふさの声を聞きつけ、眠たそうにあくびをしながら受付口にやってきたロシア人の管理人に来意を告げると、部屋が一階の六号室であるのをおしえてくれた。部屋番号を確認しながら、薄明るい廊下の奥のほうへ歩を進めた。足音を忍ばせて一歩一歩踏み出すごとに、ひとつの物音も聞きのがさぬように神経のすべてをとぎすまさなければならなかった。いねのために一役買いたいという思いで勢いよく店を飛び出してはきたが、飛蛾（ひが）火に赴くような軽率な行動を、ふさは悔やみはじめていた。

いちばん奥の部屋だけ扉が開いていて、見覚えのあるあの手提鞄が扉が閉じないように敷居の上に置かれていたので、その部屋があの客の部屋にまちがいないと思った。人の気配がしないけど、どうしたんだろう。ご不浄に行ったのかな。声をかけて、体を乗り出すようにして部屋のなかをのぞいて見ると、にぎにぎしく白い小花をつけるななかまどの枝葉の隙間から漏れるあえかな斜光が透かし編み（レース）の窓帷（カーテン）から射しこみ、窓際にある寝台の一部を白く映し出していた。扉近くの床の上に衣服のはみ出た旅行鞄があり、かたわらに拳銃と短剣と聴診器が無造作に置かれてあった。目の前にある洋卓の上には、書きかけの便箋、封筒、羽洋筆（ペン）が並んでおり、開いたままの帳面には文字がびっしり書きこまれている。ふさはすこし気が咎めた。わたし、部屋の主がいないときに、見てはいけないものを見ちゃったかな。あの客は、モスクワかどこかの新聞の通信員で、取材旅行中なのかしら。それにしても、なぜ拳銃とか聴診器などが……。とすると、どこかの諜報（ちょうほう）員かもしれない。この聴診器で人の話を盗み聞きするんだ、きっと。どうりで日本のことが妙にくわしかったし、わたしのことをいろいろ知りたがってたもの、とあろうはずもない思いつきに頬が緩んだが、静かな疑念が心にひろがったのも事実であった。ふとわれに返ったふさが、忘れ物の扇子を洋卓の上に置こうとして敷居を跨ぎ、部屋に足を踏み入れたときだ。扉の蝶番（ちょうつがい）のきしむ音とともにいきなり背中から目隠しをされたのだ。一瞬ぎょっとしたが、扉の陰に隠れていたあの客が自分をびっくりさせようと悪ふざけをしていると思った。後ろを振り向くやいなや、側頭部を両手で強く押さえつけられ、むりやり口を吸われた。無我夢中で相手を両手で突き放そうとしても、ぎゅっと引き寄せる強い力に抗えなかった。渾身の力をこめて身をよじり額をわずかに離すことで、相手の顔の輪郭がぼんやり見えてきた。意識が薄れてゆくなか、見上げる目の焦点距離がかろうじて定まり、あの客の顔の像が網膜にゆっくりと結ばれた。

「オフササン、スパスィーバ」

男はお礼の言葉を言っている。

「ニエット！　ニエット！」

ふさは必死になって男を拒んだが、男はふさの花弁のような唇にふたたび唇を重ねてきた。息ができないほどの長い接吻だった。男の濡れた唇は躊躇することなく、甘酸っぱい匂いがこもる小麦色の頸にも触れてきた。

それにしても不可解である。なぜ決断力と行動力に富むふさが、あらゆる手段を用いてでも、餓（が）狼（ろう）の好餌（こうじ）となる絶体絶命の危機からすり抜けようとしないのだろうか。心のどこかでこうした異性との出逢いを待ち望んでいたからなのか。あるいは、遊宴の折りにその男が拍動させた心のときめきの余焔（よえん）がふさの胸を焦がし、ついには焼けぼっくいに火をつけたからなのか。それとも、異国で味わう殺伐たる孤独感と父の喪失に根ざす寂寥（せきりょう）感とがないまぜになって、父性的な体温への憧憬が呼び覚まされたからなのだろうか。

硬直して動けなくなったふさは、朦朧とする意識のなかで、本能的に男をはねのけようとする自分と焔（ほのお）の抱擁のなかに身を投じようとするもうひとりの自分がせめぎ合っているのを知ったのだった。このひとは、わたしをゆきずりの女として弄ぼうとしてるのかしら。日本の女を性のはけ口としか見ない、卑劣な男なのかしら。いや、そうではないわ。わたしの体をもとめているというより、このひとは日本に憧れ、日本を知ろうとしてたから、こんなわたしのなかにも、憧れの的だった日本の女のうつくしさややさしさを探そうとしてるんだわ。たとえかりそめの契りだとしても、わたしを通じてすこしでも日本の女の奥ゆかしいうつくしさとまどやかなやさしさに触れることになれば、あのさびしげな目の奥に秘められている憂愁の影も消え去るかもしれない。そうなればきっと、それこそ日本晴れのような、一点の曇りもない心を取り戻し、日本とわたしへの愛がいっそう深まることになる。そうよ、そのあかつきにわたしらの愛が成就するというものだわ。肌を許すのを拒みながらもこのような思いが瞬時にふさの頭をかけめぐった。日本に恋い焦がれるロシアの魂とロシアに憧れる日本の魂とが契りを結ぶことになるのなら、偶然のめぐりあいでも、後悔なんかしない。わたしは、このひとの人となりを信じたい、とふさは覚悟を決めると、目を固く閉じて崩れるようにして寝台の上に身を横たえた。

呼吸のせわしかった男も静かにふさのかたわらに身を置き、ふさの顔の上に探るような視線を漂わせて、ふさの心の動きを読み取ろうとしていた。男の震える手が帯を解き襟をくつろげて、豊かな実りを迎えていた胸乳（むなぢ）の山桜の蕾のごとき乳首をためらいがちにとらえようとするとき、息が激しく乱れはじめたふさはみずからも唇をもとめた。心のこもった愛撫に身を任せて肌を重ねるのが、ごく自然ないとなみに思えたのである。つつましかった男の手が一転はげしく裾を探り、なめらかな腿の内側をはい上がって体の深みに迫ってくると、四肢から力が抜けてゆくのがわかった。

　体を開いて男を受け入れるとき、ふさは重くのしかかってきた男の潤んだ鳶色の目をまっすぐ見据え、男の目尻に溜まった涙を指先で触れながら悟るのだった。うつせみの命は、恋の蛍の火が脈動しなければ、この悲しみに満ちた暗鬱な世では生きてゆけぬことを、深く傷ついた人の心は、人を愛し愛されることでしか癒されぬことを、そしてそれは、日本人、ロシア人といった民族のちがいを超えて普遍の真実であることを。

　男の双眸からせきあえぬ熱い涙が露玉のようにこぼれ落ち、ふさの水晶のように澄んだ涙に当たった。ふたりの涙は渾然とひとつの涙になった。

　交合の後、ふさが襦袢（じゅばん）の着くずれを直し、着物の襟をかき合わせ、乱れた髪を整えるのを見守っていた男は、半身を起こし、そっとふさの背中を抱きしめ、頸に頬を寄せて別れの口づけをした。ふさにはもはや言葉などいらなかった。ひと言でも発せられれば、盥（たらい）に汲んである日向水（ひなたみず）に一滴の墨汁を垂らすと、それが黒い濁りとなってひろがっていくように、清浄な空気が汚される気がしたからである。

　どれほどの時が経ったのだろうか。ふさは、やさしい抱擁のなかで悦びの余韻にひたっていたかったが、薄暗がりがまだ残る扉口近くに行って身づくろいをしようとした。そのとき寝台の上に簪が落ちているのが目に入った。あっと思って寝台に駆け寄り、それを拾い上げた。於祥の顔が浮かんだ。情交の場を見られていた気がして、清廉な於祥の親心を冒瀆したような罪悪感に襲われ、身を裂かれる思いがした。わたしは、異国で、はからずもロシア人と肌を温めあうことになったけど、世間の人からは、道ならぬ交わりだと後ろ指をさされ罵声を浴びせられたうえに、唾を吐きかけられるかもしれない。もしそうなったら、わたしは、どんな顔をして母さんに会えばいいの、とふさの心は千々に乱れた。

　別れ際、男は部屋の扉口で、夕方近くに河港まで見送りに来てもらいたい、とふさに耳打ちした。頭が混濁しているふさは無言のままうなずくしかなく、見送りに来る約束を誓うために、日本の流儀に倣って指切りをしてもらった。明るい光が深く射しこむ廊下で手を振る男に軽く頭を下げて、ふさはなかまどの花の芳烈な香りに包まれている旅宿を後にした。

(扇子を届けるだけにしては、時間がかかり過ぎ。おいねさんにわたしらのことがあやしまれる)

　帰る道を急いだ。といっても、手術の麻酔から醒めたときに感じる鈍痛のようなものが下腹部の奥に残っており、片褄を引き上げても思うように速くは歩けなかった。それにつけても、ふさは、急ごうとする気持ちより、旅宿から早く遠ざかりたいという気持ちのほうが強かった。でも、どうして、どうしてわたしは、旅宿を振り向かないで早く離れようとしてるの。自分のしたことから目をそらしたいからなの。あのひととかわした契りは、そんなに汚らわしいものなの。そんなにわたしははしたない女なの……。そんなことないわ。世の男と女は、閨の睦言を通じて互いの愛をたしかめ合うものよ。その厳粛ないとなみは、いわば、肉体のなかに大切に隠し持っていた金色燦然たる持仏を互いにお披露目するようなもの。その秘仏を愛撫してはじめて、至純な愛を育むことができるというものだわ。旅宿から早く離れようとしたのは、妓楼に早く帰らないといけないからよ。もうすこし時間があれば、家族は何人なのか、職業は何なのか、なぜ拳銃を持ち歩いているのか、どうやって日本の扇子を手に入れたのかを訊けたのに。それだけではないわ。モスクワとペテルブルグのことや、ピロシキとボルシチのおいしい作り方、さらにはレールモントフのことも教えてもらえたのに。

そんなふうにしていまの自分の心理を分析しながら急ぎ足に歩いていたので、途中の景色などまったく目に入らなかった。来るときに見かけたアカシアの大木に気づき、群れから離れた馬たちが野面をわたる風に鬣（たてがみ）をなびかせながら草をはんでいるのを心に留めるまでは、自分がいまどこを歩いているかがわからずにいた。運命の急変による頭の混乱を整理できずにいるふさは、一時間ほど前に、あの男といっしょに馬蹄の音も軽やかに遠駆けするような幻像が頭をかすめたことなど、きれいさっぱり忘れていたのだった。

雪月花楼の店先でいねが心配顔で帰りの遅いふさを待っていた。人の心の機微を知りつくしているいねは、ふさのいつもとはちがう様子に気づき、鬢（びん）のほつれに疑わしげな視線を走らせた。

「おふさちゃん、ご苦労さま。あのお客さんと会えた？」

「会えるには会えたけど、お客さんが熟睡していて、起きてもらうのに時間がかかって」

「それにしても遅かったわね。道に迷ったのかとすごく心配してたわよ」

「ごめんね、遅くなって」

「あら、簪、どうしたの、挿してないじゃない？」

「簪は、途中ではずしちゃったわ」

ふさは、肌にまといついたかもしれない情交の移り香がいねに悟られるのではないかと気になってしかたなく、あのなかなかまどの芳香がその移り香を消してくれるのを祈った。

いねには遠回しに客のことをあれこれ訊かれた。あたりさわりのない受け答えをしてから、客から夕方便の船に乗るので見送りに来てほしいと頼まれたことを言い添え、いつもと変わりなく普段通りに仕事をしながら日脚が薄れるのを待った。

日が翳りはじめたころ、ふさはいねといっしょに河港へ向かった。河港に出来た人垣のなかに、鞄を両手に提げた半外套のそのひとをふさは目ざとく見つけた。そのひとは、入日の残照が鱗片となってくだけるみかん色の川面を背にしてふたりを出迎えると、にこりと笑って握手の手を差し伸べてきた。半外套の胸の隠しに、白い莟の芍薬がちょうど茶室の壁掛けの花筒に生けられたように挿してある。咳こみながらも、さっそく手提鞄を開けて、なかから小壜を取り出した。小壜を受け取ったいねは、なかの匂いを嗅ぐとそれが桜の香水だと知るや、飛び上がって喜び、小壜に何度も鼻を近づけた。

満足げにその様子を見ていたそのひとは、いたわるようなやさしい目をふさに向け、「トゥイ　イスポールニラ　オビシチャニエ　プリイチー　スュダー。ヤー、オーチン　ラートゥ」と約束通り見送りに来てくれたことに感謝の意を表した。

ふさはまぶしそうに視線を返したが、そのひとの目をまともには見られなかった。いまになって、ゆくりなくも肌を汚して純潔を失ったことが、後ろめたさとなってふさの胸に苦く残っている。あなたは、わたしらのめぐりあいをどうとらえているのかしら。まさか、いっときの欲情に衝き動かされて、あのような行為に出たわけじゃないでしょうけど。あの狭い部屋で魂の契りをかわしたわたしらだけど、次に会ったときには、愛が成就したことを寿ぐ（ことほぐ）幸福の虹がロシアの空を彩っているのが見られるはずだわ、とふさは、そのひとの両腕のなかでもがいていたときに頭のなかを駆けめぐったことどもを反芻（はんすう）するのだった。

だがいまさら悔やんでもはじまらない。ふさは、いま苦境に立たされつつあるのも、それは歴史的運命が自分を試すために課した試練だと思うことにした。日露交渉史関係の書物を渉猟するまでもなく、ふさは子どもの頃より、高田屋嘉兵衛などの先人たちの、意のままにならぬ運命の波濤（はとう）に身をゆだねながらもロシア人の懐のなかに飛びこもうとする呑海（どんかい）の志が、ロシア人の精神風土や生活様式の一端に触れる原動力になったことを知っていたし、函館っ子のひとりとして、連綿とつづく函館とロシアの交流の命脈を継ぐ志を立てたときから、そのような特異な旅路をたどらぬかぎり、ロシアの生活文化とロシア人の心のふるさとを日本に紹介するなど夢のまた夢であり、自分の願いをかなえるには、自らを犠牲にして忍苦の道をたどるしかないことを覚悟していたからである。

会話が途切れているうちに、出航の時刻が迫まってきた。見送りの人たちが輪を崩して、白い船体に夕茜がゆらめいている汽船のほうに移動しはじめた。

そのひとは懐中時計に目をやってから鞄を両手で持つと、大股で歩きだした。上目づかいのふさといねを横目で見ながら、徒刑の島のサハリンの地を踏むには、まずはハバロフスクまで行き、そこからアムール川の河口港であるニコラエフスクをめざして船旅をつづけ、さらにタタール海峡を渡らなければならないなどと話しだした。ふさは手提鞄を持ってあげようとしたが、追いつくのがやっとで小走りになった。いねは途中で足を止めてしまった。出航までまだ時間があるのに、なぜそんなに急ぐの。もっとゆっくり歩いてくれてもよさそうなものじゃない。わたしって、そんなに足手まといそんな話なんて、いまはどうでもいいわ。それよりも、サハリンでもどこでもいいから、仕事に目鼻がついたら、どこかでまた会おうとなぜ言ってくれないの、それとも、わたしからそれを言いだすのを待ってるの、とふさは焦燥感に駆られた。

「ヤー　ナデーユス　イショー　フストゥレーティツァ　ス　ヴァミ　ナ　サハリーネ　イーリ　ヴ

ハコダテ」

と勇気を奮い起こして、ふさはサハリンか函館で再会したいと言ったが、その小さな声はしゃべりさざめきながらそばを通り過ぎる人の声にかき消された。

「シトー？」

首をかしげて、そのひとは訊きかえした。

「ヤー　ナデーユス　イショー　フストゥレーティツァ　ス　ヴァミ　ナ　サハリーネ　イーリ　ヴ

ハコダテ」

ふさはやきもきしながらも、同じ言葉をくりかえした。

「ガヴァリーチェ　グロームチェ。　ヴァス　ニェ　スリィーシナ」

と言って、そのひとはもっと大きな声でしゃべらないと聞こえないとばかりに、腰を屈めて耳に手を当てた。

会話がちぐはぐのまま、船梯のすぐそばまで来たとき、そのひとは急に立ち止まって手提鞄からおもむろに扇子を取り出し、それをふさに差し出した。突然のことで、ふさは面くらった。困ったわ。どうしよう。あなたがあんなに大切にしていた山桜の扇子を、このわたしにくれるというの。だめよ、もらうわけにはいかないわ。再会のときまであなたが持っていてちょうだい。日露交流の花を咲かせたあかつきに再会を果たせば、そのときこそ、けっして変わることのない永遠の愛が、民族のちがいを超えて育まれているのを確かめられるわ、と思いながら扇子を返そうともじもじしていると、扇子をひろげるようにうながされたので、ふさはゆっくりとそれをひろげた。扇紙の右下にドミートリイ・チターエフという署名と所書きが几帳面な字で書かれてあった。わたしが肌身を許したあなたは、ドミートリイ・チターエフと言うの。モスクワの、ええと、サドヴァ・クドリンスカヤ街と読むのかな、そこに住んでるのね。それなら、サハリンの旅はできるだけ早く切り上げ、このブラゴヴェシチェンスクにまた戻ってきて、そのままわたしをモスクワに連れていってちょうだい。もしサハリン滞在が長引くことにでもなれば、わたしのほうからサハリンに出向くわ。コルサコフ（大泊）でしばらくいっしょに暮らし、しかるべき時がきたら、ふたりでシベリア鉄道でモスクワに行けばいい。でも、その前に函館に寄って、いっしょに臥牛山からの函館の夜景を楽しみたいな。それに、ロシアと函館のつながりを知ってもらうのに、その先鞭をつけたロシア人たちの眠る外国人墓地とハリストス正教会を散策するのはどうかしら。ほんと楽しみ。いいわよ、わかったわ、この扇子をいただくことにするわ。ありがとう。再会のときまで、あなたを思い出すよすがとして、大切に持ってるわね。

即興的に紡ぎだしたかくのごとき夢物語に耽溺しているふさの心の内を知るはずもなく、そのひとは、不思議そうにふさの顔をのぞきこんだ。

「シトー　ス　タボーイ？」

「ニチェヴォー、ニチェヴォー。バリショーエ　スパスィーバ」

どうかしたのかと訊かれたが、ふさは、何もなかったかのように感謝の言葉を述べてから丁重に扇子を受け取ると、手提げのなかに忍ばせてあった亡父の形見のカフカスの人形を取り出し、それに雪月花楼と函館の実家の所書きを記した小切紙を添えてそのひとに手渡した。扇子のお返しとして贈られることになった人形は、青い衣装にあしらわれた刺繡（ししゅう）とお下げ髪がすこしほつれていた。

（あなたも、忘れ形見としてあげたこの人形をわたしだと思って大切にしてね。いいわね）

そのひとは鳶色の目を輝かせて人形を見つめた。日本人からカフカスの人形をもらうとは夢にも思わなかったのだ。このカフカスの人形は願ってもない贈物。オフササン、ありがとう。オフササンの分身と思って、いつもぼくのそばに置いておくね。カフカスといえば、ぼくの敬愛するレールモントフが二十七歳のとき決闘で非業の死を遂げたのが、カフカスのピャチゴールスク。だから、カフカスは、前々から訪れてみたいと思っていた憧れの地。ピャチゴールスクに眠る詩人の墓に詣でて、そこから彼が生前愛してやまなかった孤峰マシュークの眺望を楽しみたい。詩人も通いつめたそこの湯治場で体を休めるのもいいな。この黒い瞳の人形は、カフカスの旅に出かけるときには必ず旅のお守りとしていっしょに連れていってあげよう。そうだ、この大切な贈物のお返しとして、あれをあげよう、と思い定めると、そのひとは旅行鞄を石畳の上におろし、蓋を開けて探しものをはじめた。鞄から出てきたのは、旅宿で見たカフカスの小ぶりの短剣（キンジャール）で、鞘（さや）に銀細工がほどこされ、空色のトルコ石が嵌めこんであった。その短剣を魔除け用のお守りとして渡そうとしたのである。

「ヴォート　モイ　カフカースキイ　キンジャール。ヤ　ハチュー　ダリーチ　エータトゥ　キンジャール」

「ニエット、スパスィーバ」

（そんな高価な短剣を受け取るわけにはいかないわ。それより、もう時間がないの、早くして。最後のお願いよ。いまここで再会を誓ってちょうだい）

先に登船した人たちが甲板の手すりから身を乗り出して、見送りに来た人たちに声をかけたり手を振ったりしていた。

別れの時がきた。ふさは別離の際の見送る側のせつなさをはじめて知った。

ふさといねは名残惜しげに、「シスリーヴァヴァ　プチー」と送別の言葉を述べた。そのひとは、ふたりと握手をかわし終わると、人形を手提鞄を持つ右手に持ちかえ、ほかの船客に先導されるかのように伏目がちに船梯を昇っていった。人形の赤い帯紐がひらひらと風になびいている。立ち止まるたびに人形に接吻をしてそれを振り上げた。ふさも扇子をひろげて高くかざし、左に右に振って応えた。何を思ったのか、そのひとは胸の隠しに挿してあった芍薬を宙に放り投げた。それが風に戻されて、河岸と船との間の海水にむなしく落ちるのを見ると、半外套は二言三言叫んでさびしげに船内に消えた。その叫びは、別れの挨拶と愛の告白を伝える、「ダスビダーニャ、オフササン。ヤー　リュブリューチェビャー」という言葉となってふさの耳に聞こえた。

ふさは爪立ちになって、黄昏空を飛びから数羽のかもめに護衛されながら、一縷の黒煙を残して遠ざかるムラヴィヨーフ号の白い船影が涙に霞む眼界から消えるまで扇子を振った。それはまさに扇の別れだったのである。

四

ひと月が過ぎたあたりで、磨こうとして取り出した懐中鏡にひび割れがあるのがわかった。雷雨に遭遇した船の揺れで机台から落ちたあのときに、目には見えない小さなひびが入ったのだろう。縁起でもないと気に病んでいたところに、思いがけずチターエフからの手紙が届いた。ニコラエフスクに着港した船のなかで書かれたもので、ふさは手紙を胸もとに押し当て、飛び上がるほど喜んだのだった。

愛するオフササン、その後、いかがお過ごしですか。

小生の乗る船は、七月五日、夜明け前に、河口までおよそ三十露里のところにあるニコラエフスクの港に錨を下ろしました。ブラゴヴェシチェンスクを発ったときに大勢いた船客の数も少なくなりました。乗り合わせた人のなかには、足枷をはめられた徒刑囚たちがいますが、女囚の姿も見かけます。

　アムール川を下る汽船から見た、ひといろの緑の絨毯（じゅうたん）のようなシベリアの森林帯は息を呑むほどにうつくしく、小生はその虜になってしまいました。といっても、かたときも君を思わぬ日はありませんでしたよ。ブラゴヴェシチェンスクで君と分かち合った聖なる喜びは、小生の霧雨のごとき人生を七色の虹で彩ってくれました。ありがとう、心から感謝しています。

　ところでいま小生は後悔しています。

　ロシアの宗教・文化とは無縁の、異土のようなこの頽廃的な町（この地の住民は、ロシア文学の歴史に不滅の名を刻んだ、あのプーシキンの名を聞いても、きょとんとしているのです）で足止めをくらっていますと、せかされるように君と別れてサハリンの旅に出た自分が呪わしくなってきます。いまさら悔やんでも後の祭りでしょうが、何ともあさはかなことをしてしまいました。

　それだけではありません。やはり、抒情詩『短剣（キンジャール）』を書いたレールモントフのひそみに倣って、物言わぬ愛の証しとして、また小生を思い偲ぶ形見として、コーカサスの短剣を黒い瞳の君に受け取ってもらうべきでした。出航の時間が差し迫ってはいましたが、なぜ言葉を尽くして、コーカサスの山民の間では、短剣が旅する人の道中の魔除けになると語り伝えられていることを説明しなかったのか、自分のことながら首をかしげたくなります。

それはさておき、沖に錨泊中の船の上から夜空を眺めますと、雲間に霞んでいた下弦の月が姿を現わし、星は金粉をまき散らしたようにきらきらまたたいています。そうそう、君は満月を見て何を連想しますか。小生は黒猫の目しか思いつきませんが、レールモントフは円形の乾酪(チーズ)に喩(たと)えていました。うまい喩えだと思いませんか。

明日、わがバイカル号は抜錨し、とりあえずデ・カストリに寄港します。七月十日に、タタール海峡を渡り、サハリンのアレクサンドロフスクをめざすことになっています。むろん君の分身のカフカスの人形も小生のお供をしてくれます。

いまの小生に残された楽しみといえば、船上から鯨や海豚(イルカ)の群れを観察することと徒刑の島サハリンで粒の大きい牡蠣を食することぐらいです。

この手紙は、バイカル号の郵便箱に投函します。小生のことをすこしでもお気に留めてくだされば、うれしいかぎりです。またお便りします。くれぐれもご自愛ください。

夢のなかで君と会えることを祈りつつ。

君のD・チターエフ

手紙に記された七月七日の日付を見て、ふさは牽牛織女(けんぎゅうしょくじょ)の七夕伝説にあやかって自分たちも再会を果たせるような気がした。チターエフの見た夏の星空を見ようと、家の外に出てみた。東の低い空に上弦の月が昇っていて、天の川付近の星には黒い雲が懸かっていた。　前の手紙からひと月半ほど経って、また手紙が届いた。

いかがお暮らしですか、かわいいオフササン。その後、お変わりありませんか。

前に書いた手紙はあなたのもとに届いたでしょうか。ロシアではよくあることですが、郵便の途中でこっそり手紙を抜く人がいるみたいで、手紙が受取人に届かないことがあるんですよ。

小生、七月十日、デ・カストリを発ち、夜八時過ぎにサハリンのアレクサンドロフスクに着きました。船の中ではひどい頭痛がして熱が出たりしましたが、いまはそれもおさまり、夕食後、さっそく君に手紙を書いているところです。さすが徒刑の島だけのことはあって、手紙をひとつ書くにしても、投宿先の部屋の蠟燭(ろうそく)の燃えが悪いため手もとが暗くて目が疲れるうえ、次々と襲ってくる蚊が耳もとで騒ぐため、拷問部屋で手紙を書いているようなものです。

タタール海峡を横断するとき、潮を高く吹き上げながら泳いでいる、親子と思われる二頭の鯨を見ました。感動しました。君といっしょに見られたらどんなに楽しかったことでしょう。それと、サハリンは山火事が多いそうですが、夜中にテラスから森が燃えているところも見ました。火の粉が赤々と高い空まで舞い上がり、黒々とした煙が海の上に帯となってたなびく恐ろしい光景は幻想的でしたが、その分地獄のような孤独感を味わいました。君をもう一度抱きしめたいという欲動が起こりました。君が小生に幻滅してはいまいか、小生をうとましく思っていまいかと不安になります。もっと明るい話題や気のきいたことが書ければいいのですが、なかなか筆が思うように動いてくれません。

ホルムスク（真岡）を経て、九月の中旬頃にコルサコフへ行くつもりです。コルサコフに着いたら、滞在場所の住所をお知らせしますので、できるだけ早く返事を書き送ってください。君からの手紙は、乾ききった小生の心に豊かなうるおいをもたらしてくれるはずですので。

いまのところ、サハリンには三、四年は滞在して、サハリン探訪を楽しみたいと思っております。その間に君をこちらに呼び寄せ、いっしょに函館を訪れるつもりです。

ではまたお目にかかれる日がすぐにやってくることを祈りながら、固く握りしめた君の手に熱い口づけをします。

君のD・チターエフ

チターエフの筆まめなたよりのおかげで、ふさの前にひろがっていた薄ぼんやりとした視界が開けてゆくのがわかった。コルサコフへ行けばチターエフに再会できるという思いが、ブラゴヴェシチェンスクでの生活をつづけるための心のよりどころとなった。

まるで夢のなかで幻出されたようなはかないめぐりあいから、はや数か月が経ち、砂煙を巻き上げて秋風が立ちそめる季節となった。十月も半ばを過ぎれば、アムール川は氷が張り、結氷期を迎える。それとともに船の運航も打ち切りになるのである。

ふさは仲居の仕事にもすっかり慣れた。ふさの働きぶりを目を細めて見ていた楼主から「このままいけば仲居頭になれるので、体調管理を怠らずにがんばるように」と言われるまでになっていた。

そんなある日、いねとふたりで遅い朝の膳についているふさを、突然の嘔吐が襲った。いねは最初、呆気にとられたが、さすがに場数を踏んでいるだけのことはあって、それが悪阻であるのをひと目で見抜いた。

「ねえ、おふさちゃん、あんた、まさか、赤ちゃん、出来たんじゃない？」

「……」

「水くさいわ。隠し立てなどしないでちょうだい。それぐらいのことは、あたしにはわかるんだから。相手はだれなの」

「だれと言われても……」

もぞもぞしていたふさは、ついには顔から火が出る思いで、あのロシア人であることを正直に認めた。のけぞるくらい驚いたいねは、きっとした目をふさに向けた。

「どうしてまた、そんなことに……。困ったことになったわ。楼主さんから、どんなお小言をちょうだいするやら。おふさちゃん、これからどうするつもり？」

「まだ何も……。でも、おいねさん、いいかげんな気持ちでなかったことだけはわかってほしい」

「そうはいっても、親子二人、これからどうやっていくつもりなの。この町を去ったあのロシア人と、サハリンのどこで再会するというの。頭を冷やして、よーく考えてみなさいよ」

いねに問い詰められたうえに諄々（じゅんじゅん）と諭されると、ことがのっぴきならぬ事態になっているのを、ふさは認めざるをえなかった。

遊郭は、娼妓でさえ月の障（さわ）りがあっても休ませてはもらえないせちがらいところ。腹ぼての仲居などは、休みがとれるはずもなく、厄介者としてすぐさまお払い箱になるのにきまっているのだ。

責任の一半を感じていたいねは、ふさを窮地から救おうとした。子を孕んだことを隠すために、打つべき手はすべて打った。しかしそれも、ふさが仕事を休みがちになり、身籠っているのがはた目にもわかるくらい腹がせり出してきたところで万策尽きた。

いねは、楼主にかけ合って、ふさが体調と相談しながら出産まで通い勤めで働けるように取り計らってもらえないかと訴えた。あらためてふさはいねの情の深さが身に染みた。いねの申し入れはしぶしぶ受け容れられた。幸いなことに、船の終航にともない、客がまばらになり、仲居も暇が明くようになっていたからである。ウラジオストクの仕立屋の店主のように、初対面のときに愛想がよく、こぼれんばかりの笑いをふりまく人がとんだくわせものである場合が往々にしてあるものだが、話し好きな楼主は根っからの好人物だった。

いねは朝と夕、妓楼の仕事の合間を見て、小まめにふさの仮の住まいに通いつづけ、悪阻の重いふさの身の回りの世話をした。いねの献身的な支えがなかったなら、窮地に陥ったふさは、路頭に迷い、失意のまま野垂れ死んでいたかもしれない。

身重になったふさは、後悔の臍を噛み、弱音を吐く日がつづいた。一時は自分の将来を悲観して深い絶望感に見舞われ、よからぬことを考えたりすることもあった。それでも、いねがいたれりつくせりの心配りをしてくれるおかげで、八方ふさがりの暗闇に一脈の光が射してくるように思えた。サハリンにいるはずのチターエフからは前便以来何の音沙汰もなかったが、チターエフが手紙で触れていたように、自分のもとに手紙が届かないのは、ロシアの郵便事情が関係していると考えることにした。

安定期に入ってから、精神的にも落ち着きを取り戻した。身体を動かすのがおっくうになる前にと、生まれてくる赤子のために襁褓（むつぎ）の支度をはじめた。針仕事の手を休め、身幅の狭くなった着物を緩めて岩田帯の上から新しい生命を宿す腹にそっと手を当てるとき、言いようのないまどかな喜びにひたることもできた。

翌る年の四月、曠野の春の使者である雲雀（ひばり）の囀（さえず）りがうららかに聞こえてくる時節に、男の子が生まれた。

ふさは長男誕生の喜びをチターエフと分かち合いたい衝動に駆られた。さっそく手紙をしたため、かわいい元気な子を授けてくれたことへの感謝やみどり児（ご）に乳を哺（ふく）ませるときの幸福感やチターエフが海を愛していたことにちなんで遼海と命名したことなどを伝えたかったのだが、チターエフの宛先がサハリンのどこなのかようとしてわからなかった。コルサコフに着いたミーチャから、去年の十月には手紙があってもよさそうなのに、どうして滞在場所の所書きを知らせる手紙が来ないのかしら。

でもしょうがない、果報は寝て待てだ。それまでは遼海といっしょに気長に待つしかない、とふさは物思いに沈むのだった。

やはり赤子を女手ひとつで育てるのは、それがみずから選んだ荊棘（けいきょく）の道であっても、荷が重すぎた。実入りがなくわずかな貯えで細々と食いつなぐのが精いっぱいの生活である以上、チターエフの後を追ってサハリンへ渡り、できるだけ早く再会を果たしたいと願っても、赤子を背負っての長道中は画上の餅だったのである。

そんなとき、弱り目に祟り目とばかりに、函館の酉蔵から訃音（ふいん）が届いた。母の於祥が酉蔵に最期を看取られながらやすらかに息を引き取ったことを知らせる手紙だった。結核という病魔との闘病生活の様子をこと細かく記した後に、臨終（いまわ）のきわまでふさの名をうわごとで呼んでいたこと、仰ぎ見て育った磐梯山をもう一度見たがっていたこと、それに、中陰が過ぎたら巳之吉の待つ墓に納骨することなどが書かれてあった。

桟橋の上で酉蔵に小さな体を支えられながら、黙りこくったまま目頭を袖口に押し当てていた母、登船する娘の髪に袱紗包みから取り出して簪を挿してくれた母、船が桟橋を離れるときには大声を出して見送ってくれた母。最後に見た母の面輪（おもわ）が月暈（つきがさ）のように瞼に浮かび上がり、星の話をしてくれたときのほんわかした会津訛（なまり）が耳に甦った。深い悲しみで息が詰まった。そんな消え入りそうな病母を無慈悲にも桟橋に見捨てて旅立ったおのれの罪深さに、いまさらながら慄然とした。死に目に会えなかった親不孝を幾度詫びても、あの世に旅立った母に聞き届けられるはずもなく、これもわが天命に刻まれた運命とあきらめるしかなかった。だが、そのように自らに言い聞かせても、わが娘が函館の地で白無垢の花嫁衣装に身を包んで嫁入りするのをあれほど待ち望んでいた母を裏切ってしまったという自責の念が重いしこりとなり、行きずりの異人との間で出来た子であっても、初孫を抱かせてあげられなかったことに胸が痛んだ。仮住まいの家の窓から、腰の曲がったロシア人の老人が孫の手を取ってしあわせそうに歩く姿を見かけると、それがどれほどうらやましかったことか。それでも、ふとしたことで、親不孝な自分から生を享けた子にも亡き両親の命が息づいていると思うと、脈々と受け継がれてゆく生命の玄奥（げんおう）さに深い感動を覚え、胸底に灰汁（にがり）のように沈殿していた後悔の念が和らぐのだった。

遼海が生まれてひと月経ったころ、日本各地を歴遊中のロシア皇太子の身に不慮の災難が降りかかった。従兄弟のギリシャの親王を従え、大津遊覧後、京都の宿所（ホテル）へ帰ることになっていた皇太子ニコライの乗っていた人力俥が、ロシア、ギリシャ、日本の三国旗を掲げ、花傘の飾り付けがある提灯を吊した虫籠窓（むしこ）の商家が左右に並び連なる狭い街道を進むときだった。奉迎する市民で埋め尽くされた沿道の警護にあたっていた巡査がいきなり抜剣して皇太子に斬りかかり、顳顬（こめかみ）を負傷させるという驚天の大事件が起きたのである。凶報は遠くブラゴヴェシチェンスクにも届き、この騒動の暗雲が日本人居住区にも漂いはじめた。ロシア人の日本人に対する風当たりが強まり、日本人が非難の礫（つぶて）を受けることもあった。「わが皇太子が日本国において斬られた恥辱を忘れるな」といった標語が、ロシア人の小学生に教えこまれているほどだった。住民の間に、日露間の国交が断絶して、戦争になるのではないかという不穏な流説がひろがり、危難が及ぶのを恐れた日本人の多くがブラゴヴェシチェンスクから雲を霞と逃げ去ったのである。

雪月花楼もその煽りを受け、客足がぱたっと途絶えて店の経営に翳りが見えていた。店で働く者たちが集められ、楼主からロシア皇太子遭難事件の顛末と店の客数の落ちこみなどの報告があった。ふさは店がこれからどうなるのか気が気でなく、その降って湧いたような椿事（ちんじ）のなりゆきに胸のそよぎがおさまらなかった。散会後、ふさといねは梯子段の昇り口のところで立ち話をした。

「大それたことをしてくれたもんだわ。その罰あたりな大ばかものは、ロシアにいるあたしら日本人のことなんか、頭からすっぽり抜け落ちていたんだろうね。襲撃の前に、自分の犯行が後になってどれほど大きな影響を及ぼすかを考えてほしかったわ。気が狂っていたと思うしかないわ。幸い、ニコライ皇太子さまは命に別条がないということだから、最悪の事態は避けられそうだけど」

「でも、ロシアはこれを口実に日本を攻めると取り沙汰されているので、すごく心配。もし、日本がロシアと戦争するようなことになったら、わたしらはどうなるのかしら。この町から追い出されるのかしら。そうなったら、わたし、幼い子どもを連れてどこに逃げればいいの」

「まさに噂は千里走るだわね。あたしもそのての噂を耳にするけど、東京にいらっしゃる天子さまが、一刻の猶予も許されないということで、京都で傷の手当てをしていた皇太子さまを見舞われたというから、ロシアも日本の謝罪を受け容れてくれるんじゃないかな。とりあえずあたしらはいまはこの町にとどまっているしかないわ。じたばたしてもはじまらないも。一応、不測の事態にそなえ、外出はできるだけ控えたほうがいいわね」

「わたしにできることといえば、日本とロシアが戦争しないことを祈るだけだわ。戦争なんか、この世からなくなればいいのに」

「戦争好きな人はだれもいないわよ、すくなくともあたしら女のなかにはね」

「おいねさんは、あわてず騒がずでいつも沈着冷静。そのうえ、物事を前向きにとらえるところがすごい。わたしも、そんなおいねさんにどれだけ助けられたか。おいねさん、ありがとう。いつまでもいっしょにいてね」

「何よ、急にあらたまったりして。だいじょうぶ、あたしはいつも、おふさちゃんのそばにいるから」

なす術のないふさといねは、大津事件が巻き起こした春の花散らしの嵐が、何事もなく過ぎ去るのを頭を抱え耳を押さえながら待った。

　嵐は長くはつづかなかった。大津事件の余波が時とともに薄らいでゆくにつれ、ブラゴヴェシチェンスクは、民族色豊かな産物の交易の町としてのにぎわいを取り戻した。ドイツ人、フランス人、清国人、満州人、朝鮮人、日本人など、さまざまな民族が、明日の糧を稼ぐために限りある命の火花を散らせながらひしめき合う、この町本来の姿が甦ったのである。

　ところが十九世紀末年になって、清国を席捲（せっけん）していた秘密結社義和団の匪（ひ）賊が、世紀末の泰平の世を謳歌していたブラゴヴェシチェンスクを一時占拠するという騒動がもちあがった。満州侵略を目論むロシア軍は、これをその足がかりとなる好機到来ととらえ、アムール川沿いのロシア領に在留していた清国人三千人を虐殺し、その死骸を川に捨てるという妄挙に出たのだった。ロシア人と清国人の交易の水路であるアムール川が、おびただしい血で真っ赤に染まったという。

　屍山血河（しざんけっか）を現ずることになったこの町は、さらに四年後には日露戦争の飄（ひょう）風の渦に巻きこまれるのである。満州と朝鮮における権益をめぐって日本軍と覇を争うロシア軍の弾薬や糧秣の補給地となるからである。そんな暗澹たる時代がすぐそこまで忍び寄っているのを町のだれが予感できたろうか。

騒々しい時勢の旋渦に呑みこまれることもなく世を忍んで命を繋いでいたふさが、風雲急を告げる時代の行く末に思いをはせるゆとりなどあろうはずもない。では、子守唄を唄いながらべんべんとその日暮らしをしていたのだろうか。否、自分と同じように、息子の遼海も転びゆく蓬となって、戦禍で疲弊するロシアを流浪するのではないかという向後の愁いに胸を痛めていたのである。

この寒々しい憂慮の念が、ロシアの曠野で心細い旅寝を重ねたふたりの日本人を思い起こさせた。地図の上でニコラエフスクやモスクワまでの道筋を指でなぞりつつ、過ぎし昔、黒麺麹や路銀の代わりに数奇な運命を入れたとしか思えないような打飼ひ袋を背負って、東シベリアを西行した天涯の弧客の大黒屋光大夫に一掬の哀憐の情を覚えたこともあれば、箱館戦争の折に蝦夷島政権を宣言したかの榎本武揚が、紅毛碧眼の異人たちの居並ぶ露都の宮殿で特命全権公使として千島樺太交換条約調印に臨んだことに一片の畏敬の念を抱いたこともあった。榎本のロシア歴訪については、ふさがたまたま立ち寄った古物商のロシア人の女将から、十年ほど前に、視察のために町の学校に乗りつけた二台の馬車から、金莫臥児の総飾りのある礼服に勲章や肩章をいっぱい付けた日本人公使が降りてきたところを見たことがある、と耳語されたことがきっかけで、歴史の闇に埋もれかねないその余聞に興味がそそられ、点々たる情報をつなぎ合わせているうちに知ったのである。

遼海が歩けるようになると、仕事明けのときに、ふさはよく遼海を河港まで連れていって、貨客船の往来を眺めた。船梯から下りてくる船客のなかに日本人を探しながら、「うちの父さんはこの岸壁からサハリンに向かったんだよ」などと溜息まじりに語るのだった。貨客船の姿が見えなくなってからも、春の明るい光を受けて日に日に緑を増す土堤の柳の幹に背をもたれながら、川面を飛ぶゆすりかを捕らえる鯔(ぼら)などの魚が飛び跳ねるのを見ているふさの頭を占めていたのは、遼海の手を取ってチターエフのいるサハリンへ向かうことばかり。チターエフの手紙のなかにあった、三、四年のサハリン滞在中に自分を呼び寄せてくれるという言葉が頼みの綱になっていたのだ。

だが、この思いを阻む厚い壁があった。サハリンへ渡るには、自分の面倒を親身にみてくれ、久しく苦労をともにしてくれたいねと袂別(べいべつ)しなければならないのである。それはあまりにもつらく、いざいねの顔を見るときまって言葉に詰まり、自分の思いを打ち明けられずにいた。

ちょうどその頃、サハリンに近い朝鮮半島における政治的優位をめぐって、長年にわたって対立していた日本と清国が、明治二十七年七月に日清戦争の引き金となる武力衝突を起こしたのだが、翌年四月の講和条約調印を経て、朝鮮から清国の勢力が追い出されることになり、北東アジアに束の間の平穏がもたらされたのだった。

ふさはこの停戦の時機をとらえて、遼海とともにサハリンへ行くことをいねに腹を割って話す決断をした。

「いいかい、遼海、よく聞いてね。母さんたちは、父さんに会うため、サハリンという、海の向こうにある島まで行くことにしたから、おいねおばちゃんとはここで別れなければならなくなったの」

「えっ、そんなのいやだよ。ぼく、おいねおばちゃんとは別れたくない。おいねおばちゃんもいっしょに連れていってあげようよ。ねえ、いいでしょ？」

「やっぱりそうなんだ。遼海は、おいねおばちゃんのことが大好きだもね。わかったわ、いっしょに行ってもらえるように、母さんからもおいねおばちゃんにお願いしてみるね」

遼海は聞き分けのいい子なので、噛んで含めるように話せば、事情もわかってもらえるはずだが、ここはひとまず遼海の願いを聞き入れ、いねにサハリン行きを持ちかけることにした。

ふさの打ち明け話をうなだれて聞いていたいねは、ふさの向こう見ずな旅立ちにも一応の理解は示したが、サハリンまでの同行は断った。

「遼坊のためにも、あたしらはここで別れたほうがいいわよ。しかたないも。だって、遼坊には何よりも父親が必要でしょ？　あの子は、あんたを困らせたくないと思って、父親のことはこれっぽっちも口に出さない、気立てのやさしい子だけど。でも、どれだけ父親に会いたいと思ってるか……」

「いつまでもいっしょにとわたしのほうからお願いしておきながら、いまになって身勝手なことを言ってごめんなさい。遼海さえ生まれてなければ、わたしもこの町にいられるんだけど」

「おふさちゃん、いま何て言ったの、遼海さえ生まれてなければだって？　あんた、そんな罰あたりな言い草ってあるもんですか。冗談でもそんなこと口に出しちゃだめよ。あたしのように、子を産みたくても産めない、子がほしくても授からない女が、世の中には掃いて捨てるほどいるんだから。二度とそんな思ってもないことを口にしちゃだめよ」

こう諭された途端、遼海の一歳の誕生日の日に、遼海に新聞紙を折った兜をかぶせ、一升餅ならぬ一升芋を背負わせて歩かせたとき、いねが、「遼坊、がんばれ、あんよはじょうず、ここまでおいで」と手拍子を取りながら囃し立ててくれたこと、三歳の七五三の祝いには、赤飯を作ってくれたうえに一寸法師の絵本を贈ってくれたこと、四歳になる正月が近づくと奴凧や団栗の独楽の作り方を教えてくれたことが脳裏をかすめた。

「おいねさん、ごめんなさい。おいねさんを傷つけるようなことを言ってしまって」

ふさは湿った声になった。

「そんなことはないわ。こっちこそ、きついことを言ってごめんね。ただ、あたしの気持ちもわかってもらえればと思って、つい……。サハリンにいっしょに行ってあげられないのは、何もあたしがサハリンがいやというわけじゃなくて、いろんな人間がおもいおもいの光を点滅させながら生きてる、このブラゴヴェシチェンスクが気に入ってるからなの。この町は、ときにはつっけんどんに人を冷たく突き放すこともあれば、またときには傷ついた人を温かく包みこむこともあるなど、いろんな表情を見せてくれるので、当分の間、ここからは離れたくないの。そうはいっても、五島の福江島で漁師と百姓の半分半分の暮らしをしている親も年老いてきてるから、できるだけ早く里帰りして、親孝行しないといけないんだけどね」

いねも終わりのほうになるにつれて語り口がしんみりとしてきて、熱いものがこみあげてくるのを禁じえなかった。

指折れば五年にもなる、思い出のいっぱい詰まった共同生活が終わりを迎える日が迫ってきていた。ふさといねは手を取り合って泣き崩れ、別れを嘆いた。遼海がよくなつき終生の友となるはずだったいねは、ふさにとって生涯忘れえぬ心の寛い人となったのである。その哀別は、明治二十八年、東シベリアの秋が闌けるころのことであり、ブラゴヴェシチェンスク駐営のロシア先遣軍が、日清戦争戦勝国日本が清国へ返還したにもかかわらず、棚から牡丹餅式にロシアの租借地となった旅順へ進発するために、軍旅を整える前のことだった。

とうとう遼海とふたりだけになった。日本で越冬する野鴨と雁が、黄葉した白樺やポプラの梢を揺らす北風に乗って、編隊の形をめまぐるしく変えながら紺碧の空を渡ってゆく。できることなら、この羇鳥たちの足に手紙を結んで、サハリンにいるはずのチターエフにサハリン行きを決めたことを伝えたいとふさは思うのだった。

第三章　樺太・大泊

一

ハバロフスクの旅宿の寝台で、ふさは自分の運命をデカブリストの妻の運命と重ね合わせていた。たしかに、最愛の夫のために親も友も生まれ育ったペテルブルグもかなぐり捨てたデカブリストの妻の赴く先が夫の流謫（るたく）の地であったのに対し、故郷に思いをはせながら愛する人を追いかけるふさの行く先が海霧のかなたにあって漠としていることや、ふさとチターエフが異国人どうしであることを踏まえると、双方の間に大きなひらきがあるのははっきりしている。だがふさは、この画然たるちがいを意識しながらも、貴族として生きられる権利と財産をもなげうって最愛の夫のもとへ箱橇を走らせたデカブリストの妻の生死を超えた情熱的な生き方に共感し、それを心の支えにして生きてゆこうとしていたのである。

何としても愛する人が滞在していたはずのコルサコフへ行かなければならないふさは、まさにいま、判断の岐（わか）れ路（みち）に立っていた。音信がぷっつりと途絶えたままのチターエフの身を案じつつ、チターエフのたどった旅路に沿って、ニコラエフスクからサハリンのアレクサンドロフスクへ渡り、そこから船を利用してホルムスク経由でコルサコフまで南下すべきか、それとも逆回りして、ウラジオストク発の船でコルサコフへ渡り、そこからは馬車を使ってチターエフを訊ね歩きながらアレクサンドロフスクまで行くか思案に暮れた。迷った挙句、五年前の往路だったウラジオストクまでの道をたどることにした。何はさておき、コルサコフの日本領事館へ行って、なにがしかの情報を仕入れないことには埒(らち)があかない、と考えたからである。

　酉蔵に手紙を書くことにした。酉蔵とは、遼海と自分の口を糊(のり)するために細々ながらも毎日を精いっぱい生きようとしているうちに、疎音(そいん)になっていたのだ。いやむしろ、日々のせかせかした暮らしに追われて音信不通になったというより、自分の人生航路が暗転しつつあるのを伝えるのにふさが逡巡したからだと言えなくもない。ひさしぶりの手紙には、ごくありきたりの挨拶の後に、さる男と結婚し長男が生まれたが、その男とは別居中であること、いまは樺太の大泊に移り住むその途上にあり、ハバロフスクの旅宿に投じていることなどが書かれていた。

　ふさと遼海がウラジオストク港に到着したのは、秋もかなり深まったころであった。空は高く晴れわたり、青さを増す海からのひんやりとした風が、手をつないで立つ母子の頬を搏(う)った。ウラジオストクにまつわる呪わしい記憶の断片もいまではなつかしいものに変わっていて、仕立屋で働いていたことが、ついこないだのように思い出された。

　サハリン行きの定期船に乗ったとき、酉蔵への背信の思いが胸底に打ち寄せてきて、希望に胸ふくらませて函館を発ったときの高邁な志が変質しているのを、ふさは認めざるをえなかった。定期船が北海道に近づいたところで、故郷の空を仰ぎながら掌を合わせ、両親の冥福を祈るとともに帰郷が先延ばしになったことを詫びたのだった。

　定期船が赤い灯台の立つクリリオン岬を左に見て、コルサコフの港に錨を下ろしたのは、正午過ぎだった。コルサコフは、作家チターエフが紀行文でチョウザメになぞらえたサハリンの尾鰭部分に位置し、半月状の海岸線がつづくアニワ（亜庭）湾に臨む港町である。

　ふさは、海に囲まれたサハリンでは、またひと味ちがう満目の紅葉を見られるものと楽しみにしていた。というのも、アムール川の流れに乗って、両岸に東シベリアの人跡未踏の森林帯を見ながら航行してくるとき、絢爛豪華な平安絵巻を思わせるほどの紅黄葉のうつくしさに心を奪われたことがあったからである。ところが、船から視認できたサハリンの陸地は土気色の肌をしており、そのわびしい単一色の地表は、船が近づくにつれ、赤茶けた湿原と白銅色の光を照り返す潟湖に装いを変えた。海岸に近い潟湖のまわりには蘆葦の銀の穂絮が風にそよいでいるだけで、赤や黄に染まった、彩りあざやかな錦繍の秋は望むべくもなかった。

　本船から小蒸気船に乗り換えたとき、チターエフの旅した大地を踏みしめる喜びが、ひたひたとふさの心に満ちた。遼海は、はじめて見る海という不思議な自然の創造物に興奮さめやらぬ様子で、ふさの脚に頭を押しつけ、次々と質問をした。

「海って、どうして青いの」

「青い水がたくさんあるからよ」

「どうして青い水がたくさんあるの」

「いろいろな魚がいっぱい住めるように、黒い雲が青い雨になって降ってきたからよ」

「どうして黒い雲が青い雨になるの」

「それはね、空には竜神という神様が住んでいて、その竜神が黒い雲の上から、青い雨を降らしてくれるからなの」

「あっ、知ってる。竜は蛇に似てるけど、角と足があるんだよね」

幼い日の記憶が甦り、遼海が父の巳之吉によく質問していた酉蔵と重なった。

「あら、遼海は竜にくわしいね。絵本で見たことがあるんだ」

「うん、あるよ」

「竜神は空だけでなく、海にもいるよね。ほら、『浦島太郎』に出てくる竜宮城、知ってるでしょ？　竜神の赤ちゃんの竜の落とし子が、そこでたくさん泳いでいるんだよね。遼海は、名前に海という字が入ってるから、海のことをよく知って、海と友だちにならないとね。じゃあ、ここで、ひとついいことを教えてあげる」

「何？」

「海の水は、嘗めるとどんな味がすると思う？　砂糖のように甘いか、それとも塩のようにしょっぱいか、さあ、どっちでしょう？」

「うーん、嘗めたことないから、わかんないけど、甘いのかな」

「残念でした。実は、塩と同じくらいしょっぱいんです」

「そうなの？　どうして海はしょっぱいの」

「そうね、空にいるその竜神さんのこぼす涙の雨がしょっぱいからじゃないかな」

「神様の竜が泣くって、変なの。仏様は？」

「そりゃ、仏様だって、悲しいときは涙を流すわよ」

「ふーん。じゃあ、うれしいときにはどうなるの」

「ほんとにうれしいときは、やっぱりうれし涙を流すの。それだから、海の水は、こんなにいっぱいあるし、しょっぱい味がするの」

「なんだ、神様も仏様も泣き虫だね」

「遼海だって、うれしいときも、涙が出るでしょ？」

「出ないよ。泣くと出るけど」

「遼海の涙もしょっぱいよね」

「ちょっとだけ。でも、変だなあ。塩みたいにしょっぱい海に、どうして魚は住めるの」

「そう言われればそうだわね。母さん、そんなこと、一度も考えたことなかったわ。うむ……、どうしてかな……。むずかしいね。おそらく、海の魚は、泳ぐのに、塩をたくさん口に入れて、新しい血をたくさん作らないといけないから じゃない？」

「でも、アムール川には、塩はないから血は作れないはずなのに、チョウザメとかシロイルカとか、いろんな魚がいるよ」

「アムール川の魚は、海の魚ほど泳がなくてすむから、血を作る塩はすこしでいいの」

「ふーん。じゃ、海と川では、どっちのほうがいっぱい魚が住んでるの」

「そりゃあ、もちろん、海のほうよ。海の魚は大きいしね。鯨という、ものすごく大きな動物も泳いでるんだから」

「鯨って、何、それ？　大きいって、どのくらい大きいの」

「そうね、だいたいこの蒸気船ぐらいの大きさかな」

驚いた遼海は小蒸気船の船首のほうを見ると、首をねじって船尾のほうへ視線を移した。

「びっくりした？　だから、アムール川のチョウザメなんか、鯨に見つかったら、すぐ食べられてしまうわね」

「じゃあ、アムール虎と鯨が闘ったら、どっちが強い？」

「鯨にきまってるわよ。虎なんか、一口でぺろりと食べられちゃうも」

「嘘だ、虎のほうが強いよ。アムール虎はお利口だから、鯨なんか、食べられる前におしっこで吹き飛ばしちゃうも」

「鯨はおしっこはかけないけど、背中から潮を吹くからね。虎がお尻を向けておしっこをするすきをねらって潮を吹きかければ、虎はその潮で地球の涯まで吹き飛ばされちゃうわ」

遼海はがっかりした顔になった。

「鯨って、そんなにたくさん塩を持ってたら、泳ぐのも速いんでしょ？」

「ところがね、なにせ体が大きくて重いもんだから、泳ぐのは苦手なの。海って広いでしょ。どこまで泳いで行っても海だから、ゆったりと海のなかを回っているしかないの」

「それじゃあ、かけっこなら、アムール虎が勝つよね？」

「そりゃそうよ。かけっこなら、さすがの鯨もかなわないわね」

気を取り直した遼海は笑顔になった。

「鯨って、どんな魚なのか、見てみたいな」

「鯨は魚じゃなくて、シロイルカを象さんのように大きくした哺乳動物なの」

「哺乳動物……？　鯨は、この海にもいる？」

「もちろん、いっぱい泳いでるわよ。遼海も、この海で鯨の親子と会えたらいいね」

「うん、一回会ってみたい。でも、塩をかけられるから、ちょっと怖いな」

「だいじょうぶ、鯨は、シロイルカとちがって人間には近づいてこないから。さてと、桟橋までもうすぐだから、降りる用意をしなくちゃ。遼海は、自分の荷物は自分で持てるね？」

ポンポン蒸気の甲高く乾いた音を響かせていた小蒸気船が、急に警笛を鳴らして桟橋に横付けしたため、遼海がつんのめり、前に並んでいる軍服姿のロシア人の靴の踵を踏んでしまった。

「セルゲイおじさん、痛かった？」

「ニチェヴォー」

と何もなかったように、ウラジオストクの港で乗り合わせ、親身になってふさの相談相手になってくれたロシア人の軍医が遼海の頭をなでた。彼は日本人の親子が何を話しているのかわかるはずもないが、そのほほえましい日本語の会話にしばらく耳を傾けていたのである。

「もっとセルゲイおじさんといっしょに海を見たかったなあ。母さん、どうして大きい船から小さい船に乗り換えちゃったの」

さっきから遼海は同じようなことを訊いている。

「大きい船は、海が浅いと動けなくなるから、海の深いところにいないといけないの」

「海が浅い、深いって、どういうこと？」

ふさは、理解の追いつかない遼海に海のことを噛みくだいて説明していたが、途中で音をあげて、あきらめてしまった。

「ほら、次に乗るお客さんたちが並んで順番を待ってるわよ。いい、遼海、迷子にならないように、母さんとセルゲイおじさんから離れないで、いっしょについてくるのよ」

「うん、だいじょうぶ。セルゲイおじさんは背が高いから、すぐわかるも」

桟橋に降り立ったとき、海藻の香(か)を含んだ風が吹いてきた。

ふさはその足で、チターエフが自分への伝言を預けてくれているかもしれないという淡い期待を胸に、コルサコフの中心部から北へ四半里ほど行ったところにある日本領事館をめざした。幸いなことに、コルサコフの地理に明るいセルゲイ軍医が同道してくれた。ハバロフスクからサハリンの中隊に転属されたかつての同僚を日本領事館からほど近い野営地に訪ねるので、通りがてらに領事館に寄ってくれるという。

道を敷きつめていた色あせた落葉が、澄みきった秋風に吹き寄せられ、かさかさと音を立てながら足と戯れる。子どもの足には酷と思えるくらい遠い道のりのため、途中でべそをかいた遼海が、「ぼく、もう歩けない」とだだをこね、その場にへたりこんでしまった。軍医にだっこされると、かろうじて開いていた目も閉じた。泣いた痕がくっきりついている赤い頬っぺたが何ともいじらしくかわいい。

それを見ていると、ふたたび遼海が酉蔵と重なった。西日が海に没するころ、巳之吉が酉蔵を肩車やだっこをして函館の町をそぞろ歩いていた情景が脳裏を過ぎた。

丘の中腹に立つ領事館の屋根に日の丸が翻っていた。わざわざ寄り道をしてくれた、お人好しの軍医とは、深甚（しんじん）なる謝意を表したうえで玄関口で別れた。彼は野営地で旧同僚と酒を酌みかわして旧交を温めたのちに、サハリン全土にわたって分駐している連隊のひとつに合流することになっていた。

また遼海とふたりだけになった。ふさには、人は人と別れるために生きているように思えた。

領事館の受付係に来訪の用件を告げると、受付係はすこしあわてた様子で回り階段を上がっていった。ややあって二階の部屋の扉の開け閉（た）てする音がすると、どちらかと言えば背が低く固太りの体格の、三十歳くらいの館員が姿を見せ、手すりに手をかけながら悠然と階段を降りてきた。大きな口髭を蓄えた、目の細い館員は、軽く会釈してふさ親子を応接室に招き入れた。長椅子に座るように勧めてから、ふわふわの肘掛椅子に身を沈めると、

「今年の紅葉は雨が多くてさっぱりでしたが、そろそろ秋も終わりで、雪が降るのももうじきですね。寒かったことでしょうから、暖炉（ストーブ）でもつけましょうか」

と落ち着いた声で言いながら、肘掛椅子から腰を上げようとした。

「いえ、お気づかいなく。坂を上がってきたばかりですので、体がぽかぽかしています」

「そうですか、ご遠慮なさらないでください」

「お心づかい、ありがとうございます」

「紹介が遅れましたが、わたくし、領事代理の鈴木陽之助と申します。ご用件をいますこしくわしく

承る前に、確認すべきことがいくつかございまして。恐縮ですが、旅券を拝見させてください」

「お手数をおかけして、申し訳ございません。すみません、すこしお待ちください。ええと、旅券はこの袋のなかにしまっておいた……、あっ、ありました」

旅券を手渡してから、ふさは緊張した面持ちで名を告げた。

「わたくし、本間ふさと申します。これは、息子の逵海です」

仏像の耳たぼのような福耳の領事代理は旅券を受け取ると、記載内容に目を通した。

「なるほど、本籍は、北海道の函館なんですね。ということは、函館からこちらにいらっしゃったということでしょうか」

「いいえ、ウラジオストクからです。今日のお昼の船でこちらにやってきました」

「あっ、そういうことだったんですか。承知しました。それでは、ご用件をお聞かせください」

「何ともぶしつけであつかましく、お恥ずかしいかぎりですが、いま現在、ほかに頼るところがありませんので、今夜の泊まれるところをご紹介していただきたく、こちらにまかりこしましたしだいです。仕事もご紹介していただければ、まことにありがたいのですが……」

「お話から拝察いたしますと、このコルサコフには、親類や知り合いの方はいらっしゃらないということですね」

「ええ、そうです」

「それでは、新たな生活をはじめるためにこちらにいらっしゃったということで、お話を進めさせてもらってもよろしいでしょうか」

「ええ、それでけっこうです」

「参考のためにおうかがいしますが、こちらにいらっしゃる前は、ウラジオストクに居留されていたということでしょうか」

「いいえ」

「では、ウラジオストクの前は、どちらにいらしたのですか」

「わたくしどもは、この五年半、東シベリアのブラゴヴェシチェンスクという町で暮らしておりました。この子もそこで生まれました」

「ほう、ブラゴヴェシチェンスクですか。よくもまああんな遠くまで行かれましたね。それで、そこをお発ちになったのはいつのことです」

「十日ほど前です」

「とすると、ご主人の仕事の都合か何かで、こちらに来られるようになったのでしょうか」

「はい、そうです。……わたしどもが先にサハリンに渡り……、後から来る夫とは、このコルサコフで落ち合うことにはなっているのですが……」

ふさは言葉に詰まり、でまかせを口にした。これまでの経緯をありのままに説明してもよかったのだが、チターエフのことで根掘り葉掘り訊かれるのがわずらわしく感じられたので、思いつくままに答えた。うつむきがちに言葉を探しながら答えるふさの心情を察し、領事代理は話の風向きを変えようとして、眠たい目をこすってあくびをしている遼海に視線を落とした。

「お子さん連れの旅は、さぞかしお疲れだったでしょう?」

「ええ、何度か乗り換えがありましたから……」

「それはそれは。口に出しては言えないご苦労があったことと存じます。さて、ご用件は泊まるところと仕事口を紹介してほしいということでしたね」

　領事代理は、幼子を連れた女が泊まるところも働く場もなく領事館を訪れたのには、よくよくの事情があると思い、立ち入ったことを訊くのは避けて実務的な説明に入った。

「ええと、こちらにいらっしゃるときに、沖合から河口付近にかけて漁をしている舟をたくさん見かけられたかと存じますが、実は、鮭がこの町を流れるススヤ（鈴谷）川を遡上（そじょう）していますため、いまが秋鮭漁の最盛期なんです。どこの工場（ば）も鮭の腹から筋子を抜き取るのに、猫の手も借りたいほどの忙しさだとうかがっております。そんなわけですので、筋子抜きのお手伝いの仕事をしていただくのがよいかと存じますが、どうでしょうか、よろしいでしょうか。いままでにそうした経験はございますか」

「いえ、わたくし自身は一度も。ただ、母が鮭から筋子を抉り取り、その筋子をほぐしてから、醤油（しょうゆ）漬けにしているところをよく見ました」

「そうですか、それはよかった。見た目よりも簡単な作業ですから、慣れれば何とかなりますので、心配はご無用です。ちょうどいいことに、荒屋（あばら）ながらも、それなりに広い空き家があります。どうでしょう、しばらくそこにお住まいになり、そこから近くの工場まで通っていただくということでは？」

　領事代理はふさの返事も待たず、言葉を継いだ。

「いまから紹介状を書いてさしあげますので、それをお持ちになり、海岸通りにある工場まで直接行かれてください。ここからは海の方角に坂を下ることになります。途中にアイヌの部落(コタン)がありますが、さらにずっと下ってください。海岸通りに出ましたら、そこを左折して十数分も進めば、古めかしい工場の建物が右手に見えてきます。少々遠いですが、ひとまずそのアイヌ部落を目印に行かれたらよろしいかと存じます」

「わかりました。いろいろとご親切にしていただき、ほんとうにありがとうございます」

「いえ、いえ、どういたしまして。紹介状を書きますので、しばらくお待ちください」

領事代理は席をはずすと、黒檀の執務机に向かった。

「もう帰ろうよ」

大人の話に飽きた遼海がふさの手首を引っ張った。

「ちょっと、待ってね。大事な話がまだあるから。あの――、ひとつお訊ねしたいことがありまして……」

とふさは紹介状をしたためている領事代理に声をかけた。

「ほかに何か？」

領事代理は洋筆を持つ手を休め、後ろを振り向いた。

「ご厚意に甘えるばかりで、恐縮しますが、この領事館に、このような名前のロシア人が立ち寄ったことはありませんでしょうか」

ふさは取り出した扇子を洋卓の上に置き、人差し指で扇の右下に小さな輪を描いて、チターエフの几帳面な手蹟があるのをおしえた。領事代理は椅子を立って卓上に置かれた扇子を手にすると、鳩が豆鉄砲を食ったような顔になり、ふたたび肘掛椅子に身を沈めた。

「いやはや、これは驚きました。知るも知らないも、実を申しますと、わたしどもは、この方に拝顔の栄を得ることがありましてね。その際、これと同じ署名の入った添え文をもらいました」

「えっ、お会いになったことがあるんですか。そ、それはいつのことです」

「ええと、そうですね、もうかれこれ五年前になりますかね」

「五年前ですね……？　そのあとお会いしたことは？」

「ありません。そのときの一回きりです」

「そうでしたか。それでどこでお会いになられたのですか」

「無論、このコルサコフです。たしかチターエフ氏は、北樺太から船で間宮海峡を下って当地に来られました。九月の中頃と記憶していますが。ひと月くらい、ロシア人の警察秘書官宅にご逗留なされていましたので、わたしどものほうからシャンペンを携えて表敬訪問をしたことがありましたし、サモワールを持ち出していっしょに行楽に出かけたこともあります。なにせ、ロシアでも著名な作家でいらっしゃいましたから」

「えっ、いま何とおっしゃいました」

「著名な作家と申しましたが、何か？」

「いえ、何も。でも、驚きました。まさか、あのひとが作家だとは、夢にも思いませんでしたから。どうしてそれがおわかりになられたのですか」

「その警察秘書官がおしえてくれたのです」

「……」

「母さん、ねえ、もういいから、帰ろうよ」

待ちきれなくて、遼海がふさの手首を強く引っ張った。

「とにかく、わたし、何と言ったらよいのか……」

「わたしどももその話をうかがったときは、ほんとうに驚きました」

「それで、その有名な作家の方は、なぜ樺太に来たのか、その理由を口にしたことはあったのでしょうか。……すいません、こんなことまで訊いたりしまして」

「いいえ、かまいませんよ。そうですね、そのときのことは、いまでもはっきり覚えております。わたしもロシア文学にいささか興味がありましたので、話はいきおい、日本でも一躍その名が知れ渡ったトルストイ翁のことになりました。そのあと、ご自身の創作のたいへんさに話が及びまして、わたしどもが日本人ということで、心のなかに蔵っておいた思いをぽろりとお漏らしになったのでしょうね。モスクワで初演を迎えた喜劇が不評だったために戯曲や小説を書くことに行きづまり、モスクワで悶々とした月日を重ねているときに樺太旅行を思い立った、と打ち明けられました。真意のほどはわかりかねますが、おそらく、ご自身の文学の可能性を切り開くべく、新天地をめざされたのかと思います。旅のつれづれに、旅先の印象を友人に書き送るとか、旅行記を綴っているとかも話してくださいました。こちらにご滞在しているときにも、旅行記に書き留めようとされて、ロシア人の囚人が収監されている監獄をお訪ねになり、その生活実態を調べておられました」

「そうなんですね。わたし、知らないことばかりで……」

自分の知らないことを領事代理が知っていることに、ふさはすこしばかり嫉妬に似た妙な感情を味わった。

「医者でもいらっしゃいましたので、聴診器を囚人たちの胸や背中に当てては、その診断結果をこまめに記録されていたようです。医者としてのご良心が許さなかったのでしょう、獄房が不衛生なうえ、囚人たちの受ける待遇が悪く、その労働も苛酷すぎる、と監獄医にいろいろと苦言を呈していらっしゃったみたいです。憤懣(ふんまん)やるかたないご様子のチターエフ氏のお話をうけたまわっていて、高邁(こうまい)な理念をお持ちの、高潔なお方だと心底から思いました。チターエフ氏の謦咳(けいがい)に接することができまして、わたしにとってこれに過ぐる栄誉はありません」

「わたくし、まさかあのひとが、そのような立派な方だとは存じあげておりませんでしたので……」

「囚人だけではなくアイヌにも心を寄せていられましてね。アイヌの歴史や風俗もお調べになられていたようです」

「アイヌ？　日本人に興味を寄せていたのは存じておりましたけど、まさかアイヌにも……」

「あのような方は、凡人には窺い知れぬ知的関心がおありなのでしょうね」

「いまとなれば仕方ありませんけど、もう一度会いたかったです」

「あの、失礼を承知でおたずねしますが、あなたとご主人は、チターエフ氏とどういうご縁がおありだったのですか」

「い、いいえ、ただ、東シベリアの旅先で知り合っただけです。別れ際にその方が、サハリンに旅立つことを言いだしたものですから、話のなりゆきで、おいしい牡蠣や雲丹をいっぱい食べられるサハリンに行けるのだからうらやましいとか、わたしの故郷の函館まで足を延ばしてもらいたいなどと、とりとめもない話をしたことがありました。それ以来ずっと、その方が何事もなく無事に旅をつづけているかどうか気になっていましたので」

「函館ですか、函館訪問は、たしか……」

「つかぬことをお訊きしますが、その方、カフカスの人形を持っていませんでしたか。青い衣装の人形なんですが……」

「人形ですか？　いや、そのあたりのことは覚えておりません。申し訳ありません」

「五年も経ちましたしね……」

「ちゃんと日記などに書き留めていませんと、五年といえどもすぐに記憶は風化していくものですね。おぼつかない記憶をたどりながらいま思い出そうとしているのですが……、そうでしたか、お知り合いだったのですね」

と眉間に皺を寄せると、領事代理は洋煙管（パイプ）を出して燐寸（マッチ）で火をつけた。

「でも、ひとつ思い出しました。函館のことですが、函館訪問が当初、ご予定に入っておりました。チターエフ氏は、日本への憧れが長年おありのようでしたので、それで函館を訪れるのかと思っておりましたが、まさかあなたのお勧めがあったとは……。ところが、あいにく虎列剌（コレラ）が函館でも猛威をふるった後でしたので、大事を取って急きょ取り止めになりました」

「えっ、何ですって、そんな……。函館で虎列剌が流行したのは、たしか、その方がここに来る四年も前のことですよね。虎列剌はすでに下火になっていたはずですのに……。よりによって、伝染病の虎列剌が函館訪問に待ったをかけるなんて……」

「それに、疲労が重なっていたのでしょうね。風邪をこじらせられて、病院でお薬を処方してもらうこともあったようです」

「そのようなこともあったんですね……」

うまそうに紫煙をくゆらせている領事代理に、ふさは沈んだ心に鞭打って質問をつづけた。

「話が変わってなんですが、函館訪問が話題にのぼった際、その方、函館の象徴でもあるハリストス正教会のことを話すことはなかったでしょうか」

「はたしてそれが話題に出たかどうか……、申し訳ありませんが、思い出せません。わたしも外交官のはしくれですから、函館に関することでは、安政元年、日露間の国境をめぐって意見をかわすために函館に乗りこんできたプチャーチン提督らの遣日使節団を話題に取り上げましたが、ほかにどんなことが話されたかは、記憶がきれぎれになっておりまして……。ほんとうに日本渡航を楽しみにされていましたので、帰航の途につくのが、すごく残念そうにしていらっしゃいました」

「帰航ですって？　ということは、滞在期間を縮めてそのまま帰国したということですか」

帰航の途につくというつれなく突き放すような言葉が、チターエフをつなぎとめていた舫綱（もやいづな）を切り裂く短剣となってふさの胸に突き刺さった。

「ええ、そうです。秋に入っての朝夕の冷えこみがお体にこたえるようになってきていて、できるだけ早くモスクワで療養なさりたかったのではないでしょうかね。こればかりはどうすることもできませんから」

「わたし、まるで夢を見てるみたいで、信じられません。帰航ということは、その方、ロシア本国へは、シベリア鉄道などではなく船で帰ったということですよね？」

「おっしゃるとおりです。まだシベリア横断鉄道は全線開通しておりませんでしたし、船のほうがお体への負担が少ないということで、海路で本国に戻られました。ご滞在中、どうしても立ち寄らないといけない町があるということで、復路もシベリア経由の陸路を予定されたこともあったようですが。おそらく体調と相談してのご決断かと思います」

「立ち寄らないといけない町……？　その町について、何か具体的に話すようなことはなかったのでしょうか」

「いいえ、何も」

「そうですか……、そうだったんですね。もうその時点では、旅行記や手紙などを書く体力は残されていなかったのでしょうね」

あの旅宿の扉口でかわした指切りの感触が甦った。チターエフの白く長い小指のぎこちない動きも。

「結局、函館訪問はかないませんでしたが、その分、この大泊を拠点にして、近隣の町や村をいくつかお訪ねになることができたようです」

ことここに至って、サハリンに来ればチターエフに再会できるという一条の希望の灯りが消えてしまったのだった。これでミーチャからの手紙がサハリンにいるわたしのもとに届くことはなくなった。わたしから、モスクワにいると思われるミーチャに手紙を出さないかぎりずっと音信不通になる。まさか幼い子どもを連れて、はるばるモスクワまで行って、ミーチャを訊ね歩くなんてできっこない、とふさは言いようもない虚脱感に襲われた。サハリンのどこかを旅してることを願って、後を追いかけてきたのに。体調を崩したので、早く帰国したい気持ちはわかるけど、どうしてわたしを待っていてくれなかったの。あなたにそっくりな遼海をひと目見てもらいたかったのに……。こんなことになるくらいだったら、わたしはあなたとめぐりあうべきではなかったかもしれない。いや、あのとき、寝台の上で、母の簪でひと思いにこの頸を突き刺せばよかったんだわ、とふさはまた死を意識した。

かつてのふさには大いなる志があり、それがふさの行く末に幸福の果実をみのらせるはずだった。だが、その志の大輪の花は、情け容赦のない浮世の風を前にして、一片ずつ引きちぎられてゆく末摘花となり、無明の闇のなかで朽ち果てるしかないのだろうか。

領事代理は茫然自失のふさを慰めようと、「ああそうだ、ぼくにいいものをあげるね」と言って、机の抽斗から飴入りの紙袋を取り出し、「ぼく、名前は？　年はいくつ？」と遼海の顔をのぞきこんだ。袂先を引っ張りながらふさの尻の向こうに隠れた遼海は、恥ずかしそうに両手をのばして飴袋を受け取ると、指を四本開いて小さな声で「はるみ」と言った。「お利口さんだね」と頭をなでられたのがうれしくて、白い小さな歯を見せて笑った。

父の顔を見るのも父に抱かれるのもかなわなくなったことを知るよしもない、無邪気な遼海の一挙手一投足が、なおいっそう不憫に感じられた。と同時に母としての自責の念が疼いた。わたしが愚かだった。陽炎のごとくはかなく消えてしまう夢をもちつづけていたんだから。夫婦の約束をしたうえで、サハリンで会う約束をちゃんとしておけば、こうはならなかったものを。後悔しないと誓っておきながらこのざまだ、とふさは地団駄を踏むほど悔恨に責められ、こうなるくらいなら、子どもなんか堕ろして闇に葬るんだった。これからわたしは何を生き甲斐にして生きてゆけばいいの、と自暴自棄になって前途をはかなむのだった。

「おじさん、あのね、ぼく、父さんと会ったら、雪だるまを作るんだ。おじさんもいっしょに遊んであげるね。雪合戦でもいいよ」

飴玉をもらった遼海は目を輝かして領事代理に話しかけている。

天真爛漫な遼海に心を動かされて、罰あたりな思いから覚めたふさは、先ほど脳髄に兆した邪念の癌腫がそれ以上膨張しないように、あわててそれを頭から振り払った。すると、「遼坊はあたしの甥っ子」と言ってくれたいねの、遼海をおんぶやだっこをしてかわいがってくれた姿が回り灯籠の影絵のごとく瞼の裏に浮かんだ。そのなつかしい面影は、自分の身勝手さを責めたてるとともに、途方に暮れる自分に声援を送ってくれているようにも思えた。

「本間さん、何はともあれ、工場の管理人とお会いし、仕事内容の説明をお受けになったうえで、空き家の鍵を管理人からお受け取りください。いますこしで紹介状が書き上がりますので、しばらくお待ちください」

領事代理の親切な言葉が進退きわまって立ちつくすふさの背中を押した。ふさは紹介状を受け取ると、深々と礼をして領事館を辞した。

二

領事館から海岸通りまでの下り坂は、赤い実を神楽（かぐら）鈴のようにつけるななかまどの並木道になっていた。実をついばみながら群れ騒ぐ鴉たちが、薄気味悪い啼き声でふさ親子を威嚇している。けたたましい羽音を立ててななかまどの枝を揺らす鴉は父の死と結びつき、不吉な心像（イメージ）がつきまとうので、ふさはそちらのほうをなるべく見ないようにして、遼海の手を引いて足早に通り過ぎた。ほどなくして、丸石を置いた草葺き屋根の、かろうじて雨露をしのげるような小屋の集落が見えてきた。日向ぼっこ中の人たちの身につけている衣服から、そこがアイヌ部落であるのがわかった。遼海は、ふさの手を振りほどくといきなり駆けだし、紙袋から飴玉を取り出してアイヌの老翁（じいさん）や老媼（ばあさん）たちに配りはじめた。彼らの長く伸びた白い眉毛の奥で金壺眼（かなつぼまなこ）がうれしそうに笑っている。ふさも微笑みを返し、一礼を残してその場を去った。

このときふさは、サハリンアイヌの粗衣粗食の貧しい暮らしぶりを窺い知ることができたとしても、彼らが日本人とロシア人に搾取され虐殺されたこともある、悲しい歴史をもつ民族であることにまだ思い至ってはいない。

一方、チターエフは、サハリン滞在中にアイヌ迫害の歴史を知り、後年、それを深厚なる慈憐の情をもって紀行文に書き記している。だが、チターエフがサハリンを訪れたころには、およそ二千人いたサハリンアイヌの大半がすでに北海道開拓のために強制移住させられており、アイヌの哀史のさらなる一頁が綴られつつあったのである。

　海岸通りに出た。深く息をすると磯の香りが鼻から肺へとひろがった。閑かだった。浜辺に打ち寄せる波の単調な調べがあたりの閑けさをいっそう深める効果音となっている。青い海に白波が立ったり消えたりしていたが、ふさの胸から不安のさざなみが消えることはなかった。

　遼海がせがむので、道端の丈高い末枯れの草をかき分けて浜辺に下り、貝殻採りをしながら波遊びに興じた。海水をはじめて嘗めた遼海は、その塩辛さに顔をしかめたが、さっそく魚を捕りたいとか鯨を見たいとかで大はしゃぎだ。人気のない秋の浜辺に遼海の歓声が響いた。

　海岸通りに戻り、しばらく行くと、漁師の家がとびとびにあり、加工場とおぼしき粗末な建物が見えてきた。建物のなかから女たちの笑いさざめく声が漏れてくる。浜に出る小道を下った。漁網を干すための丸太の杭が加工場を囲むようにしてあり、暗紅色の天草（てんぐさ）を天日干しにしている筵が、砂浜を覆いつくさんばかりに敷きつめられていた。

　板がぼろぼろの開き戸を引いて、加工場のなかに足を踏み入れると、むっとする人いきれと魚のなまぐさい臭いで息が詰まった。護謨長（ゴムなが）を履き、薄汚い紺の前垂れをして声高に話す日本の女たちにアイヌの女たちもまじって、女工たち全員、鮭の腹から筋子を手早く抉り取る作業に追われていた。湯気がゆらゆら立ちのぼる大釜の横に、魚卵の液汁が黒くこびりついた木樽がいくつか置かれており、なかは筋子であふれんばかりだった。

　女工たちは見知らぬ女がいるのに気づくと作業の手を止め、探りを入れる視線をふさに向けた。耳打ちをしてひそひそ話をする者もいる。

（色白で髪の毛が亜麻色なので、遼海が合いの子であるのに感づいたのかしら）

ふさは遼海が蔑むように見られている気がした。肘鉄を食らったような疎外感を味わった。その冷たい視線に耐え、戸を後ろ手に閉めたふさは、身を乗り出すようにして管理人を探した。管理人は、大釜の向こう側で蟹をゆでながら女工たちににらみをきかせていた。ふさはその初老の管理人に近づき、自己紹介をしてから紹介状を見せた。加工場で働きたい旨を伝えると、翌日から仕事につくのを承諾してくれた。すると管理人はふさを引き合わせるために、女工たちを呼び集めた。ふさと遼海のまわりに女工たちがのそのそと集まってきたが、歓迎の拍手はまばらだった。

「あんた、生まれはどこだい、日本人なんだろう？」

背中越しに太い潮さびた声が訊いた。

「函館だわよ、それがどうかした？」

ふさは身をよじって、ぶっきらぼうな物の言い方で答えた。

「どうかしたもないけど、てっきりモスクワだと思ったからさ」

と底意地の悪そうな、出っ歯の女が薄笑いを浮かべ、ほかの女工たちの顔色を窺った。加工場の古狸のごときその女に迎合するような、せせら笑いが沸き起こった。

散会後、管理人は、ふさに数日分の食糧を分け与え、空き家のある場所をおしえてから、家の鍵と燐寸を渡した。領事代理が紹介状にその旨を一筆書いてくれていたのだ。

ふさは屈みこんで遼海の手を取り、遼海の鳶色の目を見た。

「いいかい、遼海。母さんは、ここの工場で働くことになったからね。みんな、いい人ばかりだから安心して」

「でも、こんな汚くて臭いとこで？　父さんもここで働くの？」

「しっ、静かにして。そんなに大きな声でなくても聞こえるから」

ふさはあわてて口に指を当てた。

「父さんは別のところで働いていて、ここには来ないわ……。遼海は、アムール虎のようにお利口だから、父さんが帰ってくるまで、いい子で待っていられるよね？」

「うん、ぼく、いい子で待っていられるよ」

「約束できるね？　それじゃあ、指切りげんまん、嘘ついたら、針千本飲ーます」

ふさ親子は耳障りな高笑いから逃れるように工場の外へ出た。

海岸通りをさらに行ったところに、番屋を造りかえたような空き家があり、そこが管理人に指定された家だった。壁のところどころに補強のための板が打ち付けられており、壁際に積み重ねられた薪のそばに、浜から拾い集めた流木が積み上げられていた。鍵を開け、立てつけの悪い玄関の引き戸を開けた。流しも便所もあった。窓枠と壁の間から隙間風がいくらか入ってはくるが、窓はサハリンのきびしい冬でも十分に暖を取れるように二重になっている。古畳の上に新しい茣蓙（ござ）が敷かれた部屋にはストーブと洋灯が備えつけられていて、隅っこの闇だまりに鼠色の綿がはみ出た蒲団が何枚か重ねられてあった。柱には変色した前年の日めくり暦がかけ忘れたままになっている。

わが家となった仮の住まいの茣蓙の上に端座したとき、ふさは流浪の果てにようやくくつろぎの炉辺にたどり着けたと思った。飴玉をしゃぶるのを家に着くまでがまんさせられていた遼海は、うれしさのあまり家のなかを無邪気に走り回った。飴の入った小さな口からよだれが垂れている。

「わーい、いい家だね。母さん、ぼく、ここにずっといられるの。父さんも、お土産いっぱい持って、早く帰ってくるといいな。ぼく、父さんに飴玉取っておいてやるんだ」

「そうね、父さんにすぐ手紙を書いて、ここの家のことを知らせてあげなくちゃね。遼海は、今日一日、よくがまんして大人の話を聞いてたわ。お利口さんだったわよ」

「ぼく、お利口さんにしてたよ」

「ほんとね。いろいろなことがあって疲れたから、ご飯を早目にすませて、早く寝ようか」

　夜のとばりが下りるころから急に寒くなってきたので、ふさは白樺の薪束を運び入れ、薪をストーブにくべた。ストーブはみるまに火勢を増し、赤々と燃えた。灯火のもとで夕ご飯を簡単にすませて床についた。ストーブのおかげで、湿っぽかった蒲団も暖かく、遼海はふさに腕枕をしてもらうと寝息をかきはじめた。見飽きることのないかわいい寝顔を見つめながら、ふさはひさびさに手足を思いっきり伸ばすことができた。

　洋灯の消えた部屋の暗さにも目が慣れ、蜘蛛の巣のかかった天井板の破れから見える屋根裏の闇のなかに、煤（すす）けた柱と梁が織りなす幾何学模様がうっすらと浮かび上がっているのを凝視しながら、ふさは枕もとの山桜の扇子に宣誓の証人になってもらうことにして誓いを立てた。遼海をまっとうな人間に育て上げるために、チターエフの面影が偲ばれるこの地にとどまり、人並みの生活を築くという誓いを。

　いつもより早く床についたため、なかなか寝つかれないふさではあったが、いつしか浅い眠りに引きこまれると、ほどなくして夢の詐術によって、奇妙な異時空間に没入していった。

まさにいま、いわれのない罪をかぶされて縄を打たれたふさと遼海が、投じられていた牢舎から高手小手に縛り上げられて白洲に連れ出され、あろうことか、町奉行から釜ゆでの刑を宣告されたところであった。即刻二挺の唐丸籠に押しこめられると、ススヤ川の河原に立つ加工場に檻送されることになった。

加工場の出入口には竹矢来が斜交いに結ばれ、罪状と刑の執行日の書かれた捨札の下には、高みの見物をきめこんで刑の執行をいまかいまかと待つ女たちの黒山の人だかりが出来ていた。

引きずりこまれるようにして加工場のなかに入ると、梁から太い鎖で吊された大釜が目に飛びこんできた。「地獄の釜は蓋をお開け、地獄の炎は鎌首をお上げ」と囃したてる女たちの黄色い声が加工場のなかにも聞こえてきた。大釜の蓋が天をつんざく雷鳴のような轟音を響かせて取りはずされた。大釜のなかに橙赤色の筋子と末摘花の黄赤色の花弁が入っていた。業火は大釜の縁を嘗めるように赤く長い舌の炎をゆらめかしている。ふさと遼海はいとも簡単に大釜のなかにほうりこまれた。大釜の下のほうから女のすすり泣きが聞こえた。こともあろうに、罪人の血縁者としての釜焚きを命じられた於祥が、ひょっとこ面で火吹竹を吹きながら、山と積まれた白樺の薪をせっせと火のなかに投げ入れているではないか。

突如として巳之吉の咆哮が大釜の底に響いた。

「このぼけ茄子が。湯たんぽの湯を沸かすのでもあるまいし、何でおめが釜焚き番をしてるんだ。こいつ、わしらをゆで蛸にして殺すつもりか。この釜のなかに、ふさとめんこい孫の遼海がいるのがわからんのか」

煮えたぎる熱湯のなかで、頭頂に糸のような髷が申し訳程度に残っている巳之吉が、天秤責めで出来た傷の痛みに顔を歪めてわめいている。

すると、湯気の立ちのぼる屋根裏から、白い細い腕がするすると大釜まで伸びてきて、煮立った筋子と花弁のなかでもがく遼海の小さな手をつかんだ。いねの腕だった。あのいねが、低い梁の上から遼海を抱き上げてくれたのである。

肩すかしにあった野次馬の女たちの奇声と怒号とが交錯するなか、一瞬のうちに大釜の筋子がななかまどの赤い実に変わった。

いねといれちがいに酉蔵が腹ばいになって梁から顔を出し、赤熟したななかまどの実の腐臭にむせる巳之吉の頸根っこをつかみ、頸縄を解いてから巳之吉を抱き上げた。

「助けによく来てくれたな。さすが羽前屋の御曹司だけのことはある。うはははは」

「姉ちゃん、聞こえるか、おれだ。父さんの次は姉ちゃんの番だからな。もうすこしのがまんだ。待ってろよ」

「わかったわよ。いよいよわたしが助けられる番ね。一刻も早くわたしを助けてちょうだい。わたしだけが釜ゆでの刑にあうなんてあんまりだわ。わたしを助けてくれるのはだれなの。喘息のような咳が聞こえるけど、あれはいったいだれの咳？　わたしの名を呼んでる。いったいだれなの、わたしの名前を呼ぶのは？　ちょっと待って、あの低い声は……、ミーチャの声じゃないかしら。まずまちがいないわ。ミーチャが、このわたしを助けに来てくれたんだわ。ミーチャ、急いで、早くして。いや、その前に、さっき助け上げられた子をしっかり抱きしめてあげてちょうだい。その子は、あなたの息子の遼海なのよ！」

ここで破れ鐘のような大声がふさの眠りを破った。ふさははっとして跳び起き、夢から目を覚ました。息苦しさで額に脂汗が滲んでいた。

ばかだな、ほんと、いいところで目を覚ますんだから。もうすこしでミーチャと会えるところだったのに、とふさは、夢枕に立つチターエフと心躍る再会を果たすまさにその直前に、不覚にも尻切れ蜻蛉で夢の幕引きをしてしまった自分に腹が立った。それにしても、どうしてこんな夢を見たのかしら。この夢の意味するところは何なの。夢のなかに牢屋と刑場が出てきたから、どこかの監獄でミーチャとの再会を果たせるという夢のお告げなのかしら。いやそんなことはないわ。だって、ミーチャはこのサハリンにはもういないから、監獄など訪れてるはずがないもの。

このときになってようやく、さっきから家の外で男ががなり立てているのに気づいた。なーんだ、わたしの声でなくこの大声のせいで、せっかくの夢を最後まで見られなかったんだわ。いまいましいったらないわ、まったく。それにしても、いま時分、何だろう、何かあったのかしら、とひとり言を言いながら、眠い目をこすって玄関の戸を開けると、がたいの大きい漁師風の男が立っていた。「おばんです。夜分に悪いんだけど、おれんとこのかかあが、工場の管理人さんから頼まれたもんで。冷めてしまったから、うまいかどうかはわからんけど、よかったら食べてや」と言って、紙に包んだものをふさに差し出した。香ばしい焼魚の匂いがする。秋鮭の入った握り飯だった。翌朝に遼海に食べさせてあげられると思うとうれしさがこみあげてきて、見ず知らずの人のやさしさに胸が熱くなった。

遼海と添い寝をするとき、後悔の涙が枕を濡らさぬ夜はなかったが、いつまでも悲嘆に暮れてばかりはいられない。血を分けた母子ふたりが見知らぬ地で命を長らえるためには、朝早く加工場に出かけて夜遅くまでしゃかりきに働くしかなかった。遼海が加工場の近くで、晴れた日には馬乗り、雪の降った日には雪だるま作りと、よその子どもたちとよく遊んでくれるおかげで、正月用の酢蛸の仕込みがはじまって作業時間が延びても、ふさは仕事に打ちこむことができた。

やがて年が暮れ、新たな年の明治二十九年を迎えた。まがりなりにも正月には鏡餅を飾り、小正月にも神棚に繭(まゆ)玉を飾って小豆(あずき)粥を祝った。岸から離れた流氷の砕片が水のぬるんだ海の上を春の帆を立てた小舟のように滑走するころには、糊口をしのぐめどがつき、遼海にもおやつのひとつでも買ってあげられるようになった。

四月になって、黒の革上着(ジャンパー)を着た領事代理の鈴木がふさの家にふらりとやってきた。

「おひさしぶりです。長い冬が終わってようやく春になりましたが、どうですか、ここでの暮らしにも慣れましたか」

「これはこれは、すっかりご無沙汰しておりました。おかげさまで、風邪をひくこともなく健やかに過ごさせてもらっております。また今日は、何かございましたか」

「いや、別にこれといったことではありませんが、チターエフ氏のことでお知らせしたいことがありまして」

この言葉を聞くなり、ふさの顔はぱっと明るくなった。

「玄関先で立ち話もなんですから、ちらかっていますけど、どうぞお上がりください」

「いや、ここでよろしいです。その後、坊ちゃんは元気でやっていますか」

「はい、やんちゃで困っています。子どももなかにいますので、ぜひお上がりください」

領事代理は、遼海に声をかけようとしたふさを呼び止めた。

「お母さん、そんなにゆっくりしていられませんので。坊ちゃんには、あとでよろしくお伝えください。さきほどの件ですけど、知り合いを通じ、調べてもらってわかったのですが、チターエフ氏の乗られたペテルブルグ号は、ウラジオストク碇泊後にふたたび航海につき、インド洋経由で、どうやら黒海のオデッサに向かわれたようです」

「オデッサ？」

「そうです。おそらくは、そのオデッサから馬車に乗り換えてモスクワへの帰路についたかと思われます」

情報提供のためわざわざ訪ねてきてくれたことはありがたかったが、いまさらチターエフの帰航の様子を知っても、なすすべはなく、むなしさだけがつのった。

「サハリンに再度来る可能性は、はたしてあるのでしょうか」

「何ともお答えしかねます。なにせモスクワからだと樺太は遠いですからね。それから、もうひとつお伝えすべきことがあります。前回お話しいただいた人形の件ですが、このたび、チターエフ氏の止宿先の警察秘書官宅に出入りしていました日本人の庭師から話を聞くことができまして、その庭師が客間の机の上に人形が置かれていたのを覚えていてくれました。まちがいありません」

「えっ、ほんとうですか？　よく調べてくださったこと。ほんとうにありがとうございます」

「本間さんがおっしゃっていたとおり、青い服を着た人形だそうです」

　チターエフが忘れ形見の人形を大切にしていたことを知って、ふさの目にみるみる涙が溜まった。涙の向こうに滲んで見える砂山の上で、チターエフとカフカスの人形を抱いた遼海がいっしょに座って海を眺めている気がした。

　ふさは、息子の遼海とともにいまコルサコフにいることを伝えるために、思い切ってチターエフに手紙を書くことにした。


　暑い夏の日も遠ざかるころに、西蔵が手紙を寄越した。音信が途絶えた後の手紙だったので、ふさはせわしげに封を切った。久闊を叙した筆は、網元の娘を娶ったこと、息子が生まれ午之介（うまのすけ）と命名したこと、北海道の西海岸では春告魚（はるつげうお）の鰊が豊漁で、回漕業を細々と営んできた羽前屋も海産物と魚肥を扱う店に衣替えしてからは、そのおこぼれにあずかり、繁盛していることなどをこまごまと律儀な字で書き連ねてあった。末尾に、津波というのは膨張した海水が巨大な瀑布となって押し寄せてくるものらしいと説明した後に、旧暦の端午の節句の六月十五日の夜に津波が三陸海岸を襲い、それは遠く函館にも打ち寄せたために、赤煉瓦の倉庫内の魚肥は被害を免れたが、店は床上まで浸水し、白漆喰の蔵に積んであった昆布も水浸しになったことなどを書き添えていた。

　膝の上に座っている遼海にもいっしょに読んでもらいたくて、ふさは手紙を遼海の目の高さになるようにして読み聞かせていたが、津波の被害の個所にくると、身振り手振りも加えてその説明をした。

不思議そうに聞いていた遼海は、海のもつ影の部分をはじめて知り、にわかにその顔は曇った。

ふさは津波の犠牲者が二万人を越したことに衝撃を受けた。犠牲者の無念さに思いをはせるとその悲しみに打ちひしがれ、西蔵の結婚を祝う気持ちが薄れてしまうほどだった。両親が東北出身であることから、三陸の津波はひとごとには思えなかったのである。

遼海を連れて海へ行ってみた。チターエフが好きだと言っていた海がいまいましい怪物(あやしもの)に見えた。プーシキンの詩にもあったように、変幻自在にその姿を変える海は、人間にとって所詮不可解なものかもしれない。いつも間近に見ている海がいまほど憎らしく思ったことはなく、いきとしいけるものすべての淵源であり、人間を慈しみ深い愛で包みこんでくれるはずの海が、突如として牙をむいて、数多くの人の命を容赦なく奪った気まぐれさとおのれの犯した罪を恥じないその傲岸さが、ふさは許せなかった。豊饒な海は人間の生活をいろいろなところで支えてくれていることは重々わかっていても、凶暴な海を断罪せずにはいられなかったのである。悠遠の昔から一秒たりとも途切れることのない潮鳴りが、いまは溺死者の悲叫に聞こえた。津波の引き波に押し流される家の屋根にしがみついていた親子が、力尽きて離ればなれになり、家財とともに濁流の波間に沈んでゆく情景が頭の隅をかすめた。海はいったいどれほどの生命を呑みこめば、その底なしの飢渇が癒されるというのか。ふさは、暗黒の海底に引きずりこまれてさまよいつづける、真砂(まさご)の数ほどの死霊に命の焔を吹きかけ、ひとり残らず不死鳥のごとく甦らせてあげたかった。地上で絶たれた命を取り戻し、命が尽きるまで生をまっとうさせてあげるためにも。

「母さん、津波ってそんなに怖いの？　どうして津波はやってくるの？　ぼく、津波にさらわれたくない」

ふさは無意識のうちに遼海を抱きしめ、頬ずりしていた。涙が一筋すうっと糸を引いて落ちた。

「津波はねえ、海にいる鯨が暴れて出来るの。でも、裏山に逃げればだいじょうぶ。鯨はいくらがんばっても、海の水がないと裏山には登ってこられないから」

物心がついた遼海に津波の発生の仕組みを説明すれば、理解が及ばないこともなかったのだが、ふさは沈鬱な空気を笑い飛ばそうとつい荒唐な話をしてしまった。

「鯨って、鬼みたいに悪い奴だ。一寸法師に代わって、ぼくが退治してやる」

「いや、鯨はそんなに悪い生き物じゃなくて、ほんとはすごくやさしいの。母さんの言い方がまずかったわ、ごめんね。おそらく背中がかゆくて、がまんできずに海のなかで転げ回っただけよ」

「鯨の奴、よくもみんなを食べたな」

「そういえば、父さん、鯨が泳ぐところが見たいって言ってたわ。母さんも見たいな。遼海も見たいと言ってたよね？」

ふさの言い繕いの言葉に耳を貸さず、遼海は鯨の行方を追うかのように窓の外の海をにらんでいた。これがまた何とも凛々(りり)しいのである。遼海の成長の過程を伝えたくて、ふさはチターエフに語りかけた。

「ミーチャ、あなたが海が好きだと言っていたので、遼海には、海のように広くて寛容な心をもった人間になってもらいたいと願って、名前に海の字をつけたけど、何の前触れもなく不意に人に襲いかかり、多くの尊い命を奪うというもうひとつの顔をもつ海のことも遼海は理解できたみたいだわ。というのも、日本の三陸地方に大津波が押し寄せてきて、手紙を寄越した叔父のいる函館にも大きな被害を及ぼしたことを知ったからなの。それでいて、津波を引き起こすのが、地震ではなく鯨だと信じてるから、まだ子どもよね。とにかく遼海は、いま腕白ざかりだけれども、あどけなさを残しつつもたくましく育ってるわよ」

その夜は蒸し暑く、ふさは薄汚い蒲団の上で輾転反側しているうちに、いつのまにか寝入ってしまったが、またしても奇怪な夢を見るのだった。

裁判の傍聴席にふさが座っていた。法廷を見渡すと、中央の裁判長席に、叢雲のような銀髪をいただきまだら模様の痣がある、丸顔の「地球」が着席しており、左側には、原告である人間の遺族と、髪が雑草のようにほつれ顔色が土気色の検察官の「大地」が並座し、これと向かい合う右の席には、青い服をまといおでこにさざなみのような白い蛸皺が刻まれている、被告人の「海」と弁護側の証人である鰻と鯨が控えていた。法衣に身を包んだ裁判長「地球」が開廷を宣言した。法廷内の時計の針は、三陸津波を引き起こした地震の発生時刻と同じ午後七時三十二分を指していた。

「証人は前に」

裁判長にうながされて、魚類を代表して鰻が弁護に立った。

「氏名を名のってください」

「名のるほどでもねえけど、人呼んで日本鰻でござんす」

「生年月日と年齢は？」

「明治二十六年十月生まれ、二歳十か月でさ」

「住所は？」

「南太平洋。色あざやかな熱帯魚のいる青い海はまさに楽園ですぜ。裁判長もぜひいらしてくだせえよ。大歓迎でさ」

「証人には、訊かれたことだけを簡潔に述べていただきたい。それでは発言を許します」

「わかりやした。だれが何と言ったたって、海さんは無罪にきまってるぜ。なにしろ、産卵のための寝床づくりに追われるあっしら鰻の夫婦の命を、地震によって深海の底に発生する熱水から救ってくれるのが、ほかでもねえ海さんなんだからよ。海さんがいなきゃ、あっしらは焦熱地獄から逃げられねえし、黒潮に乗って無事日本の海に戻ってこられるわけもねえんだ」

「鰻くん、えらい、よくぞ言ってくれた」

傍聴席に居並ぶかば焼き屋たちの、鰻の髭の塵を払おうとする団扇の音が、さながら寄せくる波の音のように聞こえた。

「ご静粛に。それでは鰻どの、席にお戻りください。次なる証人の発言を求めます」

裁判長の口調には侵すべからざる威厳さがあった。

裁判長の声にうながされて、海の哺乳類代表の鯨が、傍聴している鯨船の乗組員の前に叩頭すると、黒装束に身を包んだ巨軀を揺らしながら証言台に進んだ。体から噴き出る玉のような汗を尾鰭で拭っている。

「それでは氏名を述べてください」

「槌鯨と申す」

「生年月日と年齢は？」

「江戸生まれゆえ、年は定かではござらぬが、孫曾孫もかなりの数にのぼることから、還暦はゆうに越えているものと存ずる」

「住所は？」

「オホーツク海でござる」

「では、証言をはじめてください」

「おそれながら、拙者も海どのの汚名を雪ぐために、この場に参上いたしたしだいでござる。汲めども尽きぬ滋養の源である海どのは、太古の昔から愚鈍な拙者どもを慈しみ育てられた、いわば子宮のごとき存在であり、満腔の愛を施してくれる母上でござる。万一海どのが極刑に処されることあらば、事は一大事、拙者どもは殉死の道を選ばざるをえますまい」

と老鯨は小さな目を見開き、大仰に言い放った。

次に、検察官「大地」が起立し、両証人の証言は近視眼的な鼻元思案に基づくものと舌鋒鋭く指摘したうえで、論告求刑を行ったのだった。

「被告人海がこの青い惑星で露命を繋ぐ万物すべてに賦与されるべき生存の権利を侵したる罪は、万死に値するものである。よって死刑を求刑する」

検察官の求刑後、裁判は休憩に入った。深夜になって再開されたときは、足腰が立たぬほど困憊した鯨は、鼻提灯を出しながら高鼾をかいて眠っていて、鰻は寝床恋しさに、「海」の座る椅子の前ですじりもじり踊りを披露していた。

裁判長の「地球」が判決を言い渡した。

「みなさん、ご静粛に。それでは判決を言い渡します。そもそも被告人海は、永久不易の存在ではなく、あくまでもこの惑星を形づくるもののひとつにすぎず、その命はこの惑星の命と不即不離の関係にある。ゆえに、いかなる星もいつかは星としての命の終焉を迎える定めであるからして、惑星の全生命と同じく、被告人の命数にも限りがあるのは自明の理である。にもかかわらず、被告人が、不届き千万にもおのれが未来永劫不死であるかのごとく振る舞い、不遜にも数多(あまた)の生命を死に追いやった罪は断じて許しがたい。よって、死罪は免れぬところなれど、弁護側のもっともなる申し立てに免じて罪一等を減じ、千年の遠慮・謹慎を申しつける。……よろしいか、海どの、陸上の生物の命を無闇に奪った罪を贖うために、有限の命の尊さに目を開かれ、嵐や地震に惑わされることなく、可能なかぎり閑かでおだやかな海であれということですぞ」

被告人の「海」はこの判決の言い渡しをじっと聞いているうちに顔が青ざめ、塩辛い涙が堰を切って流れた。

ちょうどこの場面のところで、ふさは半醒半眠の状態の脳が縦横自在に仕掛けた夢のからくりから解放されたのだった。隣で寝ている遼海のあどけない顔を見ながら、津波の悲劇をどのように受けとめるべきかを考えた。津波で子を失った人もいれば、子宝に恵まれない人もいるなかで、このようなかわいい子を授かったわたしは、何を悲しむことがあろうか。天を呪わんばかりの悲しみの奈落に突き落とされた被災者の血の涙を思えば、父なし子を不憫に思って流したわたしの涙なんか、大海の一滴にすぎない。いや、涙でなく、ただの水だわ。かわいいさかりの息子を思いっきり抱きしめられるしあわせがあるかぎり、これまでの苦労はたわいのないものだわ。被災地の悲しみをすこしでも分かち合うには、それを万人の悲しみとして受けとめ、大切な人を失った悲しみの深さを汲み取るだけではなく、どのように生活を立て直しどのように故郷を再生したらよいのかといった、生き残った人たちの悲しみの重さをみんなの手で支えてあげることが大切であり、人間の良心とは、一刻も早く援助の手を差し伸べて、跡形もなく押し流された家を再建し、壊滅した故郷を甦らさせたうえで、犠牲者となった人たちの霊を慰めつづけながら、彼らの生きた証しを時を超えて継承することにある、とふさは痛感したのだった。

チターエフからは依然として無音(ぶいん)のままだったが、コルサコフに住み慣れるにつれて、ふさはもんぺ姿で骨身を惜しまず働いた。春は鰊割き、夏は昆布干し、秋は筋子抜き、流氷がアニワ湾を氷原に変える冬でも酢蛸作りと忙しく、魚の油の臭いが体に染みついてとれないほどだった。いつもは穏やかな表情で人を温かく受け容れる海が恵んでくれる豊かな幸を元手にして生計を立てることで、生活の見通しも立ち、実家に送るための金もいくらか貯まってきた。結婚して位牌持ちの長男を授かった酉蔵には、尋常小学校入学をひかえて字を習いはじめた遼海の書いたほほえましい手紙も添えて、わずかばかりの祝い金と津波の義援金を送ってあげた。

コルサコフで年を送り年を迎えているうちに、ふさは三十路(みそじ)の坂にさしかかっていた。住み古した一間きりの家から、海岸からいくらか離れた、よりましな家に引っ越した。馬鈴薯や南瓜(かぼちゃ)などを作って畑仕事のまねごともできれば、仕立物の内職も手がけられた。遼海は、臭い臭いと言いながら肥桶(こえ)

を運ぶとか、家で飼う豚と山羊（やぎ）の餌にする残飯をもらいにいっしょに近所の家を回るとかして家の手伝いをしてくれたうえに、毎晩、蒲団に入る前にふさの肩を叩き足をさすってくれた。

そんな遼海が、家の外ではどのような子なのか、とくに学校ではどんな児童なのか、担任の教師の目にはどう映っているのか気になりだしたころに、父兄会があり、ふさは小学校におじゃましたことがあった。教室の壁に貼られていた遼海の絵とほかの子の絵を見くらべて、遼海の絵に描かれている人物や動物がいびつなほど萎縮していて色づかいも貧弱であるのを知り、遼海の心が明るく豊かに育っていないのではないかと心配になったが、母と息子だけの暮らしが、つましいながらも親子の心が通い合う、満ち足りたものであるかぎり、それほど気に病むことでもないとふさは思うのだった。

三

新世紀の幕開けを迎えて三年目の明治三十六年の寒が明けるころ、なま暖かい風が海から吹いてくる日のことである。高等小学校の一年生になっていた十一歳の遼海が、冬日が落ちるまでいつものように近所の子どもたちと遊んだ後に、うなだれて帰宅することがあった。青っ洟（ばな）を垂らした毬栗頭（いがぐり）の遼海は、おでこに青痣、頬には引っかき傷をつくり、つんつるてんの白絣（がすり）が雪と泥にまみれていた。

ふくれっ面の遼海が台所をのぞきこみながらぞんざいな口をきいた。

「腹へった。ご飯、まだかよ」

「何よ、藪から棒に。母さんは、そんな乱暴な言い方をする遼海は嫌いだわ。あんた、帰ってきたら、ちゃんとただいまと言わないとだめよ」

ふさは、いつもとはちがう遼海の様子にいやな予感はしたが、気を落ち着かせて応じた。

「どうしたの、足が泥で濡れているじゃない。そんな足でうちのなかに上がらないでちょうだい。お湯を持ってきてあげるから、ちゃんと洗うのよ」

「いちいちうるさいなあ。洗うにきまってるだろう」

「すぐにお湯を用意しなくちゃ。ちょっと待っててね」

「それよりも、傷薬はどこにあるんだよ」

「茶箪笥の上の薬箱にあるけど、その前に傷を洗わないと」

「……」

「おでこは、手拭で冷やさないとね。あとで母さんがやってあげるわ」

「自分でやるからほっといてくれ」

「いったいどうしたというの。学校の友だちと喧嘩でもしたのかい」

「……」

「いろいろあるだろうけど、友だちとは、仲良くしないとだめよ」

「うるさいなあ、そんなのわかってるよ。だけど、あいつらのほうからいやがらせをして、喧嘩を売ってきたんだ。ほんとに卑怯な奴らだ」

「いやがらせって、何をされたの」

「あいつら、ぐるになってぼくをおびき出し、何も知らないぼくだけが穴を踏み抜いて落っこちるように雪道に落とし穴を掘ってたんだ」

「あの子たち、そんなことする子なの。それで足に泥がついてたわけね」

「ちくしょう、人が泥んこの穴に落ちて動けずにいるのを見て、ゲラゲラ笑いやがって。それに……、寄ってたかって変なことを言うし……」

「変なこと？　どんなことを言われたの」

「ねえ、母さん、ぼくって、ほんとうに日本人なの」

「日本人って……、何、それ？」

脳天をがつんと殴られたみたいで、ふさは思わず息を呑んだ。

「また何で急にそんなことを訊くの。ばかねえ、日本人にきまってるでしょうに」

遼海は泥のついた足のまま台所に入ってきて、にらみつけるような顔で言った。

「もしそうなら、これから訊くことにちゃんと答えろよ。嘘ついたらだめだからな」

「そんなにあらたまって、何のこと？　そんなことより顔の傷の手当てをしないと」

「そんなのはいまはどうでもいい。ぼくの父さんって、いつこっちに帰ってくるんだよ。そのうち帰ってくると母さんはいつも言うけど、いつまでたっても帰ってこないじゃないか。手紙も来るわけでもないし。変だよ、絶対に。父さんて、いったいどこのだれだよ。名前は何ていうんだ、いまどこにいるんだよ」

遼海は溜まっていた疑問を吐き出すかのようにふさに詰め寄った。

「前から何度も、父さんは、加藤久蔵（きゅうぞう）という人で、北サハリンの森で、秋になると木の枝を切ったり木を焼いたり、春には木の苗を植えたりしてると、母さん、言ったことがあるでしょ？　いまは冬だから、道路の雪掻きで忙しいんじゃないかしらね。仕事の都合で、こっちに帰りたくても、なかなか帰ってこられないらしいのよ。ほんとうよ。母さん、嘘なんかつかないから」

　ふさは、この日に備えて心の準備を整えているつもりだったが、思いがけぬ質問攻めに遭って、とっさに作り話をしてしまった。心の乱れを悟られないように、くるりと遼海に背を向け、米とぎをはじめた。

　このときまで気づかずにいた海鳴りが勃（ぼっ）然とふさの耳に迫った。暗い雪雲に覆われた空を裂いて稲妻がひらめき雷鳴が轟くと、強い南風が唸り声をあげ、家の前の防風林が騒ぎだした。台所の窓ががたがたと音を立てて揺れ、霙（みぞれ）から変わった吹きなぐりの雪が窓硝子に張りついてきた。

「そこで樵（きこり）や炭焼きをしてるってことか。米とぎはいいから、こっち見て答えろよ」

　壁際に置かれた踏み台に腰掛けた遼海のじれったそうな声がふさの背中に迫った。

「あんたが、ご飯というから、急いで米をといでいるんでしょ。まったく勝手なんだから」

　ふさは作り笑いをしながら振り向き、前掛けで濡れた手を拭いた。

「そんな恩着せがましいことを言うな。いつもこの時間は、米をとぐ時間だろう？　そんな恩着せがましいことを言うより、父さんが、どこで何をしてる人か、それを言うのが先だぞ」

「……」

「黙ってないで、ちゃんと答えろよ」

「……」

「ほんとのことが言えないんだな。母さんは、やっぱり嘘をついてる」

いらだつときに見せる遼海の貧乏揺すりがはじまった。

「いや、嘘でなくて、ほんとの話。さすがに炭焼きはしていないと思うけど、日本の国が管轄してる森で、下枝を払うとか、倒れて腐っている木を取り除くとかして森の保全を図り、山火事が起きないように森を監視してるのよ」

「それって、父さんはロシア人じゃないということなのか」

「そりゃあそうよ」

「嘘じゃないだろうな。母さん、いま言ったことを信じていいのか」

「もちろんよ。だって、ほんとなんだから」

「父さんが日本人なら、じゃあ、なぜ仲間のみんなに、おまえはロシア人だ、ロシア語はぺらぺらなんだろう、と言われなくちゃいけないんだよ」

「何てことを言うんだろうね、あの子たちは。あんたの父さんはね、日本人の割には、色白で背が高く、髪がすこし焦茶なの。その父さんにあんたが似てるから、そんなことを言われるんでしょうに。あの子たちの言うことをいちいち本気にしちゃだめよ」

たしかに遼海は日本人離れした容姿をしている。ロシアの子どもたちにまじって雪合戦や長馬跳びをしているときは、ロシアの子どもと区別がつかないため、遼海の容姿はさほど気にならないが、日本人やアイヌの子どもたちのなかにいると、すらりとした長身と白皙（はくせき）の顔が目立つのだ。

「そう言う母さんはどうなんだよ、ぼくのほんとうの母親かよ」

「まあ、何を言いだすかと思ったら、そんなことを……。いいかい、思い出してみなさい。母さんは、あんたとは、臍の緒を切ってからずーっといっしょだったでしょ？」

「そんなの、信じられるわけがないだろうが。ごまかそうとしてもだめだぞ。母さんは色が黒いのに、ぼくが白いのはなぜなんだよ。それは、ぼくが貰いっ子だからだろう？」

　気になってしかたがなかった貧乏揺すりがぴたりとやんだ。

「嘘じゃないってば。そんなに言うなら、おいねおばちゃんに訊いてみればいいでしょうに」

　ふさの声がとがった。

「無茶言うなよ。おいねおばちゃんだって？　遠くにいる人にどうやって話が聞けるんだよ。それにおいねおばちゃんは、もともと血が繋がってもいないんだし。やっぱりそうだったんだ。これではっきりした。もうだまされたりはするかよ。ぼくは、ほんとの父さんも母さんもいない孤児なんだ」

　思いもよらない反駁と捨て台詞に取り乱したふさは驚きと狼狽を隠せなかった。遊び友だちの容赦のない辛辣な言葉が、出生の秘密を解き明かしたい遼海の焦心の焰に油を注いだのだ。ふさは遼海の友だちが恨めしく、こみあげてくる悔し涙を抑えるのがやっとだった。この頃、口数が少なく、ふさぎこんでいると思っていたら、まさか遼海があんなふうに鬱屈した不満を爆発させるとは……。遼海は、自分が片親の子であることにうすうす気づきはじめていたんだわ。抑えつけていた疑念が、友だちの心ないひやかしとからかいに揺り動かされて、いっきに噴火したんだわ、とふさは、遼海の突然の変わりように納得したものの、でも、遼海は切りかえが早いから、そのうちまた、いつもの素直で母親思いの遼海に戻ってくれるはずだわ、と自分に都合いいようにとらえたのである。

そんな甘い期待とは裏腹に、出生の秘密を打ち明ける勇気のないふさの煮え切らない態度が、遼海のふさに対する不信を増幅させ、屈折した心を醸成したのだった。よしんば遼海を煙に巻いてその場を取り繕ったとしても、それがふたりの間の軋轢の火種となり、ひいては火の粉が自分にも降りかかってくることに、いまのふさは気づいていていない。

翌明治三十七年二月、日本とロシアの間に戦争の火蓋が切られた。

垂涎(すいぜん)の的だった遼東半島を清国から租借するのにまんまと成功したロシアが、満州と朝鮮へのさらなる侵出を企んでいることに、日本は国家存亡の危機感をつのらせ、ついにロシアに対して宣戦布告をしたのである。

最初の砲煙が上がってから一年あまりが過ぎ、戦局が予断を許さなくなってきていた明治三十八年五月、日本は、日本海海戦において世界の列国を驚愕させるほどの勝利を収めることで、日露戦争の幕引きを図ることができた。さらに日本は、戦後処理のための交渉がはじまるポーツマス講和会議を八月にひかえ、戦勝国としての覇権を確固たるものにするべく、サハリン占領を画策したのだった。国力の衰勢を白日の下に晒されたロシアの政治的内紛と経済的混乱につけこむその姑息な手口からは、領土割譲の要求を有利に進めようとする日本の思惑が透けて見える。サハリンは、明治八年に締結された樺太・千島交換条約によってロシア領となったのちも、いくつかの民族の共存できる社会を保っていたが、日本のこの騙し討ちによって、その仕組みと規範が瓦解することになり、ふさの心の隅にあった、日露の文化交流に寄与したいという夢がついえてしまうのである。

　七月初旬と下旬にひそかに青森の大湊(おおみなと)から発船した樺太派遣軍第十三師団の二個旅団が、サハリン南部と北部から上陸し、コルサコフとアレクサンドロフスクを占領した。奇襲をかけて蚕食(さんしょく)した日本軍は赫々(かくかく)たる戦果をあげた。約五千人のロシア人を捕虜にし、一説には、南サハリンで捕虜百三十人を銃殺したとされている。

　相互の積怨は報復の連鎖を生むものだ。いま明治以降の樺太に関する歴史年表を作り、十年をひと目盛りとする定規の始点を明治三十七年七月に当ててみれば、それから四つ目の目盛りがくる昭和二十年八月の歴史記事のなかに、ソ連による日ソ中立条約破棄とサハリン侵攻が列記されているのがわかるだろう。日露戦争の焔硝(えんしょう)の煙のなかから四十年後に出来(しゅったい)したのが、煮え湯を飲まされたソ連による讐敵日本への報復だったのである。もしも太平洋戦争末期の日本軍首脳部のなかに、懐疑家で明敏な頭脳の持主である参謀がいて、その参謀が樺太の血塗られた歴史を繙いていれば、終戦後のソ連の報復を予知し、侵攻される前に樺太からの集団引き揚げを断行することで多くの人の命を救うことができただろうし、大勢の日本人と朝鮮人が樺太での残留を余儀なくされるという悪夢を回避できたかもしれない。

「母さん、バルチック艦隊を撃沈した日本はほんとに強いわ。このサハリンにいたロシア兵までやっつけてくれたんだから。とにかくすごい」

　遼海は日本軍大勝に雀躍し、喜びの声を発した。

「これでサハリンが日本の領土になる以上、ロシア人なんかじゃまくさいから、追い出してしまえばいいんだ。ぼくも早く大きくなって日本の兵隊さんになりたい」

声変わりしたばかりの遼海の声は低く、どことなくチターエフの声音と似てきている。勝利に酔い、戦争の勇ましさにばかり目を奪われるのは人間の性(さが)である。勇戦奮闘した日本軍の凱旋を見聞きした十四歳の少年に、忌まわしい戦争の暗部まで透視する眼差しが育っていないのもいたしかたない。とはいえ、遼海の言葉の端々に、ロシアに対する憎しみと嘲りがこめられているのにふさの心は疼いた。

「いいかい、遼海、母さんの言うことをよく聞いて。あんたも母さんも、これまでロシア人にどれだけお世話になったかわからないのよ。このサハリンでは、日本人もロシア人もみんな助け合いながら仲良くやってきたのに、欧米列強に肩を並べようとして、富国強兵を国策としてきた日本が、国民のしあわせに目をつぶり、国家繁栄と世界正義のためだの、大国ロシアから領土を守るためだのと甘い言葉を振り撒いて戦争をはじめたもんだから、ここでの平和な暮らしが、どこかに吹っ飛んでしまったのよ」

「ちがうね、そんなの。吹っ飛んだのは、ロシア兵のぼんくらな頭だよ。いい気味だ、あいつら。これでやっとロシア人がサハリンからいなくなると思うとせいせいするわ。ロシア人をけちらしてくれた日本の兵隊さん、ありがとう。日本、万歳！」

この言葉を耳にした瞬間、日本兵によって刎首(ふんしゅ)されるチターエフの姿が頭を掠め、震えの止まらなかったふさの手が遼海の頬をぴしゃりと張っていた。

「痛い、何すんだよ」

だしぬけに平手打ちをされた遼海は大声をあげ、ぶたれたほうの頬を手で押さえた。ふさは怒りに燃える遼海の目をきっと見据えた。遼海の鳶色の目がうっすら潤んだ。

「ほんとに、情けないったらないわ。母さんは、あんたをそんな薄情で、恩知らずな子に育てたおぼえはないわ。人の死を喜ぶような人間になったら、あんたはわたしらの子じゃない」

「そんなきれいごとを並べても、人を殺さないと戦争に勝てないんだぞ」

「母さんも、日本が勝ってうれしくないことはないさ。でもね、遼海、戦争って、人間を虫けらみたいに殺し合うものよ。日本軍の奇襲にあって捕虜になったロシア兵たちが、わたしらの知らない間に銃殺されて、闇から闇に葬られたの、あんただって町の噂で知ってるでしょ？　パン屋の息子で、あんたが小さい頃、いっしょにちゃんばらごっこをして遊んだサーシャって子がいたよね。あの子のお父さんも、日本兵に殺されたかもしれないのよ。それでもあんた、平気なの、サーシャがかわいそうだと思わないの」

いまこそ戦争のむごたらしさを伝えるべきと考え、ふさは身近な例を挙げて遼海の心に訴えかけたが、遼海はふさをにらみ返して、反逆の烽火(のろし)を上げた。

「ふん、思うかよ、そんなこと。ぼくは、学校に行けば、ロシア人に似てるだとか、ロシア人のくせに何でロシア語をしゃべんないんだとか、そうやってからかわれてばかりいたんだ。サーシャにだっていつもいじめられてたんだ。雪の落とし穴を作ったのもサーシャなんだぞ」

「でも、サーシャとは、日本語やロシア語を教え合ったりして、仲良く遊んでたじゃないの」

「仲良くだと？　ふん、日本領土の南樺太に居残ってへんてこな日本語を話すロシア人なんか、さっさと本国に引き揚げればいいんだ。糞くらえだ、あいつら。それなのに、母さんは、そんなロシアに味方するというのか。もし味方するなら、母さんはぼくの敵だし、日本の敵だからな。母さんなんか、ずる賢いロシア人といっしょにどこかに行ってしまえばいいんだ」

いまや日露戦争が導火線となり、親子の間に火花が散ったのである。

「なに言ってんのよ。あんただって、朝鮮やアイヌの子たちを、犬橇にわざと乗せなかったりして、仲間はずれにしてたでしょ？　あんたばかりがいじめられたわけでないでしょうに。考えてもみなさいよ、いま頃、サーシャは、亡くなったお父さんの体にしがみついて、泣きじゃくってるかもしれないのよ。あんたがもしそんなふうになったら、どうするの」

「よくもそんなことを言えるよ。あきれてものが言えない。サーシャがかわいそうだと言うなら、なんでぼくのことをかわいそうだと思わないんだ？　ぼくが父親のいる友だちがどんなにうらやましかったか、母さんがそれに気づかなかったはずはないぞ」

遼海はいまいましげに唇を噛んだ。

「そりゃ、父さんが十年近くも家を空けてるから、あんたがさびしい思いをしているのはわかってたわよ」

「わかっていてもわからないふりをしてだましていたら、それは詐欺師のすることだ」

「詐欺師？」

ふさは言葉を呑んだ。

「ああ、そうだ。何度でも言ってやる、母さんは詐欺師だ」

「……」

「詐欺師と言われるのがいやなら、話をはぐらかさないで、日本人の父さんをいますぐここに連れてきてくれ。死んだ父さんでもいいから、ここでひと目会わせてくれよ」

「そんなことを急に言われても……。第一、父さんは死んでなんかいないし」

「死んでないなら、ここに連れてこられるだろうに。どうなんだよ、連れてこられないのか。連絡すら取れないのか。そりゃそうだよな。どだい父さんなんかいないんだから、できっこないよな。なのに、いつもうまいことばかり言って。息子をだまして、そんなにおもしろいか」

「親に向かって、そんな言い方はないわ」

「ふん、えらそうに。返事に詰まるといつも、親であることを振りかざしてごまかすんだろう？　もうその手に乗るかよ。わかった、もういい。こんな詐欺師のいる汚らわしい家なんか、出て行ってやる」

と遼海は吐き捨て、玄関の戸を力まかせに閉めて家を飛び出した。

遼海は、ひとりになりたいときによく出かけていた、海に近い砂山にでも行って心を鎮めているのだろうと思い、ふさは急ぎ足で砂山に向かったが、遼海の姿は見つけられなかった。思いの丈をぶちまけた遼海の言葉がふさの肺腑を抉った。遼海の荒涼とした心のなかの風景を垣間見た感じがしたとともに、遼海への不憫さやもどかしさが、それればかりか、チターエフへの不満と怨望までもがふさの萎えた心のなかで吹き荒れた。静かに暮れゆく夏の海の上に昇りかかっていた、丸い乾酪を半分切ったような半月に向かってふさは語りかけた。

「ねえ、ミーチャ、教えて。あなたはいったいこの戦争をどうとらえていたの。あなたの国とわたしの国が血で血を洗う戦争をしたのよ。それなのにあなたは、指をくわえて見てるだけだったの。戦争をやめさせるために何もしなかったの。まさか、大国ロシアが亜細亜の一小国日本に負けて、がっかりしてるってことはないでしょうね。わたし、わからないの、教えて。人間って、戦争なしに生きてはいけないものなの。人って、戦場で不条理にも流される生血を吸わないと栄養失調で死んでしまうの。もしそうだとしたなら、まるで吸血鬼みたいじゃないの。人が殺されるときって、そこには法で罰せられるべき殺人者が必ず存在するわよね。それなのに、戦場の殺人者は、罰せられることなく戦争という隠れ蓑に身を潜めていられるって、変だと思わない？　わたし、絶対に許せない。そんな罪業がまかり通るのも、戦場の殺人行為にはお咎めなしの免罪符が国から与えられているからだわ。そんな誤った前提があるかぎり、国は戦争をつづけるし、人は人殺しをくりかえすにきまってるわ。こんなわかりきったことが、なぜ国の政治にたずさわる人はわからないのかしら。ねえ、ミーチャ、聡明なあなたなら、戦争という悪魔にかどわかされて戦争を仕掛けたこの世代の愚かさを悲しいまなざしで見つめていることでしょうね。でも、それだけではだめよ、何らかの行動に移してくれないと。あなたのような人は、国に戦争を回避するように、洋筆の力で訴えることはできるはずよ。それから、最後にひとつお願いがあるわ。遼海のことだけど、聞いてくれる？　遼海は、学校でいろいろなことを学ぶにつれ、批判的にものを見る目は身につけたけど、あの子の目は曇っていて、何がほんとうで何が偽りか、それを見抜く洞察力に欠けているの。もっとも、そのような遼海にした責任は、わたしにあるのでしょうけど。どうか遼海の屈折した心がもとどおりの素直な心になるように見守ってあげて。それと、男親のあなたがいないことで、何かにつけなじられたり無視されたりすることが多いんだけど、大人の入口にさしかかっている遼海にどう接したらいいか、そのあたりのことも教えてちょうだい」

惜しいかな、ふさのこの問いかけはチターエフのもとに届くはずはなかった。なぜなら、ふさにとって日露の懸橋の象徴だったチターエフは、日露戦争勃発の報せに接してから半年も経たぬ七月初めに、南ドイツの療養先で四十四歳の生涯を閉じていたからである。ふさが案じたように、負けないはずだと信じていたロシアが極東の小国に白旗を掲げてしまったことが、病弱なチターエフの死を早めたのだろうか。

四

日本領土となった南樺太で、石炭業と製紙業を基幹とする産業振興が推し進められることが弾機となり、内地から出稼ぎ労働者たちが雲霞（うんか）のごとく樺太に押し寄せてきた。さらには、日本に併合されて植民地となった朝鮮からも、食いつめた幾万の朝鮮の人々が職を求めて群鳥（むらどり）のように海を渡ってきたのだった。

大泊の人口はふくれ上がるばかりで、繁華な通りには、病院、銀行、郵便局、寺社などの建物が雨後の筍（たけのこ）のように出現した。それにともない、日本的な風趣を帯びる大泊の町並みは日本人にとっては住み心地のよいものになった。だが、ふさと遼海の険悪な関係には改善の兆しは生じず、悪化の一途をたどった。

遼海は日露戦争後に人生の春を迎えていた。感じやすく汚れのない青い心は、ふさに八つ当たりして口汚く罵った後では、露悪的な言動に厭気がさして自己嫌悪に陥るときもあれば、まわりから自分の生い立ちや父親のことを同情的に訊かれると、そこに偽善が隠されているように感じて、欺瞞と裏切りに満ちた人の世に失望することもあった。

遼海の性格はすっかり変わってしまった。幼少期はおしゃべりで思ったことをそのまま口に出していたのが、いまは口数が極端に減り、詭弁を弄するふさには心の扉を開くことはなく冷ややかに閉ざしていた。心の均衡を保つため、気が向けば、読書や海釣りといった趣味の世界に身を置くこともあるものの、欺瞞と裏切りにまみれた現実世界から逃避しようとすると、静黙を守ることが多くなり、内向的な精神状態に陥りざるをえなかった。

本来、何の屈託もなく打ち解けて話のできる親子の心の底には、思いやりのある言葉が妙音となって響き合う水琴窟なるものが埋めこまれているものだが、この親子の心底の水琴窟は凍りついたままで、長きにわたってほぼ音が途絶えていたのである。

そんななかで、明治四十一年三月に西蔵から届いた手紙が、ふたりの心の表層に出来た氷柱を解かす春風のたよりとなり、その滴りおちる雫の音を水琴窟に響かせるきっかけとなった。

手紙は、前年の八月に猛火に包まれた函館の町が折からの烈風に煽られて焼け野が原となり、西蔵の家族も焼け出され、船場町にあった赤煉瓦の倉庫も焼失したこと、さらに、ハリストス正教会の聖堂も火の海のなかで灰燼に帰したことなどが書き並べられた後に、現在の心境が書かれており、羽前屋の立て直しに汲々としているけれど、函館と青森の間に連絡船が就航したので、それを起爆剤にして函館の景気がよくなるのを期待しながら、妻と息子のために石に齧りついてでもがんばるというふうに結ばれてあった。ふさの目は魂が抜け去ったようにうつろだった。手にしている便箋が小刻みに震えている。何ということか。遼海も石炭積み出しの港湾作業員として働きはじめ、大泊での暮らしが軌道に乗りつつあるときに、酉蔵が、焼け落ちた家の瓦礫のなかで茫然と立ちつくし、杖柱と頼む人もなく絶望のどん底にあったとは。そればかりか、いまも瞼の裏にくっきり浮かび上がる、あの白とみどりのハリストス正教会が、紅蓮の炎のなかで崩れ落ちたなんて……。信じられないし、信じたくもない。何かのまちがいならいいのに。見たくもない悲しい場景が、白い光の滴が雨垂れのように降り注ぐ映写幕に映し出される古い映像のごとくふさの頭のなかで浮かんでは消えた。

がっくりと肩を落として立ちすくむふさを見ていていたたまれなくなった遼海は、その便箋を手に取って読みはじめた。

「ねえ、こんなところは、早々に引き揚げて函館に帰ろう。酉蔵おじさんたちも、あんたが帰るのを待ってるはずだよ。早くおじさんの店を立て直してあげたいし、できればおれも、そこで働かせてもらいたいしね。酉蔵おじさんのことは、そんなに心配しなくてもだいじょうぶだって。北海道と本州を結ぶ連絡船が函館を活気づけてくれるから」

と遼海は便箋を封筒に戻しながら、函館への引き揚げをもちかけた。

「そうね。わたしも、函館に帰って、店の再建を支えてあげたいのは山々なんだけど……。でもね、わたしは、あんたとふたりで築いてきたここでの生活をなんとしても守りたいの、絶対に変えたくないの。父さんにもそう誓ったし。父さんがひょっこり大泊に現れるような気がしてならないのよ。わたし、この樺太がすごく気に入ってるから、ここに骨を埋めてもいいと思ってるわ」

ふさはせっかくの遼海の提案をにべもなくはねつけることに気がひけたけれど、多年の決意を翻すわけにはいかなかった。

「まだそんなことを。加藤なにがしという男が、北樺太で森の番人をしてるというのは、でたらめだろう？　もう嘘なんか、こりごりだよ」

「そんなことないわ。父さんは、樺太のどこかで生きてるし、いつかきっと会いに来てくれるわ」

「ロシア人の男が、親父だと名のって、のこのこおれらの前に現れるということだろうけど、ないないそんなの。生きてるかどうかもわからない、そんなろくでもない男なんか、いいかげんにあきらめな」

「あきらめるも何も、わたしと父さんは、再会の約束をかわしたんだから」

責めたてられるままに真実を明らかにすれば、自分がロシアの男と肌を重ねた、淫らな女だと見なされ、今度こそ遼海に見捨てられると思うと、ふさは口が裂けても、あんたの父さんはロシア人だ、とは言えなかった。

「あんたは、何とも悲しい運命を背負わされた、哀れな操り人形だよ。いまになってもそれがわからないとは、ほとほとあきれるよ。ばかは死ななきゃなおらないとはよく言ったもんだ」

いくら言葉を費やしても糠に釘であるのを思い知らされ、遼海はふたたび無口でいることが多くなった。とはいっても、親子ふたりが日常生活を普通に送るのに支障をきたさない範囲で、ふさとの会話を成り立たせてはいたが。

年号が大正と改まって三年が経った年の春に、内地の製紙会社が、森林や石炭などの豊富な資源をあてこんで鈴谷川の河畔に大泊工場を建設した。

多くの現地住民が新工場の労働者として雇用されることになり、遼海もそこで働くことになった。遼海とふさはさっそく工場に近い社宅に引っ越した。

工場労働者の大半は、日露戦争後、不景気にあえぐ北海道から渡海してきた人たちであり、ほかに東北や北陸の出身者もいた。原生林から切り出した原木を運ぶ力仕事の後の昼飯時に、梅干しとわずかなおかずしか入っていない弁当箱を開けながら聞く彼らの話から、遼海は日本の雪国の人々の暮らしぶりや細やかな人情を知った。彼らの望郷の念は、いつのまにか郷土料理や東北の三大祭り、富山のおわら風の盆などを引き合いに出してのお国自慢となり、次にその自慢話は愛惜してやまぬふるさとへの礼讃へと変わり、最後には自分の帰りをひたすら待ちつづける家族への思慕が澄明な涙の玉となって迸出（へいしゅつ）するのだった。遼海は、それぞれのお国訛でとつとつと語る話に耳を傾けていると、まだ見ぬ北海道への憧憬が湧き上がるのを抑えられなかった。

やがてロシア革命の巻き起こる大正六年がめぐってきた。

セルビアの青年がオーストリア皇太子を暗殺したことで戦端が開かれた第一次世界大戦も、ようやく最終局面に突入していたこの時期、ロシアもオーストリア、ドイツに対抗すべく、イギリス、フランスなどの連合国側の一翼としてこの大戦に参戦していた。ところが、ペトログラードと名を改めた首都では、踵を接して起きた日露戦争と世界大戦による厭戦感の高まりと国内経済の破綻に誘発されるかたちで、専制政治打倒を標榜(ひょうぼう)する労働者の暴動や兵士の武装蜂起が相次いでいたのである。この騒擾(そうじょう)に煽り立てられるように、二月革命の幕が切って落とされた。冬宮殿で皇妃らと愁顔を寄せ合っていた皇帝ニコライ二世はついに喉もとに短剣を突きつけられて退位に追いこまれ、三百年つづいたロマノフ王朝が歴史の表舞台から退場したのだった。

そうしたロシアの政治体制の交代劇が、ロシアによる北樺太の統治に内紛などのかたちで暗い影を投げかけることは必至であった。

その年の夏の日ざかりに、ふさは遼海に同行して、はまなすの群生する湿原まで遠出することがあった。いっしょに北海道が見たいと遼海がぼそりと言ったからである。

眼前に亜庭湾がひろがる段丘では、咲き遅れた薄桃色のはまなすの花がちぎれんばかりに浜風にそよいでいた。

遼海は、はじめて見るはまなすの花を片手で引き寄せたが、指が細い棘に当たり、びっくりしたように手を引っこめた。

「うつくしいものには棘があるというけど、はまなすも薔薇と同じで、棘があるんだな」

遼海は棘に触れた指先を口で吸った。

「花の棘ならまだいいけど、熊ん蜂にでも刺されたら、それこそ痛くて腫れてしまうわよ」

そう言われて、遼海の顔が思わずほころんだ。

「子どもの頃に函館や松前の浜辺で見たはまなすの花より、こっちのほうが小さくて、色も淡いみたい」

「もともとは同じ浜辺で咲いていたはまなすが、オホーツク海によって引き離されたんだろうな」

遼海は草むらの上に両膝をかかえて座り、海を眺めた。甘い香りのする花叢の向こうに、北海道の陸影がかすかに見える気がした。

「……やっぱり、海はいいな、海を見ていると心がほぐれるわ。ここからは北海道は見えないのかなあ。あの浅瀬で昆布漁をしている小舟を漕いで行けば、北海道にたどり着けるんだろうけど」

「近くにあるけど、いざ舟で行くとなると遠いよ。北海道は近くて遠いところだから」

ほんのひと跨ぎのところにある北海道ではあるが、ふさの心には、宗谷海峡よりも深い、樺太と北海道を切り離す海溝（みぞ）が刻みこまれていたのである。ふさは、いま樺太から北海道のある方角を見ているように、幼い頃、地図をさかさまにしてロシア側から北海道を見たことをなつかしく思い出していた。

「あんたは、生まれ故郷の函館に帰りたくないの」

「そうだわね、両親のお墓参りはしたいけど、わたしはここにいないといけないから」

「『東海の小島の磯の　白砂に　われ泣きぬれて蟹とたはむる』、この短歌、おれのお気に入りでね。

石川啄木っていう歌人を知ってるだろう？　五年前に亡くなったらしいけど、墓はうちの実家の墓の近くにあるみたいだね。なんでも啄木は、函館の大森海岸の砂浜にいる自分を想像してこの歌を詠んだらしい。口ずさむと、あんたの故郷の函館をこの目で見たくなるよ」

期せずして心の色を明かす遼海に、ふさはすこし戸惑いを感じた。この日の遼海はいつになく饒舌だった。

「函館ねえ……、なつかしい、ほんとに。啄木が函館と釧路の新聞社の記者をしていたのは知ってたけど、啄木の墓がうちの墓の近くとは驚きね。これも何かの縁だわね」

「話は変わるけど、ハリストス正教会が再建されるんだってさ」

「えっ、ほんとう？　ということは、聖堂の白い壁とみどりの葱坊主が復活するということ？」

「そこまでくわしくは聞いてないけどね。あんただって、函館に帰って、ハリストス正教会をもういっぺん見たいだろう？」

「そりゃあ、見たいわよ。再建できるとは思ってもいなかったもの。ほんとによかった。あんた、その話、だれから聞いたの」

「函館出身の人だけどね」

「そんな耳よりな話なら、酉蔵おじちゃんが手紙でおしえてくれてもよさそうなのに」

「おじちゃんは、それこそ呑まず食わずで店の再建に奔走してたんだろうから、多分、手紙を書く時間がなかったんだよ」

「そうだったらいいんだけど」

「ここに立つと、北海道にいる人たちのざわめきが聞こえてきそうで、復興しつつある函館が、おれを呼んでいるような気がする」

と遼海は北海道を近くに感じられたことで、函館に寄せる思いを素直に語った。

「じゃ、ここでわたしからも、大森の浜を歌った啄木の短歌一首。『潮かをる北の浜辺の　砂山のかの浜薔薇（はまなす）よ　今年も咲けるや』、どう、いい歌でしょ？」

「さすが啄木だね。大森の浜でも、いまははまなすが咲いてるだろうな」

ふたりはオホーツク海に近接する潟湖まで足を運び、岸辺の平べったい石に腰掛けた。薄桃色の花筏が湖面にたゆたい、吹きわたる涼風にうち震えている。ふさははまなすに託して胸臆を吐露した。

「はまなすの五枚の花びらは、風に弄ばれ引きちぎられても、こうしてふたたび群れ集まり、桃色の花筏を水辺に咲かせてるでしょ。わたしらも同じ。わたしらは、ちょっとした行きちがいで、父さんと離ればなれになってるけど、いつかまたこの大泊で顔を合わせ、しあわせの花筏を咲かせてみたいわね。あんたが函館に移り住みたいと言うのはわかるけど、母さんは、父さんが大泊に帰ってくるまで、どんな苦難にも耐え忍んでこの地に踏みとどまっていたいわ」

するとすぐに遼海がふさの言葉尻をとらえて応酬した。

「あんたは、ほんとにおれの気持ちがわかってない人だ。いつかまた、と言ったけど、おれらはいままで一度も親子三人になったことはないだろうに。それに、加藤なにがしというその男が、また大泊に姿を見せるという確証はあるのか。どうなんだ、ないんだろう？　あんたはね、現実を直視するのが怖いばかりに、ありもしない幻想にしがみついてるだけなんだよ。だから、話をでっちあげておれをだますことしか頭になかったんだ。一度でもおれのことをかわいそうだと思ったことはあるか、ないだろう？」

「そんなことないわ、母さんはいつもあんたの……」

ふさが言い終わるのを待たずに、遼海はつと立ち上がり、水辺のほうへ歩を移した。

「……話はほかでもないけど、実は、先週、辞令が下りて、大泊を去らなければならなくなったんだ」

「えっ？　今度はどこの異動になるの？　まさか北海道じゃないわよね？」

ふさは突然の話に目がくらみそうになった。

気まずくなった遼海は、水辺を埋める葦の葉を一枚もぎ取り、折り紙でも折るように手早く葉っぱの舟を作ると、膝を折ってしゃがみ、それを湖水に浮かべた。笹舟に似たその一葉舟は風に吹き流され、葦の茂みのなかでくるくる回りはじめた。

「そんなに驚くなよ。安心しな、北海道じゃないから。年が改まってからの、豊原（ウラジミロフカ）工場勤務をおおせつかったんだ。今日、ここに来たのも、しばらく見られなくなるオホーツク海を、豊原に行く前に見たくなったからだよ。せっかく大泊にとどまると誓ったあんたには悪いけど、ここを引き払って豊原に移るから、そのつもりでいてくれ」

「そうだったのね……。でもあれだわね、豊原だと、海釣りができなくなるね」

「そうなるけど、まあ、しょうがないさ。渓流釣りでもはじめるよ」

遼海が腰を上げようとすると、その影が驚かせたのであろう、明るい光の射しこむ水底に群れていた小魚たちが、はじかれたように砂土を巻き上げて四方に散り、小濁りの漂う水際から離れた。

遼海の転勤話を聞き、ふさは、飄々と風に吹かれて曠野の上を流転する、塵埃のごとき漂泊の人生に区切りをつけるみこみがまたなくなったと思った。

（わたしの、人生に根帯なく、飄として陌上の塵の如し、か）

三月に二月革命の嵐が吹き荒れたロシアでは、十一月に十月革命が起こり、ソビエト政権が誕生した。北樺太に誕生した極東ソビエト行政府による政治的弾圧を恐れて、帝政ロシアの白衛軍を支持した白系ロシア人亡命者たちは、北緯五十度の国境を越えて日本統治下の南樺太に移住してきて、日露戦争後もそこに残留していた少数のロシア人とともに独自のロシア人社会を築くことになるのである。

第四章　樺太・豊原

一

大泊から北へ十里ほどの距離にある豊原は、南北に走る、稜線のなだらかな山脈（やまなみ）に挟まれ、中央部を鈴谷川がゆるやかに流れる緑豊かな平原に開けた町で、碁盤縞（じま）のような大通りに、樺太庁の庁舎、銀行、百貨店、旅館などが櫛比（しっぴ）することから、のちに「樺太の小札幌」と呼ばれた。

遼海の勤める製紙会社は、大正七年に、立地条件に恵まれたこの豊原に工場を新設した。

転勤話を打ち明けられたふさは、チターエフの息づかいが感じられる大泊を離れればそれだけチターエフから遠のくと、豊原行きに二の足を踏んだが、日ならずして、豊原での新たな生活に希望を託すようになっていた。

耐え忍ぶだけでなく、くよくよせずに心機一転してことに当たるのも、ふさのたくましさを形づくっている。

実は、チターエフも豊原に足を踏み入れたことがあった。大泊から鈴谷川沿いの街道を馬車に揺られて道々農村などの集落を訪れた後、豊原の旅宿で旅装を解いている。そのときからはや三十年近くが過ぎようとしているが、ふさはその歴史的事実を知るよしもなかった。もしも知っていたならば、取るものも取りあえず喜び勇んで、チターエフの足跡をたどって豊原に来たことであろう。

引っ越しの準備として、まずは家財道具の整理と荷造りに取りかかった。絵本、積木、橇、竹スキー、おんぶ紐などの、大切に仕舞っておいた思い出の品々が出てきた。そのひとつひとつに幼年時代の遼海の面影が染みついている。捨てていいものもあるが、おいそれと捨てられないものもある。ひさしぶりに手に取ると、日々の雑事に追われているうちに忘れかけていた情景が脳裏に去来し、ふさは時を忘れてその甘美な追憶に耽った。

「母さん、何、ぼけっとしてるんだよ」

遼海の声で、ふさは我に返った。

「いや、別に。ただ、豊原に行ったら、何をしようかと思ってさ」

「豊原に行けば行くで、山菜採りでも炭焼きでも、いままでやったことのないことに挑戦できるし、加藤久蔵さんのやっている樵のような仕事もあるさ」

「山菜採りならできないことはないけど、炭焼きとなると大ごとよ。そうね、何をはじめようかしら、花畑でも作って、いろんな蝶が飛んできてくれるように、花をいっぱい植えてみようかしらね。そういうあんたは、いままでお世話になった人と別れて、新しい職場に慣れないといけないから、これからがたいへんよね」

「新しい職場のことをいまから気にしててもしょうがない。ただ、これまでよくしてくれた職場の同僚と別れるのがつらいといえばつらいかな。それに、オホーツク海ともしばしの別れなので、何となくさびしいね」
オホーツクにも別れを告げないといけないと思うと、ひとしおのさびしさが遼海の胸に迫ってきた。ずっと海を見て育ってきた遼海にしてみれば、海のない生活など想像できなかったのである。

ようよう白みかけた冬至の朝に、長屋まがいの社宅の玄関先で白い息を吐きながら手を振る会社の同僚とその家族たちに見送られ、防寒具に身を包み大きな荷物を抱えたふさと遼海は、朝焼けの光が銅色に染める深雪を分けて大泊駅へ向かった。流氷によって河港から閉め出された船が、赤錆びた船底を見せて陸に行儀よく並んでいた。

駅では改札がはじまっていた。切符を買って、下りの栄浜（スタロドゥプスコエ）行きの一輌目の乗車口から乗りこみ、ズンドーストーブが焚かれている真ん中付近の席に座った。ふたりとも押し黙ったままだ。それもそのはずで、彼らの頭は、二十年分のなつかしい思い出の詰まった記憶の箱の抽斗をあちらこちらと開けるのに忙しく、抽斗から引き出された思い出ではちきれそうになっていたからである。

乗客は最初は指で数えるくらいだったが、しばらくして朝鮮人たちがあたりかまわずわめき立てながらどやどやと乗りこんできた。空席はみるみる埋まり、荷物棚が荷物であふれた。多くが日雇い労働者である彼らは、豊原からひとつ先の小沼（ノボアレクサンドロフスク）で乗り換え、川上（シネゴルスク）炭山へ行くのである。

発車間際になって、重い扉の閉まる音がすると、これも朝鮮人の親子と思われる、身なりのみすぼらしい男女三人が息をはずませ、きょろきょろと空席を探しながら、向かい合わせに座っているふさたちの四人掛けの席に近づいてきた。四十代半ば過ぎの、薄汚い防寒帽で顔を覆った男は、通路側の席が二つ空いているのに気づくと、通路に手荷物を置き、背後に立っている二人の女に席に座るように声をかけた。四十に手が届くかどうかの女は小豆色の角巻で体を覆っていて、若い女は赤い毛糸の帽子をかぶり、襟が垢で黒光りする、継ぎはぎだらけの青い袖なしを重ね着していた。母親が角巻を畳んで遼海の横に座ろうとすると、遼海がさっと立ち上がり席を譲った。父親は遼海の思いもよらぬ好意にびっくりしたような表情を見せ、軽く一礼して母親と並んで座った。髪を清楚に束ねている娘も片言の日本語で礼を述べ、静かにふさの隣に座った。二股手袋をはずした手にはあかぎれが目立ち、娘はかじかんだ指に息を吐きかけている。駅の構内を吹き抜ける風がよほど冷たかったのだろう。

　けたたましい発車の号鈴（ベル）が鳴りやむと、二輌の客車に無蓋（むがい）の貨物車数輌が繋がれた列車は、屋根に積もった雪を振り落としながら動きだした。歩廊（ホーム）に立つ見送りの人たちの姿は車窓から瞬息の間に消えた。下半分まで雪に埋まって線路わきに立っている腕木式信号機が、緑色の長方形の表示板を出しているのが見えた。

　すぐに父親は手荷物と帽子を網棚に上げようとして爪立ちになったが、列車が大きく揺れた反動で娘のほうに倒れそうになった。娘と遼海がとっさにその痩身の体を支えた。ふたりの手と手が触れ、娘の色白な頬にぽうっと紅が射した。父親が礼を言いながら何度も頭を下げるのを見て、娘の顔に笑みが浮かんだ。

　ふさと遼海にとって、豊原へ移り住むことは不安とさびしさで胸が詰まるものであった。だが、この束の間の旅の道連れがそれを忘れさせてくれた。両親は日本語が多少わかるようなので、ふさは樺太に来ることになった経緯を訊いてみたくなったものの、余計な穿鑿（せんさく）をするのは思いとどまった。

車内は、蒸気で曇った窓硝子の上を水滴が散発的に滴り落ちるほど暖かかった。それなのに娘は、毛糸の帽子を脱ぐことはなく、綿入れの袖なしも窮屈そうに着たままである。しばらくすると、長旅の疲れと体のほてりにより、朝鮮人親子はうとうとうたた寝をはじめた。あちこちの座席からも鼾声が聞こえた。娘が赤い帽子の頭をふさの肩に押し当ててきた。ふさは当惑顔だったが、娘が目を覚まさぬようにそのままそっとしておくと、遼海に、「母さんの娘？」と小声でからかわれた。同僚に別辞を述べてからはじめて遼海が口にした言葉であった。

小さな停車駅を二つばかり過ぎたあたりで、水滴のおかげで曇りがほとんどなくなった車窓から、雪原の向こうに、山肌を白い洋脂（ペンキ）で塗ったように雪化粧した山の連なりが見えた。山頂部には、雪時雨が通り過ぎて出来た数朶（すうだ）の銀白の雲が靉靆（あいたい）とたなびいている。

豊原に近づいた列車が急に速度を落としたとき、親子は浅い眠りから目を覚ました。下車の準備をしているふさと遼海に気づき、また何度も頭を下げて別れの挨拶をした。ばかていねいな挨拶に面くらった遼海は、何かが閃いたような顔つきになると、風呂敷包みから紙包みを取り出し、いきなりそれを娘の両手のなかに押しこんだのだった。娘の顔に驚きの色が流れ、うながされて紙包みのなかをのぞいたその目に涙があふれた。遼海は気恥ずかしさを隠そうとして、別の紙包みから取り出したふかし芋を口に押しこみ、芋が喉に詰まったかのように目をぱちくりさせた。この滑稽な仕草を見て、娘は紙包みを胸もとに押し当てて笑いをこらえている。

（遼海にもこんなおちゃめなところがあるんだ。死んだじいちゃんにだんだん似てきたみたい。血は争えないものだわ）

列車は荷物をいっぱい抱えて改札場へ向かう人たちをすぐさま抜き去った。その赤色尾灯を目で見送りながら歩廊を並んで歩いていると、ふさは一連の遼海の振る舞いが面白おかしくて、くすくす笑いだした。

「どうして見も知らぬ人にふかし芋をあげたりしたの。わたしらの分がなくなるじゃない。氷下魚（こまい）の日干しもあったから、それでもよかったのに。娘さんがお腹をすかしているようで、かわいそうに思ったから？」

「うるさいな。いいんだよ、あれで」

と遼海の返答はそっけない。

「親子三人いっしょに座ることができて、うれしそうだったこと。いま頃、ふかし芋を三人で分け合って食べているかもね。それにしても、朝鮮からどうやって樺太に来られたのかしら。おそらく命賭けで海を渡ってきたんだろうけど」

「そんなの知ったことか。おれらには関係ないだろう」

二階建ての宏壮な豊原駅の改札口を出るあたりから、ふさは掛襟（かけえり）に娘の香油の残り香を感じた。どことなく哀愁の漂う香りがした。駅前通りには雪掻きをする人が出ていて、通りの両側にかまくらが作れるほどの円錐形の雪の山が一定の間隔で並んでいる。とりあえず、就業にあたっての事務手続きをすませるために、工場に顔を出さなければならなかった。北の方角に歩いて行くと、白い煙が立ち昇る大きな煙突が何本か見えてきた。製紙工場の煙突だった。

工場の正門には、金色の頂華のついた旗竿を交叉させて日の丸が併揚されており、そこから見る建物はとてつもなく大きかった。それを取り囲むように、原生林から切り出されたエゾマツ・トドマツなどの原木が幾山にもうずたかく積まれ、雀色の木肌を雪のなかからのぞかせていた。原木を運ぶ馬橇の馬が馭者に轡を取られ、白い鼻息を立てながら頸を振って後ずさりしていた。栗毛の背中から湯気が上がっている。突然、製薬塔にはりめぐらされた太い配管から、耳をつんざくような、水蒸気の排出される音がした。

遼海がこんなに大きな会社に雇われ、日本の基幹産業を支える担い手になっていると思うと、ふさの胸は誇らしさでいっぱいになった。わたしにはもったいないと思えるほどの、このささやかなやすらぎが、すこしでも長くつづいてほしい。考えてみれば、わたしは、函館を離れてから、いつも何かにおびえるように下を向いてばかりいた。そうよ、函館にいたころは、わたしはもっと明るく、のびのびとしていたわ。遼海のおかげでわが家の未来の扉が開かれたのだから、過去を振り返るようなことはせず、過去の翳りのある自分を大泊の冬の海に捨てたことにしよう。この豊原の地で新しい自分をつくり上げるためにも、新しい一歩を踏み出さないと。最初の一歩は、遼海にミーチャのことを包み隠さずに打ち明けられる勇気をもつことだわ、とふさは自分に言い聞かせるのだった。

日短の一日は足早に過ぎ、大きな荷物を抱えたふさと遼海が雪に足を取られながら新しい社宅にたどり着いたときには、傾きはじめた日が雪に覆われた山の端にかかろうとしていた。

二

遼海が新工場に勤めはじめてから半年が過ぎた。ふさはしばらくは近所の娘たちに裁ち縫いを教えていたが、樺太庁警察部付きの掃除婦として働くようになった。

ところが、豊原でのふたりの生活が落ち着きはじめるころ、日本とソビエトを取り巻く国際情勢は混迷を深めていたのである。もし日ソ間の政治的寒流の潮目が大きく変わるようなことになれば、領有権が日露間で往ったり来たりしていた樺太はその影響を最も受けやすく、そこで暮らす日本人の生活が水に瓢箪のごとく不安定なものになる恐れがあった。はたせるかな、列強国の英仏伊と米は、ロシア革命阻止とソビエト政権打倒を掲げて、内戦状態にあるソビエトに武力干渉を行ったのである。シベリアでソビエト側の捕虜となっていた四万余のチェコスロバキア軍団の救出を大義名分として、連合軍を極東に派兵し、ソビエト国内の反革命軍を支援するというのだ。

大正七年八月、シベリア出兵の準備を着々と進めていた日本軍は、アメリカと共同歩調をとるかたちでウラジオストクからの上陸を開始した。ところが日本軍は、後に翻心して連合国共同軍事干渉の取り決めを破約すると、居留日本人の保護と朝鮮における革命思想伝播阻止を名目に七万を越える兵士を東シベリアへ送りこみ、単独でソビエト革命政府の赤軍や非正規軍のパルチザンと戦闘をくりかえしながら、イルクーツクまで占領地を拡大したのである。

ブラゴヴェシチェンスクに入城する日本軍が日の丸の小旗で迎えられる様子を描いた貼紙を、ふさは樺太庁庁舎の薄暗い廊下で目にすることがあり、領土拡大の野望を捨てきれぬ日本のあさましさにやりきれぬ思いを抱いた。わたしらがブラゴヴェシチェンスクにいたとき、ロシア皇太子ニコライが琵琶湖遊覧後に大津で警衛巡査に襲撃されるという知らせが町を駆けめぐることがあった。そのニコライが、皇帝となって二十年が過ぎ、今度は革命の煽りで玉座から引きずり下ろされると、革命にともなう内戦と粛清で流したおびただしい血の犠牲のうえに、ソビエトという国が樹てられた。そんな混迷のさなかにある国から漁夫の利を得ようとする日本のえげつなさは慚愧に耐えない。相手の弱みにつけこむ日本の抜け目なさは、追いつめた熊を仕留めるのに、猟犬に吠え立てられた熊が起ち上がったところを猟師が狙い撃ちするのに似ている、とふさはやりばのない怒りを覚えた。

日本がシベリア出兵に踏み切ってまもないある日のこと。新工場に来て日が浅いこともあって、遼海は作業の要領を呑みこめずにいたが、集木場で原木を貨車から下ろす際に怪我をした。

ふさは報せを聞き、帰りがけに、遼海が治療を受けている病院に寄った。病室は二階にあり、襟もとが磨り切れている着物を着た若い女と松葉杖の子どもが足もとを気にかけながら降りてくるわきをすり抜けるようにして階段を昇った。遼海は風通しの悪い六人部屋の窓側の寝台に身を横たえ、隣の患者と親しげに話をしているところだった。ふさの顔を見ると、遼海は言いかけた言葉を気まずそうに呑みこんだ。左足に繃帯が巻かれており、山吹色の油紙が透けて見えた。消毒液の臭いと男たちの体臭が鼻をついたが、匂い袋のような香りがかすかにする。ふさは、部屋の隅にあった小さな丸椅子を拝借してきて寝台の横に置き、それに腰掛けた。

「びっくりしたわ、ほんとに。大怪我でなくてよかった。丸太ん棒でも落ちてきたのかい？」

「いや、ちがう」

「てっきり、丸太ん棒が落っこちてきたと思ったわ。傷の具合はどう、痛む？　あんたは、ずっと兵隊蟻のように働いてきたんだから、この機会に、ゆっくり養生したほうがいいわよ」

「八針ばっかし縫ったけど、もう痛みはとれた」

遼海ははにかむような表情を見せてから窓の外に視線を移した。窓越しに瓢箪の形をした公園の池が見え、短舟(ボート)に乗る人たちの歓声が聞こえる。

小さな円卓の上に吸い飲みと並ぶように置かれた細長の壜に挿してある花がふさの目にとまった。取りかえたらしく、壜のなかの水はきれいに澄んでいた。

「あら、この青紫の花、すごくかわいらしいこと。何という花なの」

「花の名前？　何だったけな……、カラフト……ハナ……シノブだったかな」

遼海は面倒くさげに長い花の名を明かした。

「カラフトハナシノブ？　長い名前の花だこと。この花、はじめて見るわ」

「山のほうでよく咲いてるらしい」

「看護婦さんが摘んできて挿してくれたのね」

「……」

ふさは椅子の上で半分身をよじって窓の外に目をやったが、むろんそこにお目当ての青紫の花が見えるはずもなく、池の水鏡には濃緑の森と白い雲の倒影が映っていた。

「この青紫の花のおかげで、むしむしする病室も、涼しげな雰囲気に包まれるのね。足の傷、早くよくなってもらわないと。あんたがいないと、母さん、ひとりぼっちで心細いから」

「おれがいない分、早く寝られるだろうが」

「疲れて寝るだけだから、帰ってもつまらないし」

「この季節は、昼は暑くても、夜は気温が下がるから、腹など冷やさないようにしろよ」

遼海の機嫌がよくなってきた。

「そう言うあんたが、またどうして怪我をしたの」

「考えごとをしてたら、原木とまちがえて、自分の足に長鳶口(ながとびくち)を思いっきり打ちこんだんだ。……まったくどじもいいところだよ」

「長鳶口？」

　ふさはさも痛そうに顔をしかめた。

「痛いの痛くないのって、目から火花が出たよ。でも、もうだいじょうぶ。よく食べて栄養をつければ、縫い合わせた傷口もじきに閉じるだろうし。松葉杖を使えば歩けないこともないだろうけど、医者から、あまりむりはするなと言われてるから」

「そりゃそうよ。大事を取っての入院なんだろうからね。何か食べたいものがある。そうね、今度来るとき、あんたの好きな虎豆でも煮てくるかい」

「それもありがたいけど、果物がいいな。それから、着替えや身の回りの物を持ってくるのを忘れないでな。ここにあるものはみんな、病院から借りたもんだから」

「わかったわ。じゃあ、明日の朝、職場に行く前にここに寄ることにするわ。瓜(うり)でも冷やしてくるね。

部屋のほかの人といっしょに食べたらいいわ」

「面倒かけるな」

「そんなの気にしないで。わたしにはそれぐらいしかできないから。そうそう、退院したら湯治にでも行ったらいいわ。傷を治すには、温泉が一番だよ」

「樺太には温泉なんかあるのか」

「沸かして暖める鉱泉だけど、それがあるのよ」

「どこにあるんだ」

「川上にあって、川上鉱泉というの」

「そうなのか、それは知らなかった。沸かすのはいいけど、熱すぎるのだけはごめんだな」

ふさは、食事の配膳がはじまる前に、隣の患者に迷惑をかけたことを詫びて病室を出た。


退院後いつも通り会社へ出勤していた遼海が、不思議なこともあるもので、ふさを湯治に誘った。ふさの意見を聞き入れ、川上鉱泉の山間（やまあい）の湯治場に一泊して、ゆっくり温泉につかろうと言いだしたのである。以前よりも心の扉を開いてきた遼海だが、ふさと世間話をするのも食膳に向き合うときくらいで、夜勤やら休日出勤やらで家にいないことが多い。そんな遼海からの思いがけない心づかいに、ふさは胸を躍らせた。

待ち焦がれていた日がくると、ふさは遼海と落ち合う山湯へいそいそと出かけた。ほかの湯治客にまじって川上温泉駅で列車を降りたとき、夕日は山陰に沈みかけていたが、風（かざ）なぎの山懐（やまふところ）にはまだ暑熱がこもっていて蒸し暑かった。黒い腹部に黄の横縞が入った鬼蜻蜓（やんま）が緑の釦（ボタン）のごとき眼を二つつけ、悠然と停車場を飛び回っていた。

鉱泉宿は切り立った谷間の入口近くにあり、きれいに刈りこまれたオンコの木の枝を揺らして愛くるしい仕草を見せる栗鼠が迎えてくれた。宿主の女は北海道の釧路生まれで、ちんどん屋の両親に連れられて北海道を転々とした末に樺太にやってきたという。

その宿主に案内された部屋で、窓の下の渓谷を流れ下る谷川のせせらぎに涼を感じながらくつろいでいると、遼海が約束した時間より遅れて、いくぶんぎこちなさそうにして入ってきた。

「なんだ、もう着いてたのか。どうだい、いい宿だろう、気に入ってくれた？」

遼海は腕時計にちらっと目をやると、そばにあった座蒲団を尻に当てた。

「待たせて、悪かったね。おれは、人と待ち合わせがあって、ひとつ前の汽車で来てたんだ」

「こんな山深いところでかい？」

「そう」

「あんた、水くさいわよ。何も別々でなく、同じ汽車で来ればよかったのに」

「さっそくだけど、あんたに紹介したい人がいるんだ」

「紹介するって、女将さんとならさっき立ち話したばかりだけど」

「宿の人でなく、ほかの人だよ」

「お客さんは、二人ばかり見かけたけど。で、その人どこにいるの」

「いま連れてくるから、ここで待ってて」

これから会う人って、だれなのかしら。会社の上司か同僚か……、だいたいそのあたりかな。それにしても、何の用事だろう、とふさの胸はなぜか早鐘を打ちはじめた。蚊遣(や)りが焚かれている部屋に、扇子の煽がれる音がせわしげに響いた。

遼海が連れてきたのは、意外にも年若い女だった。敷居際でもじもじしている女の顔は、廊下の裸電球の光の輪と部屋の薄暗がりとの境目にあるため、ふさのほうからは逆光になっていて、よく見えなかった。なま暖かい風とともにかすかな匂い香が流れてきた。どこかで嗅いだことがある気がして、それがどこなのかを思い出そうとしていると、一度座った遼海が立ち上がり、女に声をかけた。

「そんなところにいつまでも立ってないで、遠慮せずに入っておいでよ」

女は、軽くお辞儀をしてから部屋のなかに入ってきた。座につくようにうながされると、ふさの前に置かれた座蒲団に正座し、畳に両手をついて頭を下げた。一重瞼の目を伏し目がちにして、しきりに睫をしばたいている。ふさも威儀を正すために座り直した。

「紹介するよ。ええと、こちらは李棗(りなつめ)さん。名前の通り、朝鮮の人で、両親といっしょに北海道に渡ってきて、そこで数年暮らした後、半年前に樺太に来たんだって」

「朝鮮の人?」

「棗という名は、朝鮮料理に欠かせない棗の実にちなんで、お父さんが付けたそうだ。じゃ、いいかな、君がまず名前を名のって」

体を固くしていた女の顔に緊張が走った。

「わたしの名前は、李棗です。よろしくお願いします」

訛の強い日本語での挨拶だった。

「こちらこそ。な、つ、め、すてきなお名前ね」

「こっちがおれの母親で、当年四十……。あれ、今年で何歳になったたっけ？」

「何を言いだすと思ったら、わたしの年？　しょうがないわね。親子だからいいけど、ほんとは女に年を訊くのは失礼なのよ。そうね、早いもんで、四十九歳になったわ。それより、わたしにもちゃんと挨拶をさせてちょうだい」

ふさはあらためて膝を正した。

「お初にお目にかかります。遼海の母の加藤ふさです。遼海が、いろいろとお世話になっているようですが……」

ふさも両手をついて深く頭を下げた。

「お母さまには、以前、お会いしたことがあります」

そう言われても、ふさは何のことかさっぱりわからない。

「ほら、豊原に来るときの汽車のなかで、席を譲ってあげたことがあるだろう。覚えてる？　あのときの朝鮮の娘さんが、この棗さんだよ」

「えっ、そうなの？」

ふさは目を丸くして女の顔を見つめた。女が、列車で乗り合わせた、あの赤い毛糸の帽子と継ぎはぎだらけの青の袖なしを身につけていた朝鮮の娘だとわかり、背中から冷水を浴びせられたように驚いた。

茫然自失のふさを見て、すこし驚かしてやろうと仕組んだ演出が度を越していたことに気がさしたのか、遼海は微苦笑を浮かべた。

「何もあんたを驚かそうとしたわけでないからね」

「それにしても……」

「ところで、話は急だけど、おれらは結婚することにしたから」

「えっ、結婚するって、あんたがたが？」

「そうだよ。何もそんなに驚かなくてもいいだろう」

驚きを通りこし、頭のなかが真っ白になって、ふさは何も考えられなくなった。

「だって、あまりにも唐突な話なんだもの。母さん、頭がこんがらがって、何がなんだかわからなくなったわ」

「話は簡単だよ。あの汽車で出遭った朝鮮人の娘とおれが結婚するということだよ」

「それはわかったわ。でも……」

ふさは言葉を失った。

「でもって、何だよ」

「だって、あんたがたは、知り合ってから間もないんでしょ？　それなのに、もう結婚というのは、ちょっと早すぎないかい？」

「正式な手続きを踏むんだから、早いも遅いも関係ないよ」

「でも、物には順序というものがあるから。こういうことはいろいろとしきたりがうるさいものよ」

「しきたりも糞もないよ。だってうちは、親戚もいないし、棗さんのところも両親しかいないから、お互いさまで、家のしきたりに縛られるはずはないだろう」

「そう言われればそうだけど……。それで、こんなこと訊くのもなんだけど、なれそめはいつだったの？」

「なれそめっていうほどでもないけどね。四か月ぐらい前かな。汽車で乗り合わせたことのある棗さんが、うちの工場で、人夫にまじってもっこ棒を担ぎ、貨車から下ろされる石炭を運ぶところを見たもんだから、かわいそうだと思って手伝ってあげたのが、付き合うきっかけになったということかな」

「そういうことだったのね。知らなかったわ。わたしだけが聾桟敷に置かれていたのね」

「そんな言い方はするなよ。何もあんたをじゃま者扱いしたわけではないから」

「それはそうかもしれないけど」

「まあそういうことで、たまたまおれは朝鮮人と結婚することになったけど、結婚相手は、どこの民族の人であるかより、どんな人であるかのほうが大事だろう？　あんたがロシア人と結婚したのも、その男の人柄に惹かれたからだよな？　それに、いろんな民族の血が混ざり合う樺太では、民族の枠を超えた結婚など、めずらしくもないしね。どう、おれらの結婚を認めて、祝福する気になってくれた？」

「も、もちろんよ。でも……」

「また、でもかよ。ほかに何かある」

「いや、別に……。あんたがたが付き合っていたとは、夢にも思わなかったもんだから。おめでとう。

それから、もうすべてわかってしまったみたいだけど、父さんがロシア人なのをずっと隠していて、ごめんね、このとおりだよ」

「いまさら頭を下げられても困るけど、もっと早く打ち明けてほしかったな。そうしてくれてたら、どれほど救われたか……」

「そうね、こんなことで許してくれるわけないわよね。虫がよすぎるも。いままで内緒にしてたのは、あんたにほんとのことを知られるのが怖かったからなの。もし知られるようなことになれば、あんたがわたしのもとからいなくなる気がして、毎日、気がやすまらず、生きた心地がしなかったわ。でも、これでよかった。あんたが結婚して所帯をもつまでには、ほんとのことを打ち明けないといけないとずっと思ってたから……。それで、父さんのこと、どうしてわかったの」

「そりゃあ、わからないほうがどうかしてるよ。だってそうだろう？　おれの髪の毛や瞳の色が日本人離れしてるんだから。子どもも心にも、何か訳があるにちがいないと思うのは当然だよ。およその察しはついてたけど、あんたがいつも肌身離さず持っている扇子に書かれてる文字がロシア語であるのを知って、ぴんと来たんだ。おれの男親は、まずまちがいなくロシア人だとね。それに、ロシア語の手紙も見たこともあるし」

「そうだったのね」

「ねえ、その扇子をなつめさんにも見せてあげたいんだけど、いいかな？」

拍子抜けしたふさであったが、遼海がここぞとばかりにいろいろ訊いてくるはずだろうから、それに答えることでチターエフの人となりを紹介できる、と思うと声がはずんだ。

「ほら、見て。右下のドミートリイは名前を表し、その右横のは姓でチターエフと読むの。父さん自身が名前を書いて、その扇子をわたしにくれたのよね。それに……」

とロシア人の父親についてさらに言及しようとすると、貧乏揺すりをはじめた遼海が、それを制するような素振りを見せたので、ふさはしかたなく口をつぐんだ。

形のいい眉を曇らせてふたりの話に聞き入っていた許婚に、遼海が話の中味を説明しだすと、彼女の瓜実（うりざね）顔ははなやぎ、清艶なうつくしさを取り戻した。

「遼海さんの、お父さんが、ロシア人なのは、聞いて、知っていました。遼海さんは、お父さんのこと、憎んでいる、ようですが、わたしは、お父さんにも、ぜひ会いたいです」

「そのように言っていただけると、父さんもきっと喜んでくれると思うわ。わたしも、婚礼に先立ち、なつめさんのご両親に一度お会いして、ご挨拶を申し上げたいわ。ご両親は、このたびの婚約、喜んでいらっしゃるのかしら。なにせ日本人が花婿になるわけだから……」

「もちろんだよ。すごく喜んでくれたよ。挨拶のために、そのうちこっちに来るようなことを言ってたよ」

「その前に、こちらからお伺いしないといけないわね。それで、結婚式はいつ挙げる予定なの」

「九月末に、豊原神社で」

「九月？　九月なら、もうすぐじゃない。わたし、どうしよう。早いとこ支度をととのえないと」

「支度する必要なんかないから。相談しないで申し訳ないけど、おれらふたりで簡単にすませるので。式が終われば、そのまま役所に行って婚姻届を出すだけだから」

「それって、遼海、あまりにも一方的すぎるわよ。何もかもふたりで決めてしまうなんて、さびしすぎる。これも、わたしをのけものにしようとするためなの？」

「のけもの？　おいおい、のけものとは、おだやかな言葉ではないぞ。みっともないぞ、そんなことで取り乱したら」

「取り乱したりしてないわ。ただ、あまりにも突然で、一方的なもんだから。でも、わたしなんか、のけものにされても、しょうがないわよね。身から出た錆だもの」

「そうやって自分を貶める（おとし）ような、卑屈な言い方はするなよ。これからは、何だかんだとあんたに相談することが多くなるから。家族三人で同じ社宅で暮らすことになるけど、彼女のことは、なつめって呼んでやって。なつめさんは、親思いで、炭坑で働く両親が体をこわさないか、いつも心配してるんだけど、その両親とも離れて暮らすとなると心細くなるだろうし、日本の生活になじむまで時間がかかると思うので、そのあたりのことを配慮してくれればありがたい。日本語も勉強はしてても、まだまだ不自由なところがいっぱいあるので、それも含めて、いろいろ教えてあげて」

なつめが同座していることが、いつもは寡黙な遼海の舌の動きを滑らかにしていた。

話に一区切りがついたころに、宿の仲居が、「お風呂のご用意ができました」と告げにきた。遼海が手拭を頸に掛けて、あくびをしながら部屋から出て行った。部屋に残されたふさとなつめに気づまりな空気が流れ、何から話してよいのかふさが言葉に窮していると、谷川のせせらぎがひときわ大きく耳に迫ってきた。話の継ぎ穂を見つけてしゃべっても、声が瀬音にかき消されて話が途切れがちになり、重苦しい沈黙がふたりを包んだ。

ほどなくして、熱い湯が苦手の遼海が、いつもながらの鴉の行水をすませて戻ってきた。入れかわるように、浴衣に着替えたふさとなつめが連れだって湯小屋に向かった。

壁の隅に置かれた裸蠟燭の火影が天井や板壁を弱々しく照らしている湯小屋は、人が四、五人も入れば肘と肘とがくっついてしまいそうな広さだった。

ふさが湯槽(ゆぶね)から出て湯気の立ちこめる流し場で身体を洗っていると、湯に身体を沈めていたなつめが、「背中を流しますね」と湯音を立てて湯槽から上がってくると、白木綿の糠袋で背中を流してくれた。知り合ったばかりの許嫁の襟度(きんど)を開いたもてなしを受け、ふさは、しあわせを呼ぶとされる青い鳥の瑠璃鶲(るりびたき)が翠巒(すいらん)の谷間から親ひとり子ひとりのさびしげな社宅に舞い降りてきたような喜びを噛みしめるのだった。

鉱泉で汗を流した後、三人が浴衣姿でくつろいでいると、遼海があらかじめ注文していた祝いの膳が運ばれてきた。色どりはなやかな膳に添えてある、こけももの実でつくった樺太特産のフレップ酒で祝杯をあげ、山海の幸に箸を運んだ。

宿主の勧めで、夕涼みに湯宿の裏山まで出かけることになった。晩夏になっても暑さが残っているおかげで、いつもなら花時がとっくに過ぎているはずの花が、見頃を迎えていて、いい匂いを放っているというのだ。

手提げ洋灯をかざす遼海の後につづき、ふさとなつめも手提げ洋灯を頼りに月夜の山路を並んで歩いた。くぐもった梟(ふくろう)の声が聞こえる白樺林を過ぎると裏山の鞍部(あんぶ)に出た。そこからは、月の光が射しこむ野面に濃藍の花の絨毯が敷きつめられているのが瞰視(かんし)できた。深山の自然が幽遠な趣を見せる夜景色のなかでは、二灯の手提げ洋灯のゆらめきは、夜陰の山路を踏み分けてゆく狐の嫁入りの狐火みたいに奥ゆかしかったが、遼海はそんなことにはおかまいなしに、それを吹き消した。

ふさが急にしゃがみこんで、路傍に咲くひともとの濃藍の花房を手折った。それを月の光に当てて見ると、五弁の青紫色の小花をいっぱいつけているのがわかった。鼻に近づけるとほのかな香りがした。

「わかったわ。あんたの病室に飾ってあったのが、この花ね。病室が殺風景ということで、なつめさんがあの壜に挿してくれたわけね」

「なつめさん、病院に持ってきてくれたのはこの花だったっけ？」

「そうです。青い花は、涼しさを運んでくれると思いまして。朝鮮の家に、青い花の咲く大きな木槿があったせいで、わたし、青い花が好きなんです」

なつめは打ち解けた口調になっていた。

「なるほど、それで青い花を飾ってくれたわけか。ええと、花の名は、カラフトハナ……、あれ、もう忘れてしまったよ」

「カラフトハナシノブでしょ。名前の一部の『シノブ』が、耐え『忍ぶ』と面影を『偲ぶ』の両方に掛かるのがおもしろくて。わたし、すっかり気に入ってたの」

ふさが手折った花房をなつめの髪に挿してやると、なつめはふさの手を取ってうれしそうに歩きだした。

瑠璃紺の夜空と濃藍の花の絨毯とが溶け合ってひとつづきの画布に見えるその上辺に、一輪の月がおぼめき、満天の星がきらめく情景は、さながらシャガールの幻想画のようだ。

「ブラゴヴェシチェンスクにいたころだけど、あんたの夜泣きがやまないときは、夜中でも外に出て、だっこしてあやしたもんよ。冬空の星は、ちっちゃなあんたの手でも触れられるくらいに大きくきらきら輝いていたわ。あんた、覚えてるかい、羽子板星と呼ばれる昴という星？」

「名前は聞いたことがあるけど、実際には見たことはないな。今夜は、見られるの？」

「残念ながら、いまの季節はむりね。六つほど連なっている星でね、星の好きなばあちゃんが教えてくれたの」

「ばあちゃんて、あんたの母親の？」

「そう。でも、ばあちゃんは、鼓星が好きでね。冬の夜空に君臨する鼓星がお出ましになると、まわりの星が額づいて道を譲るとよく言ってたわ」

「それは、見る人によって、ちがって見えるだろうに」

「あくまでも譬えだから」

「ばあちゃんは、鼓星のような、やんごとなき星のほうが性に合う人だったんだ」

「別にそういう人ではなかったわよ。ただ、四角のなかに三つの星の唐鋤星があるので、見つけやすかったからじゃないかな。でも鼓星は、夏になって蠍座が東の空に出てくると、西の地平線にそそくさと逃げてしまうのよね。わたしは、そんな鼓星よりも、鼓星の通る都大路で、角を突き立て牛車のように立ちはだかる牡牛座のほうが好きだわ」

「で、昴は何座にあるの」

「その牡牛座の牛の肩のあたりで青白くきらめいているのが昴なの。あの清少納言も、星座の花形として昴を挙げているので、昴を見ていると、平安朝のお香の匂いが漂ってくる気がするわ。病気で臥せていたばあちゃんが、よく白檀のお香を焚いていたから、その匂いがしてくるの。そんなわけだから、昴を見つめているうちに、わたしはすべての星には香りがあると信じるようになったの」

「たかが星の話なのに、あんたの王朝趣味も加わり、ずいぶんとややっこしくなったけど、どんな匂いなのか、ひとつ白檀の香りを嗅いでみたいな」

「あんた、嗅いだことあるわよ。おいねおばちゃんが、夜泣きをするあんたに白檀の匂い袋を嗅がせると、あんた、ぴたりと泣きやんだもの」

いつのまにか、気のはやい秋の虫のすだく声が高くなっていた。

ふたりの門出にあたり、ふさは母としての庭訓を伝えたい衝動に駆られ、星に仮託して自分の思いを語りだした。

「さっきも言ったけど、星の放つその香りが色彩を帯びることで、星の色が生まれたのよ。星がきれいなのは、香りのおかげなの」

「へーえ。じゃあ、何かい、あの橙色の北斗七星の大角星も、橙色の匂いを出してるということになるの。にわかには信じがたいね。匂いがなくても、星はきれいだけどな」

「花だって、色と香りがあるからこそ、うつくしいと感じるでしょ。星もそれと同じよ」

「星と花とでは、それこそ天と地ほどちがうだろうに」

「わたしはそう信じたいの。なつめさんは、どの星が好き?」

「わたしは、北極星が、好きです。わたしたち朝鮮人が、どこにいても、北極星は、いつもわたしたちを、見守ってくれているので。次は遼海さんが答えて。遼海さんの好きな星は？」

「おれの好きな星かい？　そうだなあ、何にしよう……。じゃ、とりあえず、天の川の織姫星と彦星にしておこうかな。ほら、なつめさん、あそこと、それから、あそこの白い大きな二つの星を見てごらん。見えた？　おれらは、あの織姫星と彦星のように仲良しというわけだ」

「織姫星がなつめさんで、彦星が遼海というわけね。でも、そうだとすると、あんたがたは一年に一度しか会えなくなるわよ。それでいいの？　しかも、彦星は、舟を漕いで天の川を渡らないといけないから、たいへんよ」

「ちょい待った。縁起でもない、それは困る」

「それとね、その二つの七夕の恋星と白い香りで繋がっている星がもうひとつあるの。見えるかな……。古七夕と名づけられている、白鳥座の尻尾のところにある白い星なんだけど」

　ふさは白鳥座を指さした。

「ああ、わかった、あの大きな星か。とすると、あんたが古七夕になるのか」

「そう言ってくれると、わたしもうれしいわ。人は白鳥に姿を変え、白鳥は人に化身すると言われているしね。わたし死んだら、あんたがたふたりが離ればなれにならないように、北極星といっしょに見守ってあげるわね」

「三つの白い大きな星が繋がってるわけか」

「そういうことね。といっても、繋がっているのは、何も大きな星だけではないのよ。名もない小さな星も、同じ色の香りでほかの仲間の星と繋がっているの。だから、仲間の星からはぐれてしまう星なんかないわけね」

「そうともかぎらないさ。はぐれてしまう星はあるだろうに。流れ星がそうだろう？　あんたの夫のロシア人がその流亡（るぼう）の星だよ。あっという間に消えてしまうはかない星だ」

「でも、父さんも、わたしらの星と繋げてあげてほしいわ。どの白い星を父さんのにすればいいかな……」

「そんな必要はない」

「そう言っても、かわいそうでしょ」

「かわいそうも糞もない」

「遼海さん、お父さんの星も、探してあげよう」

「探そうたって、すぐに消えるから、見つからないよ」

「お母さん、この次までには、お父さんの白い星を、探しておいてくださいね。四角を作る、四つの星が、繋がるように、わたしたち四人の心も、しっかり、繋がっていたいわ」

「四角でなく三角だろう？」

「四角のほうが、わたしもいいな。やはり家族は、たくさんいたほうがいいもの」

「何か、わかるようでわからないこと言ってるけどな」

「ちょっと抽象的になるけど、星座には、人間界に存在するような、民族や国のちがい、男女の差、身分の上下、貧富による差別などはなく、そこではすべての星が平等なの。だからこそ、悠久のうつくしさを失わずにいられるわけね。あんたがたふたりの前途を祝してわたしが言いたいのは、人間もみんな、星と同じように分け隔てなく平等だということなの」

「おいおい、あんたの言うことは抽象的すぎるよ。なつめさんにもわかるように、もっとわかりやすく話してくれよ」

「そうね。わたし、フレップ酒で気持ちが昂ぶってるのかもね。さらにもうひとつ、忘れずに話さなければならないことがあるけど、聞いてくれる？」

「まだあるのかよ。今度は月の話でもする気かい？　かぐや姫の乗った牛車の牛が老いぼれて動けなくなったとか、うさぎがぐうたらで、寝てばかりで餅つきをしなくなったとか、そんなこと？」

「せっかくおもしろい話を提供してもらったのに、あいにくご期待に応えられないけど、月でなく、ななかまどの話なの」

「ななかまどって、木のななかまどのこと？　なんでまたななかまどなんだい。前にあんた、ななかまどは、あまり好きでないと言ってたよな」

「たしかに、そんなことを言ったことがあったかもね。まあ、その話はひとまず置いといてもらうわ。それで、そのななかまどのことなんだけど、その名前の由来を知ってる？」

「そんなの聞いたことないね。じゃ、さっそく、あんたのご高説でも拝聴させてもらうことにするか。なつめさんもいっしょにどうぞ」

「そんなふうに言われると、ちょっと話しづらくなるわね」

「気にしない、気にしない。さあ、はじまりはじまり」

「紙芝居じゃないんだから、あまりからかわないで。えーと、ななかまどの名前は、読んで字のごとく、七度（ななど）竈にくべられても、燃え尽きないことから来たらしいの」

「そうなの？　初めて聞くよ」

「ななかまどの話をもち出したのは、人間の血も、ななかまどのように、消えてなくならないってことをわかってもらいたくてね」

「それ、どういう意味？　さっきから言ってるだろう、話がわかりづらいって」

「ちょっとまどろっこしい話になるけど、聞いてちょうだい。いつぞやあんたに、じいちゃんがななかまどの木にぶつかって死んだ話をしたことがあったよね。覚えてる？」

「吹雪の日に馬橇にはね飛ばされたんだろう？」

「そう。酉蔵おじちゃんといっしょに、じいちゃんがななかまどの木にぶつかった事故現場に行ったら、血のついた雪に赤い実が落ちてたの。そのときはわからなかったけど、後になって気づいたのよね。じいちゃんは、その血のついたななかまどの赤い実に託して、家族の血というのは、新しい血が注がれることで新たな香りを帯び、そしてそれをくりかえすことで次の命へ受け継がれてゆくことをわたしらに伝えたかったのかと。ちょうどそれは、鈴谷川がその支流から新たな匂いを受け継ぐなかで、その川固有の匂いを帯びるのと同じね。あんたがたに子どもが出来たら、本間家の血に李家の血が加わって、新しい香りの血が誕生することになるわね」

「むりにこじつけたみたいに聞こえるけどな」

「ところが、そんな尊い家族の血脈を途絶えさせるばかりか、祖国や故郷をも奪い去ってしまうのが、戦争でしょ」

「地震や津波などの天変地異も人の命を奪うだろう？」

「たしかに地震や津波も多くの命を奪い、かけがえのない故郷を破壊してしまうことがあるけど、人間と人間が殺し合う戦争は、憎しみと流血がなければ存在できないものよね。そこに天災との大きなちがいがあるの。数多くの人たちが犠牲になった日露戦争では、おびただしい血が流され、血流の涸れ尽きた家族が影も形もそして香りもなくこの地球から葬り去られたでしょ。戦争のたびに人類は破滅に近づいてると言えるわ。だから、戦争こそが、地球から消滅しなければならないものなの」

「何だよ、人間はみな同じだとか家族の繋がりが大切だとかを説いてると思ってたら、いつのまにか、戦争の否定という、きな臭い話になってるじゃないか。何かい、それは、おれが日露戦争を支持したことへの当てつけ？」

遼海の声音がとげとげしくなった。

「何もそんなふうに言っているつもりはないわ。もしそんなふうに聞こえたら、許してちょうだい。……そうだ、わたし、いいこと思いついたわ。秋になったら、ななかまどの赤い実で頸飾りを作って、新婚のあなたがたの頸に掛けてあげるわ。昔、じいちゃんが幼い弟とわたしにしろつめくさの頸飾りを作ってくれたことがあったから」

「いや、遠慮するよ、そんなの。いいか、はっきり言っておくけど、この世から抹殺すべきなのは、あんたのゆきずりの相手のロシア人なんだ。家族を裏切り、家族をほっぽらかしにした奴は、おれは何がなんでも許さないからな。憎たらしいったらないよ。だって、そうだろう、あんたを弄んだ挙句に、履けなくなった草履のようにぽいと捨てた男なんだから。無責任にもほどがある。男の風上にも置けない奴だよ。そんな奴の血を受け継いでるかと思うと、反吐が出そうだ。できることなら、おれの血管に流れてる、そいつの腐った血をいますぐ抜き取ってしまいたいくらいなんだから。そんな奴は、さっさとこの世の中から消えてしまえば、どれだけ多くの女がその悪魔の手から救われるか」

「父さんのことをそんなふうに言わなくても……。父さんがかわいそうよ」

「そんな罰当たりな奴は親でもなんでもないし、早くくたばってくれと願うばかりだよ。いい？　これがいまのおれの偽らざる気持ちだ。言っとくけど、この話にはなつめさんを巻きこまないでくれよ。なつめさんには関係ない話だから」

「だけど、あんたの父親には変わりないでしょ？　名前だけでもいいから覚えてあげて」

「ふん、どうせいつもの加藤久蔵っていうんだろう。ちがうか？　とにかく、そいつの名前なんか聞くだけでも、耳が腐るわ。なつめさん、もう宿に帰るよ」

「ねえ、待って。さっきも言ったように、父さんの名前は、ドミートリイ・チターエフというの。あんたの名前に海という字をつけたのも、父さんが海を愛してたからよ」

「そんなの知るかよ」

遼海は燐寸を取り出し、手提げ洋灯に灯をともした。風が出てきていたので、洋灯の灯がはげしく揺れた。

「ねえ、お願いだから聞いてちょうだい。父さんは誠実な人柄で、樺太の囚人たちが人道的な扱いを受けていないことを世に訴えようとした、ロシアでも有名な物書きだったのよ」

とふさは、すでに遼海がふさとなつめを置いてきぼりにして山路を下りはじめていたので、口早に言った。

「誠実な人柄もへちまもあるかよ。ロシアでも有名な物、書いただと？　ふん、謎解きでもあるまいし、何を言ってるか、さっぱりわからない。もういい、いずれにしても、おれは、そいつのけがらわしい名前は聞かなかったことにするからな。今日はせっかくのめでたい日だし、そんな話は、また別の機会に、なつめさんが日本語をもっと理解できるようになったときにすればいいんだ。宿の人も心配するころだから、急いで戻らないと。行くよ、なつめさん」

なつめはふさのほうを振り返りつつ遠ざかって行ったが、ぺこりと頭を下げると、駆け足で遼海の後を追いかけた。

ふさは、勝手口のそばで飼われている樺太犬の遠吠えに迎えられながら宿に戻った。言いようのない疎外感に襲われた。せっかく遼海と隔意のない話をかわせるようになったのに、これでまた振り出しに戻ったような気がしてならなかった。寝苦しい一夜であった。

三

祝言を挙げてからわずかばかりの月日しか経っていないのに、なつめは、炊事も洗濯も掃除も実によどみなくこなし、仕舞い湯に入ってからも秋の夜長の編物や縫物をするなど、寝る間も惜しんで働いた。凩の吹くころには、冬籠りの準備に追われるふさを助けようと、朝鮮漬けにする白菜や大根の買い出しにいっしょに出かけ、その帰りに、川原へ行って漬物石を見つけてくることもあった。

両家の顔合わせの日取りが延びのびになっているうちに、霜柱が立ち初氷の張った日に、川上炭山で日雇いの人足をしているなつめの両親が、娘が嫁ぐことになったお礼を述べるために豊原にやってきた。さきほどまでかいがいしく動き回っていたなつめは、何の前触れもなく訪れてきた両親と抱き合って再会の喜びを表わした。両親は、炭坑での労働が苛酷なため、列車のなかで会ったときよりも顔が蒼白くやつれが見えた。なつめが両親の健康を案ずるのもうなずける。

一夕の宴を張るところではあるが、急なことであったため、あり合わせの惣菜で早目の夕飯を振舞うしかなく、さっそくなつめとふさが台所に立った。七輪の炭を熾す団扇の音がすると、次は身欠き鰊の焼ける匂いがしてきて、なつめが鼻歌まじりに味噌汁の青物を刻む包丁の音が聞こえた。

両親は日本人との結婚に一抹の不安を感じていたようだが、襷に姉さんかぶりの愛娘が、一坪ほどの土間の台所で姑とぴったり息が合うように煮炊きをしているのを見て、愁眉を開いた様子だった。

食事の支度が出来るまで、遼海がときおり朝鮮の言葉を織りまぜながら、両親の話し相手になった。なつめが煮つけや朝鮮漬けをうまく作れるようになったとか、社宅の奥さん方との井戸端会議にも顔を見せるようになったとか、上手に家計をやりくりしているとか、たわいもないことを話題にした。手の震えを訴えていた母親には、「天気が悪くなると、ぼくの足の傷も痛みだしますが、お母さんの手の震えも天気に影響されますか」などとやさしく訊いていた。

襷をはずしながら三人の会話に加わったふさには、それがまぶしく映った。両親が笑い声をあげるとき、それにつられるかたちで愛想笑いをしている自分に気づいた。それでも、両親と言葉をかわし、朝鮮での暮らしぶりや日本に渡ってきた経緯を聞いていると、祖国が日本に併呑されたのちも、尊厳を踏みにじられ、隷従の泥沼に押しこまれた朝鮮民族に哀憐の情を覚えるのだった。自分のようにおのれの意志で祖国を離れる場合もあれば、両親のように他民族の支配によって祖国を追われる場合もあることをあらためて知った。自分の悲しみと引き比べると、両親の悲しみの襞はいくつもあり、そのひとつひとつの折り目の窪みが計り知れぬほど深いという思いがせきあげてきた。

両親は家族水入らずの一汁一菜の夕飯をおいしそうに食べてから、フレップ酒一壜と遼海の会社から配給された味噌と醤油をお福分けしてもらって、名残り惜しげに帰って行った。冬の夕暮れの野中道をたどたどしく歩を運ぶ小さな二つの黒い影を三人で見送った。

ふさから譲り受けた桃色珊瑚の簪を耳かくしの髪に挿しているなつめは、頬を伝い落ちる涙を幾度も拭った。歯が悪いために、疎髯(そぜん)の伸びた顎を大きく動かしながら食べていた老父の姿と椀を持つ手が震えるためご飯粒をぽろぽろとこぼす老母の姿が哀れでならなかった。そしてなつめには、その老いたふたりの姿は、差別と迫害を受け、塗炭の苦しみを味わっている同胞の多くが、苦境を乗り越えてふたたび祖国の地を踏む可能性が遠のいていることを暗示しているように思えた。

大正九年三月、極東のニコラエフスクで、ソ連のパルチザンによって、軍の駐留守備隊、領事館員、居留民など七百人以上の日本人が虐殺される尼港(にこう)事件が起きた。これに日本軍が黙っているわけがない。殺戮のかぎりを尽くしたソ連に向けられた世界各国の囂々(ごうごう)たる非難を楯に、日本軍はここぞとばかりに、七月、北樺太のアレクサンドロフスクに進駐して、ロシアとの一戦を辞さない構えをみせたのだった。このことにより、樺太の領有をめぐって、日本とソ連が一触即発のにらみ合いをつづけるような恰好になった。

軍事衝突の火種を抱えた樺太に秋が忍び寄る白露のころ、仲むつまじい遼海夫婦に待望の男の子が生まれた。寛海の誕生である。さらにその二年後に娘の泰美(やすみ)が生まれた。遼海となつめは、ふさから聞いたなかまどの話が強く印象に残っていて、寛海と泰美の血管に日本人、ロシア人、朝鮮人の血が流れているのを意識するようになった。「わたしも、親として、子どもたちに、日本語の読み書きを、教えてあげたいから、いっしょうけんめい、字を勉強しなくちゃ。ばあちゃん、むずかしい漢字もたくさん教えてね」となつめは屈託のない笑みを漏らした。子どもたちが寝静まってから日本語の勉強にこつこつ取り組んだ努力がみのって、漢字の読み書きもさほど苦にならなくなり、葉書や手紙を独力で書けるまでに上達した。日本語を習得したことで母としてのゆるぎない自信が湧いてきて、なつめは良妻賢母であることに自分のしあわせを見出していた。

大正十二年、長い冬が終わってようやく春の気配が満ちはじめたころ、北極海から南下する寒波が樺太を覆ったため寒が戻り、内陸にある豊原では放射冷却で氷点下になる日がつづいた。めったに風邪をひかないふさも、油断してひいた春先の風邪をこじらせ、高熱を訴えて寝こんでしまった。軽い肺炎という医者の診断が下り、大事を取って入院することになった。

遼海が病院に顔を出したのは、入院のために付き添った日だけで、なかなか咳の取れないふさが、

「母の結核が遺伝して、いまになってそれが発病したのかしら」と不安げに訊いても、「医者が急性肺炎と言ってるんだし、そんなことあるわけないだろう。なつめがいろいろと面倒みてくれるから」と言って、入院の手続きが終わると早々に帰ってしまった。

一方、なつめは、夫の埋め合わせをするかのように、看病のために毎日、病院にやってきた。身の回りの世話をした後は、寝台の横に椅子を置いて座り、ふさの問いに答えるかたちで、自分の生まれ故郷の慶州のこと、生い立ちや両親のこと、さらに遼海とのなれそめの経緯などを話した。ふさがうとうとして寝息を立てると、眉根に皺を寄せているその寝顔を見ながら、編物をしたり日本語の本を読んだりして過ごしたのである。思いがけず訪れた、このゆったりと過ごした時間が、ふたりの間の親密の度を深めることになった。

満月の夏の夜に、いつもは親子四人川の字になって寝るのだが、障子から射しこむ月の光が幼い孫たちの寝顔を照らすのは縁起が悪いというふさの指摘を受けて、寛海と泰美をふさの蒲団で寝かすことがあった。何のことはない、ふさが孫たちと添い寝をしたかっただけのことだった。なつめもそっとふさの部屋に入ってきて、膝枕をしてもらっている寛海と泰美の横で、ふさの思い出話に耳を傾けた。ふさの話を通じて、函館の町を知り、義祖父母と義叔父の人となりや幼少期の夫の様子を窺い知ることができた。なつめは、ふさをお手本にして、できるだけたくさん童話を読んであげる、いろんなところに連れていってあげる、七五三のときにはチマチョゴリを着せてあげることを子育ての道標（しるべ）とすることにした。子どもたちをやさしくて心の豊かな、朝鮮の血が流れていることにも誇りがもてる子に育てながら、小さなしあわせがいっぱいある家庭を築こうと心に誓ったのである。

ここで、なつめが小さなしあわせをつかもうとしていた大正時代を遠望し、それがどのような時代であったのかを振り返れば、デモクラシーの莟がほぐれかけたとされる、この短命に終わった時代は、議会政治と普通選挙実現をめざす民主主義的な政治改革が推し進められ、それと歩調を合わせるかたちで、大衆文化が芽吹いて都市型消費生活が形成されつつあったが、中後期にはさまざまな問題が国の内外で噴出したことで政治と社会経済が混乱し、次なる侵略と戦争の時代の序曲となっていたことがわかる。

大正の中後期の日本は、国外的には、シベリア出兵の強行や朝鮮の独立運動と中国の反日運動の高まりによって国際的な孤立を深め、国内的には、米騒動、原敬首相の暗殺、治安維持法を発動しての社会主義運動の弾圧といった寒々しい事件が継起し、国民の間に不安がひろがっていたのである。

そんななかで大正十二年九月に起きた関東大震災によって社会的混乱は極点に達し、その収拾に戒厳令が発令された。戒厳令がしかれるなかで、軍と警察が社会主義者たちに煽動された朝鮮人が掠奪強姦や放火をくりかえしているという噂を流したことにより、不安を煽られた民間人の自警団が朝鮮人、中国人、社会主義者を襲撃するという陰惨な事件が頻発し、あまつさえ天皇暗殺計画容疑で朝鮮人の無政府主義者が逮捕されることもあった。

朝鮮人が差別と偏見のなかで日本社会で生きてゆかなければならない、息苦しい時代が来ていたのだ。

大正十三年の仲春に酉蔵からたよりが届いた。時候見舞いにつづいて近況報告が長々と書かれた後に、稚泊鉄道連絡船が運航したことでもあり、五月に豊原を訪れる予定でいるとあった。思いもかけぬ報せであった。酉蔵と会うのは何年ぶりだろうか。再会するのに三十年もかかったとは……。これこそ天のみちびきというもの。これまで苦労してきたことへのご褒美だわ、と手の舞い足の踏むところを知らず喜ぶふさは、怱々（そうそう）として過ぎ去っていった月日の流れに胸を衝かれた。その一方で、いまになって樺太にやってくるのは、羽前屋の経営や酉蔵の身に何かよからぬことが起きたからだろうか、と不安の影が心の片隅に射してくるのだった。

家族総出で連絡船の到着を待つ大泊港駅の桟橋に、酉蔵と妻の美香子が姿を見せたのは、千島桜の薄紅色の花がいっせいに咲きそろうころだった。

ふさは背伸びをして、下船する人が始皇帝陵の騎兵俑（きへいよう）のように並ぶ船梯のなかに酉蔵を探したが、その姿を認めることはできなかった。遼海が、「どの人が酉蔵おじさんなの」としきりに訊くけれど、あのなつかしい顔を見つけられずにいる。

（この船ではなかったのかしら）

と悪い想像がふさの頭をよぎったまさにそのとき、「姉ちゃん！」という聞き覚えのある大きな叫び声がした。日焼けした顔に美髯（びぜん）をたくわえた羆風の男が、八つ手の葉のような手を振って近づいてくるではないか。目を疑ったが、次の瞬間にはふさは駆け寄り、その男の腕のなかで声を顫わせて泣いていた。

「泣くなよ、姉ちゃんらしくもない。いつから泣き上戸になったんだよ。とにかく元気そうで何よりだよ」

生え際が後退した額の皺に世の中の酸いも甘いも噛み分けた男の年輪が刻まれている酉蔵も、顔じゅうを皺にして笑ってはいるが、その柔和な目に涙が光っていた。

「そんなこと言ったって、うれしくてしょうがないんだもの。会いたかった、ほんとに会いたかったのよ」

「まったく姉ちゃんは昼行灯だよ。おれがすぐそこまで来てるのに気づかないんだから」

「……ごめんね、人まちがいしてたもんだから。わたし、あんたがこんなに恰幅がよくなっているとは夢にも思わなかったもの」

「ずいぶんお世辞がうまくなったな。うちの嫁さんには、羆にそっくりとからかわれてるけどね。おれは母さん似だとずっと思ってたけど、いつの間にか親父に似てきたんだよな。まあ、それはさておき、紹介が遅れたけど、これが嫁さんの美香子」

「美香子です、はじめまして。みなさんでお迎えに来ていただいてありがとうございます。さっそくですけど、あら、あんた、お土産は？」

美香子はおっとりとしていて、丸ぽちゃの顔立ちの、十人並みの器量であり、団栗目と団子っ鼻と二重顎に、肝っ玉が太い、あっけらかんとした人柄が表れている。

「そんなにせかすなよ。かわりばえがしないけど、これ、函館名物の烏賊の一夜干し」

「わあ、うれしい、わたしの大好物なのよね。ありがたくいただくわ。そんなに気をつかわなくてもよかったのに」

ふさの後ろに控えていた遼海となつめがふさの横に立った。

「はじめまして、遼海です。どうぞよろしくお願いします。そして嫁のなつめです」

「なつめです。はじめて、お目にかかります。どうぞ、よろしくお願いいたします」

「それから、ええと、これが息子の寛海で、おんぶされてるのが泰美といいます」

「寛海くんに、泰美ちゃんね」

「長旅で疲れたでしょ？」

「いや、おれは何でもなかったんだけど、こいつが船酔がひどくて、ずいぶん往生したよ」

「わたし、船がはじめてだったもんだから。でも、汽車では酔わなかったわよ」

「そんなの、何の自慢にもならないの」

「で、午之介は来られなかったのね？」

「仕事がたてこんでるので、さすがにあいつまではね。よろしくと言ってたよ」

さっそくみんなして駅まで移動し、豊原行きの列車に乗った。

「おじさんとは一度会って話がしたいと思っていたので、すごくうれしいです」

遼海が、通路をはさんで反対側の座席に美香子と並んで座っている酉蔵に話しかけた。

「遼海くんからは、かわいい字で書いた手紙をもらったことがあったっけ。製紙工場に勤めてるんだってね」

「え、はい、十年ほどになります」

「そんなに経つか。このご時世で、大きな会社で働けるとはしあわせなことだ。父親がいなくても、よくやってこられたもんだよ。姉さんも、いい家族にめぐまれて、やっと苦労が報われたな」

「そう言われれば、そうだろうけど。逆にわたしのせいで、遼海にはたいへんな苦労をかけたわ」

「遼海くんがよくがんばったということだよ。なつめさんは、いま子育て真っ最中というところだね」

「ええ、そうなんです。でも、わたし朝鮮人ですから、それが、このさき、この子たちの、手足を縛ることに、ならないかと、いつも不安なんです」

「たしかに、関東大震災のときには、朝鮮人に関するおかしな噂が立ったけど、それだって、朝鮮人を陥れるためのデマだったんだろうから」

「関東大震災があったのは去年だったわね」

「函館にいるわたしの知り合いの奥さん連中にも朝鮮人がいるけど、みんな挫けずにがんばってるから、だいじょうぶ、なつめさん、何とかやっていけるものよ」

　と美香子がなつめをはげました。

「あのー、おかしな噂って、関東大震災では、どんな噂が立ったのですか」

　なつめが神妙な顔で訊いた。そのとき赤ん坊の泰美がむずかったので、なつめは座席から離れ、連結部の蛇腹（じゃばら）のところで赤ん坊をあやした。

「そうだな、この車両にもいろんな人が乗ってるから、その話は家に着いてからすることにしよう」

「そうね。そのほうがいいわ。なつめさん、いいかしら？」

なつめは「はあ」と言ってうなずいた。

「それじゃあ、わたしは、函館のことが聞きたいな」

「函館のこと？　そりゃそうか、函館はあんたの生まれたところだもな。以前、手紙で、函館が青函連絡船の就航が追い風になって景気がよくなると知らせたかと思うけど、それだけにとどまらず、今年から馬車鉄道に代わって路面電車が走るようになったんだ。そのおかげで、町に活気が出てきて、駅前の繁華街は買物客で大にぎわいだよ」

「路面電車？　どこからどこまで運行してるの」

「おい、路面電車はどこから出てたっけ？」

「いつもこうなのよ。まったくあんたは物忘れがひどいんだから。東雲町からでしょ」

「そうそう、その東雲町から函館の奥座敷と言われる湯の川温泉までだったな。これで五稜郭公園や湯の川も気軽に行けるようになってね」

「函館山を背にして走る路面電車が目に浮かんでくるわ」

「親父の人力俥に代わって、いまは路面電車が函館市街を走っているわけだよ。そこのけそこのけ電車が通るというぐあいに。あれだよ、路面電車の開業は、札幌より函館のほうが早かったんだぜ」

「そうなの？　函館もなかなかやるわね。わたし、父さんに函館の誇る名所旧跡にはいろいろと連れていってもらったけど、湯の川温泉は一度もなかったわ」

「それはお気の毒さま。それはそうと、墓のことだけど、おふくろが亡くなったときに、親父の墓を改葬して、みんなまとめてじいさまとばあさまの墓に納めたからね」

「あんたがちゃんと墓を守ってくれるから、ほんとにありがたいことだわ。父さんのことも母さんのこともほったらかしていたわたしがいまさら言うのもなんだけど、あの土饅頭がなくなったと聞くと、何かさびしいわね」

「たしかに、あの土饅頭は存在感があったもな。それで、見せたいものがあるんだ。あれ、どこに入れたかな。おい、網棚のその鞄をおろしてくれないか」

「自分の近くにあるんだから、あんたがおろせばいいでしょ」

酉蔵はしぶしぶ立ち上がって鞄をおろし、なかから薄い紙に包まれた写真を取り出した。

「ほら見ろ、母さんの写真だよ。体は弱かったけど、こう見ると、武家の娘だけのことはあって、やっぱり気品があったよな」

ふさも遼海も、そして通路に立って赤ん坊をあやしていたなつめも、酉蔵の持つ写真をのぞきこんだ。町の写真屋に自宅にまで来て撮ってもらったという写真で、黒紋つきの羽織を重ねた母の於祥が、庭の紅梅を後景にして籐椅子に腰掛けている。そこに函館の港で最後に目にした母の姿があった。ふさの目にいっぱいたまっていた涙が堰を切ってあふれ出た。

「この人が、ぼくのばあさんなの？」

「そう、目鼻立ちと色が白いところが、遼海くんと似てるね」

「おじさん、折り入ってお願いがあるんです」

遼海がいきなり大きな声を出した。

「お願いといっても、してあげられることとそうでないことがあるぞ」

「ぼく、函館に帰ったら、おじさんの店で働かせてもらえませんか」

「急にまたどうしたんだい？　製紙工場でいま立派に働いているじゃないか。なのに、またどうして？」

「いや、ただロシア人のいる樺太が好きになれなくて」

「そうか……。どうしてもというなら、遼海くんの希望をかなえてあげられないことはないけど。でもうちの店も、さきおととしの大火事では類焼は免れはしたけど、度重なる函館大火のため身代をだいぶ棒に振ってしまって、かなり落ちぶれたからな。細々と海産物屋をつづけているというのがほんとのところなんだ」

「いいじゃないの、うちに来てもらっても、何とかなるって」

「……それがむりなら、ぼく、函館で働きたいので、そのぴかぴかの路面電車の運転手にでもなります」

「なるほど。やはりあれだね。遼海くんには、市民の足となる人力俥を函館に持ちこんだじいさんの血が流れてるんだな。いずれにしても、北海道に帰ることがあれば、必ず函館に来るんだぞ」

遼海と酉蔵の会話がはずんでいる間に、五輌繋ぎの列車は豊原駅に着いた。

その夜、遠来の客にささやかな歓迎の膳が振る舞われた。短い滞在の間に、川上鉱泉や近郊の観光地に出かけたりしているうちに、肉親としての信頼感や結束力が互いに形づくられたようにふさには感じられたのだったが、憂わしげな表情をときおり見せるなつめの胸奥にある心のいろまでは見ることはできなかった。

野山に絢爛と咲いていた千島桜があるかなきかの風にも花弁を散らしはじめるころに、酉蔵夫婦は豊原を後にした。

寛海が尋常高等小学校に入学したのは、大正が昭和に改まって二年目のときであり、二年後に泰美もおろし立ての着物に折り目が真新しい袴をはく、かわいらしい一年生になった。小学校に通いだした寛海と泰美を、遼海と共通する運命が待ち受けていた。やれ「おまえの父さんはロスケだ」とか、やれ「おまえの母さんは朝鮮人だ」とか言いがちな日本人の宿弊ともいうべき人種差別が、兄妹の心を錐をもみこむように痛めつけた。

それでもふたりは、母親のほのぼのとした愛情と励ましに支えられ、いわれのない差別に挫けずに逆境を糧にたくましく育った。「おまえらは、朝鮮漬けのにおいがして臭いから、あっちへ行け」といった類いの言葉がわが子に浴びせられるのを耳にして涙ぐむ母を、逆になだめることもあった。色黒で長身の寛海は、真面目で物静かな少年に育ち、読書が好きで文章を書くのが得意だった。色白で丸顔の、目鼻立ちがはっきりしている泰美は、涙もろいが気が強く、新聞をよく読む探求心の旺盛な少女になった。

寛海と泰美に自立心が芽生え、大人の分別が加わる時分から、家族五人の絆の結び目となっていたなつめの発案で、夏休みにはきまって、一家水入らずの団欒を川上鉱泉で過ごした。なつめは、許婚となってふさと過ごした川上鉱泉をいつまでも忘れられない思い出の地ととらえていたのだ。

一泊二日の二日目の朝には、ふさひとりを宿に残し、女宿主につくってもらったおにぎりを持って渓流釣りに出かけるのがいつしか定番となっていた。なつめは、寛海と泰美にせかされながら、ふたりの釣糸の先に川虫やみみずをつけるのにいつも悪戦苦闘。釣ってきたばかりの山女（やまめ）の塩焼きに子どもたちといっしょにかぶりつくとき、やっとつかんだ幸福を何があろうとも奪われたくないと思うのだった。

　家族五人がまがりなりにも暮らせるようになってから、一年が過ぎて二年が過ぎ、そして十年近くが過ぎた。

　子どもと共有できる楽しくてしあわせな時間は、線香花火のごとく一瞬の輝きを放って過ぎ去るものであり、その光芒（こうぼう）ははかないからこそいとおしくてうつくしい。

　昭和九年に小学校を卒業した寛海は、鳶職の見習いとして数年働いたが、十八歳になったのを機に、知人の紹介で樺太刑務所に奉職することになった。一方、泰美は、百貨店に勤務し、そのかたわら、アイヌ史にかかわりのある調べものをするために、樺太庁博物館にしげしげと通った。

　子どもと手を携えて日本人の生活に溶けこんできたなつめにとって、子どもが自分の知らない世界に新しい居場所を見つけて成長するのがうれしい反面、どこかさびしく、物足りなさを感じた。とはいえ、子どもたちがひとり立ちしたいま、なつめは、つれあいの遼海と仲むつまじくしあわせに年齢を重ねることで、小さな指の隙間からこぼれ落ちた少女時代のしあわせの滴を掬（すく）えると信じていたのである。

　その間に世の中がにわかに騒がしくなってきていた。十年あまりつづいた本間家のささやかなしあわせも、一炊（いっすい）の夢のごとくついえるさだめにあった。

四

愚かな戦争がまたはじまろうとしていた。

世界大恐慌に端を発した経済不況にあえぐ日本は、捲土重来（けんどちょうらい）を期して大陸進出にその脱出口を求め、昭和六年の満州事変を皮切りに、十二年の盧溝橋事件、十四年のノモンハン事件と息つく暇もなく中国とソ連を相手に軍事衝突をくりかえした。昭和七年の五・一五事件ならびに十一年の二・二六事件を契機に、政治的介入を強める軍部の発言力が強まり、軍国主義が抬頭したことがその背景にある。

日本は領土拡大と利権拡張の野望をたぎらせながら、足るを知らぬ餓鬼道の亡者と化し、ついには、国益を脅かす恐れのあるアメリカに狂気の戦争を仕掛け、破滅の道を歩みだした。

国民の多くは、大本営の提灯持ちになりさがった新聞各紙の日和見な戦況報道に踊らされているのも知らず、聖戦という美称に酔いしれて戦争讃美を声高に叫び、鉄砲と背嚢（はいのう）を担いだ日本兵の、異国の地をわが物顔に踏み荒らす軍靴の行進に狂喜したのだった。そしてあろうことか、恥ずべきことに、詩人や作家からも、国家権力に媚（こ）びるのに効果てきめんな鼻薬を嗅がせられ、臆面もなく筆を曲げ、戦争遂行の片棒を担いで国民を欺く奸佞（かんねい）邪知な愚物が出たのである。

国の運命を決するような戦争がはじまっても、十六年にソ連との間で結ばれた中立条約があるため、豊原ではさして緊迫感が感じられなかった。日本人は、映画をみてから目抜き通りにあるロシア人のパン屋でパンを買ったり、ピアノやバイオリンを教えてくれるロシア人といっしょに野山へ出かけて鈴蘭摘みや茸狩りを愉しんだり、近くの山や池でスキーやスケートをしたりと、いつもと変わらぬ月日を重ねていた。子どもたちも学校で、何のわだかまりもなくロシア人と机を並べて国語や歴史を学んでいたのである。

だが、昭和十八年五月、カムチャッカ半島の東の海に浮かぶアッツ島で、北辺防備を任務とする守備隊がアメリカ軍と砲火を交えたのち玉砕するという衝撃的な敗報がもたらされたあたりから、劣勢に立たされた日本軍は、アメリカ軍の侵攻にそなえて、樺太の軍備増強を迫られることになった。現地召集になった青壮年の男たちは、連隊区司令部に配属され、勤労動員された学生たちは、手榴弾の製造や炭鉱での石炭運びに駆り出された。ソ連軍はもちろんのこと、アメリカ軍も攻めてはこない、一番安全な「わが日本の領土、樺太」にも、戦争が刻々と忍び寄ってきていたのだった。

日本の敗色が濃厚になった昭和十九年頃からは、樺太にも危難が迫ってくるのが決定的になった。アメリカとソ連の侵攻を恐れた日本人のなかに、豊原などの内陸地から港のある大泊へ早々と移動をすませ、稚内行きの連絡船に乗りこむ者たちも現れた。

本間の家族も、わずかな情報をもとに戦況を判断して、樺太から本土に引き揚げるべきか否かを選択しなくてはいけない状況に追いやられていた。ふさも情報収集のため酉蔵に手紙を出したが、なしの礫であった。

昭和十九年の七月下旬の某夜、家族会議が開かれた。

「刑務所では、寄ると触ると、日本が戦争に負けて、樺太が日本の領土でなくなる日が近いと噂し合っているけど、そうなれば北樺太のソ連軍が攻めてくるかもしれないから、ぼくらも、できるだけ早く豊原を引き払って、大泊に引き揚げたほうがいいんじゃないかな」

寛海はソ連侵攻には半信半疑であったが、最悪の筋書きを考えての発言だった。

「おれもそう思う。北海道に渡るかどうかは別にして、ソ連が攻めてくるのにそなえて、海に近い大泊に移ったほうがいい」

「といっても、日本がアメリカと戦争をしている以上、まずはアメリカの侵攻を念頭に入れておくべきだろうね」

「いや、ずる賢いソ連のことだから、参戦するのはありえない話ではないぞ。もしもの場合、大泊なら、船で逃げられるからな」

遼海はソ連の騙し討ちを警戒していた。

「その、もしもの場合、というのはどういうことなの。わたしにもわかるように説明してちょうだい。ソ連は攻めてこないはずよ」

樺太の置かれた状況の急変に理解が追いつかないふさが横から口を挟んだ。

「うるさいな、ばあさんは、黙ってろ」

遼海は話の腰を折ったふさをいまいましげににらみつけた。

「父さん、なんでそんな言い方をするの。ばあちゃんがかわいそうよ。ばあちゃんは、心配だから訊いたのに。ちゃんと説明してあげなさいよ」

「説明するもなにも、ただソ連が中立条約を破って、北樺太から攻めてくるってことだよ」

遼海はふてくされたような口調で答えた。

「何もそんなにばあちゃんをにらまなくてもいいじゃない」

「にらんでなんかいないぞ。女は大事な話に嘴を容れずに、ただ黙って聞いてればいいんだ」

「そうやって、日本の男はいつも、都合が悪くなると女をのけものにするんだから。そもそも、女をばかにして、女の意見を聞こうとしなかったから、こんな負け戦に突入したんじゃないの」

「しい、泰美、声が大きい。おまえの言いたいことはわかるけど、人に聞かれて密告でもされてみろ。憲兵に踏みこまれて、とんだ目に遭うかもしれないからな。いいか、壁に耳あり障子に目ありだぞ」

険気な雰囲気をやわらげようとして、寛海は泰美をうまくなだめた。

「それって、寛海、わたしが、朝鮮人だから、この家が、憲兵に見張られている、ということなの」

とすかさず訊くなつめの声には、やむにやまれぬ、切羽詰まった響きがあった。

「母さんは、どうしてそんなふうに物事を悪くとらえるんだ。そうではなくて、軍は阿呆だとか、日本は戦争に負けるとかを大っぴらに言うと、戦争反対を唱える非国民だととられかねないからだよ」

「母さん、そういうのを取り越し苦労と言うんだ。まあ、いい、ここからはお互い、小さな声で話そう」

と遼海はなつめの自虐的な発言にひっかかるところもあったが、話をもとに戻した。

「日本が負けるとは信じたくないけど、占領していた中国やガダルカナルなどの南洋諸島から、日本軍の敗退が相次いでいるという話を小耳に挟んだので、どうも日本の誇る大東亜共栄圏も崩壊の危機に晒されてる感じだね」

「どだい日本は、欲の皮が突っ張るあまり、戦地をあちこちにつくりすぎたんだ」

「そんなことしてるから、本土が手薄になり、アメリカの爆撃機が東京に飛んでくるのを防げなくなっているんだよ。もしそうなったら、本土決戦は避けられないね」

「まさか、さすがにそれはないだろう。いくらなんだって、アメリカの飛行機が太平洋を横断して、日本に来られるわけがないから、本土が空襲に遭うことはまずないな」

遼海は寛海の言う噂話を噴飯（ふんぱん）ものとして一笑に付した。

「いや、実際のところ、この七月にサイパン島が奪い取られたので、アメリカの爆撃機が東京に飛来してくるのは、時間の問題だというよ」

「それは何かのまちがいだろう？」

「いや、信用できる情報だと思うけど」

「その情報はどこから入ってきたんだ？　うちの会社では、そんな情報はないぞ」

「内地の管轄部署からだけどね。特に最近、戦局悪化の情報が多くなっているようだよ。信じたくないけど、サイパン島では日本軍はほぼ全滅だって」

「全滅？　アメリカってそんなに強いのか。そうか……。火のないところに煙は立たぬというから、寛海の情報は、ほんとうかもしれんな。もしそうなら、戦略的に見ても、ソ連侵攻がますます現実味を帯びてくる。機を見るのに敏なソ連のことだ、アメリカと結託して、北樺太から攻め下ってくる可能性は十分ありえるぞ。いや、アメリカが上陸する前に、進撃をおっぱじめるかもな。そうなる前に、われわれ日本人はこの樺太から撤退しないと……」

寛海の寝耳に水の話を聞いて、遼海は樺太が早晩、弾丸雨飛の修羅場になるのを確信したのだった。

「もっとも、新聞やラジオは、日本軍が戦果を着実に上げてるという大本営の発表を連日、伝えてるけどね」

「そんなのあやしいもんだ。とにかく、おれたちにも危険が迫っていると考えないとな。大泊には、ソ連が侵攻してくる前に北海道に渡ろうと、目先のきく者たちが集まっているというぞ。刑務所でそんな話は出てないか」

「刑務所では、日本が戦争に負けて、樺太が日本の領土でなくなるという話で持ちきりだけど、樺太脱出といった、差し迫った話はまだ出てないね」

「おれの工場ではその話で持ちきりで、仕事が手につかない状態だ。よしわかった。今日の話し合いの結論は、その逃げ足の速い連中を見習って、おれたちも時を移さず、この豊原を引き払うということでいいな?」

「その前に、わたし、ばあちゃんと母さんの意見を訊きたい」

「ばあさんに? 訊いたってむだだ。樺太にいたいと言うにきまってるだろう」

「でも、訊いてみないとわかんないじゃない」

「しょうがないな、まったく。なあ、ばあさん、おれたち、どうすればいいと思う、豊原に残るべきか、豊原を去るべきか?」

齢(よわい)七旬になり、耳が遠くなってきていたふさに、遼海はいやいや訊いた。

「大本営の発表はあやしいかもしれんけど、わたしらは、じたばたせずにここにとどまってるほうが、いいんじゃないのかね。敵が攻めてもきてないのに、こっちの都合で、あんたや寛海が、勤め先に辞めたいと言って迷惑かけるわけにもいかんでしょうに。なつめさんもそう思うでしょ？」

樺太に固執するふさはなつめに同意を求めた。なつめは、遼海に気兼ねしたのか、返事をためらっている。

「状況がどうであれ、まだ日本が負けると決まったわけでもないんだし、できればわたしは、この豊原に踏みとどまっていたいわね。なんなら、あんたたちだけで一足先に北海道に渡ってもらってもいいんだよ。わたしは、当分の間、この家に置かせてもらい、危険が迫ったら、すぐに大泊に移るから。それで、どう？　なつめさんはどうする？」

「ばあちゃん、ちょっとは自分の年をわきまえないと。樺太でひとりでやっていけるわけないでしょうに」

泰美がたまりかねてふさをいさめた。

「いいから、わたしはね、なつめさんの本心が知りたいの」

「わたしも、ばあちゃんと同じで、このまま樺太にいたいわ。両親を見捨てて、わたしだけ、逃げるわけにいきませんもの。祖国を捨てて、樺太に来た朝鮮人は、どこにも行くところはなく、ここで生きていくしかないんです」

と短い睫をしばたいて、なつめが悲しげに答えた。

「気持ちはわかるけど。いいか、川上のじいちゃんとばあちゃんは、ほかの朝鮮人と合流して北海道に帰ると言ってるんだから、おれたちはおれたち自身の身の安全を考えるべきなんだ。北から攻めてくるソ連にいつ殺されるかわからない樺太より、海ひとつ離れた北海道のほうがずっと安全だ。命あってのもの種だぞ。みんなで北海道に渡ることにしよう。いいな、それで？」

遼海はふさとなつめを説得したが、なつめは頑として首を縦に振ろうとしない。

「たとえソ連が攻めてきても、ソ連の兵隊さんは、朝鮮人を犬猫のように、殺すはずはないわ。ロシア人は、日本人とはちがうもの」

なつめが思いがけないことを口にした。めずらしくその言い方には棘があった。

「何だと、聞き捨てならない台詞だぞ。おい、もういっぺん言ってみろ」

「父さん、もっと小さい声で……。母さん、ちがうって、どこがちがうの」

「だって、ロシア人は、朝鮮人を、むやみに殺したりは、しないでしょ」

「母さん、何が言いたいの。わたし、わかんない。だって、日本人が朝鮮人を殺すわけないもの」

「それに、日本人は、心のどこかで、わたしたち朝鮮人を、ばかにしてる、ところがあるわ」

「おい、おい、いまになって変な言いがかりはしないでくれ。小ばかにするようなことはあったとしても、この樺太で、いつ日本人が朝鮮人を殺すようなことがあったというんだ？　そんなの一度だってなかっただろうに」

「ここではたしかに……。でも、本土に行けば、わたしたち、いつ殺されるか……」

「本土だって同じだよ。要するに、おまえの思い過ごしだ」

「思い過ごし？　じゃ、関東大震災のときは、どうなの？　どさくさにまぎれて、井戸に毒を入れたと、不当な疑いをかけられ、朝鮮人が、たくさん殺されたでしょ」

なつめはいつものつつしみ深さを忘れていた。

「関東大震災だって？　そんなの嘘にきまってるだろう。母さんはそんな噂話をずっと信じてたのか、ばかだなあ。被災者はみんな、迫りくる炎から逃げるのに必死だろうから、そんな人を殺す余裕などなかったはずだ。そりゃあ、逃げ遅れて、焼け落ちた家の下敷きになって命を落とした朝鮮人はいたかもしれんけどな」

「うむ？　わかったわ、もういいわ。やっぱり、朝鮮人のことは、朝鮮人にしかわからないのね」

「そんな言い方はするもんじゃないぞ」

「……」

いまにも口喧嘩がはじまりそうな険悪な空気に息苦しさを覚え、寛海が話をまるくおさめようとした。

「話が横道にそれてしまったけど、引き揚げの話に戻っていいかな。確認させてもらうけど、どうなの、母さんもばあちゃんも、北海道に引き揚げるということでいいんだね？」

「何度も言うように、わたしはいやよ。樺太が、日本の領土でなくなってしまうなら、わたし、命に代えても、両親に、樺太を引き揚げるように、説得してくるわ。それまで、ここを去るのを、待ってくれない。お願いだから、待って」

「命に代えてもなんて、母さん、すこし大げさよ」

「ほんとうに母さんはわからず屋だな。だめなものはだめなんだ。考えてもみろ、時間がかかりすぎるだろうが。いいか、母さん、川上にいるじいちゃんとばあちゃんといっしょに帰るのは、あきらめるんだ」

「母さん、安心しな、じいちゃんとばあちゃんは仲間の人と力を合わせて、樺太を脱出できるから」

「わたし、やっぱり、ばあちゃんと、ここに残る」

「まったくしょうがないな。母さんは、一度言いだしたらあとに引かないから」

遼海はあきらめ顔になった。

「ねえ、なつめさんの両親にまた来てもらって、みんなで相談したほうがいんじゃないのかね。そのほうが、なつめさんも納得するだろうから」

「うるさい。ばあさんは、だまってろ。これ以上余計なことは言うな」

「でも……」

遼海に一喝されて、ふさは言葉を呑みこんだ。

「でもも糞もない。もう時間がないんだ。もう一度確認するぞ。ここを引き揚げ、家族みんなで北海道に渡るということでいいな？」

「……」

いつになく性急にことを進めようとする遼海に圧されて、ふさとなつめは口を閉ざしてしまった。

「よーし、そうと決まったからには、さっそく支度に取りかかろう。まごまごしてられないぞ」

「そう言ったって、なつめさんが樺太にいたいと言ってるんだし、あとすこし……」

「そんなわがままが許されるわけないだろう。みんなで海を渡るんだ、いいな？　泰美は、ばあさんの荷造りを手伝ってやれ」

遼海がせきたてるように言った。

荷造りと支度のために数日を要した。北海道に引き揚げることに決まった二日目あたりから連夜、なつめは家族が寝静まった後も、孤灯のもとで書き物をしていた。その書き物のなかに両親への手紙が含まれていたのは言うまでもない。

本間の家族は、乗船した連絡船がアメリカの潜水艦の魚雷が命中して撃沈させられる恐れもあったが、運を天に任せ、死と隣り合わせの逃避行を敢行したのだった。

五

その年の短い夏も盛りを過ぎ、土用波が大泊の港に打ち寄せる時節に、豊原に別れを告げた本間の家族は、引き揚げ者たちであふれかえる大泊港駅桟橋で出航の朝を迎えた。

稚泊航路の連絡船が無事稚内にたどり着ける保証はないので、引き揚げ者たちのぎらついた目には不安の影が宿っていた。

人影のまばらになった船梯の昇り口に、ひしめき合っていた船客たちからまるで置いてきぼりにされたかのように孤影悄然とたたずみ、声を殺して泣いている女がいた。なつめだった。本土では治安の悪化に乗じて、日本人が朝鮮人たちを虐殺しているという流言が飛びかっていたので、なつめはその惨劇が樺太にも及ぶのを危惧し、残された両親の安否が気でなかったのである。日本人に嫁いだからには、親と別れ夫に付き従うのが天の定めだと心得てはいたが、親を置き去りにするという究極の決断の重さに押し潰され、失望の淵に追いやられていた。

なつめははぐれ鳥みたいに佇立（ちょりつ）していたところを、なつめの姿が見当たらないのに気づいて芋を洗うような人波から抜け出してきた遼海にうながされ、十二時発の宗谷丸に登船した。

鳴り響く銅鑼（どら）の音が別離のせつなさをつのらせた。

遼海はなつめから荷物を受け取ると、また人波のなかに消えた。なつめは、遼海に寄り添うようにして、遠ざかる樺太の島影を瞼に灼きつけておきたかった。遼海に温かく抱き寄せてもらうことで、朝鮮民族の哀運を予感しつつも、親を見捨てるという氷のような薄情さをひとときでも忘れ、深い悲しみの色に塗りつぶされた心の闇を払いのけたかった。だが、遼海を含め、船客のだれしもが家族や自分の命を守るために狂奔しているさなか、後ろ髪を引かれる思いで甲板の手すりに手をそえてつくねんと立ちつくすなつめに近づき、やさしい言葉をかける人はだれひとりいなかった。

連絡船が亜庭湾から宗谷海峡に出るところで、碧くぬけるような空に、真綿のごとく軽やかにたなびく白い雲から離れるように、千切れ雲が二片（ふたひら）浮かんでいた。千切れ雲は消え去ることもなく船を追いかけてくる。孤独感を深めるなつめの目に、その二片の千切れ雲が両親のように映った。すると千切れ雲は五色（ごしき）の色を帯びはじめ、その形状は人の顔のようになった。なつめはその二片の千切れ雲にやさしく語りかけた。

「父さんも母さんも、そんなに悲しい顔をして、わたしを見送らないで。もう泣かないでちょうだい。あっ、母さんが笑った。父さんも茄子歯(なすびば)の口を開けて。ふたりとも、送ってあげたお金で、早く、虫歯と手の震えを治してね。できることなら、もう一度、あなたたちを、思いっきり、抱きしめたかった。だけど、わたしは、わたしは、覚悟を決めたの」

近くになつめがいないことに気づいた寛海と泰美が、「かあーさーん、かあさんはどこー?」と叫びながら船室から甲板の出入口にかけてなつめを探していた。その鋭く張りつめた声は、甲板の雑踏のなかでも聞こえるはずだったが、甘美な幻視に囚われていたなつめの耳には届かなかったのである。

連絡船が航路の半ばあたりにさしかかったときには、白い航跡を曳く連絡船のお供をしていた二片の丸い千切れ雲はどこへともなく姿を消していた。

船内にいたふさも、樺太との惜別のつらさを分かち合う人はおらず、孤独感をつのらせながら、瞼のなかで小さくなって消えてゆく樺太に別れの言葉を送っていたのだった。

(ありがとう、わたしらを育ててくれた樺太よ。さようなら、いつの日かまた会おうね)

ほどなくして、寛海と泰美が殺気立った形相で、遼海とふさのところに駆けこんできた。

「困った。どうしよう?　どこを探しても母さんがいない。さっきまで甲板にいたのに」

寛海のおろおろした声に遼海は耳を疑った。

「何だと、母さんがいない?」

遼海は驚きの声をあげた。ふさは樺太からの脱出行で疲れ果て、うつらうつらまどろみかけていたが、むくっと頭をもたげた。

「おや、おや、びっくりしたこと。そんなに大きな声、出さなくても聞こえるのに」

「たいへんなことになったの。ばあちゃん、起きて。母さんがいないの。どうしよう？」

泰美はふさの膝に顔をうずめると、涙声になった。

「母さんがいないって、なつめさんがどうかしたのかい」

「どうもこうもない。おい、寝ぼけるのもたいがいにしろ。なつめがいないいんだってよ」

「いないって、船には乗ってるんでしょうに」

「それがわからないから、いま大騒ぎになってるんだろうが」

「そう言われてみれば、わたしも船に乗ってからは見てないわね」

「居眠りしてたくせによく言うよ。もういい、ばあさんなんかにかまってられない」

「父さんが母さんを最後に見たのはいつだった？」

「乗船するところまではいっしょだったけどな。船室に降りてこないから、どこに行ったものかと思ってたけど。とにかくいないはずはないから、落ち着いて探そう」

「とりあえず、わたし、ばあちゃんといっしょにここの船室を探すわ」

「よし、二手に分かれて探すことにしよう。おれと寛海は甲板だ」

「船室にいないとわかれば、わたしらもすぐ甲板に上がるね」

「むりしないで。ばあちゃんは船室だけでいいわよ。わたしもここにいるわ」

「この緊急事態に、そんなこと言ってられないでしょ。なつめさーん、なつめさんはどこー、どこにいるのー？　なつめさーん？」

悲しみを掻きたてるような声で、ふさがなつめの名を連呼しながら夢遊病者のごとくよたよた歩きだした。

「ばあちゃん、あぶないから、待って」

「よし、まずは船の後ろ側から探すことにしよう。寛海、行くぞ」

不安でいまにも胸が潰れそうな遼海であったが、気丈に振る舞った。

甲板に出たふたりは、人の山をかき分けてどうにか船尾までたどり着くことができた。そこから海をのぞいてみると、船跡を示す泡飛沫が眼路のかなたまで長大な三角形を描いているのが見えた。その白い海面には黒い海鳥たちが群れ集まり、静かに羽を休めていた。

「まさか母さんが海に飛びこむようなことはないよね？」

目を凝らして海を見つめている寛海が、言下に否定されるのを承知のうえであえて言った。

「そんなことがあってたまるか。船酔いでどこかで横になって、休んでるかもしれないな。もしどこを探してもいないとなれば、母さんは出港直前にこの船から下りたと考えるしかない」

遼海がこう答えたのは、たとえ日本人の家族を選ぶか、それとも朝鮮の両親を選ぶかで気が鬱いでいたとしても、なつめが死を選ぶことはないと自分に言い聞かせるためだった。

「さすがにそれはないと思うな。ぼくはこの目で甲板にいる母さんを見たんだから」

「人まちがいかもしれんぞ。よし、深呼吸して、もう一度探そう」

遼海と寛海が甲板を手分けして探したが、なつめの姿はなかった。甲板と船内を結ぶ連絡口のところで、ふさと泰美が悲痛な顔で近づいてくるのを見たとき、遼海は、なつめの自死を受け容れざるをえない時がすぐそこまできているのを悟った。全身が震えた。その刹那、ひと流れの風が吹き抜けた。一瞬の間があって、青紫の木槿の花がいっせいに散りはじめ、白い渦潮のなかに吸いこまれるような幻覚に襲われた。

「船室にはいなかったわ」

「甲板にいる人のなかにまぎれてるってことはないのかい」

「いや、虱(しらみ)つぶしに探したから、見落とすことはないと思うけどな」

「今度は、わたしらが代わって甲板を探すわ」

「いや、もういいだろう。ひかえめで人目を避けて生きてきた母さんが、多くの人の目に晒されて、いつまでも船のなかをぶらついているとは考えにくい」

「じゃ、どこにいるというの」

「こんなに探してもいないんだから、母さんは、海に身投げをしたかもしれない。ほんとにたいへんなことになった」

「それじゃ、母さんは、死んじゃったということ？」

「父さんは、さっきぼくに言ったよね。もしかしたら母さんは、出港直前にこの船から下りていて、もともとこの船に乗っていなかったかもしれないって」

「さっきはそう言ったが……、母さんは、おれたちに黙って船を下りることはないだろうし、荷物も残ってるしな。お前だって甲板で見たんだろう？」

「とにかく、すぐに船をとめて、大泊に戻ってもらおう。わたし、急いで船長さんにかけ合ってくるから」

「いまのいまになって、そんなこと……。まずは落ち着いて」

泰美の腕をつかんで待ったをかけたふさであったが、声が喉に詰まって咳こんでしまった。

「いいから放してちょうだい。ばあちゃんみたいに落ち着いてはいられないわ。とめてくれるかどうかは、船長さんに頼んでみないとわからないでしょ」

「もういい、泰美。そんなことしてもむだだ。ほかの人に、たいへんな迷惑をかけてしまう。母さんがこの船に乗っていたのは、まずまちがいないだろう」

「父さん、あきらめるのが早すぎるわよ。母さんは、荷物を残したまま出航直前に船から下りたと考え直して、わたしといっしょに船長さんのところに行こう」

「こんな海峡のど真ん中でうろうろしていたら、アメリカの潜水艦のいい餌食にされてしまうから、船長が船をとめるわけがない。泰美、あきらめろ」

「あきらめろって、兄ちゃん、よくもそんなことが言えるわね。母さんは、なぜわたしらを残して死ななければならなかったの。母さんがかわいそうよ」

しばしの間、みんなは黙りこくってひと言も発しなかった。

遼海が潤んだ声で静かに言った。

「これから甲板に出て、海に向かって掌を合わせることにしよう」

遼海とふさの後につづいて、寛海と泰美が螺旋階段を昇って甲板に出た。家族は人の波のなかにもぐりこんで、おもいおもいの場所から、行き合いの空の下で晩い夏の日が鱗光となってくだける海に向かって合掌した。

遼海は天を仰いで嘆じた。この戦争で、家族はだれひとり命を落とさずにやってこられたと思った矢先に、辛苦をともにしたおまえが、神隠しに遭ったように姿を消すとは……。うかつだった。やっぱり、帰郷をあきらめて豊原にとどまるべきだった。おれが、あの男の体臭のまといつく樺太が好きになれなかったばかりに、こんなことになってしまって。おれがまちがっていた。板挟みになっていたおまえを死に追いやったのは、ほかのだれでもなく、このおれだ。なつめ、どうか許してくれ。戦争は家族を引き裂くとは、ばあさんがよく言ってたけど、まさしくそのとおりで、戦争の悲惨さから目をそらす人間は実に愚かだ。おれも、日露戦争のときは、勝利に我を忘れ、銃殺されたロシア人家族の悲しみに思いが至らなかったものだ。そう、このおれに罰が当たったんだ。戦争さえなければ、おまえは生きていたのに、ほんとにくやしい。遼海は、時代の風霜に耐えながら日本と朝鮮とのはざまで苦悩していた妻を喪ってはじめて、戦争の愚かさと理不尽さを知り、戦争を憎んだのだった。そして、悔悟の言葉の後に、このようなおれと結婚してくれたうえに、すてきな家庭を築いてくれてほんとうにありがとう。おまえの朝鮮の血は、しっかりと寛海と泰美に受け継がれているので、心配なんかしなくていいから。北極星の近くで、心安らかに永遠(とわ)の眠りについていてくれ、と感謝とねぎらいの言葉を添えて瞑目した。

ふさは、なつめがみずから死に場所として選んだ海を見つめると、何もなかったように静寂を装っている海の非情さに息が詰まった。大切に飼っていた小鳥が籠から飛び去ったときのような喪失感が切々と迫ってきた。かそかな沢音にまじって瑠璃鶲の囀りが聞こえてきそうな川上鉱泉の湯小屋で背中を流してくれたなつめの、遠慮しがちな手のぬくもりが悲しく甦った。あの幸福の青い鳥は、海のなかにいつまでも漂っているはずはなく、いま頃は親鳥のいる川上炭山をめざして、帰巣の旅をしているところだわ。親鳥と会った後は、朝鮮の空をめざし、故郷の慶州の上空に到達すると、そこでゆっくりと旋回し、それが終わると北極星に向かって飛び立つはず、とふさは想像力を羽ばたかせ、黒い瞳をこらして北の空を見つめると、「なつめさん、さようなら。わきめもふらずただひたすらわたしら家族に尽くしてくれて、ほんとにほんとにありがとう」と心のなかで叫ぶのだった。

大泊港を出航したときより一人分の命の重さが軽くなった連絡船が稚内港に入るころには、すでに日は大きく西に傾いていた。

第五章　北海道・網走

一

なつめの失踪を鉄道事務局に届け出た本間の家族は、稚内桟橋駅の待合所で眠れぬ夜を過ごした。待合室は、片方の手に旅行鞄、もう片方の手に大きな風呂敷包みなどを持ち、背中に布袋を背負った引き揚げ者たちで身動きがとれぬほど混み合っていた。家族は、夜明け前のまだ暗いうちに待合室を出て、立ちこめる汚物の悪臭が鼻をつく歩廊で札幌行きの列車が姿を見せるのを首を長くして待っていた。

「乗車口と歩廊の間が広くあいてるから、父さんは、ばあちゃんが足を踏みはずして線路に落ちないように、しっかり手を取ってやって。泰美、おまえは、あわてずに、ばあちゃんのすぐ後から乗ってくるんだ。いいな?」

黒煙をもうもうと上げながら雑踏の歩廊にゆっくりと入線してくる列車を見て、寛海がはりつめた声で指示を出した。

列車が耳を聾するばかりの急制動(ブレーキ)の金属音を響かせて停止すると、乗客がわれ先にと乗車口に殺到した。手荷物を減らすために衣服を何枚も重ね着しているため、乗客ひとり通るのにも通路は狭く、押すな押すなの大混乱となって怒号が飛びかった。

首尾よく座席の奪い合いを制した者たちの手で次々と窓が引き上げられ、蹴散らかしたように歩廊に置かれていた荷物がかたっぱしからほうりこまれた。窓からなりふりかまわず乗りこむ不届き者もいて、座席取りをめぐりあちこちでこぜり合いがはじまっている。

寛海ももみくちゃになりながらも、四人分の座席を確保すると、窓を上げて、歩廊で待機していた遼海からふさの行李やなつめの大きな背負い袋を受け取った。まわりの席はまたたくまに埋まり、通路は錐を立てる隙間もないほどのぎゅうぎゅう詰めで、座席の下の隙間にも小さな子どもたちがもぐりこんでいた。

四人掛けの座席に陣取った本間の家族は、手はず通りことが運んだことにひとまず安心した。連結部の蛇腹を背にして立っている、おかっぱ頭の幼い女の子のうらめしそうな視線が自分たちに向けられているのを感じられないこともなかったが、心を鬼にして席は譲らなかった。いたいけな子どもであろうと、それに善意を施すほどの余裕はなかったのだ。

まだ明けやらぬ空の下、鮨詰めの列車は黒々とした煙の渦を歩廊に巻き上げながら、桟橋駅を出発した。危地を脱した家族四人は、空腹感に襲われたが、座席に身をうずめると、大人たちの怒鳴り声や赤ん坊の泣き声にかき乱されることもなく、夢寐(むび)が悲しみを忘れさせてくれるかのように深い眠りに引きこまれていった。

　そのなかで遼海だけは寝られずにいた。なつめのきれぎれの残影が瞼の裏に浮かんでは消えた。その残影を追いかけながら、車輪と線路が奏でる律動的な調べを聞いているうちに、いつとはなしにあらぬ夢路をたどっていたのである。

　その夢は、汽車に乗って、川上炭山にいるなつめの両親を連れ戻しにゆく夢であった。

　青い着物姿のなつめとふかし芋を手にした幼い寛海と泰美が、朝鮮の民謡を楽しげに口ずさんでいる。笑みがこぼれるなつめの膝の上に抱かれた泰美は、髪に木槿の花をかざしていた。車窓から入ってきた風が、背に波打つなつめの黒髪をなぶって過ぎた。香油の香りがほのかに匂った。川上温泉駅近くの踏切を通過するとき、手を振って見送ってくれている、あの湯宿の女将の姿が目に飛びこんできた。寛海と泰美が窓から身を乗り出して歓呼の声をあげ、なつめが立ち上がって両手を振って応えた。汽車は山峡に懸かる鉄橋にさしかかると、汽笛を長めに鳴らした。汽笛は山彦となって青紫のカラフトハナシノブが咲き連なる谷間に谺し、その余韻が夢の世界に憩う遼海の耳の奥で鳴り響いた。

　この幻聴で夢うつつの状態からうつつの世界に連れ戻された遼海は、夢のなかで聞いた朝鮮民謡と汽笛の哀音がなつめへの挽歌に思えた。目を開けてあたりを見回すと、通路に座りこんでいる男の、垢で黒光りする顔のなかで鈍い光を放つ二つの目がじっと自分に向けられているのに気づいた。その目は、むしむししてきた二等列車のなかがまぎれもない現実世界であることをおしえてくれた。そもそも、なつめがこの汽車に乗っているわけがない。親を樺太に置き去りにする罪の重さに打ちひしがれて錯乱状態になり、オホーツク海へ身を投げたのだから、と遼海は状況分析を試みてはみたものの、うつつの意識はすぐに混濁した意識に変わり、遼海はまた浅い眠りに入った。

車窓の外は、朝霧のなかに低木の点在する湿原がつづいていたが、人家のまばらな小さな町や村も見えるようになっていた。

名寄駅を発車してしばらくすると、車窓越しに見える山の稜線から黒い雨雲が湧き起こり、驟雨(しゅうう)が列車を襲った。車窓を叩く雨粒の音で、本間の家族は泥のような眠りから目を覚ました。半世紀ぶりに目にする北海道の山河に、ふさは何がしかの感慨が湧かないわけではなかったが、逃避行の混乱のさなかになつめが失踪したため、なつかしいとか恋しいとかいった感傷にひたっている暇などなかった。

ひと眠りして人心地のついた四人は、鈍麻した判断力が生気を取り戻すにつれ、良心の呵責と言いしれぬ虚脱感に押し潰されそうになった。

泰美が眉を曇らして、隣の寛海に話しかけた。

「ねえ、兄ちゃん。わたしら、樺太を見限って脱出したけど、ほんとにそれでよかったのかな。わたし、樺太に残らざるをえない人たちのことを気にも留めずに、自分たちのことしか考えなかったのは、まともな人間のすることでないような気がするの。母さんが姿を消したのも、わたしらのあさましい振る舞いを受け容れたくなかったからじゃないの。もしもよ、もしもソ連が南樺太に攻め下ってくるようなことがあったら、わたしらはその人たちを見殺しにしたことになるよね」

「いまさらそんなこと言ってもしょうがないだろう。おまえだって、北海道に引き揚げるのに賛成したんだから。母さんだって、そんなことで姿を消したわけではないだろう」

「こんなこと言いたくなかったけど、やっぱり、言わせてもらうわ。わたし、許せないのよ。戦争という非常時だからといって、行方知れずの人を置き去りにして、自分たちだけが生き残るために平然と船で逃げるなんて。父さんたちがそんなに冷たい人だとは思わなかったわ」

「おい、自分のことを棚に上げて言いがかりをつけるとは、おまえは何と都合のいい人間なんだ?」

「言いがかりじゃないわ。ほんとのことを言ってるの。いまからでも遅くないから、旭川で降りて稚内に戻ろう。さしあたっては稚内に住み、大泊からの情報も集めながら、母さんの行方を探すことにしよう。そういうこともせず、まるで何もなかったように汽車に乗っているのに、わたしは耐えられないの」

「いまになって時計の針を戻すようなことはできないだろうが。あのときは船をとめられるはずもなく、母さんを探そうたって、まさか海に飛びこんで探すわけにもいかなかったし。手の打ちようがなかったのは、おまえだってわかってただろう?」

「いまさらそんなことは聞きたくないわ。稚内にとどまらずに、どうして網走に行くと決めたの。網走なんか、刑務所で知られてるだけの、何もない町なのに。いったいどこのだれが決めたのよ」

網走行きが気に染まぬ泰美の、あたりはばからぬ大きな声が、車内によどんでいる沈鬱な空気を破った。遠くから乗客たちが訝しげな目でじっと見ている。

「しっ、で、でかい声を出すな。みんながこっちを見てるぞ」

気まずそうに寛海が泰美をにらみつけた。

「見ていてもかまわないわよ、そんなの。ねえ、だれなの？」

泰美はこみあげてくる涙を抑えることができなかった。遼海の貧乏揺すりが次第に大きくなり、その小刻みな振動は座席にも伝わってきた。

「おれは、最初から、引き揚げ港になるはずの函館へ行って、西蔵おじさんのところに身を寄せるつもりでいたけどな。ところが、思いがけない横槍が入って、どうあっても網走に行きたいと言いだす奴がいて。まあ、しょうがないといえばしょうがないけどな。おかげさまで、このあたりは、渓流釣りのできそうな川が多そうだから、山女や岩魚を腹いっぱい食べられて、食うに困らないかもな。くわしいことは、樺太に残ると言い張って人を困らせた人に訊きな」

遼海が皮肉をこめて顎をふさのほうへしゃくってみせた。泰美は苦々しい顔でふさに詰め寄った。

「ばあちゃんだったの。ねえ、どうしてなの、どうして函館でなく、縁もゆかりもない網走に行くと決めちゃったの」

「どうしてと訊かれても困るけど、函館も考えたことは考えたわよ。でも函館は、青函連絡船の出入りする港町だろう？　空襲で狙われそうだし、西蔵おじちゃんたちも、自分たちのことで精いっぱいだろうしね。わたしらが、大勢押しかけて身を寄せるわけにいかんでしょ。それにひきかえ、網走なら、ソ連やアメリカが攻めてきても、樺太から離れてるから身の安全を図れるし、離れてるといっても、樺太とはオホーツクで繋がってるしね。それに、あんたたちも大泊でよく見かけたでしょ、アザラシが流氷の上で昼寝しているところを？　網走でも、めんこいアザラシが見られるだろうからね。さてと、そろそろお昼の時間かな。みんな、お腹がすいたろう、何か食べるかい。芋と南瓜なら、まだ残ってるよ」

ふさの話ぶりはめずらしく自嘲気味だった。

「冗談もいいかげんにして。アザラシなんて、そんなのどうでもいいわ」

肩すかしにあった泰美は、怒りをどこにぶつけていいのかわからなかった。

ふさが網走へ移り住むと決めたほかの理由を挙げるとすれば、なつめがみずから一命を絶ったオホーツクの海沿いの町であれば、なつめにいつも見守られながら、家族みんなが仲良く睦み合って暮らせると思ったことである。だが、ふさはそのことにあえて触れなかった。あふれ出そうな涙を悟られぬように、雨風の降りしぶく車窓に額を近づけ、白く煙る旭川の町並みに目をやった。

「このあたりから大雪山の山が見えるはずなんだけど。今日はあいにくの雨だわね。ここの旭川は、北の守りを固めるために結成された第七師団の駐屯地として昔から知られている町でね。第七師団は、日露戦争で旅順攻略の肉弾戦にかり出されて、かなりの数の戦死者を出したのに、今度の戦争でも、去年の五月にアッツ島で、山崎部隊が玉砕したのよね」

話題を変えたのは、話がなつめの死のほうに流れてしまうのを避けたかったからである。なつめの死に触れずにいることが、いつしか泰美を除いた三人の間で暗黙の了解となっていたのだ。

「まあ、最強と謳われた第七師団が壊滅状態なら、北方戦線の防御はもはや笊同然だよ。何が真珠湾奇襲の大勝利なもんか。身の程知らずに、大国アメリカ相手にがっぷり四つに組んで戦おうとすること自体が、無謀だったんだよ。ぼくらは間一髪のところで樺太から逃げのびてきたけど、もしアメリカが樺太に上陸し、その勢いで、北は樺太から、南は沖縄からというように日本を挟み撃ちにして総攻撃をはじめれば、日本なんか九分九厘全滅してしまうな」
と寛海は樺太を脱出する際に自分の下した判断の正しさをそれとなく仄めかした。
中継駅の旭川に着くと、三割ほどの乗客が列車から降りた。本間の家族もほかの乗り換えの乗客といっしょに、石北線の歩廊に停車していた網走行きの列車に乗りこんだ。古参兵に先導されて、真新しい軍服に身を包んだ初年兵たちががやがやと乗りこんできた。駅夫が合図の笛を吹き鳴らすと、空席の目立つ三輌繋ぎの列車はゆっくり動きだした。

列車は濁流となってうねうねと流れ下る石狩川に沿ってしばし走った後、遠軽駅、留辺蘂駅などで乗客を降ろしながら、薄日の射してきた北見盆地をほぼ定刻通りに通過した。ところが、海軍飛行場のある美幌の手前まで来たところで臨時停車をすると、機関士が線路に降りて、機関車と客車の連結器のあたりを検めはじめた。点検が長引いていたので、寛海もほかの乗客たちにまじって線路に降りた。どうやら深刻な不具合は見当たらなかったようで、遠巻きにして心配そうにのぞきこんでいた人の輪もほどなくしてくずれた。

「戦時中というのに、北海道の鉄道は、まったくもってのんきなもんだよな。整備点検は、普段からこまめにやっておいてもらいたいよ。こんなだだっ広い甜菜畑のど真ん中で、美幌飛行場の爆破指令を受けた敵の爆撃機に狙い撃ちでもされてみろ、それこそひとたまりもないよ」

車内に戻ってきた寛海のこの言葉に肝を潰したのだろう、乗客たちがざわつきだしたが、列車はがくんと前後にひと揺らぎすると、からりと晴れ上がった夏空の下を徐々に速度を上げていった。美幌駅を過ぎ、呼人村のりんご畑の列なりも途切れると、浅い森の樹間から湖が見えてきた。目の前にひろがる湖はふさに宗谷の海を想起させた。すると、左に右に揺れる列車は、横揺れする連絡船に思えてきた。と思う間もなく、小さな弧を描いて海に飛びこむなつめの姿が湖水に映った気がした。息をつめ瞳をこらして湖を見たが、そこにはさざなみも立たぬ、曇り硝子のような湖面があるだけだった。

　そうこうするうちに、車窓に流れていた白群青（びゃくぐんじょう）の湖水と浅緑の湖畔が汽笛とともに突然消え、一瞬のうちに窓硝子は漆黒の鏡面と化した。蒸気機関車の吐き出す黒煙がいきなり鼻孔を刺す臭いをともなって車中に入ってきた。短い隧道（トンネル）を抜けると同時に、行き場を失った黒煙が隧道の出口から勢いよく出てきて、ほんの一瞬、車窓の景色を遮った。墨を刷いたようにたなびいていた黒煙が須臾（しゅゆ）にして消し飛ばされると、脚下に雄大な眺望が開けた。湖の豊かな水が滔々（とうとう）と流れ入る川は、手を出せば届くと思われるほどに列車に近づいてきたが、また次第に離れていった。進行方向に目を転じると、湾曲した川と並行するように線路がなだらかな弧線を描いているのが見てとれ、線路と川の間にある道路を一台の貨物自動車が土埃を上げながら走っていた。

　川の対岸に煉瓦塀と葉群れが光を乱反射するポプラ並木が見えてきた。ぐるりとめぐらされた広大な煉瓦塀が車窓から消えると、幅いっぱいに水をたたえて流れる川に擬宝珠勾欄（ぎぼしこうらん）のある橋が懸かっているのが見えた。おそらくここが知る人ぞ知る網走刑務所なのだろう。

　ほどなくして終着の網走駅に着いた。小高い山が目の前に迫る駅の構内は閑散としていて、隣の歩廊では、釧路行きの列車の機関車が一筋の白い煙を吐きながら乗客を待っていた。降りた乗客のなかに跨線橋（こせんきょう）を渡ってその列車に乗り継ぐ者もいた。旭川までひんやりとする朝風が吹きこむ連結板の上に立っていた、あのおかっぱ頭の少女が老婆に手を引かれて跨線橋の階段を昇っているところだった。途中でふさたちのほうを振り向いて、恥ずかしそうに小さな手を振った。そうか、あの子がうらめしそうにわたしらを見ていたのは、自分が座りたかったのではなく、腰の曲がったおばあさんを座らせたかったからなんだわ。そんなことにも気づかずにいたなんて。なのにあの子はにこっと笑って、別れ際に手を振ってくれた。ふさはいまさらながら、少女の人の心を射抜くような鋭い眼差しに背を向けて、席を譲ってあげなかった底冷たい自分が恥ずかしくなった。

駅舎前の石段の隅で、浮浪者たちが筵を敷いて寝そべっていた。少女ひとりにも救いの手を差し伸べられなかったことに良心がとがめたふさであったが、たむろする浮浪者を前にしては、見て見ぬふりをして階段を降りるしかなかった。

疲弊した人々の姿が、戦局が悪化し、国民の生活が困窮のどん底にあることを如実に物語っていた。

二

網走は海と山に封じこまれた狭小な扇形の平地にあり、その真ん中を網走川が流れている。駅の白壁に貼られていた町の案内図もうろ覚えのまま、本間の家族は、海の方角にある市街地をめざすことにした。どこからか痩せ細った野良犬が尾っぽをぴんと立てて後をついてきた。途中の踏切で貨物車が通り過ぎるのを待っている間に、野良犬はどこかへ行ってしまった。

遠距離の移動で疲れた足取りは重く、その日の宿をもとめて縁もゆかりもない町を探し歩くのは限界に達していたので、駅舎に戻り、浮浪者たちにまじって野宿をするもやむをえない事態に追いこまれていた。そうなるのも観念して、造り酒屋の筋向かいの本屋の前で足を止めてなかをのぞくと、そこに居合わせた墨染めの僧に声をかけられた。泊まるところがないことを訊き出すと、老僧は町はずれにある二階家の空き家を紹介してくれ、いっしょに行って知り合いの大家に口利きをしてやると言ってくれた。

空き家までの道を急いでいるとき、倉庫と倉庫の間から、河岸（かし）に漁船が何隻か繋留されているのが見え、網走港はそれなりに大きな漁港であるのがわかった。

紹介された家は、釧網線の線路に覆いかぶさるように迫る山裾にあり、海や町を見おろすことができた。家の敷地はわりと広く、庭にはリラとすぐりが植えられており、潮気を帯びた風が枝葉を揺らしていた。近くに懸崖を貫く隧道があり、そこを抜ければ隣村の鱒浦（ますうら）の小港が見えるはずである。

大家と会って借家契約書のやりとりをすませるころには、あたりはすでに暮れはじめていて、山の鴉たちが群れ騒いでいた。海のほうへ視線を移すと、赤みが失われつつある夕焼け空と、紺青（こんじょう）色に閑まりかえっているオホーツク海と、町並みに忍び寄る黒い山影とが織りなす三つの層の映発が夕闇のおりる網走の町に彩りを添えていた。

何はさておき、残された最後の力を振り絞って、綿埃だらけの部屋の掃除から取りかかることになった。掃除は思いのほか手間取り、みしみしいう縁側の拭き掃除が終わるころには、日はとっぷりと暮れていた。

遼海が乱雑に置かれた荷物のなかからなつめの背負い袋を取り出して、なかを確認していると、折り目の入った便箋が一枚、ささくれ立った畳の上にはらりと落ちた。ひらがなの目立つ細かな字が青い洋墨(インク)で書かれてあった。ところどころに書きまちがいを消したような跡がある。さらに袋の底を逸る手で探ると、残り二枚の便箋と桃色珊瑚の簪の入った細長の小箱が出てきた。遼海はあっと叫んでからみんなを呼び集め、書き置きの便箋をひろげて声に出して読んだ。

わたしをゆるしてください。何もつげずにいなくなったわたしをうらめしく思うことでしょうけど、死をえらぶにいたったりゆうをしってもらいたくて、てがみにすることにしました。

わたしは両親のいる樺太をはなれて日本でくらす気にはなれませんでした。わたしは朝鮮をすててまでして日本人になることはできません。さいしょは朝鮮と日本のあいだに立って生きていくことをうけ入れましたが、日本が朝鮮をしはいし、朝鮮が日本のしょくみん地になったこと、そして日本でもかんとう大しんさいのさいに朝鮮人がころされたことがわたしのうん命を変えてしまいました。朝鮮で生まれそだったものとしてはこのくつじょくはどうしてもたえれものではありません。

両親からは、日本はとよとみひでよしの時代から朝鮮しんりゃくをくりかえし、ひでよしの軍がわたしのふるさとの慶州のお寺にも火をつけたこと、明治に入っても、日本軍が李氏王ちょうの皇ごうあんさつにふかくかんよしていたことなどをおそわりました。おさないながらも、日本は朝鮮人を火だるまにしてころし、切りとった耳と鼻をやいて食べてしまうやばんな国だと思っていました。

　日本にわたってきても、両親は日本のことはよく思っていなかったようです。自分の娘が日本人のつまになるとは思っていなかったはずです。わたしらの結こんをいわってくれましたけど、ときどき見せる悲しそうな目をわたしはまともに見れませんでした。ですから、みんなのわらいがおの中に両親の悲しいかおがちらつくのです。わたしらが幸せになればなるほど、両親はふ幸せになっていくように思えたのです。

　わたしの体を二つにさくようないたみをやわらげるには、日本と朝鮮が一つの国になるひつようがあります。でもそれはこの地きゅうではかなわぬ夢です。ですから、それは地きゅうからはるかはなれた星ざのなかではじめてかなうことなのです。でも、その星ざはわたしの心の中にもありました。わたしの心の小さなうちゅうでこそ朝鮮の星と日本の星が同じ青色の星で結ばれるとかんがえたのです。それにはまずわたしも大うちゅうでそれと同じ色の星になるひつようがありました。わたしが星になるには、地きゅうからとび立たなければなりませんでした。わたしの死がそれをかなえてくれるのをしりました。わたしは樺太と北海道のあいだの海のまん中でえいえんのねむりにつき、そこから大うちゅうにとび立ってそのままほっきょく星のちかくの青い星になることにきめました。そこからだと、わたしのふるさとの慶州も寛海と泰美のふるさとの樺太も見れますし、同じきょうであなたたちとわたしの両親を見まもっていられますので。

いつのまにか寛海と泰美が遼海の背後に近づき、身を乗り出して便箋をのぞきこむと、「どうして?」、「そんなばかなことを」などの悲痛な声をあげたので、遼海は字面を追うのをやめてちらっと振り返ってから、また読みはじめた。

家族七人で川上こうせんに出かけ、おんせんに入っておいしいごちそうを食べたときがいちばん幸せでした。みんなからもらったこのたいせつなおくりものをだきしめながらび立つことにします。

ばあちゃん、わたしはばあちゃんがななかまどと星の色のにおいについて話してくれたことをいまでもはっきりおぼえていますよ。できのわるいよめにいつもやさしくしてくれてありがとうございました。いつまでもお元気で長生きしてください。

寛海と泰美、あなたたちはたくましくりっぱなおとなになりました。でもあなたたちにもおさない時があったのですよ。おなかをすかしてなく泰美をはなたれ小ぞうの寛海がおんぶしてあやしていたことが目にうかびます。はしをきように動かして自分でほねをとって魚が食べれるようになった時も、とってもなつかしい。ばあちゃんが前に言ってたとおり、あなたたちの体には日本、ロシア、朝鮮の三つのみん族の血がながれています。とってもきちょうな血で、あなたたちにしかない血です。どうかそれをほこりに思って生きてください。わたしがいなくてさびしい思いもするでしょうが、あなたたちには父さんとばあちゃんがいます。父さんとばあちゃんはくろうにくろうをかさね、何ごとにもまけずにがんばってきた人たちですから、いろいろとそうだんにのってくれるはずです。父さんとばあちゃんには、いつまでもやさしくしてあげてね。

そしてわたしの愛すべき夫である遼海さん、わたしと結こんしてくれてありがとう。わたしはいつもあなたを信じて生きてきました。とても幸せなまい日でした。はやくじいちゃんのことをゆるしてあげてくださいね。わたしが言うのもなんですけど、それができなければ、あなたにほんとうの幸せはおとずれてきませんよ。ロシアと日本のあいだにあるかべなど、朝鮮と日本のかべとくらべたら何でもありません。ロシアは長いあいだ日本となかよしの国だったじゃありませんか。鳥は山をこえ海をこえてもむじゃきに同じ声でなきます。花は町をこえ国をこえても同じ色の花をせいいっぱいさかせます。鳥と花にできて人間にできないことはありません。なまいき言ってごめんなさいね。寛海と泰美のことはよろしくおねがいします。

手あみのものをせおいぶくろに入れておきました。くつ下はばあちゃんに、えりまきは寛海、毛あみは泰美です。みんなの好きな色の毛いとがなかったので、気に入ってくれるか……。父さんには何にしたらよいかなやみましたが、たばこ入れにしました。でもたばこはほどほどにね。

ばあちゃんからいただいたかんざしをおかえしします。できれば、泰美にゆずってあげてほしいのですが。

わたしのことは、川上の両親にはしらせないでください。北海道について住むところがきまったら、星になったわたしにそのばしょをしらせてくださいね。かならずですよ。家族みんながなかよく幸せにくらすのをほっきょく星のところで見まもっていますので。

みんながわたしのことを愛してくれたことに心からかんしゃします。ほんとうにありがとうございました。みんなの幸せをいのっています。

棗

なつめの残した涙痕のために文字が判読しづらい手紙の末尾を読むときには、遼海の声は顫えていた。「母さんがあまりにもかわいそうよ。いつも家族のことを気にかけていた母さんだけが、ここにいないなんて。こんなことがあっていいの」と泰美がすすり泣きながら袋のなかをのぞいてみると、赤い革製の腰差しの莨入れ、黒の靴下と紺の襟巻きと赤と青の横縞模様の毛編み(セーター)が詰めこまれていた。泰美は毛編みを頬に押し当て、大粒の涙を流した。目を赤くした寛海は莨入れを遼海に渡してから、襟巻きを頸にかけた。

哀泣の声が開け放れた窓から間歇(かんけつ)的に漏れたが、家のすぐそばを走り抜ける夜行列車の鳴らす間延びした汽笛がその声をかき消した。

遼海が窓越しに眉月の懸かる夜空に北極星を探そうとすると、眼下の墨流しの闇に灯籠流しの灯影が糸状にゆらめき、海に向かって左から右にゆっくり動いているのが見えた。流れ星が遠花火のように一条の曳光を残しながら濃紺の海に吸いこまれた。

「そうか、今日は送り盆だったんだ。母さんの供養のために何もしてあげられなかったけど、星になった母さんに、網走に住むことになったことだけは報告できるね」

「そうね。母さん、喜んでるかな。来年の新盆は盛大にやってあげよう」

「それにしても、日本と朝鮮をひとつにするために死ぬとはな……。生きてなければ、日本と朝鮮が仲良く手を取り合う時代にめぐりあうことすらできないのに。どうしてそんなばかなことを思い立ったのか……。おれは、いったい何をしてたんだ。母さんの心の奥をのぞいてあげられなかったおれに、こんな上物の莨入れを買ってくれるとは……」

「いつ母さんはこれを書いたんだろう。母さんのことだから、たくさん書くのにそうとう時間がかかったはずだし。とすれば、やっぱり、豊原の家か……。ひとりで夜遅くまで起きていたもな。もしだれかがそれに気づいてさえいたら……」

と寛海が声を落とし、書かれた内容を自分の目で確かめようとして便箋に手を伸ばした。ふさも横からのぞきこんだ。

「なつめさんらしく、ほんとうに一字一字ていねいに書いてるわね。七夕が好きだったなつめさんは、里芋の葉末に真珠のように宿る朝露で墨をすって短冊に願いごとをしたためれば、字が上手になるという言い伝えを信じて、早起きして短冊をたくさん書いていたもね。そのなつめさんがこの置き手紙を書いてたときの断腸の思いを思いやると、わたし、胸が潰れそうになるわ」

「手紙に住むところがわかったら知らせてとあるけど、なぜ父さんたちは、移り住む場所を網走なら網走だと前もっておしえてあげなかったの。それが母さんにいらん心配を与えたってことはないの」

泰美は泣きはらした目を折り畳んだ毛編みから遼海に向けた。

「おい、そんな目でにらまないでくれよ。豊原から引き揚げるとき、北海道に渡ろうと説得するだけでもずいぶん苦労したのは、おまえたちも知ってるだろう？ なにせ母さんは強情っぱりだったからな。北海道のどこに住むなんか、とても言いだせる状況でなかったもの。だから、連絡船から下りるまでは、だれも函館がいいとか網走がいいとか言わなかっただろうが」

「何かさ、奥歯に物の挟まってるみたいな言い方に聞こえるけどね。北海道に渡ると決めてから、引き揚げを渋っていた母さんをじゃま扱いしたことはないの」

「それはない。ただ、腫れ物に触わるように気をつかってはいたな。逆にそれが、さびしい思いをさせてたかもしれないと、いまになって思うけど」

「たしかに時間をかけて、みんなで相談する余裕は、なかったといえばなかったもんね。なつめさんは、わたしといっしょに樺太に残りたいとか、両親を連れてきたいとか言ってたけど、あそこまで思いつめているとはね。その苦しい胸の内をわたしに一度でも明かしてくれればよかったのに。普段、明るく振る舞っているなつめさんばかり見ていたから、まさかね……」

ふさは弱々しく吐息をひとつついた。血色の悪い浅黒い頬と蛸皺が深く刻まれた額に疲れがよどみ、目の下に黒い隈が刷かれている。

「日本と朝鮮の板挟みに苦しんでいたんだろうけど、わたしらにとっては、母さんが生きていることが、日本と朝鮮がひとつである証しだったのに。母さんから朝鮮漬けの漬け方など、これからたくさん教えてもらおうと思っていた矢先に死んじゃうんだから」

「やっぱり、手紙に書いてあるように、両親と別れるのがほんとうに苦しかったんだな。母さんはすごく親思いだったから」

「たとえそうでも、子どもであるわたしらまで見捨てることはなかったんじゃない」

「思い悩んで寝られなくなると、正常な判断はできなくなるというからね」

「こうなったのもすべては、引き揚げを急ごうとするあまり、おれが袋小路にいた母さんの悲鳴に聞く耳を持たなかったことに尽きる」

「あんた、あまり自分を責めるもんじゃないよ。たしかにそれがなつめさんを自殺に追いやった原因のひとつかもしれないけどさ、でも……」

「ばあちゃん、自殺なんて言葉を無神経に使わないでよ」

「そうね、ごめん、ごめん」

「その話は、この辺でおしまいにしてさ、母さんがいる北極星を探そうよ」

寛海が重苦しい雰囲気から逃れるために、玄関のほうへ行った。

「泰美、なにぐずぐずしてる、早く来い」

「待ってて、いま行くから」

「さっきの話のつづきだけど、ばあさん、何か言いたいことがほかにもあるんじゃないのか」

「いや、もういいわよ」

「もったいつけないで言えよ」

「ばあちゃんも父さんも、早く外に出ておいでよ。母さんに手を振って、ここの場所をおしえてあげよう」

星空を見ている寛海が家のなかに向かって声をかけた。

「わかった。いま行く」

「そうね、話は大げさになるけど、もとはといえば、国の植民地政策がなつめさんを窮地に追いやったとわたしは思いたいの。日本と朝鮮とが独立国として互いに友好的であるのをなつめさんがいくら望んでも、日本が何かにつけ朝鮮の国土を侵略し、朝鮮の国民を迫害しつづけてきたことが心の傷となって残り、それがなつめさんを絶望の淵に追いやったのよ。祖国を失った両親が流民となってさまよいつづけ、ついには力尽きて野垂れ死にするのではないかという不安や、それを知りながら手を差し伸べてあげられないという無力感がなつめさんから生きてゆく希望を奪っていったんじゃないかしら」

「といっても、おれの犯した罪が消えるわけでもないしな」

「ふたりとも何やってるの。早くおいで」

「北極星の近くで母さんが待ってるから、ばあさん、縁側に出よう」

北極星は四人に何かの合図を送ってくるかのようにきらきらと輝いていて、その北極星のそばに、かすかに青い光を放つ小さな星があった。

オホーツクの夏は短く、なつめの失踪を地元警察にも届けるころには、海から吹き寄せる風は秋の風に変わり、星座にも季節がめぐって、北極星の下方に、ペガサス座の胴体部の表象となる秋の四辺形の星が現れていた。

三

「いまのおれは庭の植えこみの下に転がっている蝉の抜け殻と同じだ」

と夕暮れの縁側に腰掛けてひとり言をいう遼海は、ぽっかり空いた心の空白を埋められず、悲しみとさびしさでまんじりともしない夜がつづいていた。

書き置きがあったにせよ、なつめがなぜ自死するに至ったのかをあらためて考えてみると、思い当たることとすべてがその誘因であるように思われた。なつめは、北海道に来ると決まってからは、夜中過ぎまで起きていたから、寝不足がつづいていたんだろうな。そういえば、寝ていてもうわごとを言うことがあったもの。おれはその異変に気づきながら、なぜ放っておいたんだろう。病院に連れていけばよかったんだ。何としてでもなつめの両親といっしょに樺太を出ればよかったんだ。それなのに、なぜおれはなつめのその願いをかなえてあげなかったのだろう。それもこれも、樺太脱出が一刻の猶予も許されない状況にあったからなのか。そんなのは詭弁だ。要は、事前に両親を呼び寄せてさえいればよかっただけの話ではないか。両親は足手まといになるという思いこみが、どこかにあったんだ。自分に都合よくことを進めていたにすぎないんだ。薄情にもほどがある、といった思いが頭から離れないのである。その一方で、この先のことを考えると、家族の心の繋ぎ目であったなつめがいないいま、どうすればこの家族をうまくまとめていけるだろうか。なつめが仲立ちになってくれたおかげで、ばあさんとはそれなりにうまくやってこられたけど、それもこれからどうなるかわかったものではない、と不安が頭をもたげるのだった。

遼海は書き置きを読み返すたびに、川上鉱泉で撮った一葉の家族写真を取り出し、それに見入った。直立した姿勢の両親と姑にはさまれる恰好で、藍縞の入った単衣を涼しげに着ているなつめと白の帷子(かたびら)の自分が並んで立っている。なつめは乳呑児の泰美をだっこしていて、右手はやんちゃ盛りの寛海の手を引いていた。泰美をのぞきこむようにして微笑んでいるなつめ。そのなつめと、妻が姑と夫の間に立って気苦労の多いことに無頓着である自分との間に隙間風が吹いているように見えるのだった。

彼岸が過ぎるころには、遼海はいくらか落ち着きを取り戻し、四十八歳で薄幸の生涯をみずから閉じたなつめの忌明法要を雅隆寺(がりゅうじ)という寺でとりおこなった。海を見晴らす高台に立つその寺は、本堂の廂(ひさし)が傾いたままのひなびた寺であったが、春には、山門のところにある蝦夷山桜が枝という枝に薄紅色の花をつけて、参詣する人の目を楽しませてくれるのだそうだ。この寺を選んだのは、南川遠峰（おんぼう）という、六十を過ぎたそこの住職が、借家を紹介してくれるなど、本間家の人たちに何かと便宜をはかってくれていたからである。法要がすむと、赤紫の直綴（じきとつ）に白銀（しろがね）色の袈裟をまとった住職は、本間の家族を香煙の立ちこめる本堂から棟つづきの書院に案内した。書院の床の間に画軸がかかっていて、花器には蝦夷竜胆が生けてあった。しみのついた横物の達磨の墨絵をながめていると、しばしあって庫裡（くり）の杉戸が開く音がして、大黒とその娘が廊下のきしむ音を立てながら茶果を運んできた。

「それではみなさん、本日はまことにご苦労さまでした。故人の没年月日は、みなさんが宗谷海峡を渡ってきた日の、昭和十九年八月十五日にしておきましたが、それでよろしいでしょうか。これで故人の霊も慰められるでしょうな」

「和尚さんには、何から何までご配慮いただき、ありがとうございました。これでやっと妻の菩提を弔ってあげることができ、肩の荷が下りたような気がします。とはいっても、早くお墓を建てて、妻の好きだった木槿の花を供えてあげられたらいいんですけどね」

「時が時ですから、そんなに急ぐことはありません。こう言うのもなんですが、いまのところ、お骨（こつ）もありませんしね」

　でっぷり太った毛虫眉の住職は喉仏を上下させておいしそうに茶を飲んだ。住職のこの言葉を聞くと、ふさはあらためてなつめが不憫になった。

「なつめさんは、北極星のそばでしばらくひとりぼっちだけど、わたしもすぐに白鳥座の古七夕のそばに行ってなつめさんを見守ってあげるので、そのときにお墓を建てれば？」

「ばあちゃん、そんな縁起でもないこと言わないの。母さんが願っていたように、母さんの分まで生きて、うんと長生きしないとだめよ」

「でも、のうのうと生きながらえてるんじゃ、長生きしても意味がないでしょ。いままでのわたしを振り返ってみると、わたしは生きてるのか生かされてるのか、この頃わからなくなるの」

「たしかに、人生を振り返るとき、ふとそのような気持ちに襲われることもあるでしょうが、棺を蓋って事定まると言われるように、人の値打ちなんてものは、おのれの信じる道を歩み、輝きに満ちた命を心魂を傾け、最後までまっとうできたかどうかで決まるので、おばあさんの場合も、この北海道でこれから何を信じ、どう生きるかにかかっているのではないですか」

「というと、ぼくの母の場合はどうとらえるべきでしょうか、自分から命を絶ったということは、母は、何も信じられぬまま、自分の人生を否定したことになり、自分の人生に何の値打ちも見出せなかったことにはならないのでしょうか」

「そんなことはありませんな。たしか吉田松陰だったと思いますが、心に染みる言葉を残してます。どんなに短い人生にも、春、夏、秋、冬の四つの季節のうつろいがあり、たとえ死が忽然と訪れようと、すべての人の生は完結しているというのです。お母さんの場合も、四十八の生涯をたどれば、そのなかに、万物万象が桜色に染まる春、強い日射しを照り返す深緑のなかで蝉が鳴ききそう夏、紅葉が真っ赤に燃える秋、しんしんと雪の降り積もる冬がそれぞれあったはずです。ですから、お母さんは、人生の四季の彩りの饗宴のなかで尊い命を燃やしつづけたと言えるんじゃないですかな」

「なるほど。だとすれば、ぼくが生まれたときは、母さんの人生の季節は夏だったのかな」

「やっぱり、夏といえば、樺太で父さんと知り合って結婚したころだと思うわ。わたしらが生まれて、川上鉱泉へ家族旅行に行ったころが秋で、戦争がはじまったころが冬よ」

「春は、おそらく故郷の朝鮮で、じいちゃんとばあちゃんと、貧しいながらもしあわせに暮らしていたころだろうな。でも、和尚さん、あまりにも突然の別れでしたので、ぼくは、母が死んだという実感が湧いてこないんです」

と寛海がやり場のない胸の内を明かした。

「むりもありませんな。長患いで床についていたわけではありませんからね。しかしそれも、毎日位牌に向かって掌を合わせていれば、いつしか彼岸と此岸（しがん）の境目が消え、過現未（かげんみ）に囚われなくなって、お母さんの生死にまつわる煩悩から解放されるときが訪れるものです」

「生死を超えたところに母がいるということですか」

「そういうことになりますかな。ところで、お母さんが木槿が好きだったとうかがっておりましたので、槿（むくげ）という字を戒名のなかに入れさせてもらいました」

住職は位牌を包んでいた紫の袱紗を丁寧に解いて、それを遼海に捧げ渡した。

「すてきな戒名ですね」

とそれまで黙って話を聞いていた、色白で細い眉がきれいな、女雛のような娘が言った。

「お嬢さんにもそう言っていただき、妻もさぞかし喜んでいると思います。ありがとうございます」

遼海はさびしく笑って頭を下げ、位牌をじっと見つめた。

「みなさん、よろしかったですね。これでひとつの区切りがつきましたね。とはいっても、これからさびしさがつのることがあるでしょうから、そう遠くないところですので、気楽に遊びにきてください。おばあさん、またお茶でもいっしょに飲みましょう」

と物腰のやさしい、福相の大黒がふさに微笑みかけた。

「ありがとうございます。ぜひ寄らせていただきます」

「お待ちしております。みなさんもどうぞお寄りください」

そのとき、子ども連れの、喪服姿の若い女と花桶を手にした黒絽（ろ）の紋つきの老人の姿が、白い障子の向こうに見えた。幼い子どもたちは鬼灯（ほおずき）の実を鳴らして遊んでいる。

「お彼岸が過ぎましたのに、お墓参りの方がけっこういらっしゃるんですね」

住職は、書院庭を通って寺の墓地へ通じる小道のほうに目をやってからしみじみと語った。

「まあ、戦争がありましたからね。あの御仁は、わたしの古くからの友人で、長男の跡取り息子が、昨年、アッツ島で戦死しましてな。息子は、がっちりとした体格の好青年で、網走中学時代は剣道部に入っていました。春秋に富む若者の死ほど悲しいものはありません。あなたがたのいらっしゃった樺太では、来るべき戦闘にそなえて、学童疎開や勤労動員がはじまっているとのことですが、まったくもって戦争ほど忌まわしいものはなく、早く終わってほしいものですな」

「おっしゃるとおりです。銃後に残された奥さまと親御さんの無念さを思うと……。若い時のわたしがもしその立場に立たされたら、はたしてあの奥さまのようにけなげにやっていけたかどうか……。ほんとにおいたわしい」


なつめの忌明け後、頃合いを見ていた遠峰和尚が、つてを頼って遼海の仕事先を探してくれた。紹介された冨田水産は、漁船を数隻所有し、船の接岸する河港のすぐ近くに加工場を持つ、網走でも有数の水産会社だった。さっそく遼海は、慈顔の和尚に付き添われて会社へ出向いた。そこの専務から、「なにせ時代が時代だから、出漁はめっきり減ってきてるけど、主に、漁具の修繕、甲板掃除といった仕事をしてもらいましょうか。ほかに魚の積み降ろしや運び出し、鱈、蟹などの加工の手伝いもありますが、よろしいでしょうかね」と仕事の説明を受けた。

帰路につくとき、遼海が恐縮しながら、「和尚さん、なぜそれほどまでに親身になって、自分たち家族を支えてくれるのですか」と問うと、福々しい耳をした大入道は、「困っているときは、相身互いですな。これも、啐啄一機の仏縁なのかもしれません」と言って、呵々と大笑するだけだった。

漁に出たときの遼海は、当初は、なつめが藻屑となって消えたオホーツク海に怨嗟を感じていたため、砂を噛むようなやるせない気持ちで仕事に従事していたが、喜びと悲しみに翻弄される人間を嘲笑うかのように潮の満ち引きをくりかえしながら悠久のときを刻む海の上を自由奔放に船を走らせることに生き甲斐も感じられるようになっていた。とはいっても、なつめの死が折に触れて遼海に言いしれぬ深い孤独感をもたらすのに変わりはなかった。

一方、寛海は、傷心の父にも生気が戻りつつあるのをそばで見ていると、亡骸のない母の死は、宗谷の海で結んだ白日夢のなかの出来事であるように感じられることもあった。ところが、小さな仏壇に祀られた位牌を見つめて合掌していると、法要のときに和尚に言われたのとはちがって、連絡船のなかを人目をはばからず喉を嗄らすばかりに大声を張りあげて探し回った情景が網膜の底に映し出され、母のいないさびしさが惻々と身に迫ってくるのである。だが、そんな寛海も、生来の陽気でおおらかな性格がさいわいして、母の死の悲しみをまぎらわすために、オホーツク海に沿うように点在する網走湖や能取湖といった海跡湖に布袋を背負って遠出するようになった。野山が錦の衣をまとうころには、湖畔近くの雑木林に分け入り、蔓のからみついている木に登って黝ずんだ山葡萄と黄浅緑のこくわの実を採った。翌春には山菜の蕨や薇や独活を求めて野山をさまよい歩き、夏が来れば、ズボンの裾をたくし上げて湖水に入り、足指に挟んで蜆を採った。このようにしながら、寛海は自分の活動の場をひろげようとしていたのである。

　泰美のほうは、いっときは家族といると気づまりを感じてあまり口をきかなかったが、ふさからモヨロ貝塚という、オホーツク文化期の集落遺跡が川向こうにあるのをおしえてもらうと、足繁くその遺跡に通いだし、家からさほど遠くない郷土博物館にも足を運んだ。そこで気心が通じる友人が何人か出来た。すると人が変わったように、話し相手を見つけては、出土した竪穴式の住居や海獣の骨で出来た狩猟用の道具などの話を持ち出し、得々と長舌をふるうのだった。すっかり網走が気に入った様子である。

　ふさはふさで、仏壇の前で長い間、座っていることが多かったが、足腰はいたって丈夫だった。法要をきっかけになつめの月命日には足まめに寺を訪れたし、ときには手籠を提げて網走川の河口近くにある網走橋を北に渡り、モヨロ貝塚の浜にまで出かけて𩸽や水雲を漁師から分けてもらってくることもあった。その帰る道すがらきまって橋の上で立ち止まり、防波堤の先端にある赤と白の灯台と弓形の海岸線の上にわすれなぐさ色に霞んで見える知床の連山を眺めるのだった。なぜなら、その眺めが、暗褐色に色褪せてきていた大泊の風光をあざやかに甦らせてくれるからである。

かくして本間の家族はそれぞれが、蟹が甲羅に似せて穴を掘るように、新天地の網走で自分の身の丈に合った生き方を探ることで、なつめの死を乗り越えようとしていたのである。

四

年が改まり、冬がきわまる二月になった。接岸した流氷が頬がぴりぴりと痛くなるほどの寒気を町に運んでくるこの時期にはめずらしい、寒さのゆるんだ日のある昼さがりに、駅前通りを歩いていたふさが、数珠つなぎに並んだ馬橇に出くわしたことがあった。鈴の音と馬の荒々しい鼻息が近づいてくるので、そちらのほうを見るともなく見ると、結氷した網走湖から切り出した四角い天然氷の塊がうずたかく積まれた馬橇の列の最後尾の馭者台に、遼海が座っていたのである。ふさは声をかけようとしたが、悠揚迫らぬ態度で手綱を握る遼海はふさに気づいても目礼するだけで、どこかよそよそしく、腰差しの赤い莨入れから抜き出した煙管に莨をつめて火をつけるのだった。馬橇の荷台の端には遊び帰りの子どもたちがらくちんとばかりに腰掛けている。遼海は、子どもたちが自分の目を盗んで馬橇の後ろからよじ登り、淡水色の氷の壁に隠れているのはお見通しのはずなのに、目くじらを立てるわけでもなく、子どもたちを追い払うようなことはしなかった。おそらく子どもたちは、ただ乗りが見つかって大目玉をくらわされたことがあるほかの馬橇は避けて、遼海の馬橇を待ち伏せしていたのだろう。

（かつてわたしの父をはね飛ばした馬橇の手綱を、いまは息子の遼海が何食わぬ顔で握っているとは。これも何かのめぐりあわせだわ）

馬橇の通った後の雪道はつるつるに押し固められ、橇の滑り木や馬蹄に踏みしだかれた馬糞がまじって、ところどころ黄色く変色していた。その雪道がすこし坂になっているところでは、さっそく乾物屋や駄菓子屋などの駅前通りに並ぶ商店の子どもたちが竹スキーで遊びはじめた。


河岸に並ぶ倉庫内の氷室で半年冬眠していたその氷塊が、水揚げされる魚の鮮度を保つために惜しげもなく使われる六月になった。

町じゅうにサイレンが鳴り響いた。それはアメリカの爆撃機の空襲を告げるのではなく、鯨が水揚げされたことを知らせるものだった。

たまたまこのとき、ふさは帰りがけの網走橋の上で、燕尾服に身を包んだ岩燕が橋脚に巣作りをしているところをほかの通行人といっしょに見物中だったのである。視線を移して、鯨船が横付けされている河岸に目をやると、水揚げされた鯨の上で、護謨合羽に護謨長靴といった黒ずくめの遼海が仲間の船員と談笑しながら薙刀に似た長刀を振り回し、積年の怨念を晴らすかのように柘榴色の肉を切り刻んでいるではないか。その敏捷な身ごなしは、遠目には矮小化されて見えるため、横臥する巨体の黒鬼に決闘を挑む命知らずの一寸法師を思わせた。小枝の手裏剣を鉢巻きに差し立て、喜々としてチャンバラごっこをしていた幼い遼海の面影が目に浮かんだ。遼海と鯨……。前にわたしが、鯨の話を冗談めかして話したことがわざわいして、あの子は、鯨を目の敵（かたき）にするようになったのかも。それで鯨の肉が好物なんだわ、とおかしさとなつかしさとたのもしさがふさの心のなかで交錯した。

突如、鼻が曲がるほどの臭いがふさのこの幻影を吹き飛ばした。悪臭を撒き散らす犯人は、橋畔で鯨油や魚滓などをつくる工場であった。ひょろ長い煙突から出る糞色（ばば）の煙は海風に乗って町全域に覆いかぶさり、臭くてまともに息ができなくなった。

網走では、いつの頃からか、天然氷を積んだ馬橇の行列は冬の風物詩に、鯨の解体と悪臭の飛散は初夏の風物詩になっていたのである。

日本の敗戦が決定的になり、アメリカ、イギリス、ソ連の首脳によるポツダム会談が開かれる七月に入って、最も恐れていたことが本間家に降りかかってきた。寛海に赤紙の召集令状が届いたのである。

その文面は、

防御陣地（トーチカ）守備兵本間寛海、右召集ヲ令セラル依テ左記日時八月一日午後二時到着地網走市、歩兵第二十八連隊に参着スベシ

といった内容だった。

寛海は覚悟はしてたとはいえ、うとましい赤紙をいざ手に取ると、無意味な負け戦をつづける国に腹が立った。腹いせに何かに八つ当たりしたくても、落胆と悲しみに打ちひしがれている家族を思いやると、それもできなかった。応召の準備に気が滅入るなかで、父親の遼海に付き添ってもらい、隣

近所に入隊の挨拶回りをした。

同月十五日になって、空襲のほとんどなかった網走の上空にもついに、四機の爆撃機が飛来した。鬼畜米国による襲撃が網走でもはじまったのである。

午前十時頃、けたたましい空襲警報のサイレンが鳴った。ふさと遼海は空襲から身を守るために近くの防空壕に逃げこんだ。

「ばあさん、逃げ遅れた人も後から来て、入口が混み合うから、もっと奥に行こう。荷物はおれが持つから。あっ、そうだ、大事なものを忘れちゃったよ。どうしよう？　突然の空襲警報で頭が混乱して、なつめの位牌を持たずに来てしまった」

苦り切った顔で貧乏揺すりをする遼海を、ふさはひさしぶりに見た。

「なつめさんの位牌なら、だいじょうぶ。ほら、ここにあるから安心してちょうだい」

遼海は袱紗に包んだ位牌を信じがたい思いで受け取ると、それをそっと胸に押し抱いた。

「こんなこともあるかと思って。何かあったときには、なつめさんの位牌は、留守番役のわたしが運び出そうと、心に決めてたもんだから」

壕の闇の奥のほうから、「おい、静かにしないか。敵機に見つかったらどうするんだ」と叱声を浴びせられた。

「ばあさん、すまない」

「いまのは、爆弾の音かしら。ほら、聞こえるでしょ？」

「しっ、もっと小さい声で」

ふさは鼻をつままれるほどの闇の奥をにらめつけるように見ると、一段声を潜めた。

「あの大きな音は、網走小学校の方角からだよ。寛海は、りんごの買い出しに呼人に行ってるはずだから、だいじょうぶだとは思うけど、泰美の通う博物館は、小学校の近くなので、泰美が心配だわ」

「いや、泰美ならだいじょうぶだろう。近くの防空壕に避難してるさ。かえって寛海のほうが心配だよ。出がけに、寺に用事ができたので、今日は買い出しには行かないと言ってたからな」

「ほら、また聞こえた」

「ちくしょう、いっこうに空襲はやまないな。会社の倉庫や船にも、何事もなければいいんだが」

奥のほうへ移動した直後に、数家族があわてふためいて壕に飛びこんできた。そうこうするうちに、ようやく爆撃音も遠ざかり、爆撃の恐れがなくなった。上背のある遼海は、くの字に上体を屈めて空に敵機がいないのを確かめると防空壕の外に出た。ふさと遼海は家に帰るとすぐに、取るものも取りあえず博物館と雅隆寺に駆けつけた。寛海と泰美とはそれぞれ行きちがいになったが、みんなの無事が確認できたので、寺ですこし休ませてもらってから遼海の会社へ向かった。単独で行動するのは危険なので、ふさも同行することになった。ふたりは河港付近が爆撃を免れたのを知って、ほっと胸をなでおろした。会社に顔を出すと、社長や専務たちも来ていて、互いに手を取り合って何もなかったことを喜んだ。

帰り道で見た夕焼け空は、まがまがしいほど真っ赤に染まっていた。南北の山をねぐらにする鴉の大群がやかましい啼き声を発しながら、川をはさんで陣取り合戦のようなことをはじめた。赤くただれた空を乱舞する無数の黒胡麻の群れ。鴉の白い糞が川一面にしぶきを上げて落ちている。辺陲（へんすい）の地の網走にも戦禍が及びつつあるのを知って、暮れなずむ茜空を不気味そうに見上げる遼海の薬罐(やかん)頭にも、白い斑点がひとつ出来た。

この夜、ふさは寝つかれず、うつらうつらと眠りが浅かった。

帽子の形をした巨岩の浮かぶ海のほうから、鰯(いわし)雲の夕焼け空をつんざく爆音が轟いた。空襲警報の鳴り響く、血のしたたるような空に、雁行(がんこう)する黒い機影が妖雲のごとく現れた。鯨の爆撃機の編隊であった。ソ連兵が操縦桿(かん)を握る空飛ぶ鯨たちは、鯨肉を食する日本人を目の敵にして、血祭りに上げられた鯨たちの弔(とむら)い合戦を仕掛けようとしているのである。急降下した鯨は背中から真っ赤な血の潮を吹き上げ、鴉の目のように赤い目をしたソ連兵が獲物を血眼(ちまなこ)で探している。機銃掃射の弾が、濃緑色の川面に斜め十字の水紋を描いた。低空飛行をつづける鯨の爆撃機は、逃げ惑う市民のなかから長刀を手にした黒衣(こくい)の遼海を見つけ出すと、照準器で狙いを定めてその背後から容赦なく弾を撃ちこんだ。弾が遼海の頭に命中して炸裂したと思いきや、飛び散ったどす黒い粘液が護謨合羽にへばりつき、鯨油の腥臭(せいしゅう)を撒き散らした。一瞬の出来事だった。鴉が仰向けに倒れている遼海に群れ集まり、目のあたりを鳶口の鉤のような嘴でつついている。遼海の骸(むくろ)を見届けてから、空飛ぶ鯨の隊列は黒影を川面に映して飛び去って行った。

夢魔にうなされたふさは、「遼海、死んじゃだめ」と悲鳴をあげて、血の海の夢から目を覚ました。隣の部屋で寝ていた遼海が、ふさの悲鳴を聞いて、「おい、ばあさん、どうかしたか。びっくりするじゃないか。また変な夢でも見たのか」と不機嫌そうに声をかけてきたので、「大きな声を出してごめんね。ひさしぶりになつめさんの夢を見たもんだから」とふさはとっさに夢の内容を変えて答えた。（この夢のお告げが、ソ連が北海道に攻めてきて、遼海が機銃で頭を射抜かれ、防御陣地のなかにいる寛海が爆撃で命を落とす前触れでなければいいんだけど……）

空襲の翌日になって、十数名の市民が蜂の巣のように撃ち貫かれて機銃掃射の餌食となり、その犠牲者のなかに遼海と同じ船に乗る船員がひとり含まれていることがわかった。この日を境に遼海はまた口数が少なくなってしまった。

東京大空襲、沖縄地上戦、広島と長崎の原爆投下などで、おびただしい数の戦争犠牲者を出した日本は、八月十五日に終戦を迎えた。寛海が連隊に配属されてから、ひと月も経っていなかった。これでふさの胸騒ぎは杞憂に終わったことになる。日本が戦争に負けたという暗澹たる思いよりも、戦争が終熄（しゅうそく）したという安堵が胸にひろがった。

だが、樺太では、ソ連がありうべくもない暴挙をやってのけたのである。日露戦争で虐殺されたロシア人の仇討かと思わせるような領土侵犯だった。日露戦争から四十年の星霜を経て、ソ連軍による報復的な騙し討ちがはじまったのだ。

八月九日、長崎に原爆が投下されたその日に、ソ連は日ソ中立条約を破棄して、南樺太に侵攻を開始した。対日宣戦布告後は、八月十一日、樺太の国境近くの古屯（ことん）付近で日本軍と交戦したのち、日本の無条件降伏を無視して、十八日に、引き揚げ者であふれる真岡港を艦砲射撃して市街地を壊滅させ、二十日には、豊原を空爆して逃げ惑う避難民に機銃掃射を浴びせかけた。さらにその二日後、ソ連のものと思われる潜水艦が、稚内から小樽に向かっていた引き揚げ船三隻を魚雷で襲撃し、そのうち二隻を留萌沖で爆沈させ、千七百余の命を奪っている。その集団引き揚げ者の大半は老幼婦女子であった。この事件の犯人扱いにされたことに憤ったソ連は、終戦とともにはじまった集団引き揚げを二十三日までとし、樺太からの移動を禁止したのだった。

樺太の戦闘に終止符が打たれたのは、ソ連軍が大泊を占領した八月二十五日である。

ということは、日本人の多くが、天皇の玉音放送後にもソ連と国境を接する日本の領有地で戦闘が行われていることもつゆ知らず、無条件降伏による戦争の終結を喜んでいたことになる。ふさもまた、終戦後の樺太で不条理な悲劇が起こっていることなど夢想だにしなかったのである。

五

四十万に及ぶ日本人と約四万の朝鮮の人々が、祖国に帰還できず、ソ連占領下のサハリンに留め置かれた。このソ連の蛮行が、サハリンに封じこめられた彼らの運命を大きく変えることになった。

朝鮮の人々は酷薄な運命をたどった。祖国を奪われた無国籍者として残留を強制された彼らを待っていたのは、共産主義社会での自由を奪われた生活であった。戦後四十年経ったいまでも、この閉塞状況に押しやられたまま運命の苛酷な仕打ちに呻き苦しむ朝鮮の人々がいる。

その一方で、捕虜の辱めを受けた日本人は、強制労働のためにシベリアに連行される軍人などを除き、昭和二十一年十二月に帰還再開が許されると、酸鼻をきわめる強制収容所の軛（くびき）から解放され、ホルムスク港から函館や小樽に向かう引き揚げ船で順次、帰国の途につくことができた。北海道には約二十八万人の引き揚げ者が生還した。これによって、彼らは一日千秋の思いで織りつづけた祖国の地を踏むこと（ダモイ）の夢をかなえられたわけである。

　樺太からの、弊衣蓬髪（へいいほうはつ）の引き揚げ者のなかには、縁故を頼って網走に来る人たちもいた。ふさはその噂を聞きつけるたびに、引き揚げ者たちを訪ね歩いた。

　復員軍人のひとりは、真岡港に不法上陸してきたソ連軍を迎撃したものの、敵の追撃砲を浴び、真岡郊外の熊笹峠まで後退を余儀なくされ、谷底に人馬もろとも屍を晒すところをからくも命をながらえた人だった。彼は重い口を開いて、戦火が迫る真岡郵便電信局で女性電話交換手九名が青酸カリを飲んで集団自決したこと、機関銃を構えたソ連兵による強姦が頻発していたため、若い娘たちのなかには朝鮮人と結婚することで難を逃れた人がいたこと、虐待や強制労働がもとで衰弱死する人や飢え、寒さ、病気などで死に追いやられた人が跡を絶たなかったことを涙ながらに語り、命を繋ぐために蛇や鼠まで食べたことも明かしてくれた。

　話に引きこまれているうちに、いまなお望郷の一念で収容所生活を送る日本人と祖国へ帰る道が断たれて置き去りにされた朝鮮の人々の悲痛の叫びがふさの耳を打った。この期（ご）に至ってようやくふさは、死の影がつきまとう樺太への再訪の道が閉ざされたことを悟ったのだった。それとともに良心の疼きが兆した。樺太を見捨てた自分には、樺太を思郷する資格はないと思った。樺太の惨劇をうまく切り抜け、いま厚顔無恥にもぬくぬくと万事そつなく生きていることがうしろめたかったのである。

　終戦の年につづき、サハリンからの日本人捕虜の引き揚げが本格化した年も送り、戦災からの復興がようやく緒につく昭和二十二年を迎えた。

　町のあちこちで、軍帽をかぶった白衣の傷痍軍人たちが、義手で支えたアコーディオンを演奏するとか、これ見よがしに包帯を巻いた義足の横に松葉杖を置き、蝦蟇蛙のような恰好で地面に両手をつけて深々と頭を垂れるとかして、戦場で負傷した身体を売り物にすることで道ゆく人から金品の施しを受けているのをたびたび目にするようになった。

　ひるがえって身辺に目を転じれば、腹をすかした戦争孤児たちが、学校に通うことすらままならず、物乞いをしながらさまよい歩く光景が巷にあふれていて、それがふさの胸に重くこたえた。敗戦のどさくさのなかで咲いた徒花である闇市のおこぼれにもありつけぬ孤児たちが、生きしのぐためにやむをえず身につけたものといえば、嘘と虚勢と盗みだったかもしれない。人には言えぬ自分のおいたちを言い繕うために嘘をつき、仲間に伍してゆくために見栄を張り、人と同じものを口にするために万引きをしたこともあろうと思うと、ふさは深く心を痛めたのだった。

　話はそれるが、戦後の右肩上がりの経済成長期にエコノミック・アニマルたちの跋扈する日本社会を聳動させた、あの十九歳の連続射殺魔が呱々の声をあげ、貧苦のなかで襁褓時代を過ごした地が、網走の隣村である呼人なのである。ひょっとして彼は、ほぼ同い年の本間家の子どもたちの幼馴染みで、いっしょに面子(めんこ)やビー玉や桶の箍(たが)を棒で押し転がす輪回しなどをして遊んだかもしれない。彼のような、大人になって凶悪な犯罪者となり、血も涙もなく無差別に無実な人を殺(あや)める悪魔の道に足を踏み入れる恐れのある子どもというのは、戦後まもない網走では特異な存在であったのだろうか。いや、そんなことはない。一歩道を踏みあやまれば、犯罪に手を染め、しまいには凶悪犯に変貌する恐れはどの子どもにもあったし、そのような子は日本のどこにもいたはずである。

　生まれながらにして父のいない遼海、母が忽然と姿を消した寛海と泰美が、横道にそれて悪の道に走り、悪行のかぎりを尽くす人でなしになる恐れはなかったとだれが言えようか。本間家のゆりかごから犯罪者が出なかったのは、家族の母胎となったふさが、山桜の扇子の前でチターエフに立てた誓いを守るために、貧しいながらも誠実に生きるのに必要な栄養を子と孫たちにたっぷり注ぎこんできたからだろう。ふさのおかげで、彼らは悲傷の思いを胸の奥にしまいこみながらも、人さまに後ろ指をさされずにけなげに生きてこられたのである。

　それでもふさは、自分の家族だけが内福に暮らせばそれでいいという考えに安住することはなかった。自分や自分の家族がよりましな境遇にあったとしても、家の外に一歩出れば、ふしあわせな子どもたちがひしめき合っている。自分の犯したいくつかの過ちを償うために、人に役立つことをしたいという思いがふつふつと湧いてきたのだった。人の幸福は、他者の不幸の上に成り立つはずはないのである。

六

　夏が逝(ゆ)き、すきとおった風に秋の訪れが感じられるころに、ふさは泰美から郷土博物館の見学に誘われた。

「ばあちゃん、一度でいいから、今度、博物館に来てみない。モヨロ貝塚から出土した物のほかに、アイヌに関するいろんな品々が展示されていて、樺太アイヌや北海道アイヌの関係資料もそろってるから。ぜひおいでよ、わたしが案内してあげる」

　泰美の熱心な誘いにほだされて、ふさは郷土博物館を訪れることにした。

　高台にある博物館までの道は年寄りの身にはきつい上り坂だった。赤い円蓋の博物館が見えてきた。案内役を買って出た泰美が表玄関でにこにこ顔でふさを迎えてくれた。

　はじめにモヨロ貝塚からの出土品が収められているオホーツク文化の展示を見学し、それからアイヌ文化の展示室へと歩を進めた。展示棚には、樹皮や魚皮で出来た日常着や刺繍のある木綿の晴れ着などの衣装が収められていた。ふさは棚の前で立ち止まると、泰美の説明もうわの空で、鼻をすりつけるように硝子のなかをのぞきこんだ。次に、狩猟用の弓矢や銛(もり)と並んで木工細工が置かれている棚の前に来ると、ふさの足は、あやまって膠(にかわ)を踏んでしまったかのように動かなくなってしまった。ふさの目はいくぶん反り身のある木彫りの小刀に吸い寄せられていた。手の脂の跡で黒ずんでいるものの、気品に富むそのマキリという小刀がひと目で気に入ってしまったのである。

猟と漁り（すなど）と採集の民のアイヌは、木を彫ったり樹皮を剥いだり熊や鹿や鮭をさばいたりするのに使うために、男も女もマキリをいつも腰に下げて大切に持ち歩いたという。

彼らは、神が宿ると信じている祭具などには華美な装飾をほどこすが、実用性を重んじる狩猟道具の場合、それを避ける傾向があるとされている。ところが展示されている小刀（マキリ）には、鞘と柄（つか）に鱗、波、渦巻きの三つの文様を刻みこむ遊び心が表現されており、それが何とも味わい深い味を醸し出しているのである。

鞘が出来上がるまでの図説を読むと、小刀の刃は片刃もあれば両刃もあり、鞘と柄の材料にはカエデ、オンコ、クルミなどの硬い材質の木が使われると記されていて、魚皮を溶かした膠で二枚の木片を貼り合わせ、それを桜等の樹皮を巻きつけて固定した後、鹿皮で編んだ佩緒（はきお）を結びつけるための穴を鞘口近くの刃側にあけ、その佩緒の先に緒締（おじ）めを通し、最後に鹿の角の根付（ねつけ）を取りつける、とある。

ふさはこの解説文の「桜等の樹皮」に着目した。あらためて小刀を見ると、たしかに赤茶色の桜の皮が鞘口と鞘の先端と柄の先端の三個所に巻かれている。小刀を手に取ってみたくなった。そればかりか、小刀を自分で作ってみたいという気持ちを抑えられなくなった。ぽっかりと空いた心の穴を埋められず、ただべんべんとその日暮らしをするような、味気ない生き方にへきえきとしていたので、アイヌ文化の継承とその保護に身を奉じることに生き甲斐を見つけられるような気がした。やっと自分にできることが見つかった。やっぱり網走に来てよかった。小刀の製作にたずさわることで、脈々と伝えられてきたアイヌ工芸の技を受け継ぎ、風前の灯にあるアイヌの伝統文化を守ることにわたしの残された人生を捧げたい。そうすれば、アイヌの抑圧された歴史に同情を寄せたミーチャの遺志を引き継ぐことができ、ミーチャがサハリンの地に蒔いた、アイヌ文化を慈しむ種子をこの北海道でも育ててゆける。小刀はミーチャが魔除けとして持ち歩いていた短剣にも通じるし、桜の皮の作業を通じて、ミーチャの愛した桜の木肌に触れられる。願ってもない取り合わせだわ、とふさの心は躍った。

博物館の学芸員に問い合わせると、現在でも小刀を作る職人が道内にはいるということだったが、くわしいことはそれ以上わからなかった。さっそく、帰りがてら寄り道をして、何軒かの民芸店をのぞいてみたが、小刀は扱ってはいなく、小刀職人に渡りをつけてもらう糸口すらつかめなかった。

寝床に入っても、展示室で見た小刀が瞼にちらついて、人に媚びないそのきりりとした風韻が頭から離れないのである。翌日、泰美にその期するところを打ち明けた。

「あのね、いいこと考えついたのよ。というのも、小刀を魔除けとして父さんに作ってあげようかと思って。それに魚の網を直すにも重宝するだろうしね」

「いいわね。だけど、どうやって作るつもりなの。たいへんだよ。だって、ばあちゃん、作り方についてはは何も知らないんでしょ？　言っておくけどね、ひとりじゃまずむり。だれかに一から教えてもらわないと」

「うん、木彫り職人に習うのが一番手っ取り早いんだけどね。はたしてそんな人がいるのやら。あんた、思いあたるところはないかい。いい、このことはまだだれにも言わないでね。内緒だよ。あんたとわたしの秘密にしておいて」

「それはかまわないけど。でも、この界隈に木彫り職人なんかいるかなあ……」

「そんなに近くでなくてもいいんだけどね」

「わかったわ、お安い御用よ。できるだけ早く、木彫り職人を探してあげるね」

数日して、泰美が、釧路に近い標茶（しべちゃ）町に小刀を扱っている民芸店があるという耳よりの話をもってきた。気の早いふさは泰美にひと言もことわらずに、単身で標茶へ向かった。

標茶駅前のうらぶれた商店街の一角にあるたばこ屋で民芸店がどこにあるかを訊ねてから、白く乾いた道を速足で歩いた。一望の原野のなかに、明治を彷彿とさせる木造の洋館が点綴（てんてい）しているのを不思議に思いながら行くと、お目当ての民芸店が道沿いに見えてきた。

鼻毛をいじりながら新聞をひろげて店の番をしていた店主は、ふさを認めると、前頭部にまでずり上げていた眼鏡をかけ直してから座を立ち、店の戸を開けてくれた。棚に並べてある小刀は、博物館で見たものとちがって、新品であるため、材質に光沢があって色付けもあざやかだった。さっそく手に取らせてもらった。反身（そりみ）のある鞘に親指を当て、息を吐きながら刃を抜いていくと、切先がなだらかな曲線美をもつ片刃の刃が出てきた。鞘を巻く樹皮は桜の皮ではなかったが、それなりに気に入った小刀だったので、買って帰ることにした。

店主と時候の話やよもやま話をしばらくかわすなかで、鱒浦にいる職人から木工品を卸してもらっていることを聞き出すことができた。その職人は、小刀のほかに、山の木を伐採するときや薪を割るときに使う山刀（タシロ）という大ぶりの刀剣も作っているらしい。

ことのついでに、来るときから気になっていた、身丈に余る草が生い茂る原野の只中に幽霊屋敷のように立つ洋館の由来を訊くと、それは北海道集治監の釧路分監の遺構であり、釧路分監はその役目を終え、のちに網走分監に移管されたと教えてもらった。さらに店主は驚くべきことを口にした。その集治監に、ロシア皇太子大津遭難事件を引き起こした国賊が服役していたというのである。しかも、津藩の藩医の次男として生まれた津田三蔵なるその罪人は、そこで三ヶ月もしないうちに獄死し、引き取り手がなかったため、遺骸はその敷地内の合葬墓に埋葬されたというのだ。

人間の運命とは何と不思議なものか。遼海の生まれた年に前代未聞の椿事をひき起こし、日露の国交に暗い影を落としかねないと心配するブラゴヴェシチェンスク在留日本人を苦境に追いやった張本人が、ここの獄舎に収監されていたとは。しかも、その凶徒が眠る荒蕪(こうぶ)地に、いまこうして自分が立っているとは。

ふさは駅へ帰る道の途中で足を止め、廃墟に向かって合掌した。何も津田三蔵の犯した罪を許したわけではない。国が近代国家に生まれ変わるために断行した急激な変革の嵐が、営々と築かれてきた社会秩序や価値観を吹き飛ばし、その砕け散った破片が泥流となって人々の暮らしを襲った明治という時代に生まれ合わせたために、その泥土の流れに呑みこまれて運命を狂わされた没落士族のひとりに同じ情を通わせたのである。

ふさは、同じ下りの列車で乗り合わせた、釧路で仕入れた魚を川湯の旅館街に運ぶ行商人から、列車の窓から見える、土埃の舞い上がる直線道路は、佐賀の乱や西南戦争で叛軍に加わった士族も含まれていた服役囚たちが血を吐く思いで切り拓(ひら)いたものであり、噴煙が白くたなびく硫黄山は、彼らが亜硫酸ガスの恐怖に晒されながら硫黄を採取した山であるのを教えてもらい、その工事や作業で不慮の死を遂げた服役囚はかなりの数にのぼることも知った。

途中駅の鱒浦で下車した。及川という頑固な木彫り職人の仕事場は、海からすこし離れた石切り場の近くにあった。外の作業台のまわりには大鋸屑にまみれた木屑が散らかっていて、さほど太くはない皮つき丸太が同じ高さに積まれていた。仕事場から鑿を打つ軽快な槌音が聞こえる。木地の香りがしてくる入口をのぞくと、ぼさぼさ髪の職人が無心に鑿を動かしているところだった。立派な白い鬚髯を蓄えているが、六十に手が届いたかどうかだろう。ふさが訪いを告げると、上目づかいのぎょろりとした黒眼でふさをにらみつけた。まるで竜のような顔だった。節くれ立った手を止め、両膝の上に溜まった木屑を払い落とし、頸に掛けていた汚れた手拭で頭と額を拭きながら、ふさの話にしぶしぶ耳を貸した。

「見ての通りの、老いぼれひとりのしがない暮らしなもんで、人なんか雇えないし、木を彫る仕事は、腕力のない女にはどだいむりだ。あきらめてとっとと帰りな」

及川は背を翻して、木目のきれいな板にふっと息をかけて木屑を吹き払うと、また鑿を打ちはじめた。意志の固さを表す顎の鰓の張りが一段と角張ったように感じられた。

ふさは、せっかく自分の生き甲斐になるものを見つけたのだし、遼海もきっと喜んでくれると思うと、すごすご帰るわけにはいかなかった。

「いえ、お金はいりません。ただ、小刀を作ってみたいんです」

ふさはきっぱりと自分の思いを伝え、うんと言われるまでねばった。

だがこの日は、突然の押しつけがましい訪問と唐突な申し入れに、老職人も閉口していると思ってあきらめ、「また伺ってよろしいですか」という言葉を残してその場を辞した。

鏨を打つ槌の音は、崖上の石切り場で岩を打ち砕く人夫たちの鶴嘴(つるはし)の音と溶け合い、多重奏の打楽器曲を合奏しているように聞こえた。及川さんは、容貌からして、アイヌの血筋を引いている人だわ。だからこそ、アイヌの工芸を守り、それを次の世代に引き渡すための懸橋になろうとしている。こんなわたしでも、かつては日本とロシアの懸橋になろうとしたことがあったけど。いずれにせよ、今日のところは、小刀の職人と会えたことでよしとしよう。今夜にでも、わたしの思いをみんなに打ち明けよう、などとあれこれ考えながらふさは鱒浦の駅へ向かった。

網走駅前の広場で、町の小学校で開かれていたモヨロ貝塚出土品展示会に姿を見せていた泰美と合流し、いっしょに帰宅した。

家族みんなが夕餉の膳についたとき、ふさは自分の思いを単刀直入に切りだした。

「実はね、わたし、アイヌの木彫りの仕事をはじめようかと思って」

「アイヌの木彫り？　ばあちゃんが？　これまた突然な話だけど、どういう風の吹き回しなんだい」

驚いた寛海が箸を止めて、すいとん汁をすするのをやめた。

「仕事といっても、職人の手伝いをするだけなんだけどね。泰美に郷土博物館を案内してもらい、そこではじめてアイヌの木彫りの小刀を見たことがあったの。それがまた何とも気品があって、ひと目で気に入っちゃって。まるまる全部小刀を作るのではなく、鞘や柄だけでもいいと思ってさ」

「鞘や柄といったって、どうやって？　だれかに教えてもらわないとだめだろうから、つてはあるの」

寛海が信じられないといった顔をして問いただした。

「そうかと思って、泰美の紹介してくれた標茶の民芸店に行ってきたの」

「えっ？　何、それ、もう行ったの。行く前に、ひと言、わたしに声かけてよ」

「ごめんね、黙って行ったりして」

「まあ、いいじゃないか。で、何でまた小刀などを？」

「どう説明したらいいんだろう。にわか知識であれなんだけど、ええと、そうだわね、小刀は、マキリと呼ばれてて、動物の皮を鞣すにも、また秋味から筋子を抉り出すにも、アイヌの人たちにはなくてはならない道具なの。だから、アイヌの人たちの生活の匂いが滲みこんでいるし、それに桜の皮がさりげなく小刀に巻かれているところが、またよくてね」

「なるほど。ばあちゃんの言いたいことはわかった。だけど、まさか独学で作り方を覚えるわけでもないだろう？」

「もちろんよ。作り方を教えてくれる職人さんを探そうとして、その民芸店を訪れたんだから」

「悪いけど、ぼくは賛成できないな。だって、ばあちゃんは年も年だし、第一、まちがって自分の手を彫ってしまいかねないだろう？」

「いくらなんでも、それはないと思うけどね。ばあちゃんが、やりたいことを見つけたのはいいことだし、こう言っちゃあれだけど、人生の峠を越えたところで、また新たに命を燃やすための張り合いというものが出てくるんじゃない。わたしも相談に乗ってあげるしね。何はともあれ、まずはばあちゃんの師匠になってくれる職人がいるかどうかね。だれかに紹介してもらえたの。あてはあるの？」

「あるにはあるけど。色よい返事はもらえてないのよね」

「ということは、もう職人のところに行ったということ？　どこにいるの、その職人さんは？」

「ばあちゃん、よく考えてみて。鱒浦は遠いし、汽車で行くのは、体力的にむりよ。やめにしたら？」

「標茶からの帰り、おじゃましたんだけどさ、ぜんぜん取り合ってくれなかったのよ」

「鱒浦？」

「鱒浦」


「月に四回くらい、行ったり来たりするだけでいいのよ」

「おい、月四回と言っても、これから寒くなるし、ほんとにだいじょうぶなのか」

それまで新聞から目を離さず黙って聞いていた遼海が口を挟んだ。

「むりとわかったら、三回に減らせばいいだけだから」

「回数の問題じゃないだろう。体に負担をかけてまで、それはやる価値があるかとおれは言ってるんだよ」

「価値があるかどうかは、やってみないとわからないでしょ」

「わかるもわからないも、ばあさんよ、あんた、いろんなことに首を突っこみ過ぎだとは思わないのか。その年でアイヌの木彫りをする意味があるのかよ」

「アイヌの伝統文化が滅びないように、わたしは……」

「だからだめだと言ってるんだよ。そのように大げさにものをとらえる考え方が気にくわないんだ、おれは。それこそそれは、アイヌに対する差別の裏返しだろうが。何もアイヌを特別視する必要はないんだぞ」

「差別だなんて、そんな……」

「あんたはね、引き揚げ者、朝鮮人、アイヌ人と、社会的に弱い人に同情しなければ生きていけないんだよ。同情を餌にして生きている偽善者なんだよ」

「父さん、それは言い過ぎよ。ばあちゃんがかわいそうよ」

「ほんとのことを言ったまでだ。ばあさんにはぴったりの言葉だよ」

「あんたに侮辱的な言葉を言われたのはこれで二度目だわ。あんたは忘れただろうけど、詐欺師といまの偽善者」

「忘れるわけないだろう？　おれは、ばあさんとちがって、言葉に責任をもつから」

「まあまあ、ばあちゃんも、父さんもこれくらいにしてよ。アイヌの木彫りのことで、なんで家族どうしが罵り合わないといけないの」

「罵ってなんかないだろう。ただ、家族みんなが反対なのをわかってもらいたいだけだ」

　ふさはチターエフとアイヌとの浅からぬ縁をもち出したかったが、さすがにそれは思いとどまった。気を取り直して、木彫り職人の風貌を話題にすることにした。

「それで、その及川という職人は、竜のような顔をしていて、それはそれはおっかない人なの。でも、驪竜頷下(りりょうがんか)の珠(たま)と言われるように、その竜穴(りゅうけつ)に入って危険を冒さないことには、大切なものは手にできないでしょ」

「ほら、また、むずかしい言葉でごまかす、ばあちゃんの悪い癖がはじまったわ」

「そんなことはないわ。ほんとに竜のような人なんだもの」

「だからやめろと言うの。昇り竜の入墨でも彫ってあるやくざもんかもしれんぞ」

「及川さんは、そんな人ではないわ」
家族に何と言われようが、ふさの固い決心は変わらなかった。

ふさは連日のように、始発の列車に間に合うように家を出て、及川の仕事場に押しかけた。弟子をとる気はさらさらない及川職人は、挨拶の声も小さく入口にのそっと立っているふさの姿を見ると眉をしかめた。この仕事を甘く見ているだの、年寄りだから忍耐力がつづかないだのと面罵し、はじめは門前払いの勢いであったが、ついにはふさの熱意に根負けして、作業の一部を手伝うのを承諾したのだった。

ふさの希望を取り入れ、鞘と柄に桜の樹皮を巻く作業を担当させてくれた。樹皮(かわ)巻きとは、赤紫色のつやが出るまで磨いた桜の樹皮を鞘と柄の溝に合わせて切り、それを一晩ぬるま湯に漬けてから巻きつける作業である。赤紫色の桜の樹皮が、小刀に凛とした気品を添える意匠になると思うと、巻くときは緊張のあまり目がちかちかして指先が震えた。樹皮が折れ曲がったり、途中で切れたり、膠をつけすぎてべたべたになったりとしくじってばかりで、貴重な桜の樹皮をどれほどむだにしたことか。そのたびに及川にきつく叱りとばされた。業を煮やした師匠から破門の印籠(いんろう)を渡されそうになったとき、仕事場を抜け出して近くの浜辺まで一目散に走り、カラフトハナシノブの耐え「忍ぶ」力をわれに与えよと、オホーツク海のなつめに祈ったこともあった。

習いたてのころは、仕事場に三日とあけずにせっせと通いつめたが、そのうち、週に一回でよくなり、外形が整い、文様の刻まれた小刀を家に持ち帰って樹皮巻きをすることが許された。その際、及川は、「いいか、職人とはなあ、百年使っても、作り手の魂が宿るような道具作りに命をかけているものなんだ。そういう道具でないと、使い手にほどよい満足感と緊張感を与えることはないだろうし、そもそも大切に扱われないからな」という訓えを言い添えるのを忘れなかった。

ふさに生きる張り合いが出た。家の縛めから解き放たれて、家族以外の人のために生きるのが楽しくてしょうがなく、アイヌ文化の灯を消さぬために、割烹着を着てひたぶるに桜の樹皮を磨いた。狭い庭が作業場になり、物置が樹皮の残骸であふれた。ふさは、樹皮巻きの作業を、小刀を仕上げるにあたっての、画龍に睛を入れる神聖な儀式ととらえ、そこにアイヌの霊魂が憑ついて宿るものであると信じるようになっていた。

取り憑かれたように作業に打ちこむふさを見て、家の者がみんな心配したが、一度言いだしたら後に引かない性分なので、ひとまずは気がすむまでそっとしておくことになった。根をつめての樹皮巻きにそのうち音をあげるのは時間の問題だし、そのうえ、巻き終わった小刀を鱒浦までせっせと運び届けるのは体にこたえるだろうから、とうてい長つづきはしないだろうとたかをくっていた。ところが彼らの予想はみごとにはずれたのだった。

七

日本国憲法のもとでの戦争の永久放棄を高らかに宣言した日本が、民主主義国家としての国のかたちを築きつつあった昭和二十三年の春三月、消え残った雪の間から山の蕗(ふき)の薹(とう)が顔をのぞかすころ、ふさは寛海を伴って函館の酉蔵を訪れた。

酉蔵と美香子、それに午之介夫婦が駅で出迎えてくれた。禿(は)げあがった酉蔵と鬢髪(びんはつ)に霜を置く美香子は、ともに七十歳を越えていたが、店の手伝いをしているせいか、年の割には若く見えた。酉蔵が間に入って、午之介と妻の枝理子を紹介してくれた。

「おばさん、遠いところ、よく来てくれました。噂は、親父からつねづね聞いてたんですが、今日、こうして会えるのはうれしいかぎりです。寛海くんと会うのもはじめてだね」

日焼けした頭皮に半白の短髪がかろうじて残っている午之介が、ふさに握手をもとめながら皺の寄った顔をほころばせた。

「寛海です。お世話になりますが、今後ともよろしくお願いいたします」

「樺太で会ったときは幼かったけど、こんなに立派な若者になって。おばさま、お元気そうで何よりです。豊原では、ひとかたならぬお世話になりながら、長いことご無沙汰しておりました」

とお多福顔の美香子が大きな団栗目を輝かせた。

「いいえ、いいえ、こちらこそ。引き揚げの際には、こちらに何の連絡もせずに黙って網走に行ってしまい、申し訳なかったわ」

「そうだよ、てっきりこっちに顔を見せると思ってたんだから。遼海くんが、函館で仕事したいと言ってたからな」

白髯(はくぜん)をたくわえた酉蔵は当時のことをなつかしむ顔になった。

「はじめは、そのつもりでいたんだけど。なにせ、なつめさんが、行方知れずになったもんだから」

「そうだったな。ほんとに残念なことをした」

「この夏が、なつめさんの三回忌になるんだけどね……」

「そうか、あれからもう三年か」

六人は駅の外に出た。函館の町は、累次の大火や青函連絡船運航にともなう港湾改修工事のために、区画整備がなされていて、かつてあった町並みや坂道がなくなっていた。馬車や人力俥にかわって路面電車が轟々と走り過ぎる町景色は、ふさの目に灼きついていた往時の面影をとどめてはいるものの、どこかよその町にまぎれこんだような感覚にとらわれた。それでも函館山のたたずまいとその麓に憩うハリストス正教会のうつくしさだけは今も昔も変わらない。ロシアでいくつかのロシア正教の教会や修道院を見てきたが、函館山や函館湾を背にするハリストス正教会のうつくしさに比肩できるものはなかった。

灰燼（かいじん）のなかから復活を遂げたハリストスよ。その昔、明けの鐘の音がわたしの人生の序曲を奏でてくれたように、今日の夕べの鐘では、旦夕（たんせき）に迫っているわたしの命の残り火に鎮魂歌を奏でておくれ、と祈りながら歩いているうちに、ふさの瞼が潤んだ。いま見るハリストス正教会のうつくしさは、昔に見たうつくしさとはちがっていた。そこには、星も地球もそして人間もすべてがはかなく定めなきものであることをあらためておしえてくれる、悲しいうつくしさがあったのである。

酉蔵から店を引き継いだ午之介はかつての店を引き払って、いまは函館漁港からさほど遠くない弥生町で海産物店を営んでいた。近くには、巳之吉がよく連れていってくれた称名寺があった。

「遼海は都合が悪くて、こちらに来られず、寛海に同行してもらったのですが、このようなご馳走で迎えてくれて、みなさん、ほんとにありがとう。枝理子さん、散財をおかけしましたね」

「いえいえ、何のおかまいもできず、申し訳ありません」

「ほんと函館もずいぶん変わったわ」

「そりゃあ、そうだよ。いつまでも前時代的な古めかしい港町ではいられないからな。変わらないものといえば、ハリストス正教会と五稜郭と津軽の海といったところかな。うちの店も、親父のころの面影はほとんどないだろうけど、変わらずに残ってるのは、羽前屋の藍染めの暖簾ぐらいかな」

「その暖簾をしっかり守ってきたんだから、あんたはよくやったわよ」

「そうでもないけどな。もし屋号がなくなってみろ、それこそおやじが化けて出てくるのはまちがいないだろう。それだけはかんべんしてほしいからな」

「それで、明日のことなんだけど、午前中に父さんと母さんのお墓参りして、その足で函館駅に向かおうと思ってるわ」

「函館に来た一番の目的は墓参りなのはわかるけど、せっかくだからもっとゆっくりしていけばいいのに」

「何もお墓参りだけが目的じゃないわよ。あんたたちの新しい家族と会っておきたかったし、寛海にもわたしの実家がどのようなところかも知っておいてもらいたかったからね」

「彼岸の入りだから、ちょうどいいときに来てくれたよ。おれたちもいっしょに墓参りをさせてもらうわ。午之介たちも行くだろう?」

「そのつもりでいたよ。枝理子、準備はできてるよな？」

「ええ、あとは御花だけよ」

「よし、飯にしよう。寛海くん、腹へっただろう？」

「ぺこぺこです」

「どうぞ、こちらに来て、席についてください。何もありませんけど、ごゆっくり召し上がってください」

きれいに化粧していても雀斑が透けて見える枝理子が声をかけた。

「そうよ、わたしと枝理子さんとで、腕によりをかけて作ったんですから。といっても、わたしは魚を焼くぐらいでしたけどね」

嫁と姑の仲の良さがうらやましく思われ、ふさは豊原の家でなつめと台所に立っていたころを思い出していた。

「さあ、寛海、お言葉に甘えて、ご馳走になろう」

「寛海くんは食べたことがあるかな？　これ、大鮃（おひょう）の刺し身、おいしいから食べて。そして、これが、枝理子さんがうちの昆布と身欠き鰊で作った昆布巻、おいしいわよ」

美香子がまるで孫におせっかいを焼くように寛海に料理を勧める。

「大鮃？」

「そう、平目のお化けのような魚。見たことないでしょ」

このときハリストス正教会の晩禱（ばんとう）の鐘が鳴った。ふさは夕餐のにぎやかな語らいのなかでも、その遠い音を聞きのがすことはなかった。父さん、母さん、いよいよ明日、みんなでいっしょにお墓参りに行くからね。夫のチターエフと孫夫婦の遼海となつめさんは来れなかったけど、曾孫の寛海がいるから、楽しみにしていてね。お土産話をいっぱい持って帰ると約束しておきながら、どちらかというといい話でないほうが多いけど、許してちょうだい、と大鮃の刺し身を口に押しこみながらふさは思うのだった。

翌月の四月に、寛海の就職先は、樺太刑務所に勤務していた経験が買われ、網走刑務所に決まった。刑務官としての寛海の主な仕事は、広大な敷地の一画を占める二見ヶ岡農場で、放射状の平屋獄舎で寝起きする服役囚たちの生活指導をすることと彼らの野外作業を監視することだった。脱獄者が出たりすると、町の警防団とともに山狩りに駆り出されることもある。昼夜を問わずの探索とはいえ、刑務所が自然の要害のごとく川と海と湖に囲まれているおかげで、脱獄者はすぐに袋の鼠となって捕まるため、それほどやっかいな仕事ではない。

お盆を間近にひかえた日のこと、寛海から刑務所の作業内容を折に触れて聞いていたふさが、刑務所を訪ねて、獄死した服役囚たちの盆供養をしたいと寛海に相談をもちかけた。寛海は、そんな思いもかけぬことを言いだしたふさの気持ちをはかりかねたが、自分が付き添うことを条件にして、関係者以外の敷地内立ち入り許可を職場の総務課に申請してくれた。泰美もオホーツク文化展示会開催準備の補助員として忙しい毎日だったが、時間を割いて同行してくれることになった。

刑務所は町の中心部から西に三里ほど離れた僻地にあった。三人は、ポプラ並木が涼しげに影をつくる翡翠色の川に懸かっている、擬宝珠勾欄のある橋を渡って、刑務所の敷地に入った。木下闇にある赤煉瓦の正門から、洋風の庁舎が見えた。正門前に立ち並ぶ官舎を通り抜け、三眺山という山にある墓地の登り口に立つと、陰森とした木立のなかにゆるやかな山道がまっすぐに伸びていた。

「ばあちゃんには、ちょっと坂はきついけど、休み休みゆっくり行くからね」

「じゃあ、兄ちゃんが先頭で、わたしは後ろになるね。ばあちゃんはその間に入って」

三人は一歩一歩踏みしめるように山道を登りはじめた。

「ばあちゃん、いま頃になって、どうして囚人のお墓参りを思い立ったの。わたし、突然の話で、びっくりしたわよ」

急な道にさしかかったところで、泰美が腑に落ちない様子で訊いた。

「年もとってきてるからね。たいしたことはできないけど、まずはできることからはじめようと思って、囚人たちのお墓参りをすることにしたのよ」

「動機はどうであれ、なかなかできることじゃないわ。ばあちゃん、たいしたものよ」

「そうかしら? やっぱり、じいちゃんの影響なのかしらね。じいちゃんは昔、樺太の囚人たちの労働実態を調査していたときに、囚人たちが人間扱いされずに過酷な労働に晒されていたのを目の当たりにして、改善の必要性を訴えたらしいのよ。じいちゃんのその後顧の憂いを引き継ぐのが、いまのわたしに残されたもうひとつの仕事だと信じるようになってね」

「そうだったのね」

「話に夢中になるのもいいけど、ここ滑るから、足もとに気をつけて」

「ばあちゃん、前にあるその太い枝をつかんで。……そうそう、うまいうまい」

寛海がふさの手を取って引っ張り、泰美が尻を押し上げた。

「よっこいしょっと。やれやれ、なかなかの坂だわね」

「どうだい、このあたりで休む？」

「いや、登ったばかりだから、まだだいじょうぶ。それはそうと、あんた、知ってた？　強制労働がもとで病死した囚人のなかに、逃走防止用に足首につけられた分銅付きの鎖や囚人どうしをつなぐ鎖もはずされずに埋められる人がいるという話？　そういう墓は鎖塚とも呼ばれてるんだって。情け容赦のない、それこそ死人に鞭打つような埋葬の仕方がずっと心にひっかかっていてさ」

「それって、兄ちゃんが教えてあげたの」

「それはあくまでも昔の話で、いまはそんなことはないと、ぼくは念を押したんだけどね」

「それに、スパイ活動の罪で無期懲役の刑を言い渡され、収監先のこの刑務所で獄死したユーゴスラビアの人が、異国のこの地で荼毘（だび）に付されたことを知ったことも、今回のお墓参りのきっかけになったのよ。罪を犯したことにかわりはないけど、遠く離れた日本で、冬の寒さに耐えきれず痩せ細って死んだと思うと、何か哀れを誘われてね。その人のお墓はここにはないけど、鎮魂の花を供えてあげたいと思ってさ」

「この刑務所では、そんなこともあったんだね。そうそう、わたし、聞いたことがあるわ。監獄生活のなかで一番つらいのは、厳冬の朝に冷たい水で顔を洗うときだと。なるほどね、そういういきさつがあったのね」

「さらに、もうひとつ理由があるの。これも、標茶の民芸店の店主から聞いて知ったんだけど、父さんの生まれた年にロシア皇太子を襲撃した元巡査の墓が、標茶の集治監釧路分監の墓地にあるんだって。その元巡査は事件後、大阪か神戸で処刑されると思われていたらしいんだけど、無期徒刑囚として北海道の監獄に収監されることになり、服役していた釧路分監で獄死したらしいの。よりによって、釧路分監がこの刑務所の前身の網走分監に統合されたというから、何か、こう、その元巡査とわたしとの間に、運命的な繫がりがあるような気がしてね」

「前に墓参りをする理由を訊いたときは、ばあちゃん、そんなことはひと言も言わなかったぞ。まあ、いいけど。要は、ばあちゃんには、ばあちゃんなりの理由があるということだ」

「かつてロシアの政治犯や思想犯は、流刑囚として酷寒地のシベリアのイルクーツクに送られたけど、網走は、わたしに言わせれば、日本のイルクーツクだわね」

「じゃ、ぼくは、その日本のイルクーツクで毎日働いてることになるのか」

寛海はふさの突飛な比較に思わず顔がほころんだ。

「よし、ここでひと休みしよう」

午を過ぎた夏の日射しが翳りはじめ、葉漏れ日も弱くなってきていた。泰美が木陰になっている道端にリュックを下ろしながらふさに訊いた。

「ところで、小刀のほうは、うまくいってるの」

「うん、小刀は、わたしが言うのも何だけど、及第点をあげてもいいんじゃないかね」

「それならいいんだけどさ。でも、ばあちゃんもそろそろいい年だから、あまりむりしないほうがいいんじゃないの。ぼくらにとっては、元気でいてくれるのが一番だからさ」

「そうなんだろうけど、いままでわたしは、自分の家族のためにだけ生きてきたように思えてね。ほんとにこれでよかったのかと自問することが多くなってたのよ。それで、じいちゃんみたいに、世のため人のために身を捧げられるような人間になろうと決心したというわけ」

「でも、この世知辛い時代、人さまのために生きるなんて、幻想かもしれないな」

「そんなことはないわよ。実際にばあちゃんは、アイヌの文化が絶えないように、小刀の製作を手伝っているじゃない。これからの時代は、人のために生きる人、人のために何かを与えてあげられる人が求められるわよ」

「そうかなあ。まずは自分のことに責任をもって生きていくことが大切だと思うけどね」

「小刀作りは、寛海も言うように、年も年だから、あと二年ほどでやめようと思ってるの。及川さんにはまだ言ってないけどね。おかげさんで、小刀作りをすることで、自分のやりたいことをやれているという満足感をもてたしね」

「そうよ、ばあちゃんは、よくがんばってるわよ。小刀を世に残すのに貢献しようとしてるんだから。残念だけどしょうがないわね。寄る年波には勝てないもの」

「貢献なんて……、わたしなんか微々たるもんよ。小刀を最初から最後までだれの手も借りずに作ったわけではないからね。とはいっても、いつまでも小刀ばかりにかかわっていられないわ。人のためになることはほかにもあるから」

「えっ、まだあるの？　ばあちゃんって、欲張りね。小刀作りとこの墓参りで、ばあちゃんの望みは十分かなえられたんじゃないの」

「ちょいとばかり大風呂敷をひろげることになるけど、樺太に置き去りにされて、祖国に帰れない朝鮮の人たちのことなのよ。わたしら日本人は樺太から帰ってこられたけど、朝鮮の人はのけものにされて、取り残されたからね。何とかして早く祖国に帰らせてあげたいの。早期帰還がかなえられれば、なつめさんの両親だって、達者であれば、再会できるかもしれないでしょ。それが、あれほど両親のことを気にかけていたなつめさんへの供養にもなるし」

寛海はふさの話に胸が熱くなったが、ふさのやる気をそぐようなことを言ってしまった。

「気持ちはよくわかるけど、その問題なら、ぼくらのような次の世代に任せるべきじゃないの。朝鮮のじいちゃんとばあちゃんのことを心配してあげるのはいいけど、いまとなれば、ふたりが樺太で命を繋いでいるかは確かめようがないし、もしかしたら、もう樺太で死んでるかもしれないだろう？　たとえ朝鮮に帰ったとしても、現在の朝鮮は、北と南に分かれてひとつじゃないから、ふたりを探し出すのはまず不可能だよ」

「でも、ばあちゃんがやりたいと言うなら、好きにやらしてあげたら。わたしらも応援してあげないと」

「いや、するなとは言ってないよ。ただ、朝鮮の実情を知ってもらいたくてね。それに、父さんも言ってたように、いろんなことに手を出すと、すべてが中途半端になりかねないだろう。それよりは、小刀なら小刀に、囚人の供養なら囚人の供養にというぐあいに、ひとつのことに徹したほうがいいんじゃないの」

「兄ちゃん、いくらなんでも、それはばあちゃんに失礼よ」

「いや、泰美、いいの。寛海の言うとおりかもしれないから」

「で、その早期帰還支援の話とじいちゃんが囚人の労働実態の改善に関心を寄せていたという話は、父さんに話したことあるの」

「早期帰還を支援する話はまだだけど、じいちゃんのことは、そりゃあ、すこしは話したことはあるさ。今回だって、じいちゃんと囚人のかかわりを匂わしたうえで、このお墓参りに誘ったけど、じいちゃんと関係するようなことはいっさいお断りだもね。囚人の墓参りに行くくらいならおれは釣りに行く、とけんもほろろに断られたわよ」

「まったく、父さんも父さんだわ。もういいかげんにしてほしい。母さんの遺してくれた言葉を何だと思ってるのかしら。もう一度思い出すべきよ」

「あの子にとっては、じいちゃんの存在自体が、喉に引っかかる棘のようなもので、呑みこみたくても呑みこめないんだろうね。あの子は、じいちゃんのことを親とは思ってないもの」

「じいちゃんのことは、家族みんながもっと知りたいと思ってるんだから、ばあちゃんも父さんももっと気軽に話すべきよ。お互いいこじにならずに、過去のわだかまりはきれいさっぱり水に流してさ。はたから見ていてほんとはがゆいんだから。兄ちゃんもそう思うでしょ？」

助け舟を求めるような目で泰美が寛海を見た。

「泰美に同感だな。じいちゃんは立派な人だったと父さんに話してあげなよ。きっと喜ぶと思うな」

「喜ぶかね、あの子が？　それならいいんだけどね」

「喜ぶに決まってるよ」

「ばあちゃん、見て。藻琴山と斜里岳が見えてきたわよ」

「だいぶ登ってきたんだね。もうこのあたりで休憩にしないかい？　しゃべりながらだから、息が切れてきたわよ」

「よし、そうしよう。ちょうどあそこの崖下に水が湧いているから、あのあたりで休もう」

水筒を手にすると、寛海は小走りで湧き水のところへ駆けだし、すぐにまた戻ってきた。

「はい、ばあちゃん、水。手拭を冷やしてきたから、これで汗を拭きな」

ふさは水筒と手拭を受け取り、地べたにへたりこむように座ってから水筒に口をつけた。

「ああ、冷たくておいしいこと。……でも、あの子はね」

「ばあちゃん、しゃべらなくていいから」

「わたしは、だいじょうぶ。……あの子は、じいちゃんのことになると、すぐ機嫌が悪くなって、取りつく島がないの。じいちゃんを拒否しているからしょうがないけどさ。このわたしだって、最後のところでは許してもらってないもの。どうしたらいいものか、ほとほと困ってるわよ」

「あのさ、残留朝鮮人の件だけど、ぼくらと同じ朝鮮の血を引く人たちが異国の地でひたすら祖国帰還を待っているわけだから、父さんも、ばあちゃんの話を聞けば、何とかしてあげたい気持ちになると思うけどな」

「そうかね？　いままでもずいぶんあの子には往生したから、ちょっとやそっとでそのかたくなな心がほぐれるとは思えないね。まあ、それはそれとして、時間はかかるけど、みんなで力を合わせて、差別と迫害に苦しむ朝鮮の人たちに救いの手を差し伸べる取り組みをしたいわね」

「だけどそれは、国家間の外交交渉で解決すべき問題で、民間人がどうこうできる問題ではないと思うけどな」

「もちろん、このわたしだって、それくらいのことはわかってるわよ。でもわたしらが黙っていては、国は何も動いてくれないでしょ。国を動かすには、まず市民が立ち上がって声をあげないと。そのためには、隗より（かい）はじめよというわけ。だからわたしは、朝鮮人の祖国帰還をこの網走から訴えつづけていきたいの。その人に良心があるかないかは、困っている人がいれば、いち早く行動し、救いの手を差し伸べるかどうかにかかっているでしょ。わたしらが、もし知らんぷりでもしてごらん、北極星のなつめさんが嘆き悲しむわよ」

「ばあちゃんが囚人や残留朝鮮人のことに目を向けるなら、わたしは、アイヌの人たちの人権を考えてあげたいわ。差別と迫害を受けたのは、何も囚人や朝鮮の人たちだけでなく、アイヌの人たちもいるわけだから」

「人権あってのアイヌ文化だもね。わたしが、及川さんのところで木彫りを手伝うようになったのも、差別と偏見から蔑ろ（ないがし）にされてきたアイヌの人たちの伝統文化を守ってあげたいという思いからよ」

「わかってるわよ、ばあちゃんのその思いは見上げたものよ。アイヌの人たちも、不当な差別のせいで、道路の開削工事や鉄道敷設などの強制労働に駆り出されて、死に追いやられたからね。何の罪もないのに。いまさら道路のわきに石碑を建てて慰霊しても、何の落ち度もない無実な魂を葬り去った罪は、永遠に贖われることはないわ。慰霊といったって、あくまでもそれは強制労働の受難者という枠内で執り行われたものであって、差別による犠牲者という視点がまったく抜け落ちているようにわたしには思えるの。過去に犯した迫害の反省はあっても、迫害を誘発する差別そのものをなくすという未来に向けての悲壮な決意が感じられないのよ。だから差別はなくならないわ」

「あれだわよ。樺太のわたしの職場でも、アイヌの人たちは、日本人とは身体的特徴がちがうし、話す日本語もアイヌ語訛だから、人種差別の色眼鏡で見られていたもね」

「ばあちゃんは、そのアイヌの人たちとお風呂に入ったことはある？」

「そりゃあるさ。こっちに来てからも、銭湯でいっしょになったよ」

「湯船にもいっしょに？」

「いっしょも何もないわよ。仲良く湯船につかった後は、お互いに背中を流しあったもんさ。それがどうかしたのかい」

「それがね、ついこないだ、びっくりするような話を聞いたの」

　泰美が他聞を憚る噂話を披露した。

「アイヌの女の人が銭湯の湯船に入ろうとすると、湯船につかっていた、それこそ和人の女たちが、アイヌとはいっしょに入りたくないとばかりに、湯船からひとり残らずいっせいに出たんだって。何とも差別が陰湿よね」

「ほんとに昔も今もアイヌに対する差別はなくならないね」

「それにね、ひどいったらないわよ。日本や外国の人類学の研究者が、学術調査の名目で、アイヌの遺骨を墓から掘り出して持ち帰り、十を越える大学の研究室に保管したままというじゃない。原人でもあるまいし、自分らと同じ空気を吸って生きていた人間の何を調べるというの。猟奇的な趣味をもつ学者が、大手を振って研究室を歩いているといった感じだわ。一歩譲って、アイヌの民族的起源をたどることが調査目的だとしても、ではなぜ何千体も遺骨が必要なわけ？」

こう言っている間にも、泰美はむらむらと怒りがこみあげてきた。

「そうなの？　あきれてものも言えないね。そんなひどいことが、いまなおまかり通ってるとは、人種差別もいいとこだわ。そんなの、どうせ、戦争のどさくさにまぎれての、学者面した火事場泥棒だったんでしょ。泥棒には返還する義務があるでしょうに」

「まったく良心のかけらもない奴らだよ。何が大学の研究者だよ。盗っ人たけだけしいとはこのことだ。日本人は差別された経験が少ないから、差別がどういうものか、差別が人の心をどれほどむしばむかが、わかってないんだよ」

と寛海が溜息をついてリュックを背負った。

「ばあちゃん、出発するよ」

泰美は立ち上がろうとするふさに手を貸すと、ふさの歩幅に合わせてゆっくり登りはじめた。

「差別といえば、兄ちゃんもわたしもよくいじめられたよね。うちでは、ばあちゃん以外はみんな差別に苦しめられたもの」

「そんなことないわよ。あんたがたにはわかってもらえないけど、わたしだって、あんたがたの父さんが幼い時に受けたいわれのない差別に、親としてどれほど心を痛めたことか……。父さんも子どもだったから、なぜ差別されるのかがさっぱりわからないらしくてね。その理由を説明しようにも、うまくできなくて、いじらしいやらもどかしいやらで」

最後のきつい坂をあえぎあえぎよじ登っていくと、樹陰越しに墓地が見え隠れしている。

「ばあちゃん、だいじょうぶ？　あとすこしの辛抱だからがんばって。ほら、あの小さな丘の上に墓地が見えるだろう」

丘の墓地では薄霧が草木の上をはうように動いていた。墓標が朽ちて傾いている墓が多く、墓前に供えられた野花が萎れていた。めったに人の訪れることのない囚徒たちの墓になぜ供花（くげ）があるのか、ふさは狐につままれたような気がした。汗がひんやりとしてきた。吹きなびく夏草の茂みのそここで、人の気配を察して鳴りをひそめていたきりぎりすがまた弱々しく鳴きだした。

「当然、このなかに、道路の開削に駆り出されて命を落とした囚人もいるでしょうに」

「そう、アイヌの場合と同じだよ。この網走刑務所から北見峠までの北見道路は、囚人道路とも呼ばれ、道路開削のために、明治二十四年、網走刑務所の囚人千人以上が動員されたという記録が残っている。冬の来る前に道路を完成させなければならず、工期は一年未満と短かったため、突貫工事のともなう労働は過酷をきわめ、過労と栄養失調で二百十一名が命を落としたそうだ。ロシアの脅威が迫るなか、北方防備のための道路建設を急ぐ明治政府の国策の犠牲者と言えるだろうな」

「まさにそうよ。結局、北海道というところは、囚人、アイヌ、朝鮮人の苦役に依存するかたちで開拓がなされたから、呪われの大地であるという側面ももっているわ」

「なるほどな。泰美にかかっては、夢の大地であった北海道もかたなしだ」

「そんなことないわ。これでもわたし、北海道は好きよ」

「ほら、そこの墓、見てごらん。家族の人がお墓に花を供えたんだろうね。わたしらも、花を摘んできて、合葬墓に供えてあげることにしようか」

「いや、あのね、その花は……」

「この花がどうかしたかい」

「いや、別に……」

寛海はきまり悪そうに頭を掻いた。

「それね、ぼくらがこの前、供えてやった花なんだ」

「あらそうなの？　泰美、この花は、寛海たちが供えてあげたものなんだってよ」

「ばあちゃん、そんなに大きな声で言わなくても、ちゃんと聞こえてるから」

「えらいもんだね。なかなかできるもんじゃないよ」

「こう言うのもなんだけど、おぼえたてのお経もあげさせてもらってるさ。ぼくの血にも、囚人を不憫に思うじいちゃんの血が流れてるのかな」

「お経って、いつから習いはじめたの」

「禅を組みに、和尚さんのお寺に行ったついでにだよ」

雅隆寺に折に触れて参禅しているのを告白した寛海は、照れくさそうに含み笑いをした。寛海の打ち明け話に深く心を動かされたふさは、合葬墓の墓前に野花を手向けてから合掌した。おかげさまで、ここに控える孫の寛海は、召集された直後に敗戦を迎えたものですから、ことなきをえました。これからも寛海があなたがたの墓守をすることでしょう。安らかにお眠りください。どうか、ユーゴスラビアの人の日本に対する怨魂も鎮まりますように、とふさは祈った。

「でもあれだわね。ここの人たちのお墓は掘り起こされる心配はないし、こうして花を手向けてくれる人がいるけど。さっきも言ったように、アイヌの人たちの墓には、骨格研究の名目で、破廉恥な学者たちの手によって遺骨が持ち去られたというもうひとつの歴史の闇が隠されてあるのを、わたしらは忘れてはいけないわ」

とアイヌを迫害してきた北海道開拓の歴史に泰美の怒りはおさまらない。

霧が霽れて眼下の視界が開けてくると、黒煙を吐き出しながら蛇のように匍匐する列車が、積木のように並んでいる家々の間に見えた。

「四年前、わたしらは、宗谷の海になつめさんを残し、あの汽車でああやって樺太から逃げてきたのよね。なつめさんとは、わたしらは、海だけでなく線路でも繋がってるわ。今日は、じいちゃんの志を受け継いで孫のあんたたちといっしょに四人たちの供養ができてほんとによかった」

「もう四年になるのか。あのとき乗っていたのは、ほとんどが樺太からの引き揚げ者だったね」

「今日は、どんな人たちが乗っているのかしらね」

「なつかしい、この煙の匂い」

「汽車というのは旅愁を誘うものだわね。わたし、四年前の樺太に帰りたくなっちゃった」

「それよりも、父さんを連れて、また函館に行けば」

「それもそうだわね」

「そうよ、体が動くうちに行かないと、あとで後悔することになるわよ」

「でも、笑われるかもしれないけど、わたしには夢があってね。全長およそ七千五百キロのシベリア鉄道でモスクワに行く夢なんだけど。その際、途中下車して、ブラゴヴェシチェンスクという、父さんの生まれた町の観光をしたいの。それには日本とソ連が平和条約を結んで仲良くなってもらわないとね。でも、わたしには、その前にやるべきことがあるから、はたしてその夢を実現できるかどうか」

「そうね、ソ連は近くて遠い国になったからね。わたしは、自分の生まれた豊原を、もう一度この目で見てみたいわ。兄ちゃんはどこに行きたい」

「やっぱり、豊原かな」


寿を得られず獄死した囚徒たちの霊を慰めるために、祖母といっしょに墓参りをした真夏の一日は、孫たちにとって祖母のひととなりをあらためて知る好機となった。

後日、ふさは機会をとらえて、秋の彼岸に函館に行って、祖父母の墓参りでもしないかと遼海を誘ってみた。市内観光も兼ねた墓参りだし、遼海も函館を訪れるのにはすこし前向きになっていたので、よい返事をもらえると思っていたが、期待は裏切られた。「いまは遠くの海で漁をする日が多いから」と、遼海はふさの誘いには聞く耳をもたなかったのである。

八

祖母と父とのごく自然で普通のやりとりを願う寛海と泰美の思いなど知るはずもなく、遼海はふさと居間で顔を合わすことが少なくなり、家を留守にする日も多くなっていた。夏の盛りから秋口にかけてはカラフトマス漁に、秋の暮れから初冬には鮭漁に出漁するために、遼海の乗る船が沿海漁業の小型船から近海漁業の中型船へと変わったからである。

国後島近海の鮭の漁場へ船を走らせるとき、遠く知床半島を望めることがある。うっすらと冬化粧した知床連峰がきらきらと輝き、水沫（みなわ）を上げる荒磯波を睥睨（へいげい）するかのように断崖の上を旋回している尾白鷲の群れが見える。知床の自然が大漁と漁の安全を祈ってくれていると思うと、遼海の心はいつになく浮き立つのだった。

鮭漁が一段落し、風花（かざばな）が舞って川面に薄い氷の花が咲きはじめるころに、海の荒れる冬場の漁も終わりを告げる。流氷にそなえて陸に引き揚げられた船は、船底に付着した貝殻がきれいに取り除かれ、剝がれたペンキも塗り直されたのちに、しばしの休眠をとるのである。

二年前の秋にめでたく華燭の典を挙げた寛海と雅隆寺の住職の娘の滉子（ひろこ）との間に、長男の定晴が生まれた。家が手狭になってきたので、本間家は漁のないこの時期を見はからって引っ越すことになった。六人家族の住める家はすぐには見つからず、年の瀬になってようやく、家運がさらに上向きになりそうな家が見つかった。

オンコの木のある新しい借家は、映画館などの立ち並ぶ繁華街の近くにあり、巴旦杏畑ひとつ隔てて隣は種物屋だった。ふさは、庭の空き地に作った畑に、竹垣を結えて朝顔の種を蒔いたり、ダリアやグラジオラスといった花の球根を植えたり、いろいろな蔬菜の種も蒔いた。男住まいの及川のもとに花と野菜を届けてあげられるのがうれしいのである。


昭和二十五年が明けた。ふさはこの家で八十回目の新年を迎えた。

沖合に姿を見せていた流氷が着岸して一段と冷えこみがきびしくなる、寒月の明らかな夜のことだった。家族そろって、冬の足音が迫っている時節にふさが漬物桶に漬けておいた鰰の飯寿司に舌鼓を打っていたときである。

玄関の戸を軽く叩く音がした。訪う声はしたようだが、よくは聞こえなかった。みんなの笑い声がやみ、箸が止まった。遼海が突然の訪問客に応対しようと座を立った。薄明るい軒灯の下で人影が動いている。玄関の外に出た遼海がひそひそ声で話しはじめた。不審に思ったふさが茶の間の壁に耳を当ててみると、国後、ソ連といった言葉がとぎれとぎれに聞こえた。

ほどなくして遼海が青ざめた顔をして戻ってきた。

「どうかした?」

寛海が顔を曇らせ、心配そうに訊いた。

「別に、何もない」

遼海は自分に言い聞かせるように小さな声で答えた。

「夜遅くなって人が来たもんだから、びっくりしたわよ。だれだったの」

「ばあさんには関係のない人だ」

「そんなこと言ったって、さっき国後とかソ連とか聞こえたもの」

「おいおい、人の話を盗み聞きしたのか。こそ泥でもあるまいし、そんなえげつないことすんなよ。心配なんかしなくていい。会社の人が、スケソウダラ漁の相談で来ただけだから」

「漁といったって、いまは冬だよ。真冬に、これから先の漁のことで相談することなどあるのかい。言っておくけど、わたしは、隠し立てはいやだからね。ほんとのことを言っておくれよ」

「男どうしの話だ。女に関係ないだろうが……」

遼海は顔をしかめ、神経質に貧乏揺すりをはじめた。

「さっきの人は、警察じゃないの。会社のことで、何か悪いことでも起きたのかい」

「また寝ぼけたようなことを言う。心配いらないって」

「そうじゃなかったら、あんたたち、海の上で、何か悪いことでも企んでるんじゃないの。まさか密漁じゃないだろうね?」

「またこうかよ。おい、ばあさん、悪いことでも企んでるとは、いくらなんでも言い過ぎだろう」

「それはそうだけど。でも……」

「いいか、ばあさん、人聞きの悪いことは言うな。あんたは、息子の言うことを信じられないのかよ。おれは、あんたとちがって嘘は言わないぞ。第一、考えてもみな、なつめのいるオホーツク海で、お天道さまに恥じるようなことは、おれにできっこないだろうに」

「ばあちゃん、父さんがこう言ってるんだし、心配しなくていいよ。せっかくのご馳走が台なしになっちゃう。父さん、呑み直そう。さあ、澌子、父さんに酌をしてやってくれ」

「酒はもういい。腹もいっぱいだし」

卵ではち切れんばかりの腹をした糀漬けの鰊が残っている取り皿に箸を投げ捨て、遼海は思いつめたような表情で隣の部屋に行ってしまった。

ふさは窓のカーテンを開けて、月明かりの夜の闇に目をこらした。得体の知れない妖魔がいまの内福な暮らしをのぞき見していて、家運が不幸な末路をたどるようにと呪文をかけているような不気味さを感じた。何としてもこの呪術から逃れたかったので、ふさは玄関の前に塩を撒いた。


松の内が明けてから旬日（じゅんじつ）も経ない雪の日にも、闇夜に玄関の戸をせわしげに叩く音がした。新聞を見ながら手酌で杯を重ねていた遼海が腰を上げようとするのを制して、今度は寛海が座を離れた。二つのもの言わぬ人影が磨りガラスの戸に映っている。戸を開けるなり、訪客のひとりが、「本間遼海はいるか」と声を張りあげながら玄関のなかに踏みこんできて、手帳のようなものを見せた。「いったいあんたがたは？」という寛海の問いかけも無視して、男は靴を脱ぐ間ももどかしそうに家に上がると、寛海の制止を振り切って茶の間の障子を開けた。

「きさまが本間遼海だな？」

遼海の腕をいきなりつかんで連れ出そうとした。

「何すんだよ」

度肝を抜かれた遼海は抵抗できずにされるがままだった。何がなんだかわからぬままに後を追いかけた寛海が男の前に仁王立ちになった。

「おい、ちょっと待てよ。名前を名のらず、人さまの家にずかずか入ってくるとは、おまえ、いったい何者なんだ？　おい、手を放せって言ってるのがわからないのか。警察を呼ぶぞ。こら、うちの父さんに手荒なまねをするのはやめろ」

「か、係長、本間の身柄を確保しました。応援をお願いします」

男は、遼海の両腕をつかんだまま顎だけよじって後ろを見ながら、玄関でよれよれのオーバーから雪を払い落としているハンチング帽の男に声をかけた。その男はのっそりと茶の間に入ってきて、懐中から黒い手帳を出した。

「息子さんと娘さんですね。これは失礼した。わたしどもは、網走署の者で、お父さんに訊きたいことがありましてね」

「警察？　何で警察がうちに来るんだ。ねえ、父さん、ほんとのことを言って。どうして警察に追われるようなことになったんだよ。ばあちゃんが言ってたように、まさか悪いことでもしたの」

寛海は肌が粟立つのを感じた。

「するわけないだろうが。何で警察に連れていかれるのか、おれにもさっぱりわからん」

すかさず若い刑事が声を荒げた。

「こら、本間、とぼけるな。胸に手を当てて思い出してみろ。われわれはきさまの身辺を洗ったうえで、この場に臨んでいるんだ。どうなんだ、海の上で犯罪に手を貸したことあるだろう？」

「犯罪に？　ふざけるな。密漁なんかおれはしてないぞ」

「わかった、わかった。そんなにむきになって、でかい声を出さなくていいから。とりあえず、署に来てもらって、訊かれたことに正直に答えてくれれば、それでいいから。そうすれば、たちどころに白黒がはっきりして、きさまの化けの皮が剝がれるからよ」

「化けの皮？　何の化けの皮なの？　うちの父さんが、何も悪いことなどしてないって言ってるんだから、警察に出頭する必要はないでしょ。父さんが犯罪に手を出すわけないもの」

泰美が声を顫わせて訴えた。

「泰美、もうちょっと冷静になろう」

刑事たちを追い出そうとする泰美を落ち着かせてから、寛海が静かに訊いた。

「いいですか、父がどういうことに手を貸したというのです。何か証拠でもあるんですか。そのあたりを、もうすこしくわしく説明してくれないと、こっちだって、はい、わかりました、というわけにはいきませんよ」

「そうよ、証拠を示して、ちゃんと説明してよ」

「いや、実を申しますと、署のほうに、ちょっとしたたれこみがありましてね」

あみだになった帽子を直しながら年輩の刑事が言った。

「たれこみ？　どんなたれこみですか。たれこみをしたのはだれなんです」

「申し訳ないんですが、くわしいことは、いまは言うわけにいきませんので」

「何だって、言うわけにいかない？　ふん、どうせまたあんたたちが勝手にでっちあげたんでしょうに」

　怒り心頭に発したふさがついに怒りを爆発させ、年輩の刑事に毒づいた。

「おばあさん、でっちあげとは、聞き捨てなりませんな」

　さすがに腹にすえかねたのか、年輩の刑事は熊の胆でも嘗めたような顔でふさをにらんだ。

「でっちあげだから、でっちあげって言ったまでで、そのどこが悪いっていうのよ」

「ばあちゃんも落ち着いて。……ぼくは理解できませんね。あんたがたは、そんなだれのものともわからない密告だけで、血相変えて駆けつけ、身柄を拘束して無実の人に罪をかぶせるんですか。そんなことをしても、あんたがたは、痛くも痒くもなく平気なんですか」

　寛海もさすがに怒りを隠しきれない。

「まあまあ、息子さんも、冷静に。冷静になってください」

「よく言うわね、まったく。冷静になるのは、あんたたちでしょうが」

「……そうだ、思い出した。おまえさん、以前、樺太に住んでたことはなかったかい？　たしか、真岡のはずだったが。それに、ロシア語が堪能だというじゃないか。いったいどこで覚えたんだ。このあたりでロシア語を教えてくれるところはないはずだけどな。どうだい、調べがついてるんだから、もういいかげんに観念しなよ」

　年輩の刑事が眉間に皺を寄せて遼海を脅した。

「ロシア語は、ええと……、どう説明したらわかってもらえるかな……」

身に覚えのない罪をかぶせられるのを恐れた遼海は平静さを失い口ごもった。

「ロシア語は……、国後に住むロシア人から……、そうだろう?」

年輩の刑事は誘導尋問しようとしている。

「刑事さん、言葉巧みに、罠にはめないでください。卑劣ですよ。国後に住むロシア人がどうかしたんですか。いいですか、父がロシア語ができるかできないかは、犯罪とは関係ないですよね」

「たれこみといいったって、密告ではなく、善良な市民によるちゃんとした情報提供なんでね。こっちは、万一にそなえ、その裏を取ったうえで、お父さんに同行を願うわけですから」

「いいですか、わたしらは、真岡にいたことはありませんから。勝手な言いがかりはつけないでもらいたいですね」

「息子さんね、住んでたところまでごまかそうとするもんじゃないよ。刑務所に勤めてるあんたなら、そのくらいのことはおわかりでしょうが。まあ、真岡であれ豊原であれ、樺太に住んでたことにまちがいがないわけだから」

「……」

寛海は返す言葉がなく、口を閉じるしかなかった。

「どうだい、本間、おまえさんの船は、ソ連の監視船に拿捕されたことあるよな?」

「よくもそんなでっちあげを。おれらの船は、日本の領海内で操業するから、拿捕なんかされたことは一度もないぞ」

「拿捕でなくても、国後にあるソ連の漁港にいっとき連れていかれたことはあるだろう? 無事に日本に帰還させてもらうこととひきかえに、日本の警察に関する情報提供を強要されたこともあるよな？　網走近郊のアメリカの進駐軍の基地についても何か訊かれただろう？　どうだ、もういいかげんに認めなよ」

「そんなことないって、何回言えばいいんだ。ロシア人と接触したことすらないし、進駐軍といったって、おれは見たことも聞いたこともないんだから」

「どっちにしても、きさまが、ロシア語の習得に関して納得のいく説明をして身の潔白を証明できない以上、署まで同行してもらうしかないな。もうじたばたしてもむだだぞ」

またしても腕をつかまえられ、それをふりほどこうとする遼海を助けようと、寛海と泰美が若い刑事の腕を強く引っ張った。

「往生際が悪いぞ、本間。つべこべ言わずに署まで同行しろ。おまえたちも、じゃまだてすると、公務執行妨害でしょっぴくぞ」

と若い刑事は怒鳴り立てて、ふたりを威嚇した。

年輩の刑事が、遼海の持ち物を調べようと奥の座敷にまで足を踏み入れるや、寝かしつけられたばかりの、赤ん坊の定晴が火のついたように泣きだした。ふさはとうとう堪忍袋の緒が切れ、つかみかからんばかりの勢いで年輩の刑事にくってかかった。

「あんたたち、ふざけるのもいいかげんにしないと、このわたしが承知しないよ。正月早々から、わたしの大切にしてきた家族の団欒を土足で踏みにじるようなまねをしやがって。言っておくけどね、息子は、小さい時から、人の道から外れないように、世間さまから後ろ指をさされないようにと、このわたしが命がけで育ててきたんだ。あんたたちにとやかく言われる筋合いはないんだ。いいかい、息子には、これ以上、指一本も触れさせないからね。わかったらさっさとこの場から失せやがれ」

　刑事たちはふさの剣幕に声を失って、棒を呑んだような顔をしている。

「わたしの言ってることがわからないのかい。さっさとこの家から出て行けと言ってるんだよ。あんたたち警察はね、ついこの前までは特高や憲兵の犬としてわたしらを嗅ぎ回っていたくせに、戦争が終わったら、今度は善良な市民の味方ですとばかりにぬけぬけと自分を売りこむ、低俗で鉄面皮な輩なんだから。その変わり身のはやさには、開いた口が塞がらないね。だれかを犯人に仕立て上げるためなら、罪のない人間を問答無用でお縄にするのは、お手のものだもね。ふん、片腹痛いわ、この恥知らずめが。それでもあんたたちの体のなかには、温かい人間の血が流れてるのかい、人間の心というものがあるのかい。どうなんだい、かわいそうに、血も涙もない地獄門の番人のようなことしかできないんだろう？　つかまえるなら、このわたしにしたらどうなんだい」

　突っ立ったままのふたりの刑事の前に立ちはだかったふさの体は怒りで震えていた。

「ばあさん、ありがとう。もういい、それ以上言わなくていい。そんな言い方は、いつものおだやかでやさしいばあさんには似合わない。いやな思いをさせて、申し訳なかった。とりあえず警察に行ってみるよ。心配しないで待っててくれ。大好物の鰤の飯寿司、うまかったよ。やっぱりばあさんの作った鰤の飯寿司は天下一品だな」

　遼海は痩せ衰えて小さくなったふさを抱きしめ、母親の無償の愛をしっかりと受けとめたのだった。

「あんたがあやまることはないわよ。あやまるのはわたしのほうだ。何の力にもなってあげられず、ごめんね」

ふさの目に玻璃のように透明に光る涙が宿った。涙はみるみるあふれて、目尻から一筋の熱い涙となって流れた。ふたりの心の底に埋めこまれていた水琴窟にひさかたぶりに清澄な音が共鳴した瞬間であった。

遼海の無実を信じて刑事の前であれほど威勢よく啖呵を切ったふさだったが、いざ遼海が警察に連行されてしまうと、まことしやかな密告が妙に真実味を帯びてきて、大きな疑念が静かに心を覆ってきた。まるで針の筵に座るような業苦に苛まれている感じだった。

遼海が売国奴だったらと思うだけで、得体の知れない世界をのぞきこむような恐怖感に襲われ、遼海が冤罪のまま獄に繋がれる場景を想像すると、心の扉を開けた遼海との信頼関係がようやく実を結んだというのに、警察の冷酷な仕打ちがその果実を奪い取り、永久に葬り去るのではないかという失意の淵に突き落とされた。死刑、無期懲役の文字が頭にちらついた。

「もし父さんの言っていることが認められなかったらどうしよう。あの刑事たちは自信たっぷりな顔つきだったもね。わたし、警察に行って、父さんの無実を訴えてくるわ。ひとりじゃ心もとないので、澱子さん、和尚さんに同行をお願いできないかしら」

「お父さんのことだから、それこそ矢のように飛んできてくれると思いますけど」

「おいおい、それはなしだ。ばあちゃんとお父さんがいっしょになって警察に訴え出ても、何の埒もあかないよ。かえって面倒なことになるかもしれんぞ」

「そんなの、やってみないとわからないじゃない」

「だから、漲子は世間知らずだと言うんだ。関係ないお父さんも、変に疑われることだってあるだろう？」

「だって、うちのお父さんは、すぐ船酔いするから、船に乗って遠くなんかに行かれないもの」

漲子は泣きべそをかきそうになった。

「ばか、そんな子どもじみた申し立てで言い逃れができるとでも思ってるのか。いいから、おまえは静かにしてろ」

「兄ちゃん、もうすこし漲子さんにやさしくしてあげなさいよ。精神的に不安定になりやすい時期だし、お乳の出も悪くなるかもしれないのよ」

「うん、そうだったな。……とにもかくにも、父さんの船の船員さんに会って、話を聞いてくるわ。いいかい、ばあちゃん、ここはじっとがまんして、父さんが帰ってくるのを待つしかないからね」

「待つったって、父さんが刑務所に入れられたらどうするの。わたし、父さんが刑務所から出てくるまで生きてはいられないからね」

ふさはやきもきする心を落ち着かせるために、仏壇の前に座ってなつめの位牌に語りかけ、遼海の無実を祈った。

宵のうちから音もなく降りつづいていた細かい雪が、日付の変わるころには霏々(ひひ)と降る綿雪に変わった。

寒さが肌に刺さり、手足から感覚がなくなってしまうような取調室で、遼海が仮眠をとるのも許されず、明け方まで、机の上に拳を打ち下ろす取調官たちにどやしつけられながら自白を強要されているかと思うと、ふさは胸が張り裂けそうになった。

夜明け前に雪はやんだが、山も川も橋も船も海のほうから吹き寄せられてくる雪にすっかり埋め尽くされている。人の膝上に達するほど雪が深いため、警察署へ行くのはあきらめるしかなかった。まる一日、重苦しい静けさが家を押し包んだ。みんな何も喉が通らないため、だれも台所に立つことはなく、乳をせがむ赤ん坊の泣き声がせつなく響いた。

遼海が警察で取り調べを受けているさなか、翌々日の地元の新聞に、諜報船の噂を取り上げた小さな記事が掲載された。ふさたちはくい入るように記事に目を走らせたが、記事は、諜報船の存在を裏付ける証拠や具体的な証言となるものを示さずに、諜報船の噂は風聞の域を超えず、その存在はいぜん謎に包まれたままだ、といった文面で結ばれていた。

寛海が読みかけの新聞をちゃぶ台に投げつけた。

「ふざけるな、まったく。無責任にもほどがある。話題性のある記事に目がくらんで飛びついたものの、真実を最後まで追求しようとする記者魂が感じられないね。ていねいな取材と事実の積み重ねに基づいて真実を汲み取るような記事なら、読むほうも、なるほどと納得できるだろうけど。こんなおざなりな、通り一遍の書き方じゃ、真実の追求をあやふやにしてしまい、かえって世間の野次馬根性を煽るだけだ。市民みんなが、あらぬ疑いをかけられ、身に覚えのない濡れ衣を着せられかねないぞ」

「なんか形ばかりのそっけない書き方で、臭いものに蓋といった感じだもんね。これじゃあ、いままで何も知らなかった人までも、いろんな噂話をはじめるにきまってるね」

「困ったことになったもんだ。こうなった以上、たとえまわりから疑いの眼で見られても、父さんを信じ、みんなでそれを支えてあげよう。もし裁判にでもなったら、言うべきことは何も恐れることなく勇気をもって言い、父さんの無実を証明してあげないとな」

町では以前から諜報船の噂が囁かれていた。人の口に戸は立てられぬもの。どこどこの家が御殿(ごてん)のような立派な家を建てたのは、ソ連やアメリカから秘密裡に大金をもらったからだの、物静かで口の堅い船長やロシア語の堪能な船員の乗る漁船が、恰好の諜報船として目をつけられやすいだのと、あることないことを口さがない人が噂していた。

連行されてから二日後に、ふさと寛海夫婦が警察署へ出向いて、遼海を連れ戻そうとすると、容疑内容の説明を受けた。あろうことか、遼海の船は、ソ連の諜報機関から日米に関する情報の提供をもちかけられた日本人スパイを国後島から連れて帰るのに便宜を図った疑いがあるというのだ。結局のところ、遼海のこの日の帰宅は許されなかったのである。

翌日の昼過ぎになって、遼海はようやく釈放され、ふさと漑子と和尚に付き添われて警察署から戻ってきた。寛海も仕事が手につかず、早引きして職場から帰ってきた。

「和尚さんにまで面倒をかけることになり、申し訳ない」

両腕を寛海と漑子に支えられていた遼海は、崩れ落ちるように座蒲団の上に腰を落とした。

「いやいや、漑子が、寛海君が立ち会えないもんだから、心細くなったんでしょうよ、蒼い顔をして飛んできましてね。それよりも体のほうはだいじょうぶですか」

「ご心配をおかけしましたが、何とか持ちこたえることができました。とにかく疲れました。ほとんど寝かせてもらえず、諜報船と好を通じることがあったかどうかについて、取調官が入れかわり立ちかわり、脅したりなだめすかしたりして同じことをしつこく訊いてきましたけど、いっさい何も知らないの一点張りで通しました。なにせ警察は、食いついたら離れない鼈のようなもんですから。体力がつづかなければ、警察に都合のいい自白をする恐れだってありました。ほんとうのことを言えば、諜報船にならないかともちかけられたこともあるにはありましたけどね。でも、そんな甘い誘いはきっぱり断りましたし、知らないものは知らないですから」

「父さん、よくがんばったよ。隣の部屋に蒲団を敷いてあるから、早く横になりな」

寛海は遼海の背中をぽんぽんと叩いて、隣の部屋に行くようにうながした。

「ちくしょう、警察の奴ら、よくもうちの父さんをこんなふうにしてくれたな」

「警察は、身の潔白な人を捕まえて、ありもしない自白をひき出し、何とかしてそれを証拠に仕立てようっていうんだから、ひどいったらありゃしない。結局、証拠がない以上、あんたの身柄を拘束できないもんだから、家に帰してくれたけど、警察の横暴さは戦前とたいして変わってないね」

とふさははらわたが煮えくりかえるのを抑えつつ、傷心の遼海をいたわった。

「まさか警察が、うちのじいちゃんがロシア人だったという情報をどこかで手に入れて、父さんのことをソ連のスパイだと疑ってかかったってことはないだろうな」

胸のなかでくすぶっていたものが寛海の口をついて出た。

「なるほど、それが、警察の言うたれこみかもしれませんな。善良な市民であっても、地獄耳の持主というのは、自分の仕入れた噂を言いふらさずには生きていけませんからね」

和尚は濃い眉をしかめ、思案顔になった。

「警察は、証拠のひとつとして、おれがロシア語の辞典を持っていることを取り上げようとしたけど、それだけでは証拠不十分だから、ほかに決定的な証拠がないかとおれの身辺を探ったみたいなんだ。ところが、どこをどう突いても埃が出てこないので、検察と相談して立件をあきらめざるをえなくなったと思う。頭を抱え込んでいた取調官に、ばあさん、おれ、きっぱり言ってやったよ。あんたたちが、ロシア語の辞典がスパイ活動に必要な七つ道具のひとつと考えてるとしたら、それは脳味噌の足りないぼけ茄子胡瓜のやることだ。おれは、ロシア人の男と日本人の女の間に生まれた混血児だからといって、ソ連に国を売るような卑劣なまねはしないってね」

疲れがよどんでいる顔の遼海だが、饒舌になってきた。和尚は我が意を得たりとばかりに思わず膝を打った。

「それはまた、みごとに一矢報いましたね。すばらしい。警察はぐうの音も出なかったでしょうな」

「和尚さんの言うとおり、世間には噂好きな噂雀があちこちにいるものなのね。何の根拠もないのに無責任に言いふらすんだから。まったくの濡れ衣よ。それなのにわたし、魔が差したというべきか、あんたのことをちょっと疑ったりして。ほんとにごめんね」

「いや、あやまらなくてもいいさ。しょうがないよ、警察が強引だったから。それより、あのときのばあさんの剣幕には、このおれが驚いたよ。これが母親というものかと心の底からそう思ったね。ほんとにありがたかった。まあ、こうして身の潔白を証明できたのも、みんなのおかげだ」

こう言って、遼海は髭面をほころばせた。

「疑いが晴れて、ほんとうによかったわ。お父さん、こんなこと訊いていいかしら……」

「凞子さんにあらたまって訊かれると、取調官より鋭い質問が飛んできそうだな」

遼海はいたずらっぽく笑った。凞子が、みんなが不思議に思っていても、気兼ねして言いだせなかったことを訊いた。

「そんなことはないわ。いいですか、質問は二つあって、ひとつは、警察が踏みこんでくる前に、夜、お父さんの同僚が来たことがあったけど、その用件とはほんとうは何だったのですか。それからもうひとつ。どうしてロシア語の辞典を持っていたのですか。おじいちゃんの国の言葉に興味があったからですか」

「ああ、あれか、あれは、おれらの船が諜報船だと疑われているらしいと連絡しにきてくれたんだ。それから、辞典は、大泊の工場にいたとき同僚からもらったものだ。言っとくけど、ロシア語が好きというわけではないからね」

「樺太から引き揚げるときも、なくさずに大切に持っていたんですね」

「まさかこの辞典のせいで面倒なことに巻きこまれるとは思いもよらなかった。使う必要がなかったんだから、捨てればよかったな」

ふさにとって諜報船は無気味な存在であった。それは、太平洋戦争開戦直前にその全貌が明らかになったゾルゲ事件を想起させた。ソ連のスパイ組織による、多数の知識階層の日本人や外国人を巻きこんでの諜報活動は、北海道とは無縁な遠い世界を舞台にして行われたものであり、いわば対岸の火事であったのだが、今回、オホーツク海に出没する諜報船の茫漠とした輪郭があぶり出されたことで、目に見えないスパイの魔の手がごく身近な市民にも伸びていることを思い知らされ、ふさは恐怖を覚えたのである。いまのソ連は昔のロシアではなく、まったく別の恐ろしい国になってしまった。社会主義国家の繁栄とその体制維持のためなら、個人の自由と尊厳を犠牲にしても、何ら愧じるところがない。所詮、国というのは、国民を国を動かす歯車のひとつと見なし、虫けら同然に扱うものなのだわ、とふさは化けの皮を剥がされたときの国の醜怪な顔をソ連に見たような気がしたのである。

九

諜報船騒動のほとぼりがさめた昭和二十六年の初夏のことだ。ふさは、老耄の期が訪れる前に、オホーツクの浜辺でいまが咲き盛りのはまなすの花を見るのを思い立ち、遼海を小旅行に誘った。老母と還暦を控えた息子は、斜里岳の山容が間近に迫る古樋まで列車で出かけることになった。

月に一回は鱒浦まで乗っていた釧路行きの列車だが、この日はいつもとはちがう列車に感じられた。遼海と膝を突き合わせて座っていると、あのなつめの家族があたふたと列車に乗りこんでくるような気がしてきたし、これからはまなすを見に行くこともあって、大泊の潟湖ではまなすの花筏に仮託して遼海に真情を吐露した過ぎし日の思い出に耽ることができたからである。大泊にいたときは、北海道に帰らずに樺太にとどまると決めていたのに、いまはこうして網走で一生を終えようとしている。わたしらの人生を翻弄し、わたしらのしあわせを踏みにじった戦争さえなければ、なつめさんととも に家族の絆を確かめ合いながら樺太でやってゆけたのに。でもいまさらそんなことを言ってもはじまらない。網走では、わたしはアイヌの小刀の製作にたずさわってこられたし、念願の囚人の墓参りもできたし、少人数ながらも朝鮮人帰還支援会の立ち上げの見通しも立った。そして、何よりも、遼海や孫たちが新しいしあわせを見つけて、まがりなりにも満足のゆく暮らしをしている。それが一番。わたしにとって、それが何よりも大切なものだったから、という甘やかな思いがふさの心のなかに宿った。

トンネルを抜けると、鱒浦の海が見えてきた。遼海は飴色の窓框に頬杖をついて、鱒浦の浜辺で地引き網を引く漁師たちの姿を黒い斑点になるまで目で追いかけていた。その姿があたりの海の景色にまぎれて見えなくなると、視線をふさに戻した。

「鱒浦には、家族みんなで海水浴に来たいと思ってたけど、一度も来られなかったな」

「定晴も妙香も、まだ幼いからね、もうすこし経ったら、それもできるようになるわよ」

「それもそうか。ところで、れいの小刀の作業場は、この鱒浦にあるんだろう。駅から近いのかい。ばあちゃんからもらった小刀、ずいぶん重宝してるよ。手になじんで、すごく気に入ってる。ありがとうな。それにしても、アイヌという少数民族の文化を絶やさないようにと、老骨に鞭打ってその製作をつづけてきたことは見上げたもんだ。いまさら訊くのもなんだけど、どういういきさつでそうなったか、もういっぺん話してくれないか」

「泰美が郷土博物館に誘ってくれて、そこで見た小刀がきっかけになったことは、前に話したことがあったと思うけど、それを後押ししてくれたのが、実は父さんだったの。父さんは迫害されてきたアイヌのことをかわいそうだと思ってた人で、わたしも、その父さんの遺志を受け継ぐとしたら何をしたらいいか考えていたときに、あの小刀に出会ったの」

「なるほど、そういうわけだったのか。……ばあちゃん、名前をおしえてくれないか。前に聞いたことあるけどさ」

遼海はきまり悪そうに言った。

「えっ、名前って、父さんの名前かい」

「ほかにだれがいるんだよ。たしか、ドミートリイといったはずだけど」

「そう、名前はドミートリイで、苗字がチターエフ。あんたが父さんの名前を訊くとは、どういう風の吹き回し？」

「いや、別に何でもない。ただ、親父の名前ぐらいちゃんと覚えとかないと、あとで悔いが残ると思って。そうか、チターエフか……。で、どんな人だった？」

「わたしらは、東シベリアのブラゴヴェシチェンスクでめぐりあってね。そうだねえ、季節は、ななかまどとアカシアの花が町じゅうに香り、自生している芍薬の花がアムール川の風に揺れるころだったわ」

「いや、おれが訊いてるのは、そんなロマンチックなことでなく、親父がどんな男だったかということだよ」

ふさはうれしさのあまり返答に窮し、脈絡なく答えた。

「はい、はい、わかってるわよ。それにしても、なつかしいね、ほんとうに。風が強くて、馬がたくさん放牧されてたわ。それでね、別れ際に、あのひとね、乗る船の上から胸ポケットに挿していた白い芍薬を放り投げてくれたわ。赤い芍薬も咲いていたのに、なぜ白い蕾の芍薬を一輪だけ手折ってきたのか、その意図がわからず、ずっとわたしの頭を悩ませてきたのよ。もしかして、茶道の心得があったりしたかもね、ふふふ」

「そんな思い出話はいいから、親父がどんな人だったか、ちゃんと話せよ」

「そうだったわね。そうね、あのひと、お酒がめっぽう強かったわ。それに、人を笑わすのがとっても上手でね。でも、陽気な人かと思うと、ふとした折りに、何か考えこむような、さびしげな表情を見せることもあったわ。きっと繊細で神経の細やかな人だったと思うわ。あんたと似て、色白で背がすらりとしていてね。あ、それから、つらそうな咳をよくしていたわね」

「つらそうな咳？」

「ごほごほとせきこむみたいな咳だったわ」

「ひょっとして、それ、胸を患ってたんじゃないかな。ばあちゃんは、それを疑わなかったのか」

「夕立が降った後の寒い夜だったから、風邪をひいたとばかり思ってたわよ」

「たぶん胸の病気だろうな。ブラゴヴェシチェンスクで会ってからずっと音信不通だったんだろう？」

「二度ばかり、ブラゴヴェシチェンスク出立後まもなくして手紙が届いたわ」

「ああ、あの手紙がそうだったのか。でも、その手紙を最後に一度も連絡がないというのが、もう死んでこの世にいないことの何よりの証拠だろう?」

「そうね、そういうことだわね」

「それで、趣味というか、好きなものは何だったの」

「趣味だったかどうかは知らないけど、日本に興味をもっていたわ。それに海が好きだった。わたしはそれにこと寄せて、あんたの名前に海という漢字をつけたんだけどね。そうそう、海といえば、牡蠣が好物だったみたいね」

「牡蠣? ロシア人も牡蠣を食べるの。どうやって食べるんだ。まさか生牡蠣ってことはないだろうから」

「さてね……、どうやって食べるのかは訊かなかったけど、やっぱり生で食べるんじゃないかい。それが一番おいしいものね」

「そうかな? 生牡蠣なら、食べ方がわからず、ナイフとフォークを両手に、牡蠣とにらめっこだな、あはははは」

「言われてみると、たしかにビフテキを食べるみたいでおかしいね。でも、あのひとなら、酢牡蠣にして食べてたかもしれないわよ。なにせ少年時代から日本に興味をもちつづけてたので、日本のことにそれなりに通じていたから。日本の桜も好きだったし」

「ふん、桜をねえ……」

「ブラゴヴェシチェンスクにも桜の木があったのよ」

「そういえば、樺太にも桜はあったな……」

「おそらく日本の桜をひと目見たかったんじゃないかな」

「そんなに桜が好きなら、この春、親父は天国でなつめとめぐりあって、いっしょに網走の夜桜見物に来たかもしれないな」

「そうだわね、ふたり仲良く、お寺の蝦夷山桜を見ながら、花見酒でも酌みかわしたかもよ」

「そりゃあいい。ばあちゃん、うまいことを言うな。あんまり仲が良すぎて、親父の結核がなつめにうつらなければいいけどな」

「うふふ、さすがにそれはないと思うけど。実を言うとね、父さんは、あんたの言うとおり、結核にむしばまれていてね、四十四歳で亡くなっていたのよ」

「やっぱりな。というのも、さっき、あんた、遺志を受け継ぐと言ったからさ」

「うん、ちょうど日露戦争の最中でね」

「そうか、親父は、そんな昔に死んでたのか……」

遼海は物思いにふけるかのように宙を見つめた。

「……日露戦争は一九〇四年だから、四十七年前になるのか……。こんなこと言ってもしょうがないけど、いま生きてたら九十歳か」

「わたしも、まさかそんなに早く亡くなってるとは思ってもなかったから、それを知ったとき、何て言ったらいいのか、そう、殺伐とした寂寥感かな。それが凩となって、わたしの魂を吹き抜けていったわ。心はからっぽになり、頭はまるで真空になった気分だった」

「何となくわかる気がするな。ばあちゃんの半生は、親父との再会のためにあったようなもんだから」

「何もそれだけではないけどね。あんたや泰美や孫たちに、それになつめさんに会うためにこの世に生まれてきたとも言えるしね」

「ところで、親父の死は、どういう経緯で知ったんだい」

「本よ」

「本って、それ、どういう意味だよ」

「本は本よ」

「謎かけのような言い方はいいから」

「父さんは、作家だったの」

「作家？　作家って、小説などを書く？」

「そう。最初、わたしは、新聞の通信員だと思ってたんだけどさ。それが何と作家で、短編や劇を書いてたのよ」

「嘘だろう？　冗談はよしてくれよ」

「ほんとのことは、ほんとだもの」

「にわかには信じがたいな。それで、その作家が、どうして親父だとわかったんだよ」

「名前が同じだから」

「名前が同じでも、別人の可能性はあるだろうが。何かのまちがいじゃないのか」

「その可能性はまずないわね」

「どうしてそう言えるんだよ」

「だって、父さんは作家だもの」

「だからなぜ作家だと言えるんだよ」

「そのことなら、以前あんたに言ったことあるわよ。大泊の領事館の、父さんと会ったことのある領事代理の人が、ええと、鈴木さんといったかな。その人が、父さんがロシアでは有名な作家で、大泊滞在中に旅行記を執筆中だったとおしえてくれたから。それに、お医者さんでもあったらしいよ」

屈託なく打ち明けるふさの話を聞いて、遼海は息をするのを忘れるほど驚いた。

「……そんな大事な話、なぜもっと早くしてくれなかったんだよ」

「くれるもくれないも、あんたはそのとき、わたしの話を冷静に聞く耳を持ってなかったもの。それ以来、なかなか言いだせなくて」

「言いだせないって、言える機会はいくらでもあったはずだぞ」

「そりゃあそうだけど、父さんの話をすると叱られると思ってさ」

「だれに？」

「あんたに」

「叱るわけないだろうに。まったく、ばあちゃんはいつも肝腎なことを……。そうか、大泊の領事館のあの人がね……」

「あんた、まだ覚えてたの、鈴木さんのことを？　いい人だったもね」

「ほかのことは忘れてるけど、不思議に、飴玉をくれた人のことは覚えてるんだよな。それはそうと、親父の話に戻そう。本では、親父の死は、どんなふうに触れられてた」

「父さんの短編集の訳者が解説かなにかで書いていたわ。わたし、父さんの作品は、いつか日本でも刊行されると思って、本屋さんにいりびたっていたの。そしたら、案の定、短編集が日本で刊行され、本屋さんの本棚にも並べられたから、さっそく棚から取って読んでみたというわけね。巻末に父さんの略歴や作品の紹介があってね。それで亡くなった年もわかったのよ。わたしといっしょにいたときは、そんな素振りはまったく見せなかったけど、まさか作家とはね……」

「頭がごちゃごちゃしてきたぞ、ちょっと整理させてくれ。親父は、新聞通信員ではなく、作家でかつ医者だったんだよな。それで、結核に罹っていた親父の死んだ年は日露戦争の年と同じで、親父の書いた短編集の解説でそれを知ったということだな」

「そういうことだわね」

「おれは、外国の本にはうといのでよくは知らんけど、ロシア文学の翻訳本が、こんな網走のような田舎町でも手に入るもんなの？」

「そりゃあそうよ。都会でも田舎でも、本に飢えている人、本を読みたいと思う人はどこにもいるから。後になって図書館に行って調べたら、短編集はすでに昭和の初期に出版されていたこともわかったわ」

「偉いもんだ、ロシア文学の作品を翻訳して広く紹介できるほど、ロシア語をちゃんと勉強した人がいたとは。その短編集を訳した人の名前は？」

「寺西聖という人、作家でもあるのよ」

「あれだね、もしその寺西とかいう人が翻訳してくれなかったら、ばあちゃんは、親父の小説を読めなかったわけだよな」

「まあ、そういうことになるわね。だから、わたしらにとっては、寺西という翻訳者は、どんなに感謝しても感謝しきれない大恩人なのよ」

「今度、寺西聖のことを調べてみるよ。図書館に行けば調べられるだろう」

「何かまたわかったら、わたしにも教えてね。父さんが、日本にいるわたしがいつの日か作品を読むときがあると信じて創作をつづけたかどうかは知らないけど、もしそうなら、わたしへの伝言がそれとなく嵌めこまれている作品が存在する可能性もあるわけね。もしそんな作品があったら、ぜひ読んでみたいの」

「たしかに父親らしいことは何ひとつしてくれなかったけど、親父、小説を残してくれてたのか。まったく夢みたいな話だ。それにしても、四十四歳は若すぎるな」

　そのとき、黒い小さな革鞄を襷掛けにした車掌が、次の停車駅を告げながら通り過ぎて行った。

「次は、古樋、古樋です。五分の停車時間です」

「あれ、もう古樋に着くのか。そろそろ降りる用意でもするか」

「あら、もう着くの。話に夢中になってるとあっという間だね。ねえ、あんたも父さんの短編を読んでみるといいね。翻訳は読みやすくて、父さんが、自分のことをまるで自然な日本語で語りかけているような錯覚に陥るほどだから」

「わかった、わかった。それよりもばあちゃん、早く降りる用意をしないと」

　遼海がこの日から、父親のことを親父、自分のことをばあちゃんと呼んでいることに万感胸に迫るものがあり、遼海を追いかけるようにとことことホームの上を歩くふさの喉もとには熱いものがこみあげてきた。改札場の駅員に渡す切符の文字が涙で歪んだ。

　のどかな波音を聞きながら、駅舎からつづく小径をたどっていくと、ふたりはいつのまにか、はまなすやエゾスカシユリや黒百合などが咲ききそう花園のなかにいた。蝦夷白蝶、細羽（ほそば）豹紋（ひょうもん）といった蝶たちは花蜜を吸うのに大忙し。蜂たちの羽音が通奏低音のように鼓膜に響く。

　ふさがはまなすのエメラルド色の枝葉を片手で払いのけ、花弁に鼻を近づけた。写真機があれば、このさりげない振る舞いを見せた母の写真を撮りたかった遼海だったが、咲き連なる赤紫色のはまなすと真っ青な海はまさにおあつらえむきの点景だと思った。

　この点景に新たに加わるかのごとく、波打際で群舞する蝶のなかの一羽が、ふたりの頭上に飛んできて大きな弧を描いた。そのあと、その蝶は、四枚の羽をさかんに動かしながら静止飛行をしているかと思っていると、急降下してはまなすの花弁のなかに舞い降り、瑠璃色の羽をやすめたのである。ふさと遼海は足音を忍ばせ、両手で捕まえられるほど蝶に近づいた。体長が十五ミリにも満たない小さな蝶だった。

「仲間からはぐれたこの蝶、川上鉱泉のお花畑で見た星空の一部を切り取って、羽の上に貼りつけたような色をしている。宝石の瑠璃にそっくり。ほら、よく見ると、瑠璃色の羽が、白と黒の細い線で縁取られてる」

　と遼海はふさの耳もとで囁いた。

「ほんとうにきれいな瑠璃色だこと。瑠璃は、浄土の土のなかにあって、人をしあわせにみちびくと聞いたことがあるわ。浄土にも、人間がこの世に生まれる前の浄瑠璃浄土というのがあり、この蝶は、東方にあるその浄瑠璃浄土にわたしらをみちびこうとしてるのかしら」

「そんな抹香くさいことはいいから、静かに見てないと飛んでいってしまうぞ」

「……なるほど、わかったわ。そういうことね。この瑠璃色の蝶は、北の樺太からはるばる渡ってきたんだわ」

「しぃ。何を言いだすかと思ったら、そんなありえもしないことかよ」

「あんたもこの蝶、樺太で見たことあるでしょ？」

「見覚えないな、こんな蝶は。どだい蝶が、樺太から海を越えてくるかよ」

「空には蝶の飛ぶ道があるというわ。この蝶は、その蝶の道をたどってこの北海道に渡ってきたのよ。だって、仲間の蝶たちから離れ、わざわざわたしらのそばに近づいてきて、思わせぶりに瑠璃色の羽を見せたんだもの」

「そんなの偶然にきまってるだろうに」

「ねえ、ねえ、瑠璃色の蝶さん、あなたは、わたしらに会うために樺太から飛んできたのよね。そう、そうやって、わたしらにあなたの瑠璃色の羽を見せてくださいな」

とふさが語りかけると、瑠璃色の蝶はふさの言葉を理解したかのように、羽を上下にゆっくり動かした。

「ありがとう。あなたの瑠璃色の羽はほんとにきれいね。そうやって瑠璃色の羽をいっしょうけんめい動かしながら、わたしらのいる網走めざして樺太の川上鉱泉からはるばる飛んできたんだのね」

「……」

「わたしらと再会できてうれしいかい。……えっ、この蝶、父さんじゃないかしら。いや、やっぱり、父さんがこの蝶になってわたしらをここで待っていたんだわ。父さんが、樺太で瑠璃色の蝶となって甦り、わたしらを浄瑠璃浄土へみちびこうと樺太から渡ってきたのよ！」

「ばかもやすみやすみ言わないとな。親父さまが、この蝶に転生したって？　すべて偶然だよ、偶然」

「いい、見ててね。この蝶がもし父さんなら、父さんのくれたこの扇子にきっと止まってくれるはずだから」

ふさは巾着(きんちゃく)から山桜の扇子を取り出し、それをひろげて蝶の触角に近づけた。だが蝶は、薄汚れた扇子には目もくれずについと舞い上がるとぐんと高度を上げ、海のほうへ飛び翔(た)ってしまった。

「静かに見てないと逃げると言ったのに。おまじないのようなことするから、飛んでいってしまっただろうが。やっぱり、あの蝶はちがうな、親父じゃないな」

「そうかね……。さっきは急降下で今度は急上昇、普通の蝶とはちがう飛び方をしてるから、わたしらに何か伝えたいことがあるように見えるわ。あらっ、見て、見て。ほら、あの蝶、またわたしらの上に舞い戻ってきて、ゆっくり旋回している。わたしらをどこかに連れていこうとしてるんだわ。きっとあれは、何かの合図にちがいないわ」

ふさは小手をかざして頭上を仰ぎ、落ち窪んだ目を輝かしている。丸い黒曜石のような瞳が碧く澄みわたった空を映していた。

「ほんと不思議な蝶だ。なんであの蝶は海に向かって飛ぶんだ」

ふさは取り憑かれたように蝶を追いかけた。

「ばあちゃん、いいか、蝶から目を離すんじゃないぞ」

蝶はふたりを真っ青な海へみちびくかのように、頭上を行きつ戻りつ舞いながら波打際へ向かっている。瑠璃色の羽の灰色の裏面には、丸い橙色の斑紋がひとつついていて、無数の黒い小さな斑点も見えた。

「遼海、早く早く」

「上ばっかり見てたら危ないぞ。そこから道が急に下ってるから気をつけろ。おーい、おれが行くまで、そこから動くな」

やっと遼海はふさに追いついた。オホーツクの海原を見おろす段丘の上に立つと、波飛沫の泡立つ音が浜風に運ばれて迫ってくる。

「ここからはよく見えないけど、瑠璃色の蝶は波打際にいるみたいね」

「瑠璃色の蝶もいいけど、やっぱり海はいいな。ここから見るオホーツクはのどかで、浜で遊ぶようにと人をいざなうやさしさがある。流木を拾い集め、焚火をして、飯盒炊飯の飯でおにぎりを握って食べてみたい、そんな気持ちにさせる。なんだか、おれ、腹へってきたよ。そろそろ昼飯にしよう。海で食べる梅干しのおにぎりは最高においしいぞ」

ふさは遼海の言うことなどどうわの空で、立ち止まっては蝶の居場所を探しつつ、遼海の手を借りながら小道を下って行った。

「あわてないで、ゆっくりゆっくり」

波打際で人がひとつところに集まって、きらきら光る沖を指さして何か言い合っていた。遼海も沖に目をこらした。

「な、何だ、あれ？」

遼海にはめずらしく声が裏返った。

「びっくりするじゃないの。どうかしたかい」

「ほら、白い舟が浮かんでるのが見えるだろう。……どっち見てるんだよ、左側だよ。そうそう。さらにその舟のまっすぐ先の水平線を見てみな」

「どこ、どこ？　まぶしくてよく見えない。白い舟が浮かんでる……、あら、ほんとだ。何だろうね、あれは？　鯨が潮でも吹いてるのかね」

「ばか言え、鯨があんなでかい潮を吹くわけがないだろう。よく見ろよ」

「そういえばそうだね。入道雲でもなさそうだし、あんなところに平べったい島があったかしら」

「海に島が浮いてるように見えるけど、あのあたりには島はないはずだぞ……。こういうときこそ、双眼鏡があればいいんだけどな」

遼海はよく見えるように目をこすった。

「陽炎のようなものがかかってるようにも見える。何だろうね」

「なるほど、わかったぞ、ばあちゃん。まずまちがいない、あれは蜃気楼だよ。だから、物珍しそうに人ががやがや集まってるんだよ」

「蜃気楼？　あれがそうなの。不思議なことも起きるもんだね。生まれてはじめて見るわ」

「おれもこんなのはじめてだよ。まさか自分がそれを目にするとはな。いまになって思い出したけど、夏になると、網走の沖合に蜃気楼がときどき出ると、町なかでも評判になってたわ」

「今日は、瑠璃色の蝶に蜃気楼という、まずめったにお目にかかれないものに出会えたことになるね。わたしらは運がよかったんだわ。いや、運がいいというより、わたしらは、こういう出会いがあるように仕向けられていたのよ」

「何にだよ。おれはまだ、ばあちゃんみたいな運命論者にはなれないよ」

「でも、あんただって、さっき汽車のなかで、天国にいる父さんが、春に、なつめさんといっしょに、桜狩りのために網走に来たはずだと言ったじゃないの。今日は、その父さんが、樺太の蝶となって、わたしらといっしょにはまなすを見るために、ここにやって来たととらえられないかしら。蜃気楼は、大蛤が気を吐いてつくった海の楼閣だと解釈されているので、そう考えると、あの蜃気楼は、蝶になった父さんが、わたしらのために、鱗粉をつけた触覚を絵筆代わりにして水平線の上に描いてくれた蜃気楼ということにならない？　あっ、あの蝶、沖に向かって飛んでいく」

まぶしげに目尻の皺を深くしていたふさが気ぜわしく遼海の手首を引いた。

遠景の水平線上に結像する蜃気楼を鳥瞰するかのように、中景に浮かぶ瑠璃色の蝶が風に煽られながらもオホーツク海の上をひらひらと翔（かけ）てゆくところだった。

蜃気楼のなかで、煉瓦色の建物にまじって、鐘楼と望楼のある楼閣と薄く桜貝の色を刷いたような花木の連なりがあるかなきかに揺曳（ようえい）している。

「あの楼閣と桜の蜃気楼は、瑠璃色の蝶が、ブラゴヴェシチェンスクの町景色をオホーツクの水平線に描いた水彩画だと見なすこともできるわね。なんてったってブラゴヴェシチェンスクは、わたしが父さんとめぐりあって結婚し、あんたが生まれた町だから」

「ブラゴ……。あれがおれの生まれた町？　たしかに十字架のある建物と桜の並木みたいなのが見える」

「もしかしたら、わたしらの見ているこの海の光景は、父さんがシベリア旅行記の表紙絵にしたかったものかもしれないね。父さんは、わたしらにブラゴヴェシチェンスクにまつわるとわず語りをはじめようとして、青い海と蜃気楼の描かれた絵の表紙の扉を開くために、水平線めざして飛んでいったのかもよ」

「ばあちゃんの絵空事を聞いてると、あの蝶が何だか親父のような気がしてきた。あの蝶は、桜吹雪の舞う東シベリアの故郷を見せようと、わざわざ海を渡ってきてくれたのか……」

と遼海は声なき声でつぶやくと、海に向かって声をかぎりに叫んだ。

「おーい、瑠璃色の蝶、おれの声が聞こえるか。おれは、親父のあんたの声が一度でもいいから聞きたいんだ。表紙の扉を開けたら、必ずこっちに戻ってくるんだぞ。ばあちゃんの扇子で羽を休めて、とわず語りをしてくれ。……おれは、チターエフというロシア人の父親を持てたことを誇りに思ってるからな！」

ふさの飛躍する想像力の産物である仮構の世界に身を置くことに、遼海はえもいえぬ心地よさを味わっていた。

やがてふさと遼海は、物静かな語り口でとわず語りをするチターエフの低声が蒼穹（そうきゅう）に響きわたるのを心耳で聞いたのだった。

　ふたりの小旅行から数日経った。

「あのねえ、ロシア嫌いの父さんがね、ロシアの小説をこっそり読んでるんだよ」

「うるさいな、泰美、黙ってろ」

　煙管の雁首（がんくび）を灰吹きに打ちつけて火を落とした遼海は、照れくさそうに頸まで赤くなった。泰美は遼海の制止にはおかまいなく、遼海が筐底（きょうてい）深く隠していたチターエフの本のことを暴露してしまった。

「チターエフという作家の短編でね、わたしも父さんには内緒で読ませてもらったわ。兄ちゃんも読んでみれば。訳も自然な日本語で、翻訳という感じはぜんぜんしなく、読みやすいから」

　父と娘のたわいないやりとりを聞いていると、歓喜が胸をつきあげてきた。あれほどミーチャを嫌っていた遼海が、ミーチャを父親として受け容れ、ミーチャの短編を読むことで、ロシアを愛するようになってくれた。こんなうれしいことがあろうか。あの瑠璃色の蝶が、本間家の炉辺に一穂（いっすい）のともしびをともし、わたしらを幸福の世界にみちびいてくれたんだわ。わたしも、ミーチャの作品をたくさん読んで、ミーチャのことをもっともっとたくさん知りたい。ミーチャの作品のなかでこそ、わたしはやすらぎの団居（まどい）を愉しめるのだから、ふさは心のなかでそうつぶやいた。

終章

晩年の祖母は、チターエフのシベリア、サハリンの両紀行と短編集を寺西聖訳などで読んでいた。文机に向かって、ときどき大きな虫眼鏡の助けを借りながら、文庫本の小さな文字と格闘していた姿はいまでも忘れられない。祖母がいないのを見はからって座敷をのぞいてみると、読みさしの本があり、『接吻』という短編の頁の上に手垢のついた山桜の扇子が置かれてあり、卓上スタンドのかたわらには鉛筆を削るための小刀が用意されていた。

祖母は、シベリア紀行が、ブラゴヴェシチェンスクに到着するひと月前に書かれた記述を最後に中断されたことがかえすがえすも残念だと言っていたらしい。なぜシベリア紀行は、雄大なエニセイ川と見渡すかぎりのシベリアの原生林におくった惜しみない讃辞の後のつづきが書き継がれずに未完になってしまったのか、なぜブラゴヴェシチェンスクでの身辺雑記が書き記されなかったのか、それは祖母にとって大きな謎であったのだろう。謎解きのために、わたしはチターエフが擱筆した理由をあれこれ考えた。祖母との邂逅があったブラゴヴェシチェンスクを思い出したくもない呪わしい町ととらえていたからなのか、あるいは、肌寒い五月に風邪をこじらせて咳の発作がつづき、紀行を書く体力を奪われていたからなのか、それとも、後日、サハリン紀行のためにふたたび筆をとっていることから、物書きを生業とする者に往々にしてある、何らかの韜晦を意図してのことなのか、といったさまざまな理由がわたしの頭のなかで明滅した。結局のところ、謎解きの手がかりはいまも見つけられずにいる。

短編集の頁のところどころに、鉛筆で線が引かれている個所があった。おそらく自分を女主人公と重ね合わせていたところなのだろう。あくまでも推測の域を出ないが、短編集の女主人公たちは自分をモデルにして造型されたと祖母が考えていた可能性がある。いかにもいわくありげな女主人公の頸の黒子は自分の黒子が引き写されたものだ、と祖母が考えるに至ったのもむりからぬことである。女主人公たちの性格が自分と似ているというより、その容姿の描写や男と女の出会いと別れの描き方が、そのような思いこみを掻き立てたにちがいない。

そんな祖母も、原生花園を訪れたあたりから、めっきり弱り、食も細くなって床に臥せることが多くなった。朝鮮戦争によって朝鮮人の家族が南北の朝鮮に引き裂かれたことに心を痛めていたが、そのころになると、戦争の状況に関してみずから新聞で調べるとか、家族に訊ねるとかすることもなくなってきていた。それでも、長い間会えずにいる弟のことはいつも気に病んでいたので、ご無沙汰見舞いの手紙を書こうとしたことがあった。おそらく虫の知らせがあったのだろう。だが、筆を握るだけの力は残されていなかったのである。

そうこうしているうちに、昭和二十九年秋、紅葉した楓にも霜が降りるころになって、弟である祖叔父の訃報を伝える電報が息子から届いたので、大あわてで近所の家から電話を借りて函館の実家と連絡をとり、そのくわしい内容を確認した。

親の出身地である酒田と会津をめぐる旅に出かけようとしていた祖叔父夫妻が、暴風のために転覆事故を起こして沈没した青函連絡船の洞爺丸に乗り合わせていたというのだ。波間から手を伸ばせば届くほどの距離にある七重浜を前にして、荒れ狂う波に呑まれて千人以上の船客が溺死した事故だった。さすがに昔取った杵柄（きねづか）というか、老体にもかかわらず、六尺褌（ふんどし）一丁になった祖叔父は財布などを入れた合切袋を頸に結わえ、抜き手を切って浜にたどり着いたものの、いかんせん、寒さに体力が奪われ、介抱もむなしく息絶えたこと、それに、夫とはぐれた妻は依然行方不明であることがわかった。

悲しい報せは起つことのできない床にいる祖母には伏せておくことになった。葬儀には、風邪気味の父が大事を取ったので、名代としてわたしが参列した。

この報せは、家族みんなが知っているのに、いままで何事につけ家族のことを気にかけ、家族の心の支えだった祖母だけがあずかり知らぬことに、祖母に忍び寄る死の影と本間の家の移り変わりをあらためて感じたものだ。

年は変わり、季節はめぐり、網走湖湖畔に群れ咲いていた水芭蕉の花時も過ぎて、郭公（かっこう）の透明感のある啼き声が網走の町の空に谺する時節になった。

黄昏が迫るころ、祖母は、障子から射しこむやわらかな光を陶然と見つめているうちに、自分を包みこむその慈光によって仏国土にみちびかれるときのような多幸感に襲われたのだった。死期を悟った祖母は、家族全員を枕もとに呼び寄せた。父が背を抱いて床の上に起き上がらせると、祖母はわたしの妻と妹に仏壇に灯明を上げ香を点じるように言いつけた。仏壇の前で、祖父チターエフとわたしの母をはじめ、曾（そう）祖父母と祖叔父、さらには、おいねさんや及川師匠や寺西聖などの大恩ある人に掌を合わせたかったのだろう。

そのあと、父が洗面器で絞った手拭をおでこに当てようとしたとき、その父の手を痩せ細った手で握りしめ、薄い髭の生えた口を小さく動かしながら、とぎれとぎれに末期の言葉を残した。

「遼海、わたしは、あんたのような、親孝行の息子を、もったことを、誇りに思っている。父親が、ロシア人であるため、つらい思いを、させてしまった。許しておくれ」

父は祖母の耳もとに口を寄せた。

「そんなことがあるもんか。おれの人生に悔いなんかない。いやむしろ、おれの人生は、ロシア、朝鮮、日本のそれぞれの色と香りに彩られた喜びや悲しみがいっぱいある宝石箱のようなもんだ。こんな宝ものを持っているおれはしあわせだよ。それなのに、母さんのことを詐欺師だとか偽善者だとか言ってしまったことをいま恥じている。心ないその言葉を取り消させてもらうけど、いいよね」

「それを聞いて、ほんとに、うれしい。それに、父さんが、かけがえのない、立派な人だった、とわかってくれて、ありがとう。父さんと、なつめさんの、命の焔が、次の世代の、家族の血のなかで、燃えつづけて、くれると信じてるので、わたしは、心安らかに、極楽へ行ける。父さんの、好きだった、桜の咲く寺で、眠りにつけるのも、うれしい。悔いがある、とすれば、日本とロシアの、懸橋になる夢を、果たせなかったこと、樺太に残された、朝鮮の人たちの、祖国帰還を、実現させられなかった、ことだわ。父さんと、なつめさんに、申し訳が、立たない。そんなわたしの、最後の、わがままな、願いを聞いておくれ。わたしの守り刀は、及川師匠から、いただいた、小刀にして、ちょうだい。そしてずっと、それを、本間家の、守り刀に、してもらいたい。それから、もうひとつ、わたしの骨の、一部は、なつめさんの、眠る、オホーツクに、撒いておくれ」

「疲れるから、いっきにしゃべらなくていいよ。わかった、必ずそうする。母さん、指切りげんまんだ」

と臨終の枕もとで囁く父は、祖母の皺だらけの右手を両手で支えながら小指をからませた。

「母さんは、立派に日本とロシアの間の懸橋になったよ」

口もとに笑みを浮かべると、祖母は目をつぶり、わずかに頭を左右に動かした。

「いや、母さんのおかげで、あの瑠璃色の蝶になった父さんと会うこともできたし、父さんの小説が孫の定晴たちにも読み継がれていくんだから。いくら感謝しても感謝しきれない。ありがとう。家族みんながこうあるのも、母さんが、いろんな苦労を乗り越えてきて、みんなを守ってくれたからだ。母さんは本間家の小刀だったよ」

鯨の解体を伝えるサイレンが遠音に響いた。父は冷たくなった祖母の足をいつまでもさすっていた。

多難な生涯を送った祖母は、翌年の日ソ国交回復によって日本人と朝鮮人家族の集団帰国が認められたことを知ることもなく、翌日の未明に父に死に水を取ってもらった後、その幽き息づかいも残燭の焔が消えるように聞こえなくなった。荘厳な死出の旅立ちであった。湯灌後、死化粧をほどこされた遺骸の胸もとに、守り刀として及川師匠恵贈の小刀が供えられ、枕もとには、冥路の友として遺愛の扇子とチターエフ短編集が置かれた。

網走湖と網走刑務所を見下ろせる火葬場で終の煙となった祖母の遺灰は、可憐な花々が咲きそう原生花園の沖合で、エンジン音の消えた船から、はまなすの花とともに夕なぎの海に撒かれた。遺灰の白い濁りは、ゆっくり海の群青色のなかに溶けていった。父は低く呻くように嗚咽を漏らした。父が泣くのをはじめて目にしたとき、時間というのは、たまゆらの命から焔のゆらめきを容赦なく確実に奪ってゆくものだとしみじみ思った。父のその涙は、人生の苦海でたくましく生きた祖母を温かく受け容れてあげるのが遅きに失したことへの悔恨と、妻を自死に追いやり、家族の運命を弄んだ狂気の時代への呪詛（じゅそ）とが一掬の涙となってあふれ出たものだろう。

祖母の死から一年ほどして、父は冨田水産を退職し、近くにある朝市の店舗を借りて小さな魚屋をはじめた。朝一番に魚市場に自転車で買い出しに行き、夕方近くなると店を閉めて帰ってくる毎日だった。市場が休みのときは、普段は小学生の孫たちとキャッチボールをするのだが、川遊びなどに連れていくこともあった。夏は、日射しがやわらかな光となってゆらめく浅瀬の石陰に隠れてじっとしている川蟹をバケツいっぱいに獲ったり、初冬になれば、チカ漁が盛んになると川底に小さな網を仕掛けたり、海嘯（かいしょう）に似た潮波が薄氷の張った川岸に沿って逆流してくる奇現象をいっしょに見物したりした。

父の楽しみといえば、相撲とプロレスのテレビ中継。昭和三十年半ばの角界では、ライバルどうしの柏戸と大鵬が柏鵬時代を築きつつあり、プロレスは、朝鮮半島出身の力道山の活躍により隆盛期を迎えていた。

樺太で生まれ育ち、白系ロシア人の父親と生き別れになったという、自分と同じ宿命を背負う大鵬に共鳴するところがあったのか、父は大の大鵬ファンだった。大鵬が土俵に上がる時間になると、仕事の手を休めて店のテレビの前に陣取り、大鵬の勝ち負けに一喜一憂していた。山形出身の柏戸と北海道出身の大鵬が横綱に同時昇進したときの喜びはたいへんなものだった。

大鵬が優勝賜杯を時津風理事長（現役醜名双葉山）から授与される場面が映し出されると、きまって大鵬と双葉山とではどちらが強いかの話になり、双葉山贔屓のわたしとの相撲談義が尽きることはなかった。

夏巡業で大相撲が網走を訪れ、網走小学校の校庭で網走場所を開催したことがあった。にわかごしらえの桟敷から目に涙を浮かべて大鵬に声援を送っていたときの、父の大きくて低い声がいまも耳底に響くことがある。

その大鵬が怪我でちょくちょく休場するようになって引退が囁かれるころから、父に老いが目立ちはじめ、こほこほと軽く咳こむことが多くなり、足腰も弱ってきていた。

＊

そんな老いたる父が大学生の定晴とわたしに伴われ、ソビエト旅行に出かけることになった。昭和四十二年十二月のことだった。酷寒のソビエトへ行くことにしたのは、寒さが年寄りの身体にさわるけれど、この時期の航空運賃が安いのと、旅行の話を持ち出した定晴が冬休みになっているからである。

西に移動する太陽を追いかけるように、どこまでもつづくシベリアの雪原の上を旅客機は飛んだ。アムール川とエニセイ川が見えるはずであったが、一望千里の大平原が氷雪で覆われているため、その雄大な流域を確かめることはできなかった。

空港からモスクワ市内にあるホテルに着いたのは、かなり夜も更けたころだった。わたしは眼下にひろがる夜景を楽しむこともなく、早々にベッドのうえに仰向けになった。しかし父は、不慣れな空の旅で疲れているはずなのに、興奮してなかなか寝つけなかったようで、ベッドから起き上がると、狭い窓を見上げるようにして、星の光が薄い北天のなかに北極星を探していた。

翌朝、部屋のカーテンを開けると、白銀の世界が目に飛びこんできた。夜来の雪が街路樹の差しかわす枝がたわむほどに降り積もっていた。昼になって、低くたれこめていた雪雲が切れ、雲の霽れ間から日が射してきたので、ホテルからタクシーでノヴォヂェーヴィチェ修道院へ向かった。途中、きれいな飾り窓のある花屋の前でタクシーを停め、軒から滴り落ちる雪解雫（ゆきげしずく）を避けながら花束を買いもとめた。

タクシーのガラス越しに見るモスクワの目抜き通りは、歩道に雪がかなり残っているにもかかわらず、それなりの人出があり、毛皮のコートに身を包み、黒や茶や白の毛皮帽をかぶった買物客などでにぎわっていた。突如、その目抜き通りは、わたしの脳裏から消え去ることのなかったとある大通りと重なり合った。その大通りとは、チターエフの葬送の様子をとらえた白黒写真に写っていた大通りであり、牡蠣運送用の貨物車で療養先の南ドイツからモスクワに運ばれてきたチターエフの遺骸に永別を告げようとする大勢の市民がその沿道を埋め尽くしていたのである。

このオーバーラップの瞬間、牡蠣の香りを含んだ一陣の風が、雪溜りの出来たその目抜き通りから雪氷の細片が浮かぶモスクワ川へと吹き抜けたような気がした。

タクシーが雪にタイヤを取られないようにゆっくりとクレムリン沿いの道を進んでいくと、ほどなくして、迂曲するモスクワ川の向こう岸にノヴォヂェーヴィチェ修道院の葱坊主の塔がいくつも見えてきた。

チップをもらってにっこりの運転手と握手をして別れ、白い城壁に囲まれた広大な敷地内に入ると、白亜の寺院があり、八端十字架を戴く金銀の玉葱形のクーポルを覆っている雪がまぶしいくらいに日射しをはじき返していた。杖にすがって小股に歩く父の歩調に合わせながら、壮麗な建物を迂回して雪の遊歩道を進んだ。

修道院の墓地のなかをしばらく行くと、深雪から尖端だけをのぞかせる鉄柵のなかに白い石塔があった。先を行く定晴がその墓の前で歩みを止めて振り返り、わたしに目で合図した。

「父さん、じいちゃんの墓に着いたよ」

わたしが晴れやかな声で父に語りかけると、耳の遠くなっていた父は耳に手をそえて大きくうなずいた。定晴が雪を取り除いて鉄扉を開けるのを待って、父は鉄柵のなかに足を踏み出し、碑銘を確かめるように前屈みになりながら墓前に立った。チターエフの墓は、緑色の舳先を垂直に向けて天空へ翔のぼる白い小舟を連想させるような形をしていて、融雪の滴が幾筋にもなって舳先から垂れていた。海を愛し、牡蠣が好物であったチターエフは、天翔る一葉舟で天国へ漕ぎだそうとしたのだろうか。わたしは、茫然と立ちつくす長身の父の背中を墓にもっと近づくようにそっと押してあげてから、花束を手渡した。父は緩慢な動きで前へ進み、帽子を取ってゆっくりしゃがみこむと、墓の台石の雪を手で払った。

「親父、このわしがだれだかわかるか？」

こう言いながら父は花束を台は石の上に置いた。

「あんたの倅の遼海だ。あんたは瑠璃色の蝶になってオホーツクの海に飛んできてくれたけど、今度はわしとわしの息子と孫が日本から、飛行機でユーラシア大陸を横断してやってきたというわけだ。あんたの妻でありわしの母である本間ふさもここに連れてきている。あんたと再会するのを、母さんはどれほど望んでいたことか。これでやっと親子三人、いっしょになれたことになる。まさかこの年になってこのようなかたちであんたと会えるとは……、まさに感無量だ。雪のなかは寒いだろうけど、再会できたうれしさと感動で泣きくずれている母さんの熱い涙があんたの体を温めてくれるはずだ。母さんは、あんたの遺志を引き継ぎ、囚人やアイヌに心を砕きながら半生を送った人だ。よくやったと褒めてやってほしい。ほら、母さん、親父だぞ。ようやく親父の膝のなかに座ることができて、ほんとによかったたな」

と胸奥にしのばせていた感懐を目頭を潤ませながら吐露すると、父はバッグから満開の蝦夷山桜を背にして撮った家族写真入りの写真立てと赤茶けた文庫本を取り出し、それらを花束の横に置いた。手にはななかまどの実で作った赤黒い数珠がかかっていた。合掌する父の小さな肩と背中が細かく震えている。まわりに人がいなければ、墓にぬかずいて人目もはばからず万斛(ばんこく)の涙をそそぎたかったことだろう。頭の上に、チターエフの死後に植えられたとされる桜の幹から張り出した枝を揺らして雪(ゆき)塊(くれ)が落ちた。

湯気が立ち昇っているその禿頭の脳皮質には、ななかまどの数珠の実のなかで羽化した番(つがい)の蝶が、瑠璃色の幽光を螺旋状にゆらめかしながら飛び立ち、ユーラシアの雪晴れの碧空に懸かる虹を通り道にして天翔る像が結ばれていたのだった。

＊

翌昭和四十三年三月十一日、寺西聖の命日に、父は蝦夷山桜の開花を待たず、七十七歳を一期として不帰の客となった。脊椎(せきずい)カリエスの手術中に腹部に静脈瘤が見つかり、後日、その手術を受けたが、経過が思わしくなく入院加療がつづいていたのである。

痩せた流氷が岸から離れて水平線のかなたに姿を消しはじめた日に海明けを告げた網走にもようやく春が訪れ、蝦夷山桜が町の高台を薄紅色に染めるころ、遺言通り、父の遺灰の一部を祖母と母の眠るオホーツク海に撒いた。

三人の眠る本間家の墓は、オホーツクの潮騒が聞こえる雅隆寺にある。いつの年からか、夏が暮れるころになると、瑠璃色の蝶の番が二組、白御影の墓石に刻まれた「本間家之墓」の彫文字に口づけをするかのように戯れているのを目にするようになった。サハリンから蝶にしか見えない天空の道を通って飛来したカラフトルリシジミが、大雪山系のお花畑を翔り過ぎ、藻琴山や斜里岳の高山帯と知床五湖をめぐる旅を終え、網走の高台の寺を訪れて瑠璃色の羽を休めていたのだろう。

（完）

主要参考文献

『曠野の花』石光真清著、中央公論社
『チェーホフのなかの日本』中本信幸著、大和書房
『チェーホフ全集』（13、15、16）
　チェーホフ著、神西清・池田健太郎・原卓也／訳、中央公論社
『プーシキン詩集』プーシキン著、金子幸彦訳、岩波書店
『名訳詩集　青春の詩集／外国⑪』西脇順三郎・浅野晃・神保光太郎／編、白凰社
『ニコライ遭難』吉村昭著、岩波書店
『今、ふたたびの京都―東山魁夷を訪ね、川端康成に触れる旅―』
　平山三男編纂、求龍堂

著者プロフィール

松橋 薫（まつはし かおる）

1950年　北海道生まれ
1974年　東京大学文学部ロシア語ロシア文学科卒業
1977年　東京大学大学院人文科学研究科
　　　　ロシア語ロシア文学修士課程修了
1980年～2010年
　　　　茨城県、山梨県で中学校・高校の教師を務める
1992年～1994年
　　　　国士舘大学講師

訳書『ロシア神秘小説集』（共訳　国書刊行会　1984年）

ななかまどの実が赤くゆれるユーラシアの碧い空

2020年2月15日　初版第1刷発行

著　者　松橋 薫
発行者　瓜谷 綱延
発行所　株式会社文芸社
　　　　〒160-0022 東京都新宿区新宿1－10－1
　　　　　　　　　電話 03-5369-3060（代表）
　　　　　　　　　　　 03-5369-2299（販売）

印刷所　株式会社フクイン

ISBN978-4-286-21387-3